LA HORDE

DU MÊME AUTEUR (*aux éditions Grasset*)

LA POURSUITE, coll. « Grand Format », 2009.

Avec Justin Scott
LE SABOTEUR, coll. « Grand Format », 2012.
L'ESPION, coll. « Grand Format », 2013.
LA COURSE, coll. « Grand Format », 2014.

   SÉRIE DIRK PITT
VENT MORTEL, coll. « Grand Format », 2007.
ODYSSÉE, coll. « Grand Format », 2004.
WALHALLA, coll. « Grand Format », 2003.
ATLANTIDE, coll. « Grand Format », 2001.
RAZ DE MARÉE, coll. « Grand Format », 1999.
ONDE DE CHOC, 1997.
L'OR DES INCAS, coll. « Grand Format », 1995.
SAHARA, 1992.
DRAGON, 1991.
TRÉSOR, 1989.

Avec Dirk Cussler
LE TRÉSOR DU KHAN, coll. « Grand Format », 2009.

   SÉRIE NUMA
Avec Paul Kemprecos
LE NAVIGATEUR, coll.« Grand Format », 2010.
TEMPÊTE POLAIRE, coll. « Grand Format », 2009.
À LA RECHERCHE DE LA CITÉ PERDUE, coll. « Grand Format » 2007.
MORT BLANCHE, coll. « Grand Format », 2006.
GLACE DE FEU, coll. « Grand Format », 2005.
L'OR BLEU, coll. « Grand Format », 2002.
SERPENT, coll. « Grand Format », 2000.
MÉDUSE BLEUE, coll. « Grand Format », 2012.

CLIVE CUSSLER ET GRAHAM BROWN

LA HORDE

roman

*Traduit de l'anglais (États-Unis)
par*
Jean Rosenthal

BERNARD GRASSET
PARIS

L'édition originale de cet ouvrage a été publiée par Putman, en 2012, sous le titre :

THE STORM

Photos de couverture : © Pete Ryan / Getty Images (bateau),
Aaron Foster / Getty Images (ciel), Mike Hill / Getty Images (océan).

ISBN : 978-2-246-81092-6
ISSN 1263-9559

*© 2012 by Sandecker, RLLLP.
Publié avec l'accord de Peter Lampack Agency, Inc.*
© Éditions Grasset & Fasquelle, 2016, *pour la traduction française.*

Prologue

Océan Indien, septembre 1942

SECOUÉ PAR LES VAGUES QUI DÉFERLAIENT SUR LUI, et tremblant de toute sa membrure, le *John Bury* fendait péniblement les eaux tumultueuses de l'océan Indien. C'était un « cargo rapide », conçu pour accompagner les navires de guerre, donc habitué à naviguer à une certaine vitesse. Pourtant, malgré ses machines poussées à fond, le *John Bury* n'avait jamais, depuis ses premiers essais en mer, avancé aussi lentement. Victime de graves avaries, ravagé par un incendie, il s'efforçait de ne pas sombrer et laissait dans son sillage un panache de fumée.

Le navire franchit la crête d'une vague de trois mètres, piqua du nez, puis l'étrave plongea dans une nouvelle lame. Brusquement, un mur d'écume se dressa au-dessus du bastingage et s'écrasa sur le plancher du pont, balayant au passage les restes de la passerelle fracassée par la tempête.

Le haut du bateau n'était qu'amoncellement de ferraille tordue et de planches éparses. De la fumée s'échappait encore des points où les roquettes avaient frappé la superstructure. Des corps de marins gisaient partout sur le pont. Les dommages du *John Bury* se situant au-dessus de la ligne de flottaison, le navire pourrait éventuellement survivre, mais à condition d'éviter dans sa fuite de nouvelles attaques.

Bien que l'horizon s'assombrisse de plus en plus, on apercevait les carcasses en feu de navires que le sort avait moins épargnés. De l'un d'eux jaillit une boule incandescente qui, rasant la mer, éclaira un instant le spectacle désastreux de trois destroyers et d'un croiseur qui avaient eu la mission d'escorter le *John Bury*, mais qu'un sous-marin japonais et une escadrille de bombardier avaient repérés et pilonnés simultanément. À la tombée du crépuscule, une nappe de mazout en feu s'étendait sur plus d'un mille autour des bateaux en train de couler et obscurcissait le ciel d'une épaisse fumée noire. Aucun de ces navires ne verrait le jour se lever.

L'ennemi avait pris pour cibles ces vaisseaux de guerre qu'il avait rapidement mis hors de combat. Il s'était contenté de mitrailler le *John Bury*, de lancer sur lui quelques roquettes puis de le laisser poursuivre sa route. Une seule raison pouvait justifier pareille clémence : les Japonais connaissaient la cargaison ultrasecrète que transportait le navire et voulaient s'en emparer.

Malgré la perte de la moitié de son équipage et le visage labouré par des éclats de shrapnel, le commandant Alan Pickett était bien décidé à les en empêcher. Il saisit le tube acoustique et cria à la salle des machines :

– Plus vite !

Il n'y eut aucune réponse. Un dernier rapport avait signalé que le feu faisait rage dans l'entrepont. Pickett avait alors donné l'ordre à ses hommes de rester sur place pour lutter contre l'incendie, et ce silence lui faisait maintenant redouter le pire.

– Zéro devant à bâbord ! cria une vigie sur le flanc de la passerelle. À deux mille pieds et en piqué.

Pickett jeta un coup d'œil par la vitre brisée qui se trouvait devant lui. Dans la lumière déclinante, il aperçut quatre points noirs qui viraient dans la grisaille du ciel et plongeaient vers le navire.

– Couchez-vous ! hurla-t-il.

Trop tard. Des balles de mitrailleuse crépitèrent sur le pont, coupant en deux la vigie, pulvérisant les restes de la passerelle, et projetant de tous côtés des éclats de bois, de verre et d'acier.

Pickett sauta sur le pont aussitôt balayé par le souffle brûlant d'une nouvelle roquette qui venait de faire mouche, ébranlant la coque et découpant la paroi métallique comme l'aurait fait un gigantesque ouvre-boîte.

Pickett contempla la scène. Le dernier de ses officiers gisait mort à ses pieds. La passerelle était en miettes. La barre elle-même avait disparu, seul un bout de métal pendait à l'axe du gouvernail. Cependant le navire continuait à avancer.

Comme il remontait vers la dunette, Pickett reprit espoir en apercevant des nuages sombres et, au loin, à tribord, des rafales de pluie qui s'abattaient sur la mer. Si son navire parvenait jusque-là, la nuit qui tombait le dissimulerait aux Japonais.

Il se cramponna à la cloison, réussit à atteindre ce qui subsistait de la barre et poussa la roue de toutes ses forces. Le cargo commença à tourner. Pickett tomba sur le pont, mais ne lâcha pas prise.

Le navire amorça un changement de cap.

Prenant appui sur le plancher, Pickett fit tourner un peu plus la barre. Le cargo vira lentement de bord, laissant à la surface de l'océan un large sillage d'écume qui peu à peu pointait vers le rideau de pluie.

Là-bas les nuages étaient denses. Pour la première fois depuis le début de l'attaque, Pickett se dit qu'ils avaient une chance mais, alors que le navire se dirigeait péniblement vers le rideau de pluie, le grondement des bombardiers se rapprocha et vint dissiper ce frêle espoir.

Scrutant les coins de ciel qu'il pouvait apercevoir entre les débris de la superstructure, Pickett tenta de voir d'où venait la menace.

Il aperçut soudain, plongeant juste devant lui, deux bombardiers Aichi D3A, du même type que ceux que les Japonais avaient lancés sur Pearl Harbor et, quelques mois plus tard, sur la flotte britannique devant Colombo.

Pickett les vit descendre en piqué. Poussant un juron, il sortit son revolver de son étui.

– Ne touchez pas à mon bateau ! cria-t-il en tirant sur eux avec son Colt .45.

À la dernière minute, les avions se redressèrent et s'éloignèrent dans un effrayant rugissement, arrosant au passage le cargo d'un nouveau tir de mitrailleuse. Pickett s'affala sur le pont, la jambe brisée par une balle. Il ouvrit les yeux et, incapable de bouger, regarda les tourbillons de fumée qui passaient au-dessus de lui, dans le ciel gris. Il se dit que c'était fini. Le navire avec sa cargaison ultrasecrète allait bientôt tomber aux mains de l'ennemi.

Pickett se maudit de ne pas avoir sabordé son bateau. Il espérait le voir sombrer avant que les Japonais ne montent à bord.

Sa vue commençait à se brouiller quand le bruit d'un nouveau groupe de bombardiers parvint à ses oreilles, annonçant une fin inévitable.

Et puis le ciel s'assombrit, l'air se fit plus froid, plus humide, et le *John Bury* disparut dans la tempête, englouti par un mur de brume et de pluie.

Le dernier rapport d'un pilote japonais signala que le navire était en feu mais qu'il poursuivait sa route. Plus jamais on ne le revit, plus jamais on n'eut de ses nouvelles.

CHAPITRE 1

Nord du Yémen, près de la frontière saoudienne
Août 1967

TARIQ AL-KHALIF S'ENVELOPPA LE VISAGE du léger voile de cotonnade blanche qui lui entourait entièrement la tête et lui couvrait la bouche et le nez, protégeant du soleil et du vent ses traits burinés tout en les dissimulant aux regards.

De Khalif, on ne voyait que les yeux, au regard dur et affûté par soixante années passées dans le désert. Ils ne cillèrent même pas en contemplant les corps sans vie qui gisaient dans le sable devant lui.

Il y en avait huit : deux hommes, trois femmes et trois enfants, entièrement nus, la plupart abattus d'un coup de feu, quelques-uns poignardés.

Un cavalier s'approcha lentement tandis que les chameaux attendaient derrière Khalif. Il reconnut le vigoureux jeune homme qui était en selle : Sabah, son plus fidèle lieutenant, une kalachnikov en bandoulière.

– Des bandits, certainement, dit Sabah. Ils n'ont laissé aucun indice.

Khalif examina le sable à ses pieds. Il remarqua que des traces partaient vers l'ouest en direction de l'oasis du nom d'Abi Quzza, « l'eau douce comme du miel », le seul point d'eau dans un rayon de plus de cent cinquante kilomètres.

— Non, mon ami, dit-il. Ces hommes ne se sont pas attardés pour éviter d'être découverts. Et, pour qu'on ignore leur nombre et ne laisser aucune empreinte visible, ils n'ont marché que sur le sable dur, ou sur celui des dunes où les traces s'effacent rapidement. Mais c'est vers chez nous qu'ils se dirigent.

Depuis des générations, l'oasis Abi Quzza appartenait à la famille de Khalif et lui fournissait les réserves d'eau nécessaires et le minimum de ressources indispensables. Des bouquets de palmiers dattiers poussaient en abondance autour des nombreuses sources et l'herbe ne manquait pas pour les moutons et les chameaux.

Maintenant que se développaient d'autres moyens de transport modernes, Khalif et sa famille ne pouvaient guère compter ni sur les revenus que laissait le passage de plus en plus rare des caravanes, ni sur l'élevage des chameaux que pratiquaient les Bédouins, même s'ils n'avaient pas encore totalement disparu. Pour assurer la survie du clan, Khalif savait qu'il fallait protéger l'oasis.

— Tes fils le défendront, dit Sabah.

L'oasis se trouvait à trente kilomètres à l'ouest. C'était là que les attendaient les fils de Khalif, ainsi que ses deux neveux et leur famille. Au total, une demi-douzaine de tentes, dix hommes armés de fusils. L'endroit n'était pas facile à attaquer. Et pourtant Khalif éprouvait une vive inquiétude.

— Il faut faire vite, dit-il en remontant sur son chameau.

Sabah acquiesça, fit pivoter sa kalachnikov pour la pointer devant lui et pressa du pied les flancs de sa monture.

Trois heures plus tard, ils approchaient de l'oasis. De loin, ils aperçurent çà et là quelques feux. Aucun signe de combat, pas de tentes arrachées ni d'animaux errants, ni de corps gisant sur le sable.

Khalif ordonna au petit groupe de s'arrêter et mit pied à terre, emmenant avec lui Sabah et deux autres hommes.

Il régnait autour d'eux un tel silence qu'ils pouvaient entendre le craquement du bois sur les feux et le bruit de leurs pas sur le sable. Quelque part, un chacal se mit à japper : l'animal n'était pas tout près, mais dans le désert, le bruit portait loin.

Khalif s'arrêta, attendant que cesse l'appel du chacal. Il fut vite remplacé par un son plus agréable à entendre : une petite voix murmurant un chant bédouin traditionnel, qui semblait venir de la tente principale.

Khalif commença à se détendre : c'était la voix de son plus jeune fils, Jinn.

Comme Sabah revenait auprès de leurs chameaux, Khalif poursuivit sa marche. Il arriva devant sa tente, en écarta le rabat et se figea sur place.

Un bandit en haillons tenait la lame incurvée d'un poignard appuyée contre la gorge de son fils. Un autre était assis auprès de lui, serrant dans ses mains un vieux fusil.

– Un geste et je lui coupe la gorge, dit l'homme.
– Qui es-tu ?
– Je suis Masiq, répondit le bandit.
– Que veux-tu ? demanda Khalif.
– Qu'est-ce que tu crois ? fit Masiq en haussant les épaules.
– Les chameaux ont de la valeur, dit Khalif, devinant ce qu'il cherchait. Je te les donnerai, mais épargne ma famille.
– Ce que tu m'offres ne m'intéresse pas, répliqua Masiq avec un ricanement méprisant. Parce que je peux prendre ce que je veux et parce que – il plaqua plus fort l'enfant contre lui –, à part celui-ci, tous les autres membres de ta famille sont déjà morts.

Khalif sentit son cœur se serrer. Il avait au fond d'une de ses poches un revolver Webley-Fosbery, une arme automatique d'une redoutable précision qui, même après des mois passés dans le sable du désert, ne s'enrayait jamais. Il chercha un moyen de l'extraire des plis de son burnous.

– Alors, si tu le laisses, je te donnerai tout ce que j'ai, dit-il, et tu pourras t'en aller librement.
– Tu as de l'or caché ici, dit Masiq, d'un ton catégorique. Dis-nous où il se trouve.
– Je n'ai pas d'or, fit Khalif en secouant la tête.
– Tu mens, dit le bandit.

Il se mit à rire, découvrant ses dents gâtées. Empoignant d'une main le jeune garçon, il leva l'autre bras, prêt à lui trancher la gorge. Heureusement, l'enfant lui échappa et se jeta sur les doigts de Masiq qu'il mordit de toutes ses forces.

Le bandit poussa un juron en secouant sa main blessée.

Khalif, qui avait trouvé son revolver, tira deux coups de feu à travers sa tunique. Le bandit s'écroula, deux plaies fumantes sur la poitrine.

Son compagnon fit feu, la balle égratigna la jambe de Khalif, mais celui-ci le toucha en plein visage. L'homme s'affala sans un mot.

La bataille ne faisait que commencer.

À côté de la tente, une fusillade éclata. De tous côtés, des coups de feu claquaient. Khalif reconnut le bruit d'une kalachnikov comme celle qu'avait utilisée le bandit qui gisait mort sur le sol. Il entendit aussi le crépitement de l'arme de Sabah.

Khalif saisit son fils dans ses bras et lui mit dans la main son pistolet, puis il ramassa le vieux fusil tombé à côté de l'un des assaillants qu'il avait abattu. Il s'empara aussi du poignard planté dans le sol et avança vers le fond de la tente.

Ses fils aînés gisaient là, comme s'ils dormaient côte à côte. Leurs vêtements étaient lacérés par les balles et maculés de sang.

Une vague de douleur, mais aussi de rage, déferla sur Khalif.

Tandis que dehors la fusillade faisait rage, il découpa avec son poignard un petit carré dans la toile de la tente pour observer la bataille.

Sabah et trois de ses compagnons faisaient feu, abrités derrière les cadavres des chameaux. Un groupe d'hommes vêtus comme les deux bandits qu'il venait d'abattre avaient pénétré dans l'oasis et se cachaient derrière les palmiers.

Ils ne semblaient pas assez nombreux pour avoir pu prendre d'assaut la place. Il se tourna vers Jinn.

— Comment ces hommes sont-ils arrivés ici ?

— Ils ont demandé à s'arrêter, dit le jeune garçon. Nous avons laissé boire leurs chameaux.

Ils avaient donc joué sur la générosité proverbiale des Bédouins et sur le bon accueil que leur avaient réservé les fils de Khalif avant de se faire tuer ! Cela ne fit qu'attiser la rage de ce dernier. D'un grand geste, il plongea la lame de son poignard dans la toile de la tente pour la couper jusqu'en bas.

– Reste ici, ordonna-t-il à Jinn.

Il se glissa par l'ouverture et se coula dans l'obscurité. Décrivant un grand arc de cercle, il passa derrière ses ennemis et s'enfonça dans l'oasis.

Occupés qu'ils étaient par la présence de Sabah et de ses hommes, les bandits ne s'aperçurent pas que Khalif les avait débordés par le flanc. Il surgit derrière eux et ouvrit le feu, les abattant de dos, presque à bout portant.

Trois hommes s'écroulèrent aussitôt, puis un quatrième. Un autre qui tentait de s'enfuir fut aussitôt abattu par Sabah, mais le sixième et dernier bandit eut le temps de se retourner pour riposter.

La balle toucha Khalif à l'épaule. Il trébucha, une violente douleur le secouant tout entier, et se retrouva couché dans l'eau.

Le bandit se précipita vers lui, le croyant peut-être mort ou trop grièvement blessé pour se battre.

Khalif braqua sur lui son vieux fusil et pressa la détente. L'arme s'enraya. Il tenta de la secouer mais, avec son bras blessé, il n'avait pas assez de force pour déloger la balle coincée dans le canon.

Le bandit brandit son fusil et visa la poitrine de Khalif. Un coup de feu retentit soudain dans un fracas de tonnerre.

L'homme s'affala contre un palmier, l'air stupéfait, puis il glissa le long du tronc, laissant tomber son fusil dans l'eau.

Jinn était planté devant le cadavre, tenant encore le Webley d'une main tremblante, et les yeux emplis de larmes.

Khalif regarda autour de lui pour s'assurer qu'il n'y avait pas d'autres ennemis dans les parages. La fusillade avait cessé et il entendit Sabah qui rappelait les hommes. La bataille était terminée.

– Viens par ici, Jinn, ordonna-t-il.

Son fils approcha, encore tremblant. Khalif le prit sous un bras et le serra contre lui.

– Regarde-moi.

Le garçon ne réagit pas.

– Regarde-moi, Jinn !

Jinn finit par se tourner. Khalif, d'une main, lui serra l'épaule.

– Tu es trop jeune pour comprendre, mon fils, mais tu as fait quelque chose de formidable. Tu as sauvé ton père. Tu as sauvé ta famille.

– Mais mes frères et ma mère sont morts.

– Non, répondit Khalif. Ils sont au paradis et nous, nous allons continuer notre chemin jusqu'au jour où nous les retrouverons.

Jinn, incapable de réagir, se contenta de le dévisager en sanglotant.

Un bruit sur sa droite fit se retourner Khalif. Un des bandits encore en vie se traînait sur le sable, cherchant à s'enfuir.

Khalif leva son poignard, s'apprêtant à l'achever, mais il se retint.

– Tue-le, Jinn.

Encore tremblant, le jeune garçon le contemplait sans rien dire. Khalif, impassible, soutint son regard.

– Jinn, tes frères sont morts. L'avenir du clan est maintenant entre tes mains. Tu dois apprendre à être fort.

Jinn tremblait toujours, mais Khalif était d'autant plus résolu. Puisque c'était à cause de leur bonté et de leur générosité que sa famille avait été presque anéantie, il fallait bannir ces sentiments chez le seul fils qui lui restait.

– Tu ne dois jamais avoir pitié, dit Khalif. Cet homme est un ennemi. Si nous n'avons pas la force de tuer nos ennemis, ils nous prendront nos puits. Et sans les sources, nous ne connaîtrons que l'errance et la mort.

Khalif savait qu'il pouvait contraindre Jinn à le faire, qu'il pouvait lui en donner l'ordre et que le jeune garçon obéirait. Mais il fallait que Jinn choisisse lui-même d'agir.

– Tu as peur ?

Jinn secoua la tête. Lentement il se retourna et brandit devant lui le revolver.

Le bandit lui jeta un bref regard, cela ne fit que rendre plus ferme la main de Jinn. Il regarda l'homme bien en face et pressa la détente.

Le fracas de la détonation retentit jusqu'aux dunes du désert. Lorsque l'écho finit par s'affaiblir, les larmes du jeune garçon avaient cessé de couler.

CHAPITRE 2

Océan Indien
Juin 2012

LONG DE PRÈS DE TRENTE MÈTRES, le catamaran fendait lentement les eaux paisibles de l'océan Indien dans le soleil couchant. Poussé par une légère brise, il filait trois ou quatre nœuds tout au plus, sa voile d'un blanc éclatant déployée au-dessus du vaste pont. Sur la partie centrale, on pouvait lire en lettres turquoise d'un mètre cinquante NUMA – ainsi appelait-on la National Underwater and Marine Agency, l'Agence nationale maritime et sous-marine.

Kimo A'kona se tenait près d'une des étraves jumelles du bateau. À trente ans, les cheveux noir de jais, il avait un corps musclé et arborait sur le bras et jusqu'à l'épaule un tatouage hawaiien traditionnel. Installé pieds nus au bout de la proue, il se balançait comme sur une planche de surf.

Il tenait devant lui, un peu sur le côté, une longue perche au bout de laquelle était fixé un instrument qu'il plongeait dans l'eau. Des chiffres qui s'affichaient sur un petit écran de contrôle lui confirmèrent que l'appareil fonctionnait.

Il cria les résultats :

– Niveau d'oxygène un peu bas, température : 21 degrés Celsius, 70,4 Fahrenheit.

Derrière lui se tenaient deux autres personnes : Perry Halverson, le doyen de l'équipage qui dirigeait l'opération, à la barre en short kaki, tee-shirt noir et chapeau de toile olive délavé dont il ne se séparait jamais, et auprès de lui Thalia Quivaros, que tout le monde appelait T. Debout sur le pont, elle arborait un short blanc et un haut de bikini rouge qui mettait suffisamment en valeur sa silhouette bronzée pour distraire l'attention des deux hommes.

— C'est la plus basse température qu'on ait jamais enregistrée, observa Halverson. Inférieure de trois degrés à la normale à cette époque de l'année.

— Ça ne plaira pas à ceux qui parlent de réchauffement climatique, remarqua Kimo.

— Sans doute, dit Thalia en pianotant les données sur une tablette tactile. Mais c'est une tendance qui s'affirme. Vingt-neuf des trente derniers relevés montrent une baisse d'au moins deux degrés.

— Ça ne pourrait pas être dû au passage d'une tempête dans les parages ? demanda Kimo. De fortes pluies ou une averse de grêle qu'on n'avait pas prévue ?

— Il n'y a rien depuis des semaines, répondit Halverson. Il s'agit d'une anomalie et non d'un phénomène local.

Thalia acquiesça.

— Les relevés des capteurs que nous avons lancés en profondeur le confirment. Les températures ont baissé jusque dans les couches profondes de l'océan. Comme si la chaleur du soleil, on ne sait pourquoi, ne pénétrait pas jusque-là.

— Je ne pense pas que ce soit un problème de soleil, reprit Kimo.

La température de l'air avait atteint un peu plus d'une trentaine de degrés quelques heures avant que le soleil ne brille de tout son éclat dans un ciel sans nuage. Même après qu'il se fut presque couché, les derniers rayons étaient encore très chauds.

Kimo remonta l'appareil pour le consulter de nouveau, puis balança la perche comme un pêcheur à la mouche. Il lança le capteur à une douzaine de mètres du bateau et le laissa couler en dérivant. La seconde lecture s'avéra identique à la précédente.

— Au moins, nous avons trouvé quelque chose à raconter aux pontes de Washington, dit Halverson. Vous savez, ils sont tous persuadés que nous faisons simplement une croisière par ici.

— À mon avis, c'est une remontée d'eau froide, suggéra Kimo. Quelque chose comme le phénomène d'alternance El Niño/La Niña. Mais comme cela se passe dans l'océan Indien, on lui trouvera probablement un nom hindou.

— Ils pourraient aussi lui donner notre nom, suggéra Thalia. L'effet Quivaros-A'kona-Halverson ou QAH pour abréger.

— Tu remarqueras qu'elle s'est placée en premier, dit Kimo à Halverson.

— Les dames d'abord, acquiesça-t-elle en souriant.

Halverson se mit à rire et rajusta son chapeau.

— Pendant que vous y réfléchissez, les garçons, je vais voir ce qui se présente pour le dîner. Des tortillas aux poissons volants, ça vous dirait ?

Thalia lui lança un regard dénué d'enthousiasme.

— On en a déjà eu hier soir.

— Les lignes sont vides, dit Halverson. Nous n'avons rien pris aujourd'hui.

Kimo réfléchit. Plus ils avançaient dans la zone froide, plus la faune marine se faisait rare : comme si l'océan en refroidissant se dépeuplait.

— C'est toujours mieux que des conserves, marmonna-t-il.

Thalia acquiesça et Halverson s'engouffra dans la cabine pour concocter de quoi dîner. Kimo se tourna vers l'ouest pour contempler l'horizon.

Le soleil avait fini par disparaître, le ciel virait à l'indigo, une bande orange flamboyante juste au-dessus de l'eau. L'air était doux, humide et la température tombée au-dessous de trente. La soirée s'annonçait parfaite, et plus que parfaite encore à l'idée qu'ils étaient maintenant les témoins d'un phénomène sans précédent dont ils ignoraient la cause. Cette anomalie de la température semblait bouleverser le temps dans toute la région car jusqu'à présent, il y avait eu peu de pluie sur l'Inde du Sud et de l'Ouest à une période où la mousson était censée s'amorcer.

L'inquiétude se précisait pour le milliard d'individus attendant les averses saisonnières qui feraient pousser les récoltes de riz et de blé. D'après les rumeurs, les gens commençaient à s'énerver. Si les choses ne changeaient pas bientôt, les souvenirs des piètres récoltes de l'année précédente allaient réveiller ceux liés à la famine.

Même si Kimo ne pouvait pas y changer grand-chose, il espérait qu'ils étaient sur le point de déterminer la cause de ce phénomène. Les jours précédents laissaient penser qu'ils étaient sur la bonne piste. Dans une heure, ils procéderaient à de nouveaux sondages, à quelques milles à l'ouest. En attendant, l'heure du dîner approchait.

Kimo remonta le capteur. Comme il le sortait de l'eau, quelque chose de bizarre attira son regard. Il plissa les yeux. À une centaine de mètres, un étrange reflet noir, une sorte d'ombre, s'étendait à la surface de l'océan.

– Regarde un peu ça, dit-il à Thalia.

– Cesse de m'attirer dans les coins, fit-elle en plaisantant.

– Je suis sérieux. Il y a quelque chose sur l'eau.

Elle posa sa tablette et s'avança, agrippant d'une main le bras de Kimo jusqu'à atteindre le beaupré. Kimo lui désigna cette ombre bizarre. Manifestement, elle ne cessait de s'étendre, se répandant à la surface comme une nappe d'huile ou une plaque d'algues, bien qu'elle soit d'une curieuse texture qui ne ressemblait à rien de tout cela.

– Tu vois ça ?

Elle suivit son regard puis prit des jumelles. Au bout de quelques instants, elle dit :

– C'est un reflet.

– Ce n'est pas un reflet.

Elle reprit les jumelles puis, après un moment, les lui tendit.

– Je t'assure, il n'y a rien là-bas.

Kimo cligna des yeux dans la lumière déclinante. Sa vue lui jouait-elle des tours ? Il prit de nouveau les jumelles et scruta la mer. Il les baissa et les reposa.

Il n'avait vu que de l'eau, ni algues, ni huile, rien d'anormal à la surface de l'océan. Il examina encore la mer d'un bord à l'autre pour s'assurer qu'il regardait bien où il fallait, mais le paysage avait repris un aspect normal.

— Je t'assure, insista-t-il, il y avait quelque chose là-bas.

— Tu t'es donné du mal, mais ça n'a pas marché. Allons dîner.

Thalia tourna les talons et revint sur le pont. Après avoir lancé un dernier regard à la mer, Kimo ne vit rien d'extraordinaire et, secouant la tête, il lui emboîta le pas.

Quelques minutes plus tard, ils étaient attablés dans la cabine principale devant leurs tortillas de poisson volant à la Halverson, riant et échangeant leurs idées sur ce qui avait bien pu provoquer cette augmentation anormale de la température de la mer.

Le catamaran poursuivait sa route vent arrière, ses flotteurs en fibre de verre fendant sans bruit la mer si calme.

Et puis, les choses commencèrent à changer. L'eau parut devenir plus visqueuse. Le frémissement de la houle s'amplifia en même temps que son rythme ralentissait. Le blanc éclatant de la coque sembla s'assombrir au niveau de la ligne de flottaison comme s'ils fendaient une eau gorgée de teinture.

Ce phénomène continua quelques secondes tandis qu'une tache charbonneuse commençait à s'étendre près du bateau. Elle paraissait s'élever, au mépris des lois de la pesanteur, comme attirée par on ne sait quelle force.

Par sa texture, la tache ressemblait à du graphite ou à la version plus sombre d'une flaque de mercure. Soudain, sa frange vint éclabousser la proue du catamaran, en venant tourbillonner juste à l'endroit où Kimo se tenait un instant plus tôt. En observant de près, on aurait remarqué que la substance prenait la forme d'empreintes de pieds avant de retrouver un aspect lisse pour glisser sur le pont en direction de la cabine.

À l'intérieur, on avait allumé la radio et un poste sur ondes courtes diffusait de la musique classique. Le choix parfait pour un dîner et Kimo se laissa bercer, content de partager un repas avec ses camarades.

Tandis que Halverson refusait de divulguer le secret de sa recette de tortillas, Kimo remarqua un phénomène bizarre. Quelque chose commençait à recouvrir les grands panneaux vitrés des fenêtres, dissimulant les lumières du bateau en haut du mât ; le ciel s'obscurcissait. La substance recouvrait petit à petit le verre comme pourraient le faire, mais bien plus rapidement, de la neige ou du sable poussés par le vent.

— Bon sang, qu'est-ce qui...

Thalia se tourna vers la fenêtre tandis qu'Halverson, de l'autre côté, observait le pont arrière d'un air inquiet.

Kimo suivit son regard. Une sorte de substance grisâtre pénétrait par la porte ouverte, se répandait sur le plancher mais, au lieu de descendre, s'étalait en remontant.

Thalia l'aperçut qui se dirigeait droit vers elle.

Elle se leva d'un bond, renversant au passage son assiette. Les restes de son dîner glissèrent devant la masse qui progressait. La substance grise les engloutit en les recouvrant complètement, les réduisant en un petit monticule qui disparut rapidement.

— Qu'est-ce qui se passe ? demanda-t-elle.

— Je n'en sais rien, dit Kimo. Je n'ai jamais...

Il ne put terminer sa phrase. Aucun d'eux n'avait jamais rien vu de pareil. Sauf que...

L'étrange substance se répandait comme un liquide ; elle avait une texture granuleuse qui ressemblait plutôt à de la poudre métallique glissant sur elle-même.

— C'est ce que j'ai vu dans l'eau tout à l'heure, dit-il en reculant. Je vous avais bien dit qu'il y avait quelque chose là-bas.

— Elle fait quoi, cette chose ?

Ils étaient maintenant tous debout et eux aussi reculaient.

— On dirait qu'elle mange le poisson.

Kimo, partagé entre la peur et la stupéfaction, n'arrivait pas à détacher son regard de ce spectacle. Il cherchait une solution. Avancer, ce serait descendre jusqu'aux couchettes et s'y enfermer. Ou aller vers l'arrière, mais alors ils seraient obligés de marcher sur cette étrange substance.

— Allons, dit-il en montant sur la table. Je ne sais pas ce que c'est, mais je suis certain que nous n'avons pas envie de toucher cette chose.

Thalia grimpa auprès de lui tandis que Kimo tendait le bras vers la verrière du plafond qu'il poussa vers le haut pour la faire pivoter. Il souleva la jeune femme qui se hissa par l'ouverture et monta sur le toit de la cabine.

Halverson à son tour grimpa sur la table mais il glissa. Son pied s'enfonça alors dans cette bizarre poussière métallique qui s'étala jusqu'à former une sorte de plaque dont une partie gicla sur son jarret.

Halverson poussa un grognement comme si on l'avait piqué. Se penchant, il essaya de s'essuyer la jambe, mais l'étrange substance resta engluée à sa main.

Il la secoua aussitôt avant de la frotter sur son short.

— Ça me brûle la peau, dit-il avec une grimace de douleur.

— Allons, Perry, ne fais pas l'enfant.

Halverson remonta sur la table, le résidu argenté collant à sa main et à sa jambe, malheureusement le meuble céda sous le poids des deux hommes.

Kimo réussit à saisir le bord de la verrière et à s'y cramponner, tandis qu'Halverson dégringolait. Il atterrit sur le dos en se cognant la tête. Le choc parut l'assommer, il poussa un gémissement, roula sur le plancher et appuya ses mains sur le sol pour se relever.

La substance grisâtre déferla sur lui, recouvrant ses mains, ses bras et son dos. Il parvint à se remettre debout et à s'appuyer contre la cloison. Comme il en avait aussi sur le visage, il se frotta les joues. On avait l'impression qu'il tentait d'éloigner un essaim d'abeilles voletant autour de lui. Il gardait les yeux fermés, mais les étranges particules se glissaient sous ses paupières et s'infiltraient dans ses narines et ses oreilles.

En voulant s'écarter de la cloison, il tomba à genoux et se mit à se palper les oreilles en hurlant. Des filets de la substance grouillante dégoulinaient sur ses lèvres et commençaient à couler dans sa gorge ; ses cris furent bientôt remplacés par les gargouillements d'un homme en train d'étouffer. Il finit par s'écrouler de tout son long. La masse de particules se mit à le recouvrir comme si une horde de fourmis, au milieu de la jungle, se mettait à le dévorer.

– Kimo ! hurla Thalia.

Au son de sa voix, il reprit ses esprits. Il se redressa, leva les bras, se hissa sur le toit et ferma la verrière qu'il bloqua solidement. À la lumière des projecteurs fixés en haut du mât, il constata que la matière noire avait recouvert la totalité du pont, à l'avant comme à l'arrière, et qu'elle grimpait aussi le long des parois de la cabine.

Partout où il portait son regard, Kimo la voyait tout engloutir, comme elle l'avait fait avec les restes du repas et avec Halverson.

– Ça monte par ici, s'écria Thalia.

– Surtout, n'y touche pas !

Là où il se trouvait, Kimo vit que la progression était plus lente. Il chercha des yeux n'importe quoi susceptible de l'aider. Sa main rencontra le tuyau d'arrosage qu'on utilisait pour nettoyer le pont qu'il ouvrit pour projeter de l'eau sous pression sur la masse grisâtre.

Le jet fit reculer les particules qui ruisselèrent comme de la boue sur les parois de la cabine.

– Par ici !

Il s'avança près de Thalia et repoussa de son mieux l'écœurant magma.

– Mets-toi derrière moi ! cria-t-il en braquant le tuyau devant eux.

Le jet faisait de l'effet, mais le combat était perdu d'avance. La marée visqueuse les cernait de tous côtés et, malgré ses efforts, Kimo ne tiendrait plus très longtemps.

– Nous devrions sauter à l'eau, cria Thalia.

Kimo regarda l'océan. La chose coulait du bateau pour retourner dans la mer d'où elle était venue.

– Je ne pense pas, dit-il.

Il inspecta des yeux le pont, cherchant désespérément une échappée. Deux bidons d'essence de vingt litres étaient posés à l'arrière du catamaran. Il braqua le tuyau d'arrosage sur eux et, s'aidant du jet d'eau, il réussit à creuser un passage au milieu de la bouillie.

Puis il lâcha le tuyau, se précipita en avant et sauta. Il se retrouva sur le pont ruisselant, dérapa sur toute sa longueur pour s'arrêter contre une traverse à l'arrière du bateau.

Aux picotements qu'il sentait sur ses mains et ses bras – comme si on avait versé de l'alcool sur sa peau à vif –, il comprit que des résidus de matière l'avaient touché. Sans s'en soucier, il empoigna le premier bidon et se mit à répandre l'essence sur le pont.

Les résidus grisâtres se rétractèrent devant ce flot, mais cherchèrent un nouveau passage pour continuer à progresser.

Juchée sur le toit de la cabine, Thalia, les mains crispées sur le tuyau, arrosait frénétiquement autour d'elle, traçant un cercle de plus en plus réduit. Soudain, elle poussa un cri comme si on venait de la piquer et lâcha la lance. Se retournant, elle se mit à escalader le mât, mais Kimo voyait bien que le flot visqueux commençait à lui recouvrir les jambes.

Elle retomba en hurlant :

– Kimo. Aide-moi. Aide-m...

Il aspergea le pont avec ce qui restait d'essence et saisit le second bidon, qui malheureusement lui parut bien léger : il était presque vide. Kimo sentit l'angoisse l'étreindre.

À l'endroit où Thalia s'était écroulée, il n'entendait plus que des gargouillis et le bruit d'un corps qui se débattait. Il ne voyait plus maintenant que sa main qui émergeait, crispée, du tas de particules. Et devant lui, la masse avait repris sa progression, se frayant un passage jusqu'à ses pieds.

Il regarda une nouvelle fois la surface de la mer. Aussi loin que lui laissait voir la lumière déclinante, la flaque recouvrait l'eau comme une pellicule de métal liquide. Kimo dut se résoudre à l'horrible réalité : il ne voyait pas comment s'échapper.

Se refusant à mourir comme Thalia et Halverson, il prit sa décision.

Il vida sur le pont ce qui restait d'essence, forçant ainsi la flaque à reculer encore une fois, puis empoigna le briquet qu'il avait dans sa poche et s'accroupit sur un genou. Il dirigea le briquet vers le pont gorgé de carburant, s'arma de tout son courage et fit tourner la molette contre la pierre.

Des étincelles jaillirent et les vapeurs d'essence s'enflammèrent à l'arrière du catamaran. Elles coururent à la surface de la flaque jusqu'à la cabine, puis repartirent vers Kimo, l'entourant d'un rideau de feu qui l'embrasa aussitôt.

Le supplice était trop horrible pour qu'il puisse le supporter, même pour les quelques secondes qui lui restaient à vivre. Kimo A'kona, les poumons calcinés, incapable de pousser un cri, trébucha et tomba dans la mer qui l'attendait.

CHAPITRE 3

À PLUS DE MINUIT, Kurt Austin était encore debout dans la pénombre de son atelier.

« Robuste et bien charpenté » étaient les qualificatifs souvent employés pour le décrire : les épaules larges, il paraissait plus costaud que séduisant. Ses cheveux gris acier surprenaient un peu chez un homme âgé d'une trentaine d'années, mais convenaient tout à fait à l'idée que se faisaient de lui ses amis. Il avait la mâchoire carrée, les dents bien plantées sans être parfaitement alignées, et possédait le teint hâlé de quelqu'un qui avait passé des années au soleil et par tous les temps. Ce qui frappait le plus dans ce visage buriné, c'était son regard pénétrant et l'éclat de ses yeux bleus.

Pour l'instant, il contemplait avec amour le fruit de ses efforts.

Kurt construisait un skiff de compétition dont il s'efforçait d'améliorer les performances : légèreté, rapidité, coefficient de glisse, rien n'était négligé.

Une odeur de vernis flottait dans l'atelier dont le sol était jonché de copeaux, de morceaux de bois et autres débris, témoins des efforts qu'imposait la construction manuelle du bateau.

Après des mois de travail intermittent, Kurt avait le sentiment d'être parvenu à un résultat proche de la perfection. Six mètres de long, incroyablement effilé, dans un bois couleur miel, le canot étincelait sous neuf couches de laque dont le vernis de finition semblait illuminer la pièce.

— Sacrément beau bateau, dit Kurt en admirant le fruit de ses efforts.

Dans un coin de l'atelier, une collection d'outils inutilisés s'étalait sur un coffret rouge vif tandis que des vieux marteaux, des scies et des rabots aux manches fendillés et décolorés par les ans étaient minutieusement accrochés au panneau d'un établi.

Les outils neufs, il les avait achetés lui-même, les autres, hérités de son grand-père, étaient à la fois un cadeau et un message.

Kurt vivait tiraillé entre deux mondes. S'il passait le plus clair de son temps à bénéficier dans sa profession des technologies les plus modernes, il adorait tout ce qui était ancien : les vieilles armes et les maisons d'avant la guerre de Sécession ou datant de l'époque victorienne. Il collectionnait aussi les lettres et les documents historiques, autant de vestiges du passé qui l'exaltaient. Cependant, sa grande passion, c'étaient les bateaux, dont notamment celui dont il venait d'achever la construction.

Pour l'instant, cette élégante création reposait sur un châssis, mais il allait bientôt l'en extraire, monter les avirons puis le mettre à l'eau pour un premier voyage. Alors, le skiff, propulsé par la puissante musculature des jambes, des bras et du dos de son créateur, fendrait à une vitesse surprenante les eaux du Potomac.

En attendant, se dit-il, il devait cesser de contempler son chef-d'œuvre, sinon il serait trop fatigué le lendemain pour ramer.

Il allait se diriger vers la porte de l'atelier pour éteindre le plafonnier lorsqu'un agaçant bourdonnement le fit sursauter. C'était son portable qui vibrait sur l'établi. Il saisit le téléphone, reconnut aussitôt le nom qui s'affichait sur l'écran et pressa le bouton RÉPONSE.

Dirk Pitt, le directeur de la NUMA, était le patron de Kurt et son plus vieil ami. Avant de prendre la direction de l'Agence, Pitt avait passé une vingtaine d'années à risquer sa peau sur des projets spéciaux. Et cela lui arrivait encore.

— Pardon de venir t'ennuyer au milieu de la nuit, dit Pitt. J'espère que tu n'es pas en galante compagnie.

– À vrai dire, répondit Kurt en se tournant vers son bateau, je suis en tête à tête avec une superbe blonde. Ravissante, à la peau douce comme de la soie. Et je me vois fort bien passer du temps avec elle.

– J'ai peur que tu ne doives remettre à plus tard ces projets. Souhaite-lui plutôt une bonne nuit, dit Pitt d'un ton extrêmement sérieux.

– Qu'est-il arrivé ?

– Tu connais Kimo A'kona ?

– J'ai travaillé avec lui sur le Projet écologique d'Hawaii, répondit Kurt, comprenant qu'il devait s'agir d'un problème grave. C'est un type super. Pourquoi me demandes-tu ça ?

– Il était en mission pour nous dans l'océan Indien, commença Pitt. Perry Halverson et Thalia Quivaros l'accompagnaient. Cela fait deux jours que nous avons perdu tout contact avec eux.

Kurt n'aimait pas entendre ce genre de nouvelles, même si les radios pouvaient tomber en panne ou les installations électriques entières vous lâcher. D'ailleurs heureusement, la plupart du temps, on retrouvait les navigateurs sains et saufs.

– Que s'est-il passé ?

– Nous ne savons pas, mais ce matin, on a repéré le catamaran qui dérivait à cinquante milles de l'endroit où il aurait dû se trouver. Cet après-midi, un avion parti des Maldives a fait un passage à basse altitude. Les photos qu'il a prises montrent des traces d'incendie sur la coque, mais aucun signe de l'équipage.

– Sur quoi travaillaient-ils ?

– Ils relevaient juste la température de l'eau et analysaient les taux de salinité et d'oxygène, expliqua Pitt. Rien de dangereux, mais garde ça pour toi et pour Joe.

Kurt ne voyait pas comment ce genre de recherches pouvait inquiéter quelqu'un.

– Et pourtant tu penses à un sale coup ?

– Nous ne savons pas ce qui s'est passé, déclara Dirk. Il y a quelque chose de pas net. Sur les clichés, on voit que les coffres contenant les radeaux de sauvetage ont brûlé mais qu'ils ne sont pas défoncés. Halverson travaille avec nous depuis dix ans et, avant cela, il a passé huit années dans la marine marchande. Kimo et Thalia sont plus jeunes, mais bien entraînés. Nous n'arrivons pas à expliquer comment un incendie d'une telle ampleur a pu se produire à bord d'un voilier. Et même si nous y parvenions, personne ne pourrait me dire pourquoi trois marins expérimentés n'ont pas été capables, dans de telles conditions, de mettre à l'eau un radeau de sauvetage ou d'envoyer un appel de détresse.

Kurt resta silencieux. Lui non plus ne voyait aucune explication satisfaisante, à moins que, pour une raison quelconque, ils se soient trouvés dans l'impossibilité de réagir.

— En conclusion, ils ont disparu, fit Dirk. Nous les retrouverons peut-être. Mais nous avons toi et moi suffisamment d'expérience pour savoir que ça ne se présente pas bien.

Kurt comprenait. Trois membres de la NUMA manquaient à l'appel et étaient présumés morts. Ce qui les touchait tous les deux personnellement.

— Que veux-tu que je fasse ?

— Une équipe de sauvetage basée aux Maldives est en train de se préparer. Je voudrais que toi et Joe vous vous rendiez le plus rapidement possible sur le site. Ce qui veut dire que dans quatre heures vous devez être dans un avion.

— Pas de problème, dit Kurt. Est-ce qu'on les recherche encore ?

— Un avion qui a décollé des Maldives, plus deux P-3 de la Marine et une escadrille d'appareils à long rayon d'action basée en Inde du Sud ont quadrillé la zone depuis qu'on a repéré le catamaran. Pour l'instant sans résultat.

— Il ne s'agit donc pas d'une mission de sauvetage.

— Je le voudrais bien, dit Pitt. Mais, à moins d'avoir de bonnes nouvelles, ce à quoi je ne m'attends pas, ton travail est de comprendre ce qui s'est passé et pourquoi.

Dans la pénombre de l'atelier, Kurt hocha la tête.

— Compris.

– Je te laisse le soin de réveiller M. Zavala, conclut Pitt. Tiens-moi au courant.

Kurt confirma et Dirk Pitt raccrocha.

Kurt réfléchit à la mission qui l'attendait.

Il espérait contre toute raison que, pendant qu'il traversait l'Atlantique, on retrouverait les trois membres de la NUMA en train de barboter dans leur gilet de sauvetage. Malheureusement, compte tenu de la description qu'on faisait du catamaran et du temps écoulé depuis leur disparition, c'était peu probable.

Il glissa le portable dans sa poche, contempla le skiff reluisant qu'il avait construit et, sans une seconde d'hésitation, posa la main sur l'interrupteur, éteignit et sortit.

Son rendez-vous sur le Potomac devrait attendre un autre matin.

CHAPITRE 4

Yémen Central

UNE SILHOUETTE VÊTUE DE BLANC SE DRESSAIT sur une étendue rocheuse qui dominait le désert de sable du Yémen. Un peu plus loin, on apercevait un hélicoptère dont la carlingue, d'un blanc éblouissant, était décorée d'un macaron vert au centre duquel deux palmes de dattier encadraient une oasis. En contrebas, on découvrait l'entrée d'une vaste caverne.

Jadis, l'accès en aurait été gardé par quelques Bédouins dissimulés parmi les rochers, mais aujourd'hui seule était visible une douzaine d'hommes armés de fusils automatiques, tandis qu'une vingtaine de gardes restaient dissimulés alentour.

Jinn al-Khalif observait à la jumelle trois véhicules blindés qui, en formation, roulaient vers lui et tanguaient sur les dunes comme de petits bateaux sur la houle.

– Ils suivent la vieille piste, dit-il en s'adressant à Sabah, un barbu plus âgé qui se tenait près de lui, un peu en retrait. Du temps de mon père, seules les caravanes des marchands d'épices passaient par là. Aujourd'hui, ce sont des banquiers qui nous rendent visite.

Il reposa ses jumelles et se tourna vers Sabah qui tenait à la main une radio. Cet homme barbu, vêtu d'un burnous sombre, avait été le plus fidèle lieutenant de son père.

– J'espère que tu comprends ce qui les pousse à venir, dit Sabah. Ce n'est ni notre sort ni notre combat qui les intéresse.

Ils viennent parce que tu leur promets une véritable fortune et il faut que tu tiennes parole pour que nous puissions faire ce que nous voulons.

— Xhou est-il avec eux ?

Sabah acquiesça.

— Oui. Et avec lui, tous les hommes du consortium seront au complet. Nous ne devrions plus les faire attendre.

— Et le général Aziz, l'Égyptien ? demanda Jinn. Il ne verse toujours pas les fonds qu'il a promis ?

— On doit discuter avec lui dans trois jours, répondit Sabah. Quand le moment sera mieux choisi.

Aziz avait promis de verser au consortium des millions de la part d'un groupe de militaires et d'hommes d'affaires égyptiens, mais Jinn n'en avait pas encore vu la couleur.

— Aziz se moque de nous, fit Jinn en respirant à pleins poumons l'air pur de la montagne.

— Nous lui parlerons et lui ferons entendre raison, assura Sabah.

— Mais non, répliqua Jinn, il continuera à nous défier : il en a les moyens. Il s'imagine être intouchable.

Sabah tourna vers Jinn un regard interrogateur.

— C'est la réponse à l'énigme de la vie, déclara Jinn. Ce n'est pas la fortune, ce n'est pas le désir ni même l'amour qui comptent. Rien de tout ça n'a pu me sauver quand les bandits ont envahi notre camp. Seul compte le pouvoir. Le pouvoir brut, écrasant. Celui qui le détient est le maître et celui qui ne l'a pas ne peut que quémander. Aziz nous tient à sa merci, mais je renverserai bientôt la situation car, dans peu de temps, je serai plus puissant qu'aucun homme sur Terre.

Sabah hocha lentement la tête et dissimula un sourire de satisfaction.

— Tu as bien retenu la leçon, Jinn. Mieux encore que je ne l'aurais espéré. À vrai dire, tu surpasses ton maître.

Au pied de la falaise, les blindés ralentissaient pour stopper devant la caverne.

— Sabah, tu as été l'étoile polaire qui guide mes pas. C'est pourquoi mon père m'a confié à toi.

Sabah s'inclina.

— J'accepte la bonté de tes propos. Maintenant, allons accueillir nos hôtes.

Quelques minutes plus tard, ils pénétraient, quatre étages plus bas, à l'intérieur de la caverne, où la température n'était que de vingt-sept degrés, alors qu'à l'extérieur elle atteignait plus de quarante.

La grotte, jadis sommairement aménagée, disposait maintenant d'une vaste salle au décor très moderne. C'est là qu'ils retrouvèrent leurs hôtes, confortablement assis autour d'une table de conférence en ébène.

Le long des murs étaient alignés des ordinateurs et sur la table chaque invité disposait d'un écran. La caverne possédait d'autres pièces dissimulant des chambres et de nombreux couloirs aux murs couverts de râteliers chargés d'armes.

Jinn avait, à grands frais, transformé ces grottes poussiéreuses pour y installer le siège d'une société moderne. Il n'avait pas ménagé ses efforts pour que sa famille de nomades, qui vivaient du commerce des chameaux, se retrouve aujourd'hui à la tête d'une entreprise dont les principales activités étaient les technologies de pointe, le pétrole et le commerce maritime.

Finie, l'époque des chameaux et de l'oasis dont sa famille avait revendiqué la propriété pendant des siècles. Il avait tout abandonné en échange de modestes participations dans des sociétés modernes. Seules restaient les paroles de son père : *Tu ne dois jamais avoir pitié... Sans l'eau de nos sources, nous ne connaîtrons que l'errance et la mort.*

Jinn n'avait jamais oublié ce message et il l'avait toujours respecté. Avec l'aide de Sabah et grâce aux fonds amassés dans sa caverne, il était à deux doigts d'avoir la mainmise sur les sources d'eau de la moitié du monde comme son père avait régné sur l'oasis.

M. Xhou arrivait avec ses assistants. Sabah lui désigna son siège. Ils étaient neuf à participer à cette réunion. M. Xhou de Chine ; Mustafa du Pakistan ; le cheikh Abin da-Alhrama d'Arabie Saoudite ; Suthar qui était venu d'Iran, et Attakari de Turquie. Quelques autres personnages de moindre importance avaient fait le voyage d'Afrique du Nord, d'anciennes républiques soviétiques et d'autres pays arabes.

Aucun d'eux ne représentait officiellement un gouvernement. Il s'agissait uniquement d'hommes d'affaires qui s'intéressaient au projet de Jinn.

– Par la grâce d'Allah, nous voici de nouveau réunis, commença Jinn.

– Je vous en prie, dit M. Xhou, dispensez-nous de déclarations religieuses, et parlez-nous plutôt des progrès réalisés. Vous nous avez convoqués ici pour demander de nouveaux fonds, cependant où en sont les résultats que vous nous avez promis ?

Jinn trouva agaçant le ton brusque de Xhou. Bien sûr, il était le plus gros actionnaire, aussi bien par les sommes qu'il avait investies que par les avances consenties sur les bénéfices à venir, et maintenant il semblait impatient de récolter des profits. Jinn avait d'autant plus besoin du soutien de Xhou qu'Aziz promettait toujours des fonds qu'on ne voyait pas venir.

– Comme vous le savez, le général Aziz n'a pas été en mesure d'apporter les capitaux qu'il avait promis.

– Peut-être pour de bonnes raisons, commenta Xhou. Jusqu'à maintenant, nous avons dépensé des milliards pour bien peu de chose. Je possède aujourd'hui près d'un million d'hectares du désert de Mongolie qui ne valent rien. Si vos belles promesses ne se réalisent pas bientôt, ma patience va s'épuiser.

– Je vous assure, répondit Jinn, que nous touchons au but.

Il appuya sur une commande qui alluma à distance l'écran placé devant chaque participant. Sur un immense écran fixé au mur, s'afficha une carte en couleurs de la mer d'Arabie et de l'océan Indien. Des zones orange et jaunes représentaient les variations de température, les flèches incurvées indiquant la direction et la vitesse des courants marins.

— Voici le tracé habituel des flux dans l'océan Indien, expliqua Jinn. Il est basé sur les moyennes des trente dernières années. En hiver et au printemps, ces tracés vont d'est en ouest, c'est-à-dire dans le sens inverse des aiguilles d'une montre, car les courants sont poussés par les hautes pressions d'air froid et sec venant de l'Inde et de la Chine. En été, la tendance s'inverse. Il faut savoir que le continent se réchauffe plus vite que la mer. Les masses d'air s'élèvent, attirant les vents du large vers la terre. Quand le tracé du courant s'inverse, la mousson arrive sur l'Inde.

Jinn actionna la commande pour montrer ce changement.

— Comme vous le savez, les variations de température et de pression orientent les vents qui, à leur tour, agissent sur les courants océaniques, apportant soit de l'air sec, soit des pluies. Dans ce dernier cas, la mousson vient arroser l'Inde et le Sud-Est asiatique, ce qui permet de nourrir les habitants de ces régions surpeuplées.

Une nouvelle animation sur l'écran montra les nuages arrivant sur l'Inde puis sur le Bangladesh, le Viêtnam, le Cambodge et la Thaïlande.

— Nous connaissons tout cela, dit sèchement Mustafa, le Pakistanais. Vous nous avez déjà fait cette démonstration. Et pendant qu'ils ont des récoltes abondantes, nos terres restent arides. Nous sommes venus ici pour voir comment vous allez réussir à modifier cette situation, car nous avons investi une fortune dans votre projet.

— C'est vrai, renchérit un autre participant.

— Vous aurais-je tous rassemblés si je n'avais pas de preuve ?

— Dans ce cas, montrez-la-nous, demanda Xhou.

Jinn appuya sur la commande et une nouvelle image apparut.

— Il y a trois ans, nous avons commencé à semer dans la zone est de l'océan Indien ce que nous appelons la horde, une masse de particules qui vient proliférer à la surface de l'eau.

Sur l'écran, près de l'équateur, apparut un petit triangle aux côtés irréguliers.

— Chaque année — avec vos fonds — nous avons ensemencé différents secteurs et, comme promis, chaque année la horde s'est développée. Il y a deux ans, sous l'effet du courant, elle recouvrait dix pour cent de la zone prévue.

Sur l'écran, le triangle s'allongea et s'élargit. Une seconde section s'incurva en partant de l'ouest.

— Il y a un an, elle était à trente pour cent de saturation.

Nouveau déclic, nouveau diagramme. Les deux taches sombres se rejoignirent pour s'étendre par-dessus la boucle méridionale du courant de l'océan Indien.

— Nous savons maintenant que les pluies sont moins abondantes sur l'Inde. L'an dernier, la récolte a été une des plus mauvaises et cette année, les Indiens vont attendre des nuages qui n'arriveront jamais.

Il pressa une nouvelle fois le bouton de la commande. La surface moissonnée des champs était moins étendue, tandis que des taches plus sombres et plus denses envahissaient le secteur central de l'océan Indien. Grâce à l'action naturelle des courants marins et aux manipulations de Jinn, la horde s'était fortement concentrée dans une zone que les océanographes appellent un gyre, ou Grand Tourbillon. Le phénomène aurait ainsi une influence sur la température de l'eau bien plus marqué, ainsi que sur la météo.

— La température de l'eau baisse, quand celle de l'air augmente, expliqua Jinn. Les conditions météorologiques sont en train de se modifier : les pluies deviennent plus abondantes que jamais sur les hautes terres de l'Éthiopie et du Soudan. Après des années de sécheresse, le lac Nasser menace de dépasser sa capacité maximale.

Tous ses auditeurs semblaient impressionnés. Tous, sauf Xhou.

— La famine en Inde ne nous avancera pas à grand-chose, dit-il. Sauf peut-être pour Mustafa, qui considère toujours les Indiens comme des ennemis héréditaires. Ce que nous voulons, c'est posséder suffisamment de grain à vendre quand leurs silos seront vides. Et cela ne risque pas d'arriver à moins de bénéficier d'un changement climatique radical dans nos propres pays.

— Bien entendu, reconnut Jinn. Mais vous ne pourrez profiter de cet effet secondaire que si vous passez d'abord par le premier palier. Ensuite, la pluie tombera, vos terres arides et sans valeur crouleront sous les récoltes et vous amasserez des sommes considérables en vendant votre riz et votre grain à un milliard d'affamés.

Xhou se carra dans son fauteuil avec un toussotement désapprobateur : il n'avait pas l'air convaincu.

— Les données sont simples, poursuivit Jinn. Il y a six mille ans, le Moyen-Orient, la péninsule Arabique et l'Afrique du Nord étaient fertiles. Il y avait des champs cultivés, des savanes et des plaines couvertes d'arbres. On ne connaissait aucune période de sécheresse. Puis le climat a changé et transformé toutes ces régions en déserts. Ce phénomène a été provoqué par la baisse de température qu'on a observée dans les courants océaniques. La plupart des savants que vous consulterez vous le confirmeront. Ce que nous voulons faire, c'est rétablir les conditions précédentes. L'an dernier, nous avons été témoins d'un premier signe qui allait dans ce sens, mais cette année, le changement sera flagrant.

Le cheikh Alhrama d'Arabie Saoudite intervint à son tour.

— Comment se fait-il que personne n'ait repéré votre horde ? Des satellites auraient dû enregistrer un phénomène d'une telle ampleur.

— Dans la journée, elle reste sous la surface. Elle empêche, en l'absorbant, la chaleur d'atteindre les couches inférieures de l'océan. À la tombée de la nuit, la horde refait surface et renvoie la chaleur vers le ciel. Une photo prise par satellite ne photographiera que l'eau de l'océan. Une image thermique indiquera seulement une radiation un peu anormale.

— Et les échantillons d'eau ? demanda Xhou.

– À moins de placer la horde dans un milieu extrêmement agressif, un échantillon prélevé sur place ne montrera à l'œil nu qu'une eau à peine trouble, peut-être légèrement polluée. Ce n'est qu'en les examinant avec un microscope extrêmement puissant que l'on pourra distinguer les structures microscopiques qui constituent la horde. Il n'y a donc rien qui risque de nous trahir. Mais, par précaution, nous surveillons les navires de recherche et la horde les évite.

– Pas tous.

Jinn fut pris au dépourvu. Il devinait ce qu'allait dire Xhou, mais il était surpris que ce dernier possède une telle information. Il est vrai qu'on n'arrivait pas au poste qu'il occupait sans savoir dénicher ce genre de renseignement.

– De quoi parle-t-il ? demanda Mustafa.

– Un petit bateau de recherche nous a surpris, expliqua Jinn. Des Américains. Nous nous en sommes occupés.

Xhou secoua la tête.

– Les Américains dont vous parlez appartiennent à une organisation appelée la NUMA, la National Underwater and Marine Agency.

Un murmure parcourut le groupe et Jinn sentit qu'il lui fallait reprendre rapidement le contrôle de la situation. Il avait besoin du prochain versement de fonds, sinon toute l'opération capoterait.

– C'était inévitable. Nous n'avions aucune raison de nous méfier d'un voilier avec un équipage de trois marins. Ces gens n'ont demandé aucun permis et n'ont fait aucune annonce. Le temps de nous rendre compte de leurs intentions, ils étaient sur le point de découvrir la horde. Ils avaient déjà transmis à leur direction des informations sur la baisse de température.

– Et alors ? demanda le Cheik.

– La horde les a dévorés.

– Dévorés ?

Jinn acquiesça.

– Quand elle a faim, la horde peut engloutir tout ce qui se trouve sur son passage. Elle est programmée ainsi pour assurer son autoprotection et sa reproduction. Cette réaction a d'ailleurs été activée ici, depuis nos installations.

Cette réponse ne fit qu'accroître la colère de Xhou.

— Vous êtes stupide, Jinn. Chaque action entraîne une réaction : la NUMA va mener son enquête. La perte de leur équipage va les rendre furieux et ils voudront comprendre ce qui s'est passé. Ils ont la réputation d'être tenaces. J'ai peur que vous n'ayez réussi qu'à éveiller leur attention.

Jinn était contrarié. Il avait horreur qu'on conteste ainsi ses décisions.

— Nous n'avions guère le choix. Maintenant que la horde a atteint un stade de forte concentration, elle est plus vulnérable. Si les Américains l'ont découverte, ils pourraient, même si c'est peu probable, prendre des mesures avant que nous ne déclenchions la dernière partie de notre plan, je veux dire dans cette zone et à ce stade crucial de développement. Si c'était le cas, tous nos efforts auraient été vains.

— Et comment empêcher cela ?

Jinn prit un air suffisant.

— Une fois les conditions climatiques modifiées, on pourra disperser la horde partout. Grâce à son processus naturel de reproduction, elle se développera et se répandra dans des proportions telles que même les efforts concertés de toutes les nations du monde ne parviendront pas à la détruire.

— Où ira-t-elle ? demanda Mustafa.

— Partout, déclara Jinn. Elle finira par envahir tous les océans du globe. Nous serons en mesure d'affecter non seulement les conditions climatiques de nos régions, mais de tous les continents du monde. Les pays riches devront payer cher pour que nous leur procurions ce qu'ils possédaient jadis gratuitement.

— Et s'ils attaquent la horde ? interrogea Xhou.

— Il leur faudrait mettre le feu à toute la surface de l'océan pour lui causer de réels dommages. Et même s'ils y parvenaient, les particules survivantes se reproduiraient et la horde renaîtrait comme la forêt après un incendie.

Les membres du consortium échangèrent des hochements de tête approbateurs. Ils semblaient soudain prendre conscience du pouvoir de l'arme que brandissait Jinn. Et ce pouvoir, ils le contrôlaient eux aussi en partie.

– Jinn a bien fait, dit le Cheikh, soutenant son frère arabe.

– Absolument, renchérit Mustafa.

– Nous verrons, dit Xhou, avec un total manque d'enthousiasme. D'après les renseignements dont je dispose, des spécialistes de la NUMA sont en route pour Malé afin de commencer leur enquête. Si la horde est encore vulnérable en raison de sa concentration, je suggère que nous la dispersions.

– Ce n'est pas le moment de prendre cette décision, dit Jinn. Mais ne vous inquiétez pas, nous savons qui se trouvait à bord du catamaran et qui ils envoient pour mener l'enquête. Je vais m'occuper d'eux : j'ai un plan.

CHAPITRE 5

L'ÎLE DE MALÉ EST LA PLUS PEUPLÉE des vingt-six atolls qui constituent l'archipel des Maldives, au sud-ouest du Sri Lanka. Malé avait été pendant des siècles la résidence privée du roi, ses sujets occupant la vingtaine d'autres îles réparties sur environ trois cents kilomètres carrés d'océan. Aujourd'hui, Malé, capitale des Maldives, compte une centaine de milliers d'habitants qui s'entassent sur un peu moins de six kilomètres carrés.

Contrairement aux îles volcaniques comme Hawaii ou Tahiti, les Maldives ne possèdent aucune montagne ni même de paysages rocheux. En fait, le point culminant de Malé est à seulement deux mètres au-dessus du niveau de la mer, ce qui n'empêche pas un hôtel de douze étages et plusieurs autres grands immeubles de se dresser çà et là jusqu'au bord de l'eau.

De Washington, le vol prenait presque un jour entier : quatorze heures pour atteindre Doha, au Qatar, où l'escale durait trois heures, puis encore cinq heures d'un vol épuisant après en avoir déjà passé autant en altitude. Enfin, ces tribulations terminées, les voyageurs arrivaient à destination. Enfin, presque.

L'île de Malé était si petite et si construite qu'il ne restait plus de place pour un aéroport. Il fallait atterrir sur l'île voisine de Hulhulé, qui avait presque la forme d'un porte-avions, et dont la principale piste d'atterrissage occupait presque toute la superficie.

À bord du quadrimoteur A380, Kurt regardait des passagers qui, les mains crispées sur les accoudoirs, voyaient l'avion s'approcher de plus en plus près de l'eau. Ce n'est qu'au moment où les roues allaient frôler les vagues que le sol apparut et que le gros Airbus se posa sur le ciment de la piste.

– Whouu ! fit une voix à côté de lui.

Kurt se tourna. La secousse avait réveillé Joe Zavala qui dormait à poings fermés au moment de l'atterrissage.

– Ils pourraient prévenir, non ?

– Et te gâcher la surprise ? fit Kurt en souriant. Une petite giclée d'adrénaline, ça permet de bien commencer la journée.

Joe lança à Kurt un regard sévère.

– Rappelle-moi de ne jamais te laisser toucher à la sonnerie de mon réveil. Tu choisirais probablement un cor de chasse ou quelque chose de ce genre.

Kurt se mit à rire. Joe et lui avaient en dix ans partagé bien des aventures. Ils avaient connu des moments angoissants où le pire semblait inévitable pour toujours réussir à retourner la situation, généralement à la dernière seconde.

Kurt avait bien des fois risqué sa vie pour tirer Joe d'un mauvais pas et Joe lui avait souvent rendu la pareille. Ils étaient devenus si complices qu'ils s'amusaient souvent à se titiller.

– Étant donné la façon dont tu ronfles, dit Kurt, je ne sais pas si un cor suffirait.

Trente minutes plus tard, après avoir récupéré leurs bagages et passé la douane, Kurt et Joe se retrouvèrent dans un bateau taxi, qui leur fit traverser l'étroit chenal séparant Hulhulé de Malé.

Kurt regardait l'eau, alors que Joe était plongé dans ses mots croisés.

– Un mot de cinq lettres pour désigner un félin d'Afrique ?

Kurt hésita.

– Tigre, ça n'irait pas ?

– En Afrique ? dit Joe. Tu es sûr ?

– Presque, dit Kurt. Comment se fait-il que tu aies l'air aussi vanné ?

En général, Joe supportait très bien les voyages. Kurt se demandait souvent s'il ne détenait pas un secret, transmis par des générations d'explorateurs, qui lui permettait de franchir une douzaine de fuseaux horaires sans le moindre trouble. Mais ce jour-là, il avait les yeux cernés et, malgré son physique athlétique, il semblait épuisé.

— Tu étais à Washington quand tu as reçu l'appel, expliqua Joe. À dix minutes de l'aéroport. Moi, j'étais en Virginie, avec quinze gamins en stage de formation : cross-country et cours d'instruction civique pendant tout le week-end.

Pendant ses heures de loisirs, Joe était responsable d'un programme destiné aux jeunes de la ville. Parfois, Kurt l'accompagnait lors de ces sorties, mais il avait manqué celle-ci.

— Tu essaies toujours de rivaliser avec l'endurance des jeunes, hein ?

— Ça m'empêche de vieillir, rétorqua Joe.

Kurt hocha la tête. C'est vrai qu'ils étaient tous deux des athlètes et il le fallait pour supporter le rythme impitoyable du Service des Projets spéciaux de la NUMA. On ne pouvait jamais savoir ce que l'avenir vous réservait, sinon que selon toute probabilité, il serait astreignant et de nature à épuiser toutes vos réserves d'énergie.

Pour tenir, les deux hommes soignaient leur forme. Kurt était le plus grand, le plus mince aussi et le plus agile. Presque tous les jours il faisait de l'aviron sur le Potomac ou bien courait quelques kilomètres. Il pratiquait également les arts martiaux.

Joe était plus petit, avec des épaules plus larges et un gabarit de boxeur. Il jouait au football dans un club d'amateurs et jurait qu'il aurait pu passer professionnel si seulement il avait été un peu plus rapide. Pour l'instant, il semblait n'avoir qu'une préoccupation : terminer ses mots croisés.

Kurt lui arracha le journal des mains et le jeta dans une corbeille.

— Repose-toi les yeux, dit-il. Tu vas en avoir besoin.

Joe lança un regard navré au journal tout froissé, haussa les épaules puis, se calant la nuque contre l'appuie-tête de son fauteuil, ferma les yeux et se laissa envelopper par la chaleur du soleil pendant les dix minutes de traversée du chenal.

— Vous venus en vacances ? demanda le pilote du canot taxi pour faire la conversation.

Vêtu d'une chemise de lin blanc aux manches relevées et les yeux dissimulés derrière ses lunettes noires, Kurt avait tout à fait l'allure d'un touriste ravi d'être arrivé à destination, et c'était bien ce que pensait le pilote.

— Nous sommes ici pour affaires, dit Kurt.

— C'est bien, répondit l'homme. À Malé, beaucoup affaires. Vous faites quoi ?

Kurt réfléchit un instant. Impossible d'expliquer exactement ce que faisait l'équipe des Projets spéciaux de la NUMA puisqu'on y pratiquait des activités extrêmement variées. La réponse lui vint soudain, simple et brève.

— Nous réglons des problèmes, finit-il par dire.

— Alors, vous n'êtes pas au bon endroit, dit le pilote. Les Maldives, c'est un paradis. Pas de problèmes ici.

Kurt sourit. Si seulement l'homme pouvait dire vrai...

Parvenu au bord du môle, le pilote coupa les gaz et lança un cordage à un homme qui attendait sur le quai.

Kurt se leva, régla la course et mit pied à terre. Des touristes déambulaient au soleil, ou flânaient dans les échoppes. Des hommes en gilets fluorescents qui travaillaient à réparer une conduite en béton s'interrompirent dans leur tâche pour poser leurs pelles et dévisager une ravissante Polynésienne qui passait par là.

Kurt ne pouvait vraiment pas le leur reprocher. Une abondante chevelure noire ruisselait sur le corsage blanc sans manches de la jeune femme. Son visage bronzé, avec ses pommettes saillantes et ses lèvres pulpeuses, rayonnait au soleil. Et bien qu'un pantalon de toile gris couvrît modestement ses jambes, Kurt ne doutait pas qu'elles étaient aussi hâlées que le reste de sa personne.

Elle s'engouffra dans une bijouterie, Kurt et les terrassiers reprenant leurs occupations respectives.

– Tu es prêt ? demanda-t-il.

– Comme toujours, répondit Joe.

Kurt empoigna son sac de voyage et les deux hommes remontèrent le quai. Deux autres personnages les attendaient : un homme de haute taille – plus d'un mètre quatre-vingts – et une femme à l'air espiègle, avec des cheveux roux bouclés. Elle mesurait plus d'un mètre soixante-dix, mais paraissait toute menue auprès de son compagnon.

– On dirait que les Trout nous ont coiffés au poteau, dit Kurt en les désignant à Joe.

Paul et Gamay Trout étaient deux de leurs plus proches amis et membres appréciés de l'équipe des Projets spéciaux. Le perpétuel entrain de Gamay et son caractère enjoué compensaient le sérieux de son mari.

– Bienvenue au paradis, fit Gamay avec son léger accent du Midwest.

– Tu es la seconde personne à me dire ça, dit Kurt.

– Ça figure dans tous les guides touristiques.

Kurt la prit dans ses bras, serra la main de Paul et Joe en fit autant.

– Comment diable êtes-vous arrivés ici si vite ?

Gamay sourit.

– Nous avions une longueur d'avance. Nous étions en Thaïlande, à savourer une des cuisines les plus fantastiques que j'aie jamais goûtée.

– Heureux coquins, dit Kurt.

– Vous voulez déposer vos bagages à l'hôtel ? proposa Paul.

Kurt secoua la tête.

– Je veux d'abord jeter un coup d'œil au catamaran. On l'a déjà ramené ?

– Un patrouilleur de la Marine des Maldives l'a remorqué jusqu'ici il y a une heure. À notre demande, ils l'ont gardé en quarantaine.

Voilà qui était une bonne nouvelle.

— Alors, allons voir ce que nous pouvons découvrir.

Après quelques minutes de marche le long de la jetée, ils aperçurent deux vedettes de la Marine stationnées un peu plus loin, juste à côté de la carcasse incendiée du catamaran.

Dans une petite guérite, Kurt présenta ses papiers et remplit quelques documents. Pendant que les autres attendaient, Kurt jeta un coup d'œil vers le bateau et remarqua un détail insolite. Sans en faire état, il récupéra son passeport et s'adressa à l'homme en uniforme qui les avait accueillis.

— Vous parlez anglais ?

— Absolument, répondit le jeune homme avec fierté.

— Dites-moi, poursuivit Kurt, sans la dévisager… vous ne voyez pas une ravissante brune en corsage blanc qui nous observe de la jetée ?

Le garde tourna la tête pour regarder.

— Sans avoir l'air de la dévisager, lui rappela Kurt.

L'homme, cette fois, se montra plus discret.

— En effet. Il y a un problème ?

— Aucun, si cela ne vous ennuie pas d'être suivi par une jolie femme, répondit Kurt. Surveillez-la donc pour nous.

Le jeune homme sourit.

— Avec plaisir, dit-il en s'empressant aussitôt d'ajouter : Sans la dévisager.

— Exactement.

Kurt quitta la guérite, puis Joe et les Trout montèrent avec lui à bord du catamaran.

— Quel chantier, dit Gamay, les mains sur les hanches.

C'était le moins qu'on pouvait dire. Le feu avait ravagé et réduit en cendres la moitié du bateau, fait fondre la fibre de verre près de l'arrière, là où l'incendie avait été le plus violent. Matériel et débris étaient éparpillés partout.

— Que cherchons-nous ? interrogea Paul.

— N'importe quoi susceptible de nous expliquer ce qui a pu se passer, répondit Kurt. S'agissait-il d'un accident ou d'un sabotage ? Avaient-ils des problèmes depuis un moment, ou bien un incident est-il brusquement survenu ?

— Je vais tâcher de retrouver le livre de bord et l'enregistreur du GPS, déclara Paul.

— Et moi inspecter les cabines, annonça Gamay.

Joe se dirigea vers le siège du pilote. Il actionna quelques manettes, mais rien ne se produisit.

— Pas de courant.

Kurt regarda autour de lui. Le catamaran avait deux panneaux solaires installés sur le rouf et qui semblaient intacts. En outre, une petite girouette, presque en haut du mât, tournait librement. L'installation devrait encore fournir du courant même s'il n'y avait personne pour l'utiliser.

— Vérifie les câbles, dit-il.

Joe grimpa sur le toit de la cabine et constata les dégâts.

— Ils ont grillé jusque-là, annonça-t-il. Mais je crois que je peux faire une épissure.

Il se mit au travail pendant que Kurt inspectait les coffres abritant les radeaux de sauvetage. Non seulement on ne les avait pas ouverts, mais on n'avait même pas desserré les sangles qui les fermaient.

— Aucune trace d'eau en bas ? interrogea-t-il, pensant qu'une lame de fond aurait pu frapper le bateau et faire tomber à la mer tous ses occupants, hypothèse peu probable car cela n'expliquait pas l'incendie.

— Non, répondit Gamay. C'est parfaitement sec par ici.

Kurt s'accroupit pour examiner les traces d'un résidu étrangement épais, qui ressemblait plus à une sorte de boue qu'à de la suie.

Le bateau possédait, sous le pont près de l'arrière, un moteur auxiliaire utile en cas d'urgence ou quand il n'y avait pas de vent. Il souleva le couvercle pour regarder à l'intérieur.

— Pas trace d'incendie de ce côté, dit-il après une rapide inspection.

La jolie Polynésienne s'était approchée et était maintenant appuyée contre un arbuste dans la grande allée qui bordait le quai. Elle tenait son portable de façon bizarre, comme pour prendre des photos du catamaran.

Était-elle journaliste ?

Sans bien savoir pourquoi, tous ces décombres parurent à Kurt moins intéressants. Cette femme savait-elle quelque chose que, pour l'instant, il n'avait pas remarqué ?

Gamay remonta sur le pont.

— Tu n'as rien trouvé ? demanda Kurt.

— Le journal de Thalia, dit-elle en brandissant quelques objets. Une partie des notes de Halverson. Un ordinateur portable.

— Rien d'extraordinaire ?

— Vraiment non, mais la table de la cabine principale est cassée et il y a aussi des débris d'assiettes et de plats partout. Pourtant les loquets des placards étant fermés, je présume qu'on a probablement sorti cette vaisselle avant. Et puis les réserves de nourriture dans l'armoire ont toutes disparu, sauf les boîtes de conserves.

Un instant, les paroles de Gamay éveillèrent chez Kurt une lueur d'espoir. Si la situation avait contraint l'équipage à envisager des moyens de survie, on aurait commencé par emporter tout ce qu'il y avait de comestible, mais on n'aurait jamais laissé des conserves. C'était au contraire ce qu'on aurait pris en premier.

Paul revint avec le GPS et quelques outils.

— Rien d'extraordinaire là-bas, dit-il, sauf une lance d'arrosage qu'on a laissée branchée.

— Peut-être qu'ils l'ont utilisée pour combattre le feu, suggéra Gamay.

Kurt était dubitatif. Deux gros extincteurs étaient toujours posés sur leur trépied, un de chaque côté du bateau.

— Alors, pourquoi ne les ont-ils pas utilisés ? se demanda Kurt en les montrant du doigt.

Ne trouvant pas de réponse à sa question, ni même d'hypothèse à avancer, il regarda Gamay.

— Dirk m'a dit que tu avais suivi des cours de médecine légale.

Elle acquiesça.

— Le temps que j'ai passé l'an dernier avec le Dr Smith m'a fait comprendre que d'infimes détails peuvent révéler des tas de choses. Surtout quand on n'a rien trouvé d'autre qui tienne debout.

— Pour moi, rien de tout cela ne tient debout. La disparition de quelques conteneurs de matériel aurait pu suggérer une attaque de pirates, mais impossible quand on laisse sur place des ordinateurs et des appareils qui valent cher. Des débris de vaisselle et une table cassée pourraient laisser croire qu'il y a eu combat, mais cela ne suffit pas à me faire croire qu'ils sont devenus fous jusqu'à s'entretuer. Ce que je vois surtout, c'est cet incendie. Ils l'ont combattu avec un tuyau d'arrosage, comme s'ils semblaient avoir oublié qu'ils possédaient des extincteurs.

— Peut-être que le feu les a affolés, suggéra Paul. Peut-être que c'est arrivé la nuit ? Ou que, je ne sais comment, l'incendie a libéré des fumées toxiques et qu'ils n'ont pas eu d'autre choix que de sauter à la mer.

C'était une possibilité, estima Kurt, fragile, mais quand même envisageable et qui pourrait expliquer cet étrange résidu dont ils avaient remarqué les traces sur le pont. Comme une sorte de cambouis. Mais, dans ce cas, comment était-il arrivé là ?

— Envisageons cette hypothèse, dit-il. Le feu n'est pas parti du compartiment où se trouve le moteur, il doit donc y avoir une autre cause. Prélevons des échantillons de cette boue et de tout ce qui peut nous paraître bizarre.

— Je m'en occupe, proposa Gamay.

— Et moi, dit Paul, je vais aider Joe à rétablir le courant.

— Bon, fit Kurt en souriant. Il ne me reste plus qu'à me présenter à cette séduisante jeune femme.

CHAPITRE 6

GAMAY LE DÉVISAGEA COMME S'IL PLAISANTAIT.
— Je te reconnais bien là, dit-elle.
Malgré son ton railleur et les regards soupçonneux des autres, Kurt ne répondit pas. Il descendit sur la jetée tout en surveillant le garde qui venait d'entrer dans le kiosque.

Puis il se tourna vers la jeune femme et se dirigea vers elle.

Il marchait à grandes enjambées. Elle le regarda une seconde et commença à s'éloigner, hâtant le pas vers la rue voisine. À ce moment, une camionnette de livraison déboula à vive allure. Sans doute, se dit Kurt, un complice qui venait la chercher.

Mais la femme s'arrêta soudain, l'air un peu perdu. Elle regarda la camionnette qui approchait, puis Kurt, avant de se tourner de nouveau vers le véhicule qui s'arrêtait quelques mètres plus loin dans un crissement de freins.

La portière s'ouvrit toute grande et deux hommes sautèrent à terre. Elle tenta de s'enfuir, mais ils l'empoignèrent.

Kurt ne savait absolument pas ce qui se passait, mais tout cela ne lui disait rien qui vaille. Il se mit à courir.

— Hé, là-bas ! fit-il.

La femme se mit à hurler tandis que les hommes la traînaient vers la camionnette. Elle avait beau se débattre, ils la jetèrent sur la banquette par la portière ouverte et s'engouffrèrent derrière elle. Le temps que Kurt atteigne la rue, ils repartaient en trombe. Le garde sur la jetée se précipita vers lui en donnant de grands coups de sifflet.

Ce n'était pas ça qui parviendrait à les arrêter.

— Vous avez une voiture ? demanda Kurt.

— Juste un scooter. (Le garde tira une clef de sa poche en désignant une petite Vespa orange.)

Kurt saisit la clef et courut vers le scooter. Il devrait s'en contenter.

Il enfourcha la selle et mit le contact. Le moteur de 50 cm^3 se mit à tourner avec la puissance d'un séchoir à cheveux.

— Quelle idée de ne pas avoir de voiture ! cria-t-il.

Il releva la béquille et mit pleins gaz.

— L'île tout entière fait à peine trois kilomètres, répliqua le garde. Que voulez qu'on fasse d'une voiture ?

Kurt ne trouva rien à répondre et, de toute façon, il n'avait pas le temps. Il accéléra à fond et, dans une pétarade de tondeuse à gazon, lança la Vespa à la poursuite de la camionnette.

Une minute plus tôt, il avait pensé que la jeune femme pouvait être une journaliste, mais il commençait à se demander si elle n'avait pas des activités plus inquiétantes. Et maintenant voilà qu'il essayait de l'arracher à des ravisseurs. La matinée s'avérait décidément pleine de surprises.

À deux cents mètres devant lui, la camionnette dévalait la rue. Ses stops s'allumèrent et elle tourna à gauche vers le centre de la ville.

Kurt suivit, frôlant de peu un cycliste et un marchand de poisson ambulant. Il donna un brusque coup de guidon, monta sur le trottoir, faillit tomber de sa Vespa et, un instant plus tard, se retrouva sur la chaussée.

La camionnette avait pris de la distance et Kurt, avec sa petite machine, n'allait sans doute pas pouvoir la rattraper.

— Seigneur, marmonna-t-il tandis que des insectes lui cinglaient le visage. Dire que j'ai écouté toutes ces années Dirk me raconter des histoires sur les Duisenberg et les Packard qu'il empruntait à son père, pour finir par me retrouver sur un scooter brinquebalant.

Il se pencha sur le guidon pour avoir une position plus aérodynamique. Il s'estimait heureux que sa Vespa n'ait pas de breloques attachées au guidon ou un panier pour chien fixé à l'avant.

Un groupe de piétons était en train de traverser la rue. Kurt découvrit juste à temps le bouton du klaxon.

Meep-meep.

Le bourdonnement aussi insistant que déplaisant réussit à les écarter. Kurt s'engouffra dans la brèche comme un forcené et fonça vers la camionnette.

Ils roulaient maintenant sur une route dont le nom était si long que Kurt ne se donna pas la peine de le lire ni de le retenir. Il n'avait qu'un seul but : ne pas perdre le véhicule de vue.

Il ne savait pas à quelle vitesse roulaient les autres scooters, mais la Vespa ne dépassait pas les soixante à l'heure. Il commençait à se dire qu'il s'était lancé dans une mission impossible lorsque la chance commença à tourner en sa faveur.

Le garde avait déclaré que personne ici n'avait besoin de voiture, pourtant beaucoup de gens semblaient en posséder une. Les rues en étaient pleines – peut-être pas comme à Washington à l'heure de pointe, mais assez pour transformer la circulation en une vraie course d'obstacles.

Après avoir périlleusement doublé une limousine et fait une queue-de-poisson à deux autres voitures, il se trouva plus proche de la camionnette. Il l'aperçut juste devant, essayant de franchir un carrefour très encombré.

Après avoir doublé un autre véhicule un peu lent, il entendit le chauffeur de la camionnette klaxonner bruyamment, puis traverser la chaussée et tourner à droite.

Kurt négocia sans mal le virage en se faufilant habilement entre deux voitures à l'arrêt, avec l'espoir qu'aucun des deux automobilistes ne décide d'ouvrir une portière.

Ils roulaient maintenant vers l'ouest et Kurt gagnait du terrain, grisé soudain par les exploits de son petit destrier orange. Ils approchaient maintenant du port et avaient presque atteint l'autre rive de l'île.

La camionnette prit de la vitesse, fonçant le long des conteneurs et du matériel hétéroclite qui s'amoncelaient sur le quai. Après une longue glissade, elle s'arrêta près d'une vedette qui attendait. La portière s'ouvrit. Les deux hommes qui avaient enlevé la mystérieuse jeune femme la poussèrent dehors et la camionnette repartit aussitôt.

Kurt ne s'en occupa pas, car il se précipita vers la Polynésienne et ses ravisseurs puis sauta à terre.

Privée de son cavalier, la Vespa se coucha sur le côté tandis que Kurt, emporté par son élan, alla emboutir les deux hommes et la femme.

Tous les quatre culbutèrent sur la chaussée. Kurt sentit son genou et sa hanche frotter douloureusement le bitume mais, se relevant d'un bond, fonça vers les deux hommes.

L'un d'eux courait vers la vedette. L'autre s'arrêta et tira de sa ceinture un poignard. Il fixa Kurt une seconde, recula de quelques pas, puis lança son couteau.

Kurt l'esquiva, mais son geste fit gagner à son adversaire une ou deux précieuses secondes. L'homme rejoignit son camarade devant le bateau, tous deux sautèrent à bord et la vedette démarra en trombe, sans que Kurt puisse relever son numéro d'immatriculation.

Il secoua la tête. Match nul : les ravisseurs avaient perdu leur captive, mais ils avaient filé.

Il se tourna vers la femme. Accroupie sur la chaussée, elle serrait contre elle son coude ensanglanté et semblait souffrir.

Il s'approcha.

– Ça va ? demanda-t-il d'un ton bourru.

Levant vers lui un visage ruisselant de larmes, elle acquiesça.

– Je crois qu'il m'a cassé le bras, dit-elle en anglais.

Kurt allait donner libre cours à son instinct protecteur lorsqu'il se rappela que, quelques instants auparavant, cette femme les espionnait, ses amis et lui, et avait pris des photos du catamaran. Il estima qu'elle lui devait quelques explications.

– Je vais vous conduire à l'hôpital, dit-il en l'aidant à se relever, mais dites-moi d'abord qui vous êtes, pourquoi vous me suiviez et ce que vous trouvez de si intéressant à un catamaran qui n'est plus qu'une épave.

– Vous êtes Kurt Austin, répondit-elle sans se démonter. Vous travaillez pour la NUMA.

– C'est exact, dit-il. Comment le savez-vous ?

– Je m'appelle Leilani Tanner, déclara-t-elle.

Le nom lui disait quelque chose, mais aussitôt elle s'expliqua.

– Kimo A'kona était mon frère. Enfin, mon demi-frère. Il était à bord de ce bateau.

CHAPITRE 7

À PLUSIEURS MILLIERS DE KILOMÈTRES, dans la province de Shanghai, deux hommes occupaient le wagon particulier d'un train à grande vitesse qui filait vers Beijing. Xhou venait de Chine et portait un complet, Mustafa arrivait du Pakistan et était vêtu d'une djellaba. Parmi la douzaine de personnes présentes, on pouvait ainsi facilement distinguer celles qui accompagnaient l'un ou l'autre des voyageurs.

La vitesse du convoi et la douceur de la suspension étaient aussi impressionnantes que le paysage qu'ils traversaient. Un éclairage tamisé baignait la voiture d'une douce lumière aux reflets légèrement bleutés. Les voyageurs occupaient des fauteuils au cuir moelleux et la climatisation maintenait la température au niveau agréable de vingt-trois degrés.

Deux cuisiniers avaient confectionné de succulentes confiseries chinoises et pakistanaises assorties d'infusions au lieu d'alcool, pour respecter la religion musulmane.

Malgré cette opulence, il s'agissait d'une réunion d'affaires.

Xhou commença d'un ton ferme.

– Il faut que vous compreniez la situation dans laquelle vous vous trouvez.

– Vous voulez parler de *la vôtre*, précisa Mustafa.

– Pas du tout, déclara Xhou. De nous tous. Nous avons commis de graves erreurs. Et c'est seulement maintenant que nous en découvrons l'ampleur. Grâce à la prouesse technologique

que maîtrise Jinn, il possèdera une puissance sans précédent et pourra remodeler le monde à sa façon, tandis que notre part du gâteau restera très limitée. Les résultats de nos investissements seront certes satisfaisants mais nous n'aurons aucun accès à cette fameuse horde qui permet de tels profits. Nous sommes exactement comme ces gens qui achètent de l'électricité au lieu de construire eux-mêmes une centrale.

Mustafa secoua la tête.

— Peu nous importe le procédé technologique de Jinn, dit-il. Personne dans mon pays ne serait capable de le réaliser. Tout ce que nous voulons, c'est que Jinn tienne ses promesses. Qu'il détourne la mousson de l'Inde vers le Pakistan et modifie le temps à notre avantage. Grâce aux conditions climatiques, nous pouvons bâtir ou détruire un empire. Mon peuple espère faire les deux.

Xhou prit un air condescendant. Il savait que Mustafa était un homme rusé, dont le but était de se venger de son ennemi et de récolter des bénéfices à court terme.

— Certes, dit Xhou. Mais vous devez comprendre qu'un changement climatique n'a rien de définitif, qu'il n'a aucun caractère permanent. En l'occurrence, il s'agit d'un bienfait de Jinn, révocable selon son gré. À l'instant où les pluies arroseront nos terres, nous deviendrons aussi dépendants que tous ces gens qui, en Inde, observent le ciel avec angoisse. Il suffira de peu de chose pour que Jinn change d'avis et détourne ses pluies ailleurs.

Xhou marqua un temps pour qu'ils comprennent bien tous le sens de sa remarque, puis il ajouta :

— S'il le souhaite, Jinn deviendra le faiseur de pluie qui, d'année en année, vendra au plus offrant.

— Et l'Inde est beaucoup plus riche que mon pays, répliqua Mustafa.

— Et vous ne pourrez pas renchérir, insista Xhou.

Mustafa semblait songeur.

— Jinn est un Arabe, il est musulman, il n'irait pas choisir les Sikhs et les Hindous de l'Inde à nos dépens.

– Pouvez-vous en être certain ? demanda Xhou. Vous m'avez dit un jour que longtemps on a surnommé les membres de la famille de Jinn « les renards du désert ». Comment expliquer autrement les richesses qu'ils ont amassées ? Crois-moi, il choisira ce qui est le plus profitable pour son clan.

Frappé par la justesse des propos de Xhou, Mustafa reposa sa tasse de thé sur la table. Il jeta un coup d'œil aux plateaux de victuailles, mais détourna la tête, comme s'il avait perdu l'appétit.

– Je crains que vous n'ayez raison, dit-il. Et, qui plus est, je me demande si Jinn n'a pas cette idée depuis un certain temps. Sinon, pourquoi insisterait-il pour garder les moyens de production dans son petit pays ?

– Nous sommes donc d'accord, dit Xhou. En n'ayant que les promesses de Jinn, sans la moindre possibilité de l'obliger à les tenir, nous sommes tous dans une situation précaire.

– Pas autant que la mienne, fit Mustafa. Je ne vis pas dans les mêmes conditions luxueuses que vous. Dans mon pays, les trains à grande vitesse n'existent pas plus que les villes nouvelles ou les immeubles somptueux, et nous ne possédons guère de réserves en devises étrangères pour amortir notre chute, s'il en survenait une.

– Mais vous avez quelque chose que nous n'avons pas, répondit Xhou. Vous avez un peuple au passé chargé de souvenirs et notamment celui d'avoir eu affaire à Jinn. Il sera sans doute plus enclin à vous faire confiance qu'à un messager qui viendrait de ma part.

– Jamais Jinn ne nous laissera approcher de ses installations.

– Ce n'est pas urgent, dit Xhou en souriant.

– Je ne comprends pas, fit Mustafa. Je croyais...

– Il suffit d'empêcher Jinn d'en assurer le contrôle. Ou, mieux encore, de l'éliminer et d'en assurer nous-mêmes le fonctionnement. Sans Jinn pour annuler les instructions existantes, la horde exécutera ce qu'il a déjà programmé. Les pluies nous arriveront de façon permanente.

Un sourire sinistre apparut sur le visage de Mustafa qui semblait soudain comprendre où Xhou voulait en venir.

— Dites-moi quelles sont vos conditions, dit-il. Et sachez que je ne peux pas vous promettre de réussir. Seulement d'essayer.

Xhou eut un hochement de tête affirmatif.

— Vingt millions de dollars une fois confirmée la mort de Jinn, quatre-vingts millions supplémentaires si vous pouvez fournir les codes de fonctionnement.

Mustafa bavait presque à cette perspective. Soudain, un frisson le parcourut et vint refroidir sa cupidité.

— Jinn est quelqu'un qu'il faut prendre au sérieux, dit-il. Le désert est parsemé d'ossements d'hommes qui se sont mis en travers de son chemin.

Xhou se carra dans son fauteuil. Maintenant, il tenait Mustafa et il le savait. Il suffisait de chatouiller un peu son orgueil...

— Aucune récompense ne va sans risque, Mustafa. Tenez-vous à n'être rien de plus qu'une marionnette dans les mains de Jinn ?

Mustafa prit une profonde inspiration.

— Nous agirons, déclara-t-il d'un ton ferme, dès la réception d'une avance de dix millions.

Xhou acquiesça et fit signe à un de ses hommes qui déposa une valise sur le tapis. Mustafa tendit la main mais, au moment où il allait saisir la poignée, Xhou reprit :

— Souviens-toi, Mustafa, dans mon pays, il existe aussi des endroits parsemés d'ossements. Si tu me trahis, personne ne se souciera de voir quelques carcasses de Pakistanais s'y ajouter.

CHAPITRE 8

A PRÈS UN BREF ENTRETIEN AVEC LA POLICE LOCALE, Kurt emmena Leilani au très moderne Memorial Hospital Indira Ghandi. Pendant qu'ils attendaient les radios, il envoya un SMS à Joe pour lui annoncer où il se trouvait et comment la poursuite s'était terminée. Puis il se tourna vers Leilani.

– Je ne voudrais pas être indiscret, mais que faites-vous donc ici ?

Elle avait le bras en écharpe. On lui avait recousu puis badigeonné de teinture d'iode une écorchure au-dessus de l'œil.

– Je suis venue découvrir ce qui a pu arriver à mon frère.

C'était bien compréhensible, se dit Kurt, sauf qu'il était à peu près certain que Dirk Pitt n'avait encore averti aucun membre de la famille.

– Comment saviez-vous qu'il s'était passé quelque chose ?

– Mon frère étudie les courants marins et moi, je m'intéresse à ce qui nage dans la mer, dit-elle en lui lançant un regard triste. Tous les jours, nous nous contactions par téléphone ou par Internet. Il me disait dans ses derniers e-mails qu'il commençait à enregistrer d'étranges différences de température et de teneur en oxygène. Il voulait savoir quels effets ces anomalies pouvaient avoir sur la vie marine dans ces zones. Il expliquait qu'ils avaient observé une réduction spectaculaire de la présence de petites crevettes, de plancton et de poissons. Il avait l'impression que la mer avait tendance à se refroidir et à se dépeupler.

Kurt savait que le dernier rapport d'Halverson confirmait ces données.

— Quand il a cessé de m'envoyer des e-mails, j'ai commencé à m'inquiéter, ajouta-t-elle. Comme il ne répondait pas à mes appels par téléphone satellite, j'ai contacté la NUMA. Et lorsque personne n'a voulu me dire ce qui se passait, j'ai pris l'avion et je suis allée trouver le capitaine du port. C'est lui qui m'a parlé de la récupération du bateau. Il m'a dit que des gens de la NUMA allaient venir enquêter. J'ai pensé que vous faisiez peut-être partie de ce groupe, j'ai vu le catamaran et puis...

Elle se tut et regarda le sol. Kurt s'attendait à des larmes.

Il crut en apercevoir quelques-unes, mais elle se maîtrisa.

— Qu'est-il arrivé à mon frère ? finit-elle par demander.

Kurt garda le silence.

— J'ai perdu mes parents, monsieur Austin. Il est ma seule famille... la seule que j'avais...

— Je l'ignore, dit-il. C'est ce que nous tentons de découvrir. Vous savez qui étaient ces hommes qui voulaient vous enlever ?

— Non, répondit-elle. Et vous ?

— Non, reconnut Kurt, que la thèse de l'accident laissait sceptique. Quand Kimo vous a-t-il contactée pour la dernière fois ?

— Il y a trois jours, dans la matinée.

— Rien d'insolite dans le message ?

— Non, dit-elle. Rien d'autre que ce que je vous ai dit. Pourquoi ?

Kurt jeta un coup d'œil à la salle d'attente des urgences : le personnel médical s'affairait, des patients attendaient, de temps à autre une sonnerie retentissait. Tout était calme et paisible. Et pourtant, Kurt sentait le danger rôder.

— Parce que j'essaie de comprendre ce que ces hommes auraient pu gagner à vous enlever. Pour commencer, en ce qui concerne le catamaran, nous n'avions fait que suspecter un acte criminel. Maintenant, c'est une quasi-certitude. Et si vous n'en savez pas plus que nous...

— Tout ce que m'a envoyé Kimo, c'étaient des premières constatations. Identiques, j'en suis certaine, à celles dont vous disposez. Même si ce n'était pas le cas, je ne vois pas quel intérêt ils pourraient avoir à m'enlever.

Elle avait raison et Kurt comprenait encore moins pourquoi ils avaient monté une telle opération.

— Vous allez les rechercher ?

— La police s'en chargera, dit Kurt, mais je suis certain qu'ils sont déjà loin. Mon travail, c'est de découvrir ce qui est arrivé au catamaran et à son équipage. À mon avis, il y a ici un indice que quelqu'un ne veut pas qu'on trouve. Quelque chose de bien plus important que des anomalies dans la température de la mer. Si cela nous conduit jusqu'aux hommes qui vous ont attaquée, alors nous nous occuperons d'eux.

— Laissez-moi vous aider, dit-elle.

Kurt, qui s'attendait à cette réaction, secoua la tête :

— Cette fois, il ne s'agit pas d'un projet scientifique. Et cela risque d'être dangereux.

Elle serra les lèvres car cette remarque l'avait blessée, mais elle répondit avec calme :

— Mon frère a disparu, monsieur Austin. Vous et moi le savons. Quand on grandit à Hawaii, on comprend vite la puissance de l'océan. Nous avons déjà perdu des amis qui faisaient du surf, de la voile ou de la plongée. Si la mer a accueilli Kimo dans ses bras, c'est une chose. Mais si ce sont des hommes qui l'ont poussé à l'eau à cause de ses travaux, c'est pire. Et je ne suis pas du genre à rester sans rien faire.

— Vous passez par des moments difficiles, dit-il. Et les choses ne vont sans doute pas s'arranger tout de suite.

— C'est pour ça que je suis ici, insista-t-elle. Pour ne plus être obsédée.

Kurt dut alors se résoudre à lui parler assez brutalement.

— Si j'en crois mon expérience, quoi qu'il arrive, vous allez être assez instable. Ce qui aurait un effet néfaste sur toute l'équipe. Je regrette, mais je ne veux pas avoir quelqu'un qui traîne dans nos pattes juste pour se changer les idées.

— Très bien, dit-elle. Mais de toute façon, attendez-vous à me voir, parce que je ne vais pas rester plantée là à pleurnicher.

— Que voulez-vous dire ?

Cette fois, elle ne prit pas de gants.

— Si vous ne voulez pas me laisser vous aider, alors, j'enquêterai de mon côté. Et tant pis si ça vous complique la vie.

Kurt poussa un grand soupir. C'était difficile de se mettre en colère contre quelqu'un qui venait de perdre un membre de sa famille, mais elle commençait à l'énerver. « Elle parle sans doute franchement, se dit-il. Le problème c'est qu'elle ne se doute pas de ce qui l'attend. »

Kurt allait répondre lorsque le médecin arriva avec les radios.

— Vous allez rapidement vous rétablir, madame Tanner. Vous n'avez que des contusions au bras, heureusement aucune fracture.

— Vous voyez, déclara-t-elle à Kurt. Je suis coriace.

— Et vous avez de la chance, répliqua-t-il.

— Ce n'est pas un crime.

Le médecin les regardait, un peu déconcerté par cette conversation.

— Moi aussi, je pense que c'est une bonne chose d'avoir de la chance.

— Vous ne me facilitez pas les choses, marmonna Kurt.

Il était piégé. Après ce qui venait d'arriver, il ne pouvait ni la laisser tomber ni la renvoyer à Hawaii où elle serait en sécurité. Il ne lui restait qu'une solution.

— Très bien, annonça-t-il.

— Je ne voudrais pas vous créer de problèmes, dit-elle.

— C'est déjà fait, grommela-t-il.

Vingt minutes plus tard – sous les regards horrifiés du personnel de l'hôpital –, Kurt aidait Leilani à enfourcher la Vespa cabossée et, avec un peu plus de précautions que lors de sa première randonnée, il la reconduisit de l'autre côté de l'île.

Ils arrivèrent sans dommage. Kurt promit au garde consterné que la NUMA ferait réparer ou remplacerait le scooter. Il lui laissa sa montre en gage.

L'homme l'examina d'un œil méfiant. Se rendait-il compte qu'elle valait deux fois le prix d'une Vespa neuve ?

Puis, flanqué de Leilani, Kurt remonta à bord du catamaran pour la présenter aux Trout.

– Et lui, c'est Joe Zavala, ajouta-t-il alors que Joe remontait sur le pont. Votre nouveau meilleur ami et votre chaperon.

Tous deux échangèrent une poignée de main.

– Je n'ai certes pas à m'en plaindre, dit Joe, mais pourquoi me voilà devenu son nouveau meilleur ami ?

– Tu vas t'assurer qu'il ne lui arrivera rien, dit Kurt. Et, encore plus important, qu'elle ne causera aucun problème parmi nous.

– Je n'ai encore jamais servi de chaperon, répliqua Joe.

– Il y a un début à tout, fit Kurt. Et maintenant, où en sommes-nous ?

– On a rétabli l'électricité, annonça Joe. La batterie a besoin d'être rechargée mais heureusement, les panneaux solaires et l'éolienne suffisent pour l'instant.

– A-t-on trouvé quelque chose ?

Ce fut Paul qui répondit.

– Dès que Joe a rétabli le courant, j'ai pu accéder à l'enregistrement sur le GPS de la route parcourue. Ils ont maintenu un cap à l'ouest jusqu'à vingt heures, heure du dernier relevé. Après, la route et la vitesse deviennent chaotiques.

– Pour quelle raison, à ton avis ?

– Sans doute dès que l'incident s'est déclaré, expliqua Paul. L'incendie a détruit une partie de la voile, ce qui a dû modifier le profil et la vitesse du bateau. On pourrait supposer qu'il a commencé à dériver.

– Où se trouvaient-ils quand ça s'est produit ?

– À environ quatre cents milles à l'ouest-sud-ouest d'ici.

– Quoi d'autre ?

– Rien d'anormal sur le livre de bord, ni sur le fichier de l'ordinateur, dit Paul. Mais, comme d'habitude, Gamay a remarqué un détail intéressant.

Kurt se tourna vers elle.

Gamay lui tendit un flacon contenant environ quelques centimètres d'une eau de couleur charbonneuse.

– C'est le résidu qu'on a trouvé sur le passage de l'incendie. Je l'ai dissous dans de l'eau distillée. Dans la plupart des cas, la suie est essentiellement composée de carbone. Or, bien qu'il y en ait beaucoup dans cette boue, on y trouve aussi un étrange mélange de métaux : étain, fer, argent, et même des traces d'or ainsi que des mouchetures bizarres à peine visibles.

Kurt examina attentivement l'eau du flacon : elle présentait de curieux reflets presque chatoyants.

– Qu'est-ce qui peut bien produire ça ?

Gamay secoua la tête.

– Je ne dispose pas ici d'équipement assez puissant pour le dire. Mais comme il y a à bord un microscope, sitôt le courant rétabli, nous avons étudié les échantillons. Je ne sais pas ce que c'est, mais ça bouge.

– Ça bouge ? répéta Kurt. Que veux-tu dire par là ?

– Que ce n'est pas inerte. Le carbone et le résidu sont immobiles, mais il y a sur ou dans le résidu quelque chose d'encore actif. Si minuscule qu'on ne le distingue pas au microscope.

Cette précision parut mettre Leilani mal à l'aise. Kurt se dit qu'il faudrait en discuter plus tard mais, visiblement, le problème la tracassait et elle avait du mal à en parler, alors autant l'aborder maintenant.

– S'agirait-il d'une bactérie ou d'un autre micro-organisme ? demanda Kurt.

– C'est possible, dit Gamay. Mais en attendant de l'examiner de plus près, nous en sommes réduits aux hypothèses.

Kurt réfléchit. Étrange en effet, mais cela ne leur apprenait rien puisque c'était après l'incendie qu'ils avaient découvert ce résidu à bord du bateau.

— Tu crois que cette matière bizarre, dont nous ne savons rien, aurait pu provoquer l'incendie ?

— J'ai essayé de faire brûler ce prélèvement, dit Gamay. Le résidu n'est pas inflammable : il est composé de carbone oxydé et de métaux.

— Si ce n'est pas la cause de l'incendie, alors qu'est-ce qui l'a provoqué ?

Gamay regarda Paul qui regarda Joe. Personne n'avait envie d'annoncer la mauvaise nouvelle.

— De l'essence, finit par dire Joe d'un ton grave. Et nous ne retrouvons aucun des cinq jerricans qui figuraient sur le manifeste.

Kurt fit vite le rapprochement.

— L'équipage aurait volontairement mis le feu ?

— C'est ce que nous pensons, répondit Joe en hochant la tête.

Gamay se tourna vers Leilani pour s'assurer qu'elle encaissait le choc.

— Je suis vraiment désolée...

— Mais non, répondit Leilani. Ça va. Pourquoi quelqu'un mettrait le feu à son propre bateau ?

— Nous pouvons envisager deux raisons, dit Gamay. Ou bien c'était un accident ou alors quelque chose à bord semblait encore plus dangereux...

— Le résidu et ses composants, suggéra Kurt. Vous croyez tous qu'ils luttaient contre ça ?

— Je ne sais quoi penser, insista Gamay. Je ne vois franchement pas comment ce résidu aurait pu présenter un tel risque. Paul et moi avons rendez-vous dans une heure avec un professeur de l'université pour mieux examiner les composants de cet échantillon. Peut-être que nous en saurons davantage.

— Très bien, dit Kurt regardant machinalement son poignet avant de se rappeler qu'il avait laissé sa montre en gage au garde.

— Quelle heure as-tu ?

– Quatre heures et demie, répondit Gamay.
– Bon. Joe et moi allons raccompagner Leilani à l'hôtel. En vous attendant, nous contacterons Dirk. Allez voir votre professeur, mais soyez prudents.

CHAPITRE 9

Paul et Gamay prirent un bus pour se rendre à l'Université nationale des Maldives. Arrivés à la station, ils descendirent en même temps qu'un groupe d'étudiants et tous entrèrent dans le bâtiment.

– Tu n'as jamais eu envie de retourner à la fac ? interrogea Gamay.

– Seulement si tu viens avec moi et que tu me laisses porter tes livres.

Les matières enseignées à l'Université couvraient un vaste cursus, depuis l'étude de la charia jusqu'à la mécanique, l'architecture et la médecine. Les cours d'architecture navale étaient très réputés, et reflétaient peut-être l'inquiétude d'une population qui, vivant presque au niveau de la mer, craignait de voir l'océan l'engloutir.

Un assistant du Département d'études navales qui connaissait la NUMA reçut Paul et Gamay et les présenta au Dr Alyiha Ibrahim, chargée de cours au Département des sciences.

– Merci de nous recevoir, dit Gamay.

Elle serra chaleureusement les mains de Gamay.

– Sur l'océan comme dans le désert, on ne refuse jamais de porter assistance à des voyageurs, dit-elle. Et si ce que vous avez découvert représente un danger pour Malé, ce ne serait pas de l'égoïsme mais de la stupidité de ne pas vous venir en aide.

– Nous ne savons pas s'il faut craindre un vrai danger, insista Gamay, mais il est arrivé quelque chose d'anormal et cette substance peut aider à en expliquer la cause.

— Alors, ne perdons pas de temps.

Le Dr Ibrahim les fit entrer dans un laboratoire. Le microscope électronique était branché et prêt à fonctionner. Un panneau annonçait que tous les systèmes étaient au vert.

— Vous permettez ? demanda le Dr Ibrahim.

Gamay lui tendit le flacon dont elle préleva un échantillon. Avec précaution, elle le déposa sur une petite plaque qu'elle glissa sous le scanner du microscope.

Quelques minutes plus tard, la première image apparut sur l'écran.

Elle était si étrange qu'ils en furent tous les trois abasourdis. Gamay ouvrit de grands yeux, Paul resta bouche bée, le Dr Ibrahim remonta ses lunettes sur son nez et se pencha en avant.

— Qu'est-ce que ça peut être ? demanda Paul en fixant l'écran de contrôle.

— On dirait des grains de poussière, remarqua Gamay.

— Je ne sais pas très bien ce que c'est, dit le Dr Ibrahim. Laissez-moi augmenter le grossissement.

Le microscope émit un discret ronronnement et l'apparition d'une nouvelle image ne fit que renforcer leur stupéfaction.

Le Dr Ibrahim se tourna vers Paul et Gamay.

— Je ne sais que vous dire. Je n'ai jamais rien vu de pareil.

Tandis que Paul et Gamay étaient à l'Université et que Joe veillait sur Leilani, Kurt examina les effets personnels des disparus. Un peu gêné, il avait l'impression de trier des reliques, mais il devait le faire au cas où elles révéleraient un indice caché.

Au bout d'une heure consacrée à cette tâche ingrate, il n'avait rien trouvé qui puisse l'aider, à l'exception d'une photo de l'équipage au milieu duquel se trouvait le frère de Leilani, l'air tout joyeux.

Il rangea tout cela et sortit dans le couloir, la photo à la main. La porte suivante ouvrait sur la suite réservée pour Joe et Leilani : deux chambres communicantes où il fallait passer par la première pour accéder à la seconde.

Il frappa, n'entendit rien et frappa encore.

La poignée finit par tourner, le visage de Leilani apparut dans l'encadrement de la porte et une fois encore, il fut frappé de sa beauté.

– Où est votre garde du corps ?

Elle ouvrit toute grande la porte. Sur le lit, Joe, tout habillé, ses chaussures encore aux pieds, dormait à poings fermés en ronflant légèrement,

– Vous voyez, je suis bien protégée. Rien ne lui échappe.

Kurt essaya de ne pas rire. Leilani, pieds nus, en pantalon de yoga noir et tee-shirt vert, referma doucement la porte et traversa la pièce.

Kurt la suivit dans la chambre voisine dont les stores baissés ne laissaient passer qu'une lumière tamisée.

– Je faisais de la méditation, expliqua-t-elle. Je me sens désorientée : à certains moments j'enrage et à d'autres j'ai envie de pleurer. Vous aviez raison : je suis un peu perdue.

Pourtant, elle n'en donnait pas l'impression.

– Vous avez plutôt l'air de tenir bon, rétorqua-t-il.

– J'ai au moins un but maintenant. Découvrir ce qui est arrivé. Il faut que je vous en remercie, bien que vous ayez accepté ma présence sans entrain. Toujours aucune piste ?

– Pas pour le moment. Jusqu'à maintenant, nous n'avons rassemblé que des éléments contradictoires.

– Comment ça ?

– Kimo et ses coéquipiers recherchaient des anomalies de température, expliqua-t-il. Ils en ont trouvé, mais pas celles à quoi ils s'attendaient. Dans le monde entier, les températures des océans sont en hausse, cependant ils ont observé une baisse certaine des températures dans une zone tropicale. C'est déjà étrange.

– Quoi d'autre ?

– D'ordinaire, on est content de trouver des températures plus basses car le taux d'oxygène dans l'eau est plus élevé et la vie plus développée. C'est d'ailleurs dans les zones froides de l'Atlantique Nord que se rassemblent les flottes de pêche puisque les mers chaudes peu profondes sont relativement peu peuplées.

Elle acquiesça. Kurt se rendit compte qu'il évoquait des données et des conclusions qu'elle aurait facilement pu trouver toute seule.

Elle avait l'air déconcertée.

— Mais Kimo me disait que dans les zones plus profondes, où il y avait moins d'oxygène en dissolution dans l'eau, on trouvait moins de krill, de plancton et de poissons, bien que la température soit plus basse.

— Parfaitement, c'est le contraire de ce qui se produit d'ordinaire, dit Kurt. À moins que quelque chose absorbe la chaleur tout en pompant les réserves d'oxygène.

— Qu'est-ce qui pourrait provoquer ça ? demanda-t-elle. Des déchets toxiques ? Une forme de composé anaérobique ?

Depuis qu'il avait revérifié les chiffres, Kurt s'était creusé la cervelle afin de découvrir pourquoi. L'activité volcanique, la prolifération anormale d'algues, ce genre de phénomènes pouvaient se produire dans des zones mortes, dans des eaux privées d'oxygène, mais rien ici n'expliquait cette baisse de température. Des remontées d'eaux froides venant des profondeurs, peut-être, mais d'ordinaire elles apportaient une arrivée en surface de matières nutritives et une teneur en oxygène plus élevée, ce qui provoquait une explosion de vie marine dans les parages.

C'était peut-être même la découverte de cette anomalie par Kimo et les autres qui avait pu causer leur mort. Mais il fallait trouver une explication valable.

— Je l'ignore, dit-il. Nous avons passé au crible tout ce qu'ils nous ont envoyé, y compris les e-mails que vous a adressés Kimo. Pour l'instant, nous avons fait chou blanc.

Une expression inquiète passa sur le visage de la jeune femme.

— Vous avez regardé le courrier qu'il m'a adressé ?

— Il le fallait bien, dit Kurt. Au cas où il vous aurait par inadvertance fait part d'une donnée vitale.

– Et vous n'avez rien trouvé ?

– Non, dit-il. Je ne m'y attendais d'ailleurs pas. Mais nous ne voulions pas prendre le risque que le moindre détail nous échappe.

Elle soupira, l'air soudain accablée.

– Peut-être que c'est un trop gros morceau pour nous. Peut-être devrions-nous laisser une organisation internationale enquêter...

– Où est donc passée votre belle détermination de tout à l'heure ?

– J'étais en colère. Une poussée d'adrénaline. Maintenant, je m'efforce d'être plus rationnelle. L'Onu ou les services de la Défense des Maldives pourraient mener une enquête sur cette histoire. Nous devrions rentrer chez nous. Maintenant que je vous ai rencontrés, vous et vos amis, je ne peux pas supporter l'idée que cette histoire fasse de nouvelles victimes.

– Il n'en est pas question, déclara Kurt. Nous n'allons pas laisser cette affaire aux soins de n'importe quel organisme.

Elle acquiesçait quand le portable de Kurt sonna.

C'était Gamay.

– Tu avances ?

– Dans une certaine mesure, répondit-elle.

– Qu'as-tu trouvé de nouveau ?

– Je t'ai envoyé une photo. Prise au microscope. Ouvre-la.

Kurt passa sur la fonction message et découvrit la photo de Gamay. En noir et blanc, mais d'une parfaite netteté, apparut une forme qui faisait penser à une sorte d'insecte dont l'aspect paraissait étrangement mécanique.

Kurt détailla la photo avec soin. On aurait dit une araignée avec six longs bras tendus en avant et, à l'arrière, deux pattes qui se déployaient en nageoires aussi plates qu'une queue de baleine. Chaque jeu de bras se terminait en divers types de griffes, marquées d'un sillon courant tout le long du dos de la chose et présentant des protubérances qui ressemblaient plus à des puces électroniques qu'à des barbillons ou des épines.

À vrai dire, l'ensemble avait l'air d'une machine.

– Qu'est-ce que c'est ?

– Un robot micronique, murmura Gamay.
– Un quoi ?
– Cette chose que tu regardes, expliqua-t-elle, a la taille d'un grain de poussière. Mais ce n'est pas un organisme, c'est une machine. Une micromachine. Et si l'échantillon que j'ai prélevé dit vrai, ces mêmes machines se trouvent en grand nombre carbonisées dans le résidu laissé par l'incendie du catamaran.

Il regarda la photo en songeant à ce que Gamay venait de dire. Il inclina le téléphone pour que Leilani puisse la voir.

Kurt pensa à la conversation qu'ils avaient eue précédemment et à l'hypothèse que l'équipage eût volontairement mis le feu au bateau pour se débarrasser de quelque chose de dangereux.

– Alors ces choses ont envahi le catamaran et l'équipage a essayé de s'en débarrasser en les brûlant, dit-il, réfléchissant tout haut. Mais, d'abord, comment sont-elles montées à bord ?
– Aucune idée, dit Gamay.
– À quoi servent-elles ? demanda-t-il. Que font-elles ?
– Aucune idée non plus, répéta-t-elle.
– Voyons, si ce sont des machines, quelqu'un a dû les fabriquer.
– C'est exactement ce que nous pensons, dit Gamay. Et nous croyons savoir qui aurait pu.

Un petit clic et une page de magazine apparut sur laquelle on apercevait un homme d'affaires qui descendait d'une Rolls Royce d'un orange flamboyant. Ses cheveux acajou étaient tirés en une longue queue-de-cheval et une barbe épaisse couvrait presque tout son visage. Il portait un costume bleu marine d'une coupe résolument italienne.

– Qui est-ce ? demanda Kurt.
– Elwood Marchetti, dit Gamay. Un milliardaire, un génie de l'électronique. Il y a des années, il a inventé un procédé pour imprimer sur les puces des circuits que tout le monde utilise aujourd'hui. C'est aussi un des pionniers de la nanotechnologie. Il a affirmé un jour que, dans l'avenir, des nanorobots se

chargeront de tout : purger le cholestérol qui obstrue nos artères ou extraire l'or de l'eau de mer.

— Et ces choses sont des nanorobots ? interrogea Kurt.

— En fait, si tu les compares à des Dinky Toys ou à des jouets pour enfants, précisa Gamay, ces choses sont des bulldozers. Le concept reste le même, elles sont toujours microscopiques, mais environ mille fois plus puissantes.

Leilani examinait la photo.

— Le problème, dit-elle d'un ton ferme, c'est donc ce Marchetti.

Kurt se montra plus réservé.

— Comment fait-on le rapprochement entre lui et ces microrobots ?

Cette fois, ce fut Paul qui répondit.

— À en croire un brevet international dûment enregistré, ils sont très proches d'un de ses dessins.

Kurt sentit une juste colère monter en lui et il remarqua que Leilani avait les mains crispées.

— Il les a réalisés ? demanda-t-il. Il a fait des expériences ?

— Pas à notre connaissance.

— Alors, comment se retrouvent-ils dans la mer, demanda Kurt, et surtout, sur le catamaran ?

— Ou ils se sont échappés du labo comme les abeilles tueuses il y a quelques années, suggéra Paul, ou bien Marchetti les utilise dans un but précis mais qu'il garde secret.

— Il faut que nous allions rendre visite à ce type, déclara Kurt d'un ton décidé.

— Je crois malheureusement qu'il habite sur une île qui lui appartient, dit Paul.

— Ce n'est pas cela qui va m'empêcher d'aller frapper à sa porte. Où puis-je le trouver ?

— Bonne question.

Gamay avait répondu avec un drôle de ton qui déconcerta Kurt.

— Tu veux dire que personne ne sait sur quelle île il habite ?

— Non, expliqua-t-elle. C'est juste que personne ne sait exactement où elle se trouve en ce moment.

Kurt avait l'impression que les Trout et lui avaient chacun une conversation différente.

— Qu'est-ce que vous racontez ?

— Marchetti a construit une île artificielle, expliqua Paul. Il l'appelle Aqua-Terra. Il en a lancé le noyau l'an dernier et il l'aménage depuis. Mais comme elle est mobile et qu'il a fait le choix de rester dans les eaux internationales, personne ne sait jamais très bien où il se trouve.

Kurt se rappela avoir entendu parler de cette histoire.

— Je croyais que c'était un coup de pub.

— Pas du tout, intervint Leilani. J'ai lu un article là-dessus. Il y a six mois, l'île était ancrée au large de Malé. Kimo avait dit qu'il voulait la voir si l'occasion se présentait.

— Bon, conclut Kurt. Vous autres, allez me trouver tout ce que vous pouvez sur ces nanorobots. De mon côté, je vais appeler Dirk. Dès que nous aurons déniché Marchetti, j'irai lui rendre visite. Je suis sûr qu'une île flottante, ce ne doit pas être sorcier à trouver.

CHAPITRE 10

JINN AL-KHALIF MARCHAIT DANS LE DÉSERT en compagnie de Sabah. Le clair de lune était magnifique et, sous ses pieds, le sable brillait de reflets argentés. Tout lui rappelait la nuit où, quarante ans plus tôt, sa famille avait été massacrée dans l'oasis par des bandits se faisant passer pour des voyageurs égarés. C'était une leçon qu'il n'avait jamais oubliée.

– Pas de nouvelles d'Aziz ? demanda-t-il.

Il parlait du général égyptien qui avait juré de soutenir son projet. Imperturbable, Sabah répondit :

– Comme tu le soupçonnais, Aziz ne tient pas ses promesses. Il ne trouve plus d'intérêt à nous aider.

Soudain, la lueur d'un éclair déchira l'horizon. Des orages commençaient à se former près de la côte. Bientôt le désert profiterait de ces pluies inattendues qui apporteraient la preuve que ses projets devenaient réalité. Pourtant, si près de la victoire, tout menaçait de s'effondrer.

– Aziz est un traître, renchérit Jinn, impassible.

– C'est un homme qui fait passer ses intérêts avant tout, déclara Sabah. Comme pour bien des gens, seul le profit compte. Tu ferais bien de ne pas y voir une offense personnelle.

– Toute personne qui ne tient pas parole m'offense, rétorqua Jinn. Quelle excuse invoque-t-il ?

– La politique égyptienne. Depuis plus de cinquante ans, les militaires dirigent et contrôlent les affaires les plus profitables.

Mais le climat est instable. Les Frères musulmans renforcent leur pouvoir et il devient dangereux aujourd'hui de soutenir une activité qui n'a pas d'appui religieux.

— Pourtant notre programme leur sera utile, insista Jinn. Leurs déserts comme les nôtres seront arrosés par les pluies.

— Sans doute. Mais ils possèdent le barrage d'Assouan et le lac Nasser. Ils ne sont pas comme les autres à l'affût des bienfaits que nous pouvons leur offrir. D'ailleurs, Aziz n'est pas un sot. Il a compris que tu pouvais apporter ou retenir la pluie. Et en la faisant tomber chez ceux qui te la paieront, elle tombera automatiquement sur son pays.

Jinn réfléchit. Sabah disait vrai.

— J'ai plus de ressources qu'il ne le suppose, insista Jinn. Je lui forcerai la main.

— Je te préviens, Jinn, il ne changera pas d'avis.

— Alors, ma vengeance s'abattra sur lui.

Sabah n'aimait pas cette attitude.

— Ce n'est peut-être pas le moment de nous faire de nouveaux ennemis. Du moins pas avant d'avoir réglé le problème des Américains. Tu sais qu'ils ont découvert des traces de la horde sur le bateau endommagé ?

— Oui, répondit Jinn, que cette nouvelle contrariait. Maintenant Marchetti est leur principal suspect et ils le recherchent. Ils n'auront aucune difficulté à le trouver. Mais en quoi cela nous concerne-t-il ? s'exclama Jinn.

— Ne les sous-estime surtout pas, insista Sabah d'un ton soucieux.

Jinn tenta de le rassurer.

— Je te promets, mon bon et fidèle serviteur, que les soupçons ne pèseront pas sur nous. Quand ils l'auront trouvé, Marchetti réglera leur sort. N'est-ce pas le destin réservé à tous les infidèles ? Maintenant, passons à des affaires plus sérieuses.

Ils s'approchèrent d'un groupe d'hommes qui surveillaient deux de leurs compagnons, assis sur le sol et attachés dos à dos près d'un vieux puits abandonné dont l'orifice béant, ceint d'un petit mur de briques, était surmonté d'un cadre métallique complètement rouillé où jadis un seau avait dû être accroché.

Ils tournèrent vers Jinn un regard effrayé.

— Ont-ils reconnu leur échec ?

Le chef de la garde secoua la tête.

— Ils affirment qu'ils n'ont fait que suivre les ordres.

— Tu avais ordonné d'attaquer la femme, dit un des hommes. Nous avons fait ce que tu avais demandé.

— Vous étiez censés ne l'attaquer que pour faire diversion et attirer l'homme. C'était lui la cible, vous deviez vous emparer de lui, et non vous enfuir comme des lâches quand il vous a poursuivis. Et, surtout, vous ne deviez pas vous faire voir. Votre signalement et des photos prises par la caméra de surveillance du quai circulent maintenant. Vous ne me servez plus à rien.

— L'île est si petite, nous n'avions nulle part où nous cacher. On devait s'échapper.

— Ainsi, vous le reconnaissez, dit Jinn. Vous avez, comme des lâches, choisi la solution la plus facile.

— Non, répliqua l'homme. Je jure que ce n'était pas le cas. Le piège n'a pas fonctionné. L'homme a été plus fort que nous. Nous n'avions pas d'arme.

— Lui non plus.

Jinn se tourna vers Sabah.

— Que suggères-tu ?

Sabah regarda les deux hommes et la petite troupe de fidèles de Jinn qui s'était rassemblée.

— Il faudrait leur donner le fouet. Les enduire de miel et les attacher à un poteau planté dans le sol. S'ils vivent encore à midi, on pourrait leur pardonner.

Jinn réfléchit un moment. Ce geste ferait plaisir aux autres hommes, mais pouvait être interprété comme un signe de faiblesse.

— Non, dit-il. Nous ne devons pas avoir pitié. Ils ont manqué à leur devoir par lâcheté. On ne peut pas laisser ce genre d'attitude impunie.

Il s'approcha des hommes.

— Je prendrai soin de vos proches. Puissent-ils vivre plus noblement que vous.

Avant de s'éloigner, il décocha un grand coup de pied sur le premier des deux prisonniers. L'homme trébucha sur la margelle du puits et resta en suspens, retenu par le poids de son compagnon auquel il était attaché.

— Non, Jinn, cria l'autre prisonnier. Je t'en prie ! Pitié !

Jinn lui donna un coup de pied d'une telle violence que les dents giclèrent de sa bouche, en même temps que du sang et de la salive, puis les deux hommes basculèrent dans le puits. Leurs cris et l'écho de leurs clameurs résonnèrent tandis qu'ils tombaient, suivis une ou deux secondes plus tard de l'horrible bruit de leurs corps qui s'écrasaient.

Jinn se tourna vers les autres hommes, le visage pourpre de colère.

— Ils m'ont forcé à le faire ! hurla-t-il. Que cela vous serve de leçon à tous. Ne manquez jamais à vos devoirs. Le prochain qui se rendra coupable d'un tel crime mourra lentement et dans la douleur.

Les hommes reculèrent, terrifiés. Il les regarda longuement puis s'éloigna, suivi de Sabah.

— Je ne suis pas sûr que c'était…

— Ne conteste pas mes ordres, Sabah !

— Je te donne seulement un avis, insista Sabah d'un ton calme. Et mon conseil serait : miséricorde à toi et malheur à tes ennemis.

— Mes ennemis sont les hommes sur qui je ne peux pas compter. Ceux qui, comme Aziz, me trahissent et ne tiennent pas leurs promesses. En ne nous versant pas les fonds promis, ils nous mettent dans une situation difficile : ils nous obligent à quémander de nouveaux capitaux aux Chinois et aux Saoudiens. Je ne veux pas de cela. Je veux voir Aziz se traîner à mes pieds en me suppliant de lui venir en aide.

— Et comment penses-tu y parvenir ?

— Certes, il est en position de force grâce au barrage d'Assouan, dit Jinn. S'il n'existait plus, l'Égypte connaîtrait la famine et

Aziz serait le premier à avoir besoin de nous. Trouve-moi un moyen de le détruire.

Sabah resta un moment silencieux, il réfléchissait. Puis il releva la tête.

— Il y en a peut-être un.

— Alors, occupe-t'en, dit Jinn. Je veux voir ce barrage en miettes.

Tandis qu'il parlait, le tonnerre se mit à gronder au-dessus du désert, des éclairs au loin zébraient le ciel. Jinn y vit un signe favorable.

Sabah lui aussi était conscient de l'orage, mais contrairement à Jinn, il se sentait inquiet.

— Cela provoquera bien des morts, annonça-t-il. Peut-être des centaines de milliers. En Égypte, la majorité de la population vit près des rives du Nil.

— Ce sera le prix à payer pour la trahison d'Aziz, répliqua Jinn. C'est lui qui aura du sang sur les mains.

Sabah hocha la tête.

— Comme tu voudras.

CHAPITRE 11

— On ne sert pas de repas sur ce vol ? demanda Joe Zavala.

Kurt eut un petit rire. Ils étaient tous deux les passagers d'un hélicoptère Bell Jet Ranger qui survolait à dix-huit cents mètres d'altitude la surface scintillante de l'océan Indien.

Nigel, le pilote anglais de l'hélicoptère, lui jeta un regard consterné.

— Où vous croyez-vous, mon vieux, sur British Airways ?

— J'aimerais porter plainte auprès du chef de cette expédition, dit Joe en se tournant vers Kurt.

— Tu n'aurais pas dû sauter le petit déjeuner.

— Personne ne m'a réveillé.

— Ce n'est pas faute d'avoir essayé, crois-moi ! s'exclama Kurt. Tu n'avais qu'à régler la sonnerie de ton réveil sur le mode sirène ou en avoir emporté une vraie.

— C'est terrible, reprit Joe. Je passe de la privation de sommeil au jeûne forcé. Qu'est-ce qui m'attend maintenant ? Le supplice chinois de la goutte d'eau ?

Kurt n'ignorait pas que les doléances de Joe étaient pour lui un moyen de tuer le temps. Pour avoir passé de nombreuses années à voyager avec lui, il savait que celui-ci pouvait manger comme quatre sans prendre un gramme. Avec un pareil métabolisme, il pouvait fort bien dépérir après une journée de jeûne.

Il se tourna soudain vers le hublot pour observer le paysage.

— On peut dire que tu as de la suite dans les idées, fit Kurt.

L'hélicoptère effectua un virage et amorça sa descente. Pendant que Nigel discutait par radio avec un contrôleur aérien, Kurt reprit son examen de l'île.

De grands chantiers étaient manifestement encore en construction, comme en témoignaient les échafaudages. D'autres étaient presque achevés et l'arrière de l'île semblait pratiquement terminé. On apercevait notamment deux édifices pyramidaux d'une dizaine d'étages avec, entre les deux, une sorte de plate-forme sur laquelle pouvait se poser un hélicoptère.

— Vous croyez que quelqu'un comme lui pourrait vraiment être impliqué dans ce qui est arrivé à mon frère ?

— Les indices le désignent, lui rappela Kurt.

— Mais ce Marchetti possède déjà tout, dit-elle. Pourquoi ferait-il quelque chose d'aussi horrible ?

— Nous allons faire de notre mieux pour le découvrir.

Elle hocha la tête et Kurt se tourna de nouveau vers le hublot. L'hélicoptère ayant déjà bien entamé sa descente, il remarqua une rangée de structures blanches, larges à la base et s'effilant vers le haut, qui se dressaient de chaque côté de l'île. Elles lui rappelaient la queue allongée des vieux 747 et il en comprit la raison.

C'étaient des ailerons mécaniques conçus pour capter le vent. En les observant avec plus d'attention, il les vit changer légèrement d'angle en tournant à l'unisson.

Au centre de l'île, il remarqua un rectangle de verdure qui lui rappela le Central Park de New York. De chaque côté s'alignaient de longues bandes de terre où semblait pousser du blé.

Sur l'avant, des rangées de panneaux solaires réfléchissaient le soleil tandis que de grands moulins à vent tournaient avec grâce.

Nigel se tourna vers Kurt.

— Ils nous refusent l'autorisation d'atterrir.

Kurt s'y attendait. Il se pencha et pressa un bouton. Une boîte métallique qu'il avait accrochée à l'arrière de l'hélicoptère libéra

– Regardez, annonça-t-il. Aqua-Terra en bas à deux heures.

À cinq milles de là, on distinguait sans mal l'île qui ressemblait à une gigantesque plate-forme pétrolière. En approchant, ils purent constater qu'il y avait vraiment du génie dans la conception architecturale de Marchetti.

Large de cinq cents mètres et longue de près de sept cents, Aqua-Terra offrait un spectacle impressionnant. D'abord, l'île proprement dite avait la forme d'une larme, elle se rétrécissait d'un côté pour s'incurver largement à l'autre extrémité.

– Étonnant, murmura Leilani.

– Et sacrément grande, dit le pilote.

– J'espère bien qu'ils ont un restaurant, ajouta Joe.

Kurt se mit à rire et jeta un coup d'œil à Leilani.

– Ça va ?

Elle acquiesça. La jeune femme paraissait décidée et prête au combat, et pourtant elle semblait être ailleurs. Il décida de la détourner de ses réflexions en lui parlant de l'île.

– Vous voyez ce cercle qui entoure l'extérieur de l'Aqua-Terra ? demanda-t-il.

– Oui, fit-elle.

– C'est un brise-lames fait de barrières d'acier et de béton. Elles reposent sur de puissants pistons hydrauliques qui, d'après ce que j'ai lu, quand une grosse vague les frappe, la repoussent en jouant un rôle d'amortisseurs. Une fois la vague passée, ils reprennent leur position.

– Et qu'y a-t-il de l'autre côté ? demanda-t-elle en tendant le bras.

Kurt tourna son regard vers la direction qu'elle indiquait. Une plage artificielle était nichée au fond d'une brèche creusée dans la coque de l'île. Dans cette zone, les brise-lames étaient répartis de façon à permettre à plusieurs petites embarcations et à un hydravion bimoteur de s'amarrer à une jetée.

– On dirait une crique, constata Kurt.

– Toute île se doit d'avoir un port, ajouta Joe. Peut-être qu'il y a un restaurant au bord de l'eau.

soudain un flot de fumée noire. Il doutait que cela puisse longtemps tromper ses interlocuteurs, mais on pouvait toujours essayer.

— On dirait que nous avons une urgence, annonça-t-il. Dites-leur que nous n'avons pas d'autre choix que nous poser ou nous écraser.

Comme le pilote relayait le message, Kurt se tourna vers Leilani en souriant.

— Ils vont bien être obligés de nous laisser atterrir maintenant.

— Vous êtes toujours aussi incorrigible ? demanda-t-elle.

— D'après ce que j'ai entendu dire de lui, répondit Joe, il était du genre à sécher l'école et à signer lui-même ses arrêts maladie pour que tous les professeurs soient aux petits soins avec lui quand il revenait de « convalescence ».

— J'appelle ça de la débrouillardise, renchérit Leilani en souriant.

Laissant dans son sillage une traînée de fumée, le Jet Ranger piqua en douceur – presque trop – vers l'aire d'atterrissage aménagée entre les bâtiments en forme de pyramides.

— Essayez de bluffer un peu mieux, conseilla Kurt.

Le pilote acquiesça, agitant le manche pour secouer l'hélico afin de simuler des ennuis de moteur, puis le stabilisa comme ils se rapprochaient pour se poser sur le grand H peint en jaune.

Kurt ôta son casque, ouvrit la porte et descendit. En se dégourdissant les jambes, il examina les alentours. Il avait l'impression d'être perché sur le toit d'un restaurant afin de jouir de la plus belle vue.

Les voiles qu'il avait aperçues avaient au moins trente mètres de haut, toutes marquées d'une rayure bleu vif arborant le nom AQUA-TERRA. Un léger parfum flottait dans l'air, mais il était si surprenant dans un tel endroit que Kurt mit un moment à le reconnaître : c'était une odeur d'herbe fraîchement tondue.

Un autre spectacle le surprit tout autant : vêtu d'un pantalon de toile orange, d'une chemise grise et d'un ample peignoir pourpre orné de motifs cachemire verts et bleus, un homme approchait, un individu qui semblait être un mélange d'Elwood Marchetti et d'un paon.

Une épaisse barbe brune et de grosses lunettes de soleil rouges complétaient cet ensemble déconcertant.

Un homme fluet, aux cheveux blonds comme de la paille, traînait dans son sillage. Il portait un costume de ville et avait l'air contrarié.

— M. Marchetti, vous ne devriez pas accueillir ces gens, dit l'homme. Ils n'ont pas le droit d'atterrir ici.

Kurt le regarda.

— Nous avions des problèmes de moteur.

— Un moment bien choisi pour en avoir.

— En effet, dit Kurt en souriant. Heureusement pour nous, votre île était juste là.

— C'est un mensonge, dit l'homme. Ils sont manifestement ici pour nous espionner ou pour faire un contrôle.

Marchetti secoua la tête et se tourna vers lui. Il prit dans ses mains les bras de l'homme et les serra comme un prédicateur du bon vieux temps tentant de ramener un fidèle dans le droit chemin.

— Cela me navre, commença Marchetti. Cela me navre sincèrement. Dire que j'ai fait de toi un paranoïaque et que je ne t'ai pas donné la sagesse de voir clairement les choses.

« Blake Matson, continua-t-il en ramenant sur Kurt l'attention de son assistant. Mais ce n'est pas *l'homme* dont je parle ! Il ne lui ressemble même pas. *L'autre* arrive avec des bateaux et des canots, avec des fusils, des avocats et des comptables. Il ne porte pas de bottes et ne vient jamais accompagné de ravissantes jeunes femmes, conclut-il en prenant Leilani par le bras.

— Pardonnez-moi, fit Kurt. Mais qu'est-ce que vous racontez ?

— Je parle de représentant du fisc, mon ami, du Service des impôts, ou de ses divers équivalents européens... Sans compter les ressortissants particulièrement irritants d'un pays d'Amérique du Sud qui semblent croire que je leur dois quelque chose.

— Le Service des impôts, dit Kurt. Pourquoi ces gens vous inquiéteraient-ils ?

— Parce qu'ils n'ont pas l'air de se faire à l'idée que je n'appartiens plus du tout à leur monde, que je ne fais plus partie de leurs contribuables et que je ne relève plus le moins du monde d'aucun de leurs soi-disant *services*.

Marchetti posa une main sur l'épaule de Kurt et l'entraîna un peu plus loin.

— Ceci est mon domaine. Pour l'instant, il représente un milliard de dollars d'efforts. C'est ma terre ferme à moi. Seulement, ce n'est pas une terre ferme, dit-il, c'est de l'eau, *aqua*. Terra-Aqua. Aqua-Terra, en fait. Vous comprenez ce que je dis.

— Tout juste, fit Kurt, impassible.

— L'homme des impôts appelle cela un « navire » et a décidé que je dois payer des droits d'enregistrement, des assurances, et me plier aux règles et aux inspections régulières de l'Agence pour la sécurité du travail. Ils me disent que c'est la loi. Je leur répète que c'est une île mais ils ne veulent rien entendre.

Kurt le regarda droit dans les yeux.

— Vous pouvez leur dire que c'est la planète Mars, je m'en moque. Je n'appartiens pas au fisc, je ne veux pas vous réclamer d'impôts ni mettre en doute votre souveraineté. Je suis simplement un homme qui a un problème et qui a de bonnes raisons de penser que vous en êtes responsable.

Marchetti semblait tomber des nues.

— Moi ? Un problème ? Voilà deux mots qui vont rarement ensemble.

Kurt le dévisagea sans rien dire en attendant que Marchetti se calme.

— Quel genre de problème ? demanda le milliardaire.

Kurt tira de sa poche un flacon qui contenait le mélange de suie, d'eau et de nanorobots que lui avait confié Gamay.

— De minuscules petites machines conçues pour faire Dieu sait quoi, découvertes à bord d'un bateau incendié dont les trois membres d'équipage ont disparu.

Marchetti prit le flacon et fit glisser sur son nez les verres de ses lunettes roses.

— Des machines ?
— Des nanorobots, répondit Kurt.
— Dans ce flacon ?
— Dessinés par vous, déclara Kurt. À moins que quelqu'un ait déposé des brevets sous votre nom.
— Mais ce n'est pas possible.

Marchetti avait vraiment l'air abasourdi. Kurt comprit qu'il devrait lui apporter une preuve.

— Possédez-vous ici l'équipement qui permettrait d'examiner cet échantillon ?

Marchetti acquiesça.

— Dans ce cas, allons vérifier pour dissiper le moindre doute.

Cinq minutes plus tard, Kurt, Joe et Leilani prenaient un ascenseur pour descendre jusqu'au pont principal, que Marchetti appelait le pont zéro car les niveaux inférieurs, c'est-à-dire sous l'eau, portaient des numéros négatifs, et ceux qui se trouvaient au-dessus du niveau de la mer des numéros positifs. Ils passèrent devant une rangée de chariots de golf bien alignés et prirent place dans une voiturette à six places. Matson ne les accompagna pas et Nigel resta près de l'hélicoptère en faisant semblant de bricoler le moteur.

Ils traversèrent l'île sur toute sa largeur, une île qui paraissait d'ailleurs presque déserte.

— Combien êtes-vous ici ?
— En général cinquante mais, ce mois-ci, nous n'avons que dix hommes à bord.
— Cinquante ?

Kurt s'attendait à ce qu'il réponde un millier. Il regarda alentour. Des bruits de travaux leur parvenaient de diverses directions, mais il ne vit aucun ouvrier pas plus qu'il n'entendit le moindre bruit de voix.

— Qui fait tout le travail ?
— Tout est automatisé, répondit Marchetti.

Il arrêta la voiturette devant une salle en retrait et tendit le bras pour montrer ce qui s'y passait.

Kurt vit des étincelles jaillir de l'endroit où s'effectuait le soudage des pièces, il entendit le bruit des rivets qu'on posait et de puissants tournevis qui tournaient mais il ne vit personne actionner les appareils. Au bout d'un moment, quelque chose se déplaça : un objet de la taille d'un aspirateur, avec trois bras et un arc à souder fixé au quatrième, s'avança vers une échelle.

Les machines avaient les mêmes mouvements saccadés que les robots travaillant sur une chaîne de montage : ils étaient peut-être précis, se dit Kurt, mais ils manquaient de style.

L'appareil qui achevait les soudures rétracta deux bras pour aller se fixer aux montants d'une échelle. Il s'y accrocha par un crampon motorisé et commença à s'élever. Une fois parvenu sur le pont à quelques mètres de Kurt, il se détacha et s'éloigna dans l'allée.

Une machine de plus petite taille vint le remplacer.

— Voilà mes ouvriers, annonça Marchetti. J'ai dix-sept cents robots de tailles et de conceptions diverses qui se chargent du plus gros des travaux.

— Des robots autonomes, dit Kurt.

— Oh, tout à fait, ils peuvent aller n'importe où sur l'île, précisa Marchetti avec fierté.

Au milieu de l'allée, les robots furent rejoints par plusieurs autres machines pour former un petit convoi qui se dirigeait vers un autre endroit.

— Ce doit être l'heure de la pause, dit Joe en riant.

— Tout à fait, confirma Marchetti. Ce n'est pas comme pour un humain, mais ils sont programmés pour surveiller leur niveau d'énergie. Quand ce niveau diminue, ils reviennent se brancher aux plots de recharge. L'opération terminée, ils reprennent leur travail.

— Et s'ils ont un accident ?

— En cas de panne, ils envoient un signal de détresse à d'autres robots qui viennent les chercher pour les emmener à l'atelier où ils sont réparés avant d'être remis au travail.

— Qui leur dit ce qu'ils doivent faire ? demanda Kurt.

— Ils sont tous programmés et reçoivent leurs instructions par WiFi. Ils communiquent leurs progrès à l'ordinateur central qui contient toutes les spécifications et tous les programmes d'Aqua-Terra. L'ordinateur suit l'avancée de leurs travaux et procède aux ajustements. Un second groupe de robots plus petits contrôle le niveau de qualité.

— Des robots surveillants, dit Kurt qui avait du mal à garder son sérieux.

— Oui, dans une certaine mesure, mais sans qu'il y ait de heurts entre la main-d'œuvre et la direction.

Marchetti remit en marche la voiturette et ils descendirent trois étages plus bas pour entrer dans le laboratoire. Les visiteurs découvrirent là un vaste espace aux cloisons d'acier couvertes d'une légère condensation. Dans la salle encombrée, se trouvaient des canapés en cuir de couleurs vives, et des ordinateurs aux écrans tous allumés.

Une douce lumière bleutée filtrait d'une grande baie circulaire derrière laquelle nageaient des poissons.

— Nous sommes au-dessous de la ligne de flottaison, observa Kurt en contemplant ce qui ressemblait à un immense aquarium.

— À six mètres de profondeur, précisa Marchetti. Je trouve cette lumière apaisante, elle incite à la réflexion.

— Mais apparemment pas au rangement, remarqua Kurt en voyant le désordre de l'endroit.

C'était en effet un incroyable bric-à-brac où s'entassaient vêtements et plateaux de victuailles. Une vingtaine de livres étaient étalés sur une table, les uns ouverts, d'autres fermés, empilés comme des tours de Pise en équilibre précaire. Dans un coin, des robots soudeurs étaient assis, comme assoupis.

— Un bureau bien rangé, c'est le signe d'un esprit malsain, déclara Marchetti en faisant tomber avec précaution une goutte de liquide sur une lamelle qu'il déposa sur une grande machine carrée, laquelle l'aspira dans un discret bourdonnement.

— Voilà qui doit faire de vous un des êtres les plus sains du monde, marmonna Kurt en déplaçant une pile de papiers pour libérer une chaise.

Marchetti ne releva pas et se tourna vers la machine. Quelques secondes plus tard, l'image prise au microscope apparut sur un écran au-dessus du bureau de Marchetti.

— Augmente le grossissement, dit Marchetti, s'adressant apparemment à la machine.

L'image se modifia plusieurs fois jusqu'à ressembler à la photo d'un archipel prise par satellite.

— Encore, dit Marchetti à l'ordinateur. Concentration sur la section 142. Grossissement onze cents.

L'appareil se remit à vibrer et une nouvelle image apparut. Elle montrait cette fois quatre petites choses qui ressemblaient à des araignées rassemblées autour d'on ne sait quoi.

Marchetti resta bouche bée.

— Encore plus près, fit Kurt.

L'air préoccupé, Marchetti s'assit devant le clavier et zooma encore. Une des araignées parut bouger.

— Ce n'est pas possible, murmura Marchetti.

— Ça vous rappelle quelque chose ?

— On dirait des enfants perdus depuis longtemps, dit Marchetti. Identiques à mes croquis, sauf que…

— Que quoi ?

— Sauf qu'ils ne peuvent pas être de moi.

— Et voilà, soupira Kurt qui s'attendait à toutes les dénégations.

— Pourquoi donc ? demanda-t-il. Pourquoi ne peuvent-ils pas être de vous ?

— Parce que je n'en ai jamais fabriqué.

Kurt fut surpris.

— Ils bougent, observa Leilani en désignant l'écran.

Marchetti se tourna pour augmenter encore le grossissement.

— Ils mangent.

— Comment ça, ils mangent. Ils mangent quoi ?

Marchetti se gratta la tête, puis zooma encore.

— De petites protéines organiques, dit-il.

— Pourquoi de minuscules robots voudraient-ils manger une molécule organique ?

— Parce qu'ils ont faim, dit Marchetti en se détournant de la machine.

— Pardonnez-moi de vous poser cette question, mais pourquoi un robot aurait-il faim ? ajouta Kurt.

— Ici, sur mon île, expliqua Marchetti, les robots sont plus grands et ont besoin de se connecter. Des robots indépendants doivent se mettre sous tension d'une façon ou d'une autre. Pour cela, plusieurs options s'offrent à eux. Ces lignes qu'on distingue sur leur dos et qui ressemblent à des puces électroniques sont en fait de minuscules capteurs solaires. Des robots doivent pouvoir trouver leur subsistance dans leur environnement, et si ces nanorobots sont conformes à mes dessins, ils devraient être capables d'absorber des substances nutritives dans l'eau de mer et les décomposer, comme les métaux, le plastique et tout ce qu'on peut trouver dans l'océan. Tant pour se sustenter que pour se reproduire.

— Cette conversation tourne mal, dit Kurt. Expliquez-moi donc comment ils se reproduisent. Et ne me parlez pas de bébés qui naissent dans les choux. Je n'ai jamais entendu parler de ça pour une machine.

— Si vous voulez obtenir un résultat probant, la procréation du nanorobot est une nécessité fondamentale.

Kurt respira un bon coup. Ils commençaient à obtenir des réponses, mais cela restait encore trop nébuleux.

— Et dans quel but avez-vous conçu ces choses ?

— Au départ, pour lutter contre la pollution des mers, commença Marchetti.

— Parce qu'ils mangent les produits polluants ? suggéra Kurt.

— Ils ne se contentent pas de les manger, dit Marchetti, ils en font une ressource. Réfléchissez un peu. La pollution dans le monde est telle que la mer ne respire plus. Le problème c'est que, même dans la grande poubelle du Pacifique – qu'on appelle parfois le septième continent –, les déchets sont si dispersés que ça coûterait une fortune. À moins que le « dépollueur » ne se nourrisse justement de ces déchets. En les nettoyant, il les tranformerait ainsi en une source d'énergie qui rendrait l'opération possible.

Il montra l'écran.

— Pour y parvenir, j'ai conçu un nanorobot qui subvient tout seul à ses besoins et s'autoreproduit. Il est également capable de vivre dans l'eau de mer en se laissant flotter jusqu'à trouver du plastique ou quelque autre déchet à dévorer. Dès que ces robots découvrent une source de nourriture, ils utilisent les sous-produits et les métaux en suspension dans l'eau de mer pour faire des copies d'eux-mêmes. Et voilà : la reproduction, sans le côté agréable de l'affaire.

Kurt avait toujours été stupéfait de constater que déverser des produits polluants dans la mer n'était pas systématiquement condamné. Les océans du monde fournissaient les trois quarts de notre oxygène et un tiers de notre nourriture, et pourtant les pollueurs se comportaient comme si c'étaient de simples broutilles, jusqu'au jour où il ne resterait plus rien à pêcher, où l'air serait devenu irrespirable. Personne ne voulait rien faire contre cela tout simplement parce que cela ne rapportait rien.

Bizarrement, la solution proposée par Marchetti ne manquait pas d'une certaine élégance. Puisque personne ne proposait rien pour régler le problème, il offrait une solution sans que personne ait à bouger le petit doigt.

Joe semblait d'accord.

— Je trouve ça assez brillant.

— Brillant, mais fou aussi, observa Kurt.

— Vous seriez surpris de constater comme les deux vont souvent de pair, dit Marchetti. Mais ce qui est vraiment fou, c'est de ne rien faire. Ou de déverser des milliards de tonnes de plastique et autres déchets dans ces eaux qui nourrissent la moitié de la planète. Vous vous imaginez les vociférations, les hurlements hystériques si les céréales étaient pleines de briquets, de bouteilles en plastique, de toutes sortes de déchets et débris de jouets d'enfants ? C'est pourtant ce que nous sommes en train de faire aux océans. Et cela ne fait qu'empirer.

— Je ne dis pas le contraire, dit Kurt. Mais lâcher dans la mer une machine qui se reproduit toute seule en espérant que tout va se passer pour le mieux n'est pas sans danger.

Marchetti parut acquiescer.

— Personne n'est de mon avis non plus. Comme je vous l'ai dit, nous ne produisons aucun de ces nanorobots.

— Alors, comment ces choses sont-elles arrivées sur le bateau de mon frère ? demanda brusquement Leilani.

Attendant une réponse, Kurt regarda Marchetti, mais celui-ci ne réagit pas. Son regard restait fixé sur Leilani, un regard effrayé. Kurt se tourna et comprit pourquoi.

La jeune femme tenait dans ses mains un petit revolver à canon court braqué sur la poitrine de Marchetti.

CHAPITRE 12

– Je vous jure, dit Marchetti, en levant instinctivement les mains, que je ne sais pas comment ils sont arrivés sur le bateau de votre frère.

Kurt vint s'interposer entre Leilani et le milliardaire.

– Posez cette arme.

– Pourquoi ? demanda-t-elle.

– Parce qu'il est le seul lien que nous ayons pour découvrir la vérité. Si vous le tuez, vous ne saurez jamais ce qui s'est passé. Et, aussi triste que cela puisse paraître, vous vous retrouverez en prison.

– Mais c'est lui qui a fabriqué ces machines. Il l'a avoué. Nous n'avons pas besoin de chercher plus loin.

Kurt la regarda droit dans les yeux. Il espérait y lire de la peur, du doute, de l'énervement, mais il n'y vit qu'une colère froide.

– Fichez-moi la paix, Kurt.

– Vous en avez assez d'être seule, dit-il, répétant ce qu'elle lui avait dit à l'hôtel. Si vous pressez la détente, vous vous retrouverez plus seule que vous ne pouvez l'imaginer.

– Il a tué mon frère, et s'il refuse de nous dire pourquoi, je veux que justice soit rendue, dit-elle. Maintenant, je vous en prie, écartez-vous.

Kurt ne bougea pas.

– Écoutez, dit Marchetti, je ne suis pour rien dans la mort de votre frère. Mais je peux probablement vous aider à attraper le responsable.

— Comment ? demanda Kurt.
— En retrouvant la trace de ceux qui possèdent les connaissances nécessaires pour construire ces machines, suggéra Marchetti. Vous avez compris qu'il ne suffit pas de prendre un tournevis et une lampe à souder pour les monter, il s'agit d'une opération extrêmement complexe. Quelqu'un a forcément eu connaissance du processus initial.

Tandis que Marchetti parlait, Joe se glissa sans bruit derrière Leilani.

— Continuez, Marchetti, reprit Kurt.
— Neuf ou dix personnes maîtrisent les éléments principaux du système, balbutia-t-il, mais un seul homme en sait autant que moi. Il s'appelle Otero, et il se trouve ici, sur l'île.
— Il ment ! s'écria Leilani. Il essaie de rejeter la responsabilité sur un autre.

Tandis que Leilani fulminait, Joe fonça. D'un geste, il fit valser le revolver, empoigna le bras de la jeune femme et le lui maintint derrière le dos.

Au même instant, un grand boum retentit, et Kurt crut que c'était un coup de feu.

— Personne n'est blessé ?

Marchetti fit non de la tête, Leilani, comme Joe, semblait contrariée mais indemne.

— C'était quoi, ce bruit ? demanda Kurt.

Personne ne le savait. Un autre claquement se fit entendre. Kurt crut voir quelque chose bouger dans l'obscurité du labo, alors que l'odeur âcre d'une décharge électrique emplissait tout l'espace. Des robots soudeurs s'étaient mis en marche. Debout sur leurs pieds, ils renversaient tout sur leur passage et des éclairs bleus crépitaient au bout de leurs appendices.

Kurt se tourna vers Marchetti.

— Laissez-moi deviner, dit-il. C'est Otero votre chef programmeur.

Marchetti acquiesça.

— J'ai l'impression qu'il nous a observés.

Deux des robots soudeurs se dirigèrent vers eux, avançant comme des tanks sur de petites chenilles. Un troisième avait des pieds munis de griffes qui grattaient le métal du sol.

Joe libéra Leilani qui se tourna vers Kurt pour s'excuser.

— Je suis vraiment navrée, j'ai vraiment...

— Laissez tomber, l'interrompit Kurt, les yeux fixés sur les machines qui progressaient toujours.

Marchetti se précipita vers la porte. Il tourna la poignée et la secoua, mais en vain.

— Attention ! cria Joe.

Un des engins fonçait sur ses chenilles droit sur Marchetti, projetant vers lui une sorte de plasma blanc enflammé.

Marchetti s'esquiva et détala. La machine le repéra et le suivit.

Kurt chercha des yeux le revolver qu'il aperçut à l'autre extrémité de la salle mais, avant qu'il ait pu le ramasser, une quatrième machine se mettait en mouvement et lui barrait le passage.

Il recula, poussa le canapé entre lui et la machine, tandis que Joe et Leilani battaient en retraite à leur tour.

— Comment fonctionnent-ils ? cria Kurt pendant qu'un des robots atteignait une table et la coupait en deux avec une scie circulaire.

— Soit ils sont autonomes, soit on les guide à distance, expliqua Marchetti. Ils ont de minuscules caméras en guise d'yeux.

Les engins avançaient lourdement vers eux comme des animaux un peu ensommeillés. Chaque fois qu'ils rencontraient un objet, leurs moteurs pivotaient et leurs griffes se déployaient. Un siège fut projeté sur le côté, un chalumeau mit le feu à un divan.

Kurt remarqua que leurs mouvements étaient bizarres : une seule machine à la fois semblait faire un geste précis.

— Est-ce qu'Otero pourrait se trouver au poste de télécommande ?

Marchetti acquiesça et Kurt se tourna vers Joe.

— Ce serait le bon moment pour avoir une idée, là.

— Et si nous débranchions les robots ? suggéra Joe. Mais j'imagine qu'ils ont des batteries.

Sur quoi, il attrapa une chaise et la lança sur le robot le plus proche. Elle rebondit sur la lourde machine qu'elle ébranla à peine.

Kurt avait maintenant rejoint l'endroit où s'était réfugié Marchetti. Joe et Leilani se trouvaient un peu plus loin. Les machines – ou bien Otero – semblaient vouloir les regrouper.

Kurt tenta de s'échapper vers la droite, mais la flamme du chalumeau l'arrêta. Il voulut s'esquiver, comptant sur sa rapidité de mouvement.

La machine pivota immédiatement et lança un nouveau jet de plasma, mais Kurt était déjà trop près. Il sentit la chaleur lui roussir indirectement le dos. Il saisit le premier objet qu'il pouvait attraper et parvint à l'arracher. Puis, avisant une autre protubérance qui ressemblait à une caméra, il la poussa de côté.

La flamme du chalumeau jaillit au-dessus de son épaule alors qu'un autre bras se mettait en mouvement.

— Ces engins n'ont pas un bouton d'arrêt ? demanda Kurt.

— Non, répondit Marchetti. Je ne pouvais pas imaginer vouloir les arrêter manuellement.

— Et j'imagine que vous le regrettez aujourd'hui.

Kurt tendit la main vers ce qui semblait être un trio de conduites hydrauliques, mais reçut immédiatement un coup qui le projeta à terre. Une sorte de marteau comme on en utilise pour planter des rivets avait jailli de la machine pour le frapper en pleine poitrine.

Il atterrit sur le dos juste avant de voir une scie circulaire provenant d'un second engin s'abaisser vers lui. Il roula sur le flanc et se retrouva contre la grande fenêtre ronde derrière laquelle brillaient les reflets turquoise de l'océan.

Marchetti s'était réfugié là ainsi que Joe et Leilani qui avaient été poussés dans la même direction.

— J'ai une idée ! cria Kurt.

Il plongea vers la même machine avec laquelle il avait eu maille à partir, en prenant soin d'en éviter les appendices. Le chalumeau cracha une nouvelle flamme, manquant presque l'aveugler, puis le marteau pneumatique surgit : Kurt l'esquiva en roulant sur le côté.

La machine avançait pesamment. Kurt était cramponné à un barreau, mais elle le repoussa, l'envoyant valser contre la fenêtre.

La machine le plaquait maintenant contre la vitre et il sentit ses côtes sur le point de rompre.

— J'espère que… ces trucs… ne sont pas étanches, parvint-il à dire.

Une nouvelle fois, il saisit les conduites d'eau. La tête du marteau se déclencha comme précédemment, mais Kurt l'esquiva d'un saut de côté et la masse métallique s'abattit sur la grande fenêtre ovale.

Le bruit du verre brisé les fit tous sursauter. Ils virent alors la vitre bombée vers l'extérieur se fendre sur toute sa largeur.

Brusquement l'eau déferla, balayant tout sur son passage, intrus et mobilier. Ils se retrouvèrent plaqués contre la cloison au fond de la pièce.

Kurt encaissa quelques chocs violents, essayant d'échapper à une lampe à souder. Mais au moment où il se dégageait, la violence de l'eau le projeta sur le sol comme une méchante lame plaquerait un surfeur. D'une détente du pied, il se libéra et remonta à la surface.

L'eau tourbillonnait et dévastait tout. Son niveau montait et Kurt, impuissant, se sentait poussé par le flot. Par chance, l'air confiné dans un espace de plus en plus réduit ralentissait la montée de l'eau. Cependant, il devait y avoir une fuite quelque part car la poche d'air semblait se réduire à vue d'œil.

Kurt regarda autour de lui. Joe soutenait Marchetti d'une main et, de l'autre, se cramponnait au mur.

Leilalani, maintenant tout proche, surgit et s'accrocha à un conduit fixé au plafond.

— Pas de trace des robots ?

— Je ne leur ai jamais appris à nager, dit Marchetti.

— C'est la première bonne idée que vous avez eue, répliqua Kurt. À quelle profondeur sommes-nous ?

— Six mètres.

— Alors il nous faut nager.

— Je peux y arriver, dit Marchetti en s'étranglant, car il venait d'avaler deux bons litres d'eau.

— Et vous, Leilani ?

— Bien sûr que oui.

— Bon. Ôtez vos chaussures, dit Kurt puis, se tournant vers Marchetti, il ajouta : Et vous ce ridicule peignoir. Non seulement vous risquez de vous y noyer, mais depuis que je vous vois là-dedans j'ai la migraine.

Ils obéirent. Marchetti retira son peignoir trempé, puis tous nagèrent jusqu'au trou béant où se trouvait autrefois la fenêtre.

Avant de commencer à nager, Kurt regarda Marchetti droit dans les yeux.

— Où puis-je trouver ce clown d'Otero ?

— Au poste de contrôle, dans le bâtiment principal, derrière l'hélipad.

— Pouvez-vous en bloquer l'accès pour qu'en chemin je ne sois pas grillé par une lampe à souder, criblé de clous ou vissé sur place par vos robots ?

Marchetti se frappa le front comme si une idée surgissait soudain.

— C'est la première chose que je vais faire.

— Bien, dit Kurt en lançant à Joe un coup d'œil déterminé qui montrait que la perspective de reprendre l'offensive lui donnait un regain d'énergie.

— J'espère que tu es bien reposé, dit-il, parce que maintenant c'est à nous de jouer.

CHAPITRE 13

DANS LE POSTE DE CONTRÔLE plongé dans l'obscurité, et situé en haut de la superstructure de l'Aqua-Terra, Otero examinait tour à tour les quatre écrans disposés devant lui. Trois écrans venaient de s'éteindre et, sur le quatrième, l'image se flouta avant de disparaître à son tour.

– Que se passe-t-il ?

Otero ne répondit rien. Blake Matson, l'avocat de Marchetti, se pencha vers lui.

– Qu'y a-t-il ? Le vieux s'est fait descendre ?

Otero désigna les écrans éteints.

– Comment voulez-vous que je sache ? Je ne vois rien de plus que vous.

Pendant que Matson contemplait les écrans vides, Otero parcourut le programme de redémarrage dans l'espoir d'obtenir un signal qui proviendrait des robots au travail. Au même instant, la lumière d'une alarme s'alluma sur le tableau de contrôle général.

– Présence d'eau dans le labo avant, annonça Otero qui comprenait soudain ce qui se passait. Le compartiment est inondé. La fenêtre panoramique de Marchetti a dû se briser.

– Qu'est-ce que ça signifie pour nous ?

Otero pivota sur son siège, soulagé.

– Ça veut dire que nous avons de la chance et qu'ils sont pratiquement morts. Et maintenant, tout le monde pourra croire à un accident mécanique.

— « Pratiquement morts » ça ne suffit pas, insista Matson. Ce qu'il nous faut, c'est « certainement morts ». On doit récupérer les corps.

— Ils sont à six mètres de profondeur, expliqua Otero. La pression de l'eau s'engouffrant dans le labo va probablement les écraser et, si ce n'est pas le cas, ils se noieront en essayant de remonter.

— Écoutez, reprit Matson, vous et moi avons empoché des millions en cédant les plans de Marchetti à Jinn et à ses acolytes. Mais si nous n'avons pas la certitude d'en avoir fini avec ces emmerdeurs, nous ne vivrons pas assez vieux pour en profiter. Alors envoyez là-bas des robots qui repêcheront leurs carcasses, et rapportez-les-moi.

Otero revint à son clavier. Il pianota pour obtenir la liste des robots en activité et la déroula jusqu'à la section *Hydro*. Il fit descendre la flèche jusqu'à trouver deux submersibles à proximité du labo de Marchetti.

— Qu'est-ce que c'est ?

— Des nettoyeurs, répondit Otero. Ils tournent autour de la coque pour la débarrasser des algues et des bernacles.

— Ils utilisent des produits toxiques ?

— Uniquement pour les bernacles. Ils vont nous permettre de jeter un coup d'œil.

Otero mit un nettoyeur de coque sur « contrôle manuel » et le dirigea vers le laboratoire de Marchetti, secteur 171A. La machine était lente, mais elle n'avait qu'une faible distance à parcourir.

— Voici la salle d'observation, expliqua Otero alors que l'engin passait devant un long hublot rectangulaire. Le labo de Marchetti se trouve juste là.

Un instant plus tard, on distinguait l'avant et la partie centrale du laboratoire.

Malgré le manque de lumière, les dégâts étaient bien visibles. Ce qui jadis avait été une salle souvent brillamment éclairée ressemblait à une cave vide. Les hublots circulaires étaient fracassés. Des morceaux de vitre acrylique pointaient des châssis comme des dents cassées dans une bouche béante.

– Faites-le entrer dans le labo, ordonna Matson.

Otero s'apprêtait à lancer l'ordre lorsqu'un mouvement sur la droite de l'écran attira son regard. Il tourna un des appareils de nettoyage de ce côté et découvrit un groupe de nageurs qui remontait vers la surface.

– Attrapez-les !

Otero déploya un des aspirateurs et le dirigea vers la dernière paire de pieds nus : c'était ceux d'une femme.

L'appareil se fixa sur ses pieds. La lutte commença. Des remous secouaient la caméra, faisant remonter des bulles à la surface quand la femme exhalait de l'air. Otero poussa en avant le levier fixé au panneau de commande pour immerger plus profondément l'aspirateur.

L'engin obéit mais ne rencontra que le vide. Soudain, dans le cadre de l'écran, Otero aperçut un visage couronné de cheveux argentés. La machine se mit à tanguer et, au même moment, il entendit, dans les écouteurs de son casque, le claquement d'un bras articulé qui se détachait.

La femme s'était dégagée et le visage de l'homme réapparut sur l'écran. Il se cramponnait à l'aspirateur, les yeux fixés sur la caméra. Depuis son poste de contrôle, Otero perçut la puissance de ce regard. L'homme braqua un doigt vers l'aspirateur comme s'il visait Otero puis fit le geste de lui trancher la gorge avant de briser la caméra et de mettre ainsi l'aspirateur hors d'usage.

Le message était clair. Les hommes de la NUMA allaient les attaquer et cela ne serait pas beau à voir.

Otero pianota sur plusieurs touches du clavier et, pour finir, tapa le mot ENREGISTRER – une dernière tentative pour couvrir ses arrières. Enfin il se leva et saisit un portefeuille bourré de billets. Le dernier versement qu'il avait touché.

– Que faites-vous ? demanda Matson.

– Je fiche le camp, répondit Otero. Vous pouvez rester si vous voulez.

Otero prit un revolver dans le tiroir de son bureau et se précipita par la porte donnant sur la coursive. Quelques secondes plus tard, il entendit Matson qui courait derrière lui.

Côté tribord, Kurt avisa une échelle accrochée au flanc de la coque. Suivi de Joe, Kurt grimpa et courut s'abriter derrière un petit chêne. Il inspecta le champ de blé qui s'étendait devant lui tandis que Leilani se hissait à son tour par l'échelle pour s'affaler auprès d'eux, l'air épuisée.

— Et maintenant, qu'est-ce qu'on fait ? interrogea Joe.

— Il faut trouver le meilleur moyen d'arriver à ce foutu poste de contrôle, dit Kurt en pensant que cela faciliterait les choses d'avoir quelques indications fournies par l'homme qui avait conçu l'île.

Il jeta un coup d'œil par-dessus son épaule. Au pied de l'échelle, Marchetti montait à petits pas. Un barreau, puis une halte, un autre barreau, et encore une halte. Il recrachait de l'eau de mer en toussant.

— Allons, Marchetti, dit Kurt, on n'a pas toute la journée.

— Je crains de ne pas être capable d'aller plus loin, dit le milliardaire. Je vais m'arrêter en haut de l'échelle. Il va falloir que vous continuiez sans moi.

— Je ne demanderais pas mieux, marmonna Kurt, mais j'ai besoin de vous pour arrêter ces machines.

— C'est vrai, dit Marchetti comme s'il l'avait oublié. J'arrive.

Le milliardaire reprit son ascension. Pendant ce temps, Kurt avait repéré deux silhouettes qui sortaient du second étage de la pyramide de tribord et descendaient précipitamment un escalier. Il crut reconnaître l'arrogant assistant de Marchetti. Quant à l'autre, il ne le connaissait pas.

— À quoi ressemble Otero ? interrogea-t-il.

Marchetti passa la tête au-dessus des derniers barreaux.

— Taille moyenne, teint brun, cheveux coupés court sur une petite tête toute ronde.

Ils étaient trop loin pour que Kurt puisse en être certain, mais cette description correspondait assez bien à l'homme qu'il avait aperçu. Quelques instants plus tard, les deux silhouettes s'engagèrent en courant sur une des allées de l'Aqua-Terra. Les brefs coups d'œil que de temps en temps ils jetaient derrière eux suffirent à convaincre Kurt qu'ils s'enfuyaient.

– Y a-t-il un moyen de sortir de ce navire, demanda-t-il, je veux dire de l'île ?

– En hélicoptère, dit Marchetti. Ou, par la marina, en utilisant un bateau ou un hydravion.

La marina. Si Kurt ne se trompait pas, c'était la direction que prenaient les fuyards.

– Je crois que c'est par là que se dirigent Otero et votre ami avocat, dit-il. Leilani, aidez Marchetti à trouver un terminal d'ordinateur, et tâchez de ne pas le tuer au passage. Si agaçant qu'il puisse être, je crois que le crime le plus grave dont on peut l'accuser, c'est sa façon de s'habiller.

– Pardon, dit-elle. C'est promis.

Kurt se tourna vers Joe.

– Prêt ?

Joe acquiesça et, un instant plus tard, ils s'enfonçaient en courant dans le champ de blé, se frayant un chemin au milieu des épis déjà hauts. Ils le traversèrent rapidement et foncèrent vers le parc quand, à mi-chemin, Kurt entendit le bruit d'un moteur qui démarrait.

– Ça ne te paraît pas être un bateau qui s'en va ?

– On dirait plutôt un moteur d'avion, dit Joe. Ils vont prendre l'hydravion.

– Alors, on ferait bien de se dépêcher.

Pendant que Kurt et Joe se précipitaient vers l'autre côté de l'île artificielle, Leilani et Marchetti continuaient leur chemin jusqu'à un bâtiment de service. La vue de cinquante machines branchées au mur en train d'être rechargées donna des frissons à Leilani, mais aucune d'elles ne bougea.

Marchetti trouva le terminal de programmation et s'empressa d'intervenir.

– Je suis navrée de vous avoir fait peur, dit Leilani.

— Moi aussi, dit Marchetti dont les doigts volaient sur le clavier. Mais je ne peux pas vous en vouloir d'être en colère.

Elle hocha la tête.

— J'y suis, dit Marchetti.

Une seconde, il parut satisfait, puis s'arrêta, bouche bée, comme abasourdi par ce qu'il voyait. Il plissa les yeux, se concentrant sur une section de l'écran.

— Otero, marmonna-t-il, qu'avez-vous fait ?

Soudain, les machines de la salle se mirent en action, les moteurs vrombissant, les feux de contrôle passant de l'orange au vert.

— Que se passe-t-il ? demanda Leilani.

— Il a changé le code, expliqua Marchetti. Quand je me suis connecté, cela a déclenché une réaction : il a branché les robots sur le mode « intrusion ».

— Qu'est-ce que cela veut dire ?

— Les machines s'en prennent à tous ceux sur l'île qui ne portent pas un badge d'identification sur lequel se trouve une puce sensible à une fréquence radio. C'est pour se défendre contre le piratage.

Leilani réalisa aussitôt qu'elle n'avait pas de badge car les machines commençaient à se déconnecter de leur chargeur, et se demanda si Marchetti en avait un.

— Où est votre badge ?

— Dans la poche de mon peignoir, dit-il, celui que Kurt m'a fait retirer.

Kurt et Joe traversèrent le parc et s'engagèrent dans un second champ de blé, de l'autre côté de l'île. Tout d'un coup, le bruit d'un autre genre de moteur se fit entendre et, loin sur leur droite, à l'extrémité du champ, une moissonneuse se mit en marche et commença à s'avancer dans leur direction, ses lames fouettant le blé.

— Un peu tôt pour la récolte, dit Joe.

— À moins que ce ne soit nous qu'ils essaient de moissonner.

Kurt hâta le pas pour se précipiter dans le sentier qui descendait vers la marina. Courant à toutes jambes, escorté de Joe, il vit d'autres machines sortir de la menuiserie et foncer vers eux.

— Apparemment, Marchetti n'a pas encore fini de tout reprogrammer, observa Kurt.

— Espérons qu'il n'a pas oublié son mot de passe.

L'agilité et la rapidité jouaient en leur faveur et, après avoir couru une trentaine de mètres sur le chemin, ils franchirent un muret qui les mit à l'abri des machines. Quelques secondes plus tard, Kurt et Joe dévalaient les marches qui descendaient jusqu'à la marina. Sous leurs yeux, l'hydravion avançait dans le but de franchir la jetée.

Ils n'avaient pas de temps à perdre.

Kurt courut jusqu'au canot le plus rapide qu'il pût trouver : un Donzi de sept mètres. Il sauta dedans et se précipita vers le tableau de bord tandis que Joe larguait les amarres. Il pressa le bouton du démarreur et sourit en entendant le rugissement du moteur.

— Des monstres arrivent sur le quai, annonça Joe.

— Ne t'inquiète pas, dit Kurt en jetant un coup d'œil à la cohorte de machines qui se précipitaient vers eux.

Le canot partit en trombe, vira et fonça. Kurt redressa alors la trajectoire et piqua vers la jetée. L'hydravion la contournait déjà.

Kurt espérait rattraper les fuyards, mais c'était peu probable.

Il désigna une radio sur le tableau de bord.

— Appelle Nigel. Dis-lui de se grouiller. Je ne veux pas perdre ces types.

Joe brancha la radio, changea de fréquence et lança son appel.

— Nigel, cria-t-il, c'est Joe ! Vous m'entendez ?

La voix de Nigel, teintée de son accent britannique, lui répondit.

— Salut, Joe, quoi de neuf ?

— Rappliquez avec votre zinc. Nous poursuivons un hydravion avec un canot, mais ça ne va pas marcher longtemps.

— Désolé, répondit Nigel. Je voudrais bien vous aider, mais j'ai démonté le moteur.

— Quoi ? hurla Kurt qui avait entendu.
— Mais pourquoi ? demanda Joe.
— Kurt m'a dit de le briquer un peu. J'ai donc retiré le capot, et maintenant un tas de pièces sont étalées par terre.
— Je n'avais pas besoin qu'il le prépare pour un rallye, marmonna Kurt.
— En tout cas, fit Joe, voilà une solution à laquelle il faut renoncer.

Tout ce qu'ils pouvaient faire maintenant, c'était rattraper l'hydravion dans l'espoir de l'endommager ou de le faire capoter, en évitant de laisser leur peau dans l'opération.

Le Donzi passa en trombe devant l'extrémité de la jetée. À deux cents mètres devant eux, l'hydravion effectuait un virage pour s'aligner le long de la digue avant le décollage.

Kurt poussa à fond la manette des gaz et fonça pour se mettre en travers. Le pilote s'écarta instinctivement, mais l'appareil resta droit sur ses flotteurs.

Kurt revint à toute vitesse juste dans le sillage de l'hydravion.

Sautant sur la crête des vagues, il donna un coup de barre à gauche, dépassa l'appareil, puis vint une nouvelle fois se placer sur sa trajectoire.

Joe baissa la tête en poussant un cri. L'hydravion décolla, ses flotteurs frôlant le canot qui bondissait juste en dessous.

— Heureusement qu'aucun de nous n'y a laissé sa tête, dit Kurt en se redressant.

— Ne recommence pas, conseilla Joe. Je n'ai aucune envie de me transformer en cocktail dans un mixeur.

Kurt, en vérité, s'attendait à voir l'appareil se détourner, mais pas à ce qu'il bondisse au-dessus d'eux. Cependant la manœuvre avait servi à quelque chose : l'hydravion était retombé un peu de travers et le pilote avait dû ralentir pour le stabiliser. Lorsque l'appareil reprit de la vitesse, il allait dans la mauvaise direction.

— Ils filent avec le vent dans le dos, dit Joe. Ils auront bien plus de difficultés pour décoller avec un vent arrière que s'ils profitaient de cette brise.

– Plus difficile mais pas impossible, répondit Kurt.

Il revint derrière l'hydravion, se positionnant dans le creux de son sillage et parvenant même à heurter un des flotteurs. L'appareil fit une embardée tandis que le pilote, s'efforçant de reprendre le contrôle, retrouva vite son cap.

– Regarde ! s'écria Joe.

Une giclée de balles vint cribler la proue de leur canot : un des fugitifs venait de vider le chargeur de sa mitraillette dans leur direction. Kurt fut contraint de s'écarter pour voir l'hydravion ralentir et tourner afin de se remettre vent debout.

Dans l'atelier d'entretien, Leilani contemplait l'armée de machines, les regardant avec horreur se redresser et s'avancer. Trois de ces engins passant à l'attaque quelques étages plus bas avaient suffi à l'effrayer, mais cinquante, c'était un véritable cauchemar. Une vague de colère l'envahit en même temps que la nette impression d'avoir affaire à trop forte partie.

– Faites quelque chose ! cria-t-elle à Marchetti.

– J'essaie, dit-il. Il est malin, ce petit salopard d'Otero. Si j'avais su, je l'aurais augmenté.

Des yeux, Leilani cherchait désespérément du secours, mais autour d'elle, rien à part des machines et une rangée de placards.

– Qu'y a-t-il dans ces armoires ?

– Des tenues de travail.

– Avec un badge ?

– Oui, fit Marchetti, tout excité. Absolument. Foncez !

Leilani traversa la salle en courant, se glissa sous le bras d'un robot qui la poussa avec violence contre la rangée de placards comme un joueur de rugby qui marque un essai. Elle se releva, ouvrit la porte d'une armoire et saisit une combinaison de travail. Avec un badge qu'elle exhiba aussitôt.

Les machines s'arrêtèrent brusquement et se détournèrent pour foncer sur Marchetti qui pianotait frénétiquement sur son clavier.

– Je n'arrive pas à trouver le code ! cria-t-il.

Les engins étaient maintenant tout près de lui et une machine venait de l'envoyer au tapis tandis qu'une autre brandissait un puissant tournevis à la pointe menaçante.

Leilani se précipita entre les machines et se jeta sur Marchetti. Elle espérait, en le serrant contre son corps, que les robots ne percevraient qu'une seule source de chaleur et verraient son badge.

Le tournevis s'abaissait dangereusement. Elle ferma les yeux.

Tout d'un coup, le bruit cessa, et la pointe du tournevis se rétracta. L'autre robot relâcha Marchetti et la petite armée de machines commença à s'éloigner, en quête d'une autre victime.

Elle tenait toujours Marchetti quand les machines quittèrent l'atelier. Elle le dévisagea froidement. Elle avait besoin de lui pour comprendre une chose.

— Je vous ai sauvé la vie, dit-elle.

Il acquiesça tandis qu'elle le lâchait. Tous deux ne quittaient pas la porte des yeux.

À quelque huit cents mètres de l'île flottante, Kurt et Joe étaient sous le feu de l'hydravion. L'appareil obliqua, se remit sous le vent et accéléra. Quand il fonça sur eux, Kurt une fois de plus l'esquiva et passa derrière.

— Joe, c'est maintenant ou jamais.
— J'ai une idée, dit Joe.

Il grimpa sur l'avant du canot et saisit l'ancre.

— Un de mes amis dans le Colorado m'a appris à manier le lasso ! cria-t-il.

Il se mit à faire tourner l'ancre d'une dizaine de kilos au bout de la corde, aussi facilement que si c'était une épingle de cravate.

Kurt devina ce qu'il voulait faire et, une dernière fois, mit les gaz à fond. Ils se rapprochaient de l'hydravion lorsque la fusillade reprit, mais Kurt parvint à se glisser sous l'appareil.

Juste au moment où l'hydravion décollait, Joe fit tourner son lasso improvisé comme un lanceur de marteau aux Jeux olympiques. L'ancre s'envola et vint s'accrocher aux traverses des flotteurs. Le lasso improvisé tint bon.

Le nez de l'hydravion pointa vers le ciel, soulevant l'avant du canot hors de l'eau. Mais le poids était trop lourd : l'aile gauche pencha brusquement, toucha l'eau, et l'appareil dégringola en faisant la roue, projetant des pièces dans toutes les directions.

L'ancre du canot, violemment tiré de côté, se détacha, cependant Kurt parvint à les empêcher de chavirer. Il vira à bâbord, réduisit les gaz et pivota pour contempler le carnage qu'ils laissaient derrière eux.

L'hydravion était arrêté : un flotteur arraché, ses ailes tordues et à demi repliées, une partie de la queue disloquée. L'eau envahissait la carlingue et l'appareil n'allait sans doute pas tarder à couler.

— Et voilà ! cria Joe en levant le poing.

— Il faut que tu t'inscrives au prochain rodéo, dit Kurt en ramenant le canot vers l'épave de l'hydravion.

Il stoppa auprès de l'appareil qui sombrait rapidement et dont les deux occupants essayaient désespérément de s'extraire. Matson se libéra le premier et se cramponna au canot, puis ce fut le tour d'Otero.

Ils essayaient de monter à bord du canot mais, à chacune de leurs tentatives, Kurt donnait un petit coup d'accélérateur.

— Je vous en prie, cria Otero, je ne suis pas bon nageur.

— Alors, vous ne devriez pas vivre sur une île flottante, dit Kurt en remettant un instant les gaz, ce qui les fit retomber à l'eau. Puis, de nouveau, il ralentit. Ils se démenèrent pour rester cramponnés au bastingage, mais Kurt répéta son manège.

— C'est lui qui en a eu l'idée, dit Otero en essayant de nager.

— Quelle idée ? demanda Kurt.

— De voler les nanorobots.

— Boucle-la, fit Matson.

— Pour les donner à qui ? demanda Joe.

À demi noyés, les deux hommes s'accrochèrent au canot. Otero se tut.

— Monsieur Austin, dit Joe, je crois que le règlement nous interdit d'accepter les gens qui nous abordent ou les voyageurs sans billet.

Kurt acquiesça gravement.

— Vous avez tout à fait raison, monsieur Zavala.

Il poussa un peu plus la manette des gaz. Les deux hommes tentèrent de tenir bon, mais durent vite lâcher prise. Kurt cette fois s'éloigna tranquillement un peu plus loin.

— Attendez! cria Otero qui barbotait désespérément. Je vais vous le dire.

Kurt fit semblant de tendre l'oreille.

— N'attendez pas que nous soyons trop loin, cria-t-il.

— Il s'appelle Jinn, crachota Otero. Jinn al-Khalif.

Kurt coupa les gaz et le canot s'immobilisa.

— Et où puis-je trouver ce Jinn?

Otero regarda Matson qui secouait la tête d'un air réprobateur.

— Il vit au Yémen, balbutia Otero. C'est tout ce que je sais.

CHAPITRE 14

DANS LA COUR D'UNE MAISON DE STYLE MAROCAIN, au bord du golfe d'Aden, l'homme connu sous le nom de Sabah profitait de la douceur du soir en savourant son dîner : un cuissot d'agneau accompagné d'une galette et de tomates coupées en tranches. La brise agitait les légères tentures de la pièce, tandis qu'il se laissait bercer par le bruit des vagues se brisant au pied des falaises toutes proches.

Un serviteur entra et lui murmura quelque chose à l'oreille. Sabah écouta puis hocha la tête, l'air contrarié.

Lorsque le serviteur lui retira son assiette, Sabah se cala sur son siège, un verre de thé noir à la main. Il entendit un bruit de pas s'approcher et s'arrêter sous la voûte du couloir.

– Je viens te demander audience, déclara une silhouette dans la pénombre.

– Eh bien, répondit Sabah, c'est comme si c'était déjà fait car, invité ou non, tu es devant moi.

– Je ne veux surtout pas te déranger, dit l'homme. J'attendais que tu aies terminé ton dîner.

– Viens et prends place auprès de moi, Mustafa, proposa Sabah en s'asseyant dans un fauteuil. Nous sommes de vieux amis depuis la première guerre contre Israël. Bien que les armes que tu m'as fournies ne nous aient pas assuré la victoire, elles m'ont cependant permis de gagner la confiance d'al-Khalif et de sa famille. Ma bonne fortune vient de là.

Mustafa vint s'asseoir en face de Sabah qui remarqua sa nervosité. Il se demanda ce qui pouvait l'agiter ainsi car c'était un homme d'ordinaire plein d'assurance, voire arrogant.

— Un heureux coup du sort, dit Mustafa, voilà de quoi je suis venu discuter, aussi bien dans ton intérêt que le mien. Et pour celui de tous ceux qui s'octroient toujours la part du lion.

Sabah but une gorgée de thé, puis reposa son verre près d'une petite soucoupe sur laquelle se trouvaient des feuilles de qat fraîchement coupées, une plante dotée de propriétés stimulantes. Sabah en prit une, la plia, la glissa dans sa bouche, puis la mastiqua lentement pour bien en extraire le jus.

— S'ils se saisissent toujours de la plus grosse part, c'est parce qu'ils sont des lions, expliqua Sabah. Nul ne peut contester leur pouvoir.

— Mais lorsque le lion est faible et arrogant ? demanda Mustafa. Un autre surgit et prend sa place.

— Allons, dit Sabah qui s'impatientait, inutile de t'exprimer par métaphores. Tu parles de Jinn et de son projet... Tu penses qu'au fond il nous dupe ?

Mustafa hésita, se tordant les mains comme s'il était en proie au plus grand désarroi.

Sabah poussa vers lui la soucoupe de feuilles.

— Prends-en une. Cela libérera ta langue.

Mustafa saisit une des feuilles et la plia entre ses doigts comme l'avait fait Sabah, puis la glissa dans sa bouche.

— Quelles actions de Jinn te paraissent à tes yeux malvenues ? demanda Sabah.

— Trois ans de promesses, et pas une goutte de pluie en plus.

— Les changements prennent du temps. On te l'a expliqué.

— Mais nous n'en avons presque plus, dit Mustafa, et c'est également vrai pour toi. Le Yémen agonise. Les habitants sont chassés des villes à coups de fusil parce qu'il n'y a pas assez d'eau pour tout le monde.

Sabah cracha dans un petit bol un jet de salive verte ainsi que les restes de la feuille de qat, puis but une gorgée de thé pour se rafraîchir le palais. Mustafa n'avait pas tort. Le bruit courait que, d'ici un an, la capitale du pays aurait si peu de réserves d'eau qu'aucun rationnement ne serait suffisant. La seule solution serait d'obliger les citadins à migrer vers d'autres régions mais, dans le reste du pays, la situation n'était guère plus brillante.

— La semaine dernière, il a plu trois fois, déclara Sabah, des pluies tout à fait inhabituelles. Aujourd'hui, des nuages s'amassent sur les montagnes vers le nord. Le changement s'annonce. Jinn va tenir ses promesses.

— Peut-être, mais qu'est-ce qui pourrait l'empêcher de revenir dessus ?

À voir une lueur s'allumer dans les yeux de Mustafa, Sabah eut le sentiment que celui-ci en arrivait au fait.

— Le sens de l'honneur, répondit Sabah.

— Jinn n'en a pas, répliqua Mustafa. Je n'en veux pour preuve que ton propre cas. Tout le monde sait que c'est grâce à toi, Sabah, que Jinn est parvenu là où il est. C'est grâce à ta sagesse qu'il a bâti sa richesse et son pouvoir. La fortune de sa famille s'est édifiée grâce à tes efforts, ton travail, ta fidélité. Jinn possède aujourd'hui des milliards : des sociétés, des palais, des épouses. Et à toi, que t'a-t-il donné ? fit Mustafa en regardant autour de lui. Tu as une belle maison, quelques serviteurs. Chez toi, la chère est excellente. Est-ce donc tout ce que t'a rapporté une vie de dévouement ? Je ne vois là que bagatelles, et tu mérites assurément mieux. Tu devrais vivre comme un prince.

— Je suis un fidèle serviteur, répondit Sabah.

— Il est juste que les serviteurs partagent les récompenses du maître. Jadis, dans les cours, même un esclave pouvait devenir un précieux conseiller.

Sabah en avait assez entendu.

— Peut-être tes propos dépassent-ils ta pensée, Mustafa.

— Non, répliqua son hôte, ils ne font que la refléter. En vérité, Jinn se sert de toi comme il se sert de nous tous. Il prend beaucoup et donne peu. Nous sommes soumis à ses ordres. S'il arrête le projet, nous périrons. S'il demande davantage de fonds, nous n'aurons pas d'autre choix que de céder.

— C'est donc l'argent qui te gêne.

— Non, répondit Mustafa. C'est le pouvoir. Bientôt, on ne pourra plus ni le contrôler ni même discuter avec lui. Il a créé autour de lui une sorte de cour, comme les génies de l'ancien temps. Tous se prennent pour des dieux. Jinn a atteint son but.

Sabah regarda son vieil ami, en s'efforçant de deviner jusqu'où la colère pourrait le conduire. Mustafa n'était pas allé jusqu'à préconiser la trahison mais, si Sabah voyait juste, c'était manifestement dans ses intentions.

— Les investisseurs se sont donc réunis, devina Sabah. Dis-moi qui a pris cette initiative.

— Peu importe, dit Mustafa.

— Cela m'importe à moi.

— Ce qui devrait t'importer, c'est ta position, insista Mustafa. Je te demande pourquoi tu te trouves ici à Aden, au lieu d'être avec Jinn dans sa caverne magique au milieu du désert.

— Parce qu'il n'a pas besoin de moi en ce moment.

— Il semble que ce soit de plus en plus souvent le cas, répliqua Mustafa. Et toi – le fidèle serviteur –, que feras-tu quand Jinn n'aura vraiment plus du tout besoin de toi ?

Sabah fut déconcerté tant son interlocuteur paraissait sincère. Mustafa reprit, avec plus d'insistance :

— Tu le contrôlais sans mal quand il était jeune, et c'est grâce à ta sagesse que tu as continué à t'imposer. Mais que te reste-t-il aujourd'hui ? Tu lui as tout donné, Sabah. L'heure est venue de te servir. De prendre ce que tu as mérité.

— Une révolution de palais, voilà où tu veux en venir ?

— C'est toi, plus que lui, qui as bâti cet empire. Tu devrais en posséder les clefs au lieu d'être tenu à l'écart comme l'assistant de second ordre que tu as toujours été.

Les paroles de Mustafa ranimèrent une blessure qu'il avait toujours tenté d'enfouir au plus profond de son être. Jamais il ne ferait partie du clan Khalif. Il aurait beau se montrer toujours fidèle, acharné au travail ou sans pitié, jamais il ne serait plus qu'un loyal serviteur.

D'ailleurs, au fur et à mesure que les fils et les filles de Jinn grandissaient, il perdait peu à peu ce statut de partenaire, les liens du clan et de la famille prenant de plus en plus d'importance. Peu à peu, Sabah serait progressivement écarté et ses enfants ne récolteraient jamais ce qu'il avait semé.

En vérité, son influence avait déjà commencé à décliner. Depuis un an ou deux, les habitudes avaient changé et Jinn passait de moins en moins de temps en sa compagnie, semblant presque fatigué d'entendre l'avis de Sabah que jadis il recherchait.

Mais était-ce une raison pour le trahir ?

Sabah prit une autre feuille de qat entre ses doigts et la glissa dans sa bouche. Il fallait bien réfléchir avant de prendre une telle décision.

Il mastiquait en silence et les stimulants libérés par la plante déversèrent dans son corps un sursaut d'énergie.

Il savait que Mustafa ne changerait pas d'avis, surtout maintenant qu'il avait dévoilé ses projets. Si Sabah ne donnait pas son accord de principe, les ennuis ne tarderaient pas à venir. Peut-être Mustafa avait-il déjà des hommes qui attendaient dans les parages... Peut-être se croyait-il capable de tuer Sabah de ses propres mains ?

Sabah ne voulait pas lui en donner l'occasion.

— As-tu un plan ?

Mustafa acquiesça.

— Nous devons voir la horde en action, ne serait-ce qu'à une petite échelle.

— Par « nous », tu parles aussi des autres ?

— Je ferai office de témoin avec Alhrama, d'Arabie Saoudite. Jinn nous fait confiance. Ensuite, nous préviendrons les autres.

— Je vois. Et comment devrai-je m'y prendre ?

— Il faudra que Jinn nous permette de pénétrer dans la salle de contrôle et les ateliers de production. Il devra également nous donner accès à la programmation et aux codes.

Sabah se caressa la barbe d'un air méditatif.

– Et quand tu auras fait tout ça ?

– Alors je te contacterai, annonça calmement Mustafa. Tu tueras Jinn et tu reprendras l'opération comme partenaire de plein droit et chef du consortium Oasis.

CHAPITRE 15

KURT AUSTIN SE DIRIGEAIT VERS LE BUREAU de Marchetti installé au dernier étage d'un des deux bâtiments d'Aqua-Terra, bénéficiant des derniers perfectionnements de la technologie de pointe. Bien des choses s'étaient passées dans les vingt-quatre heures qui s'étaient écoulées depuis que Joe et lui avaient empêché Matson et Otero de s'enfuir en hydravion.

De retour à Washington, Dirk Pitt et les pontes de la NUMA s'étaient mis au travail pour rassembler le maximum d'informations sur Jinn al-Khalif.

Nigel, le pilote, avait fini de réparer l'hélicoptère et, à la demande de Marchetti, était allé prendre Paul et Gamay Trout.

De son côté, Marchetti avait passé quinze heures à nettoyer le code informatique et à s'assurer qu'Otero n'avait laissé aucun autre piège derrière lui. Il n'en avait pas trouvé, mais son île étant totalement automatisée, il n'était pas sûr que les centaines de programmes qui la faisaient fonctionner étaient tous totalement fiables. Sur l'insistance de Kurt, il s'était concentré sur les plus importants et, pour plus de sûreté, avait entièrement désactivé les robots chargés des travaux de construction.

En attendant le rapport du QG de la NUMA, ils s'étaient tous réunis dans le bureau de Marchetti afin de décider quelles mesures prendre.

Lorsque Kurt arriva, Joe et les Trout étaient déjà là, Marchetti installé en face d'eux et Leilani assise auprès de lui.

– Les installations que vous avez ici sont impressionnantes, dit Kurt à Marchetti. Je connais des hôtels cinq étoiles qui n'en ont pas de pareilles.

Marchetti était aux anges.

– Quand Aqua-Terra sera terminé, nous comptons y accueillir des milliardaires. Si je dois faire jeter en prison quelques-uns de nos pensionnaires, je ne veux pas gâcher leur séjour.

Kurt eut un petit rire.

– Aucune chance de faire parler nos prisonniers ? demanda Leilani.

– Non, ils restent muets comme des carpes, dit Kurt en jetant un coup d'œil à Joe puis, se tournant vers Marchetti : Je ne pense pas que vous ayez sous la main un python affamé ?

Cette demande parut choquer Marchetti.

– Ma foi... non. Pourquoi ?

– Peu importe.

Kurt venait de s'asseoir quand le téléphone satellite s'alluma. Un instant plus tard, le visage boucané de Dirk Pitt apparut sur l'écran.

Une fois les présentations faites, Pitt prit la parole.

– Nous avons recueilli quelques informations sur ce Jinn qui vont vous être envoyées par message crypté, mais voici l'essentiel de ce que nous savons.

« Il y a trente ans, Jinn al-Khalif était un jeune Bédouin qui gardait les chameaux de son père. Voilà vingt ans, il s'est lancé, brièvement mais fructueusement, dans le trafic d'armes, investissant peu après ces fonds dans divers domaines plus respectables : une compagnie de navigation, une entreprise de construction, une affaire de travaux publics. Rien de colossal, mais tout cela marchait bien.

« Il y a cinq ans, il a fondé et financé, grâce à des fonds d'origine un peu douteuse, un consortium international baptisé Oasis. Interpol le surveille depuis le début en raison de l'afflux de capitaux et de technologie qui gagnent le Yémen sans le moindre contrôle.

— J'ai du mal à imaginer que ce pays puisse attirer des investisseurs étrangers.

— Tu n'es pas le seul, répondit Pitt. C'est pour cela qu'Interpol pense qu'il pourrait s'agir d'une organisation terroriste ou de blanchiment d'argent, mais Jinn ne semble pas avoir la moindre activité politique et n'a jamais pris part aux conflits qui secouent son pays. De plus, les gens d'Interpol n'ont observé aucune transaction qui pouvait laisser supposer un blanchiment de capitaux. Les transferts de technologie et les investissements dans l'informatique de pointe semblent tout à fait légaux.

Pitt pianota sur le clavier. Une photo prise par satellite apparut, montrant la beauté sévère des déserts du Nord Yémen. À la façon d'un saut en parachute, l'image se focalisa sur un affleurement rocheux qui se dressait sur le sable, projetant son ombre démesurée, paysage qui rappela à Kurt le Nouveau-Mexique.

En direction des rochers, des traces de divers véhicules étaient visibles sur le sable.

— Que regardons-nous là ? demanda Kurt.

— Nos agences de renseignements ont suivi certaines des activités de Jinn jusque dans cette zone de désert.

— Pas très impressionnant, observa Paul.

— Ce n'est pas fait pour l'être, répondit Dirk. Tu vois ce sable plus foncé et ce sol retourné s'étendant sur près de cinquante hectares ?

— Oui, comme s'il venait d'être arrosé, fit Gamay. En raison de l'érosion ou d'une inondation-éclair.

— Sauf, fit remarquer Dirk, que cette zone est située dans le secteur le plus sec du désert, qui se trouve en outre à contrepente.

— C'est donc du camouflage, dit Kurt. Que cherchent-ils à cacher ?

— Nos experts, précisa Pitt, pensent qu'ils ont fait des travaux de terrassement considérables, ce qui laisse supposer l'existence de vastes installations souterraines. Un balayage aux infrarouges a en effet décelé une extraordinaire quantité de chaleur provenant d'orifices creusés dans le sable. Tout cela est le signe d'une activité industrielle, même si, jusqu'à maintenant, personne n'a pu en identifier la nature.

— Après avoir volé mes plans, dit Marchetti, ils sont passés à la production.

— C'est ce qu'il semblerait, acquiesça Pitt. Le problème est de savoir dans quel but...

Marchetti réfléchit un moment.

— Je ne sais pas vraiment, dit-il. Je m'attendais à les voir produire un peu n'importe quoi, mais, d'après ce que nous avons vu, on a modifié la conception des nanorobots. Pour les destiner à un autre usage. Pour l'instant, nous avons la certitude qu'ils ont attaqué votre catamaran mais, à ma connaissance, on n'a enregistré aucune attaque ni disparition de bateau ; ce qui donnerait à penser que ce n'est pas là leur objectif principal.

— Alors, quel usage en font-ils ? demanda Kurt.

Marchetti jeta un bref regard à Leilani et reprit :

— Normalement, le bateau aurait dû être totalement nettoyé. Aucune trace de matière organique ne serait restée et les bots auraient replongé dans la mer.

Kurt avait compris.

— Aucune trace. Aucun témoin. On aurait alors retrouvé le catamaran en parfait état de marche, comme la *Marie Céleste*. Seulement, ils n'avaient pas envisagé que l'équipage mettrait le feu pour combattre les assaillants.

— Exactement, dit Marchetti. Sans les résidus que vous avez retrouvés, rien n'aurait pu nous alerter sur ce qui s'était passé. Si, de loin, les marins d'un autre navire avaient observé la scène, ils n'auraient rien vu.

Pitt revint à leur préoccupation première.

— Ces engins peuvent donc présenter un danger pour la navigation mais, si ce n'est pas leur objectif principal, quel est leur but ? Pourraient-ils être responsables des anomalies de température observées par les membres de notre équipage ?

— Possible, répondit Marchetti. Je ne sais pas encore comment mais, dans une certaine mesure, ce qu'ils sont capables de faire dépend de leur nombre sur place.

— Pouvez-vous nous expliquer cela ? demanda Pitt.

– Considérez-les comme des insectes. Un seul spécimen ne posera pas de problème – une guêpe, une fourmi, un termite – et ne constitue pas vraiment une menace. Mais si vous en découvrez un grand nombre au même endroit, ils peuvent se montrer nuisibles. Mes bots peuvent se reproduire de façon autonome et proliférer à l'infini, donc se montrer très efficaces. Il n'y a aucune raison de croire que cela ait cessé. Des millions de robots microscopiques peuvent causer des problèmes à un bateau de petite taille, des milliards constituent une menace pour un gros navire, une plate-forme pétrolière, ou même pour quelque chose de la taille d'Aqua-Terra, mais des milliers de milliards – ou des milliards de milliards – constitueraient une menace pour la mer tout entière.

– La mer tout entière ? demanda Joe.

– Les nanorobots, répondit Marchetti, sont polluants. Un peu comme une toxine. Mais puisqu'ils sont capables de se nourrir, de se reproduire et de se protéger, mieux vaut les considérer comme une espèce non autochtone envahissant un nouvel habitat. Et ils tendent tous à suivre ce même schéma. Comme ils n'ont pas d'ennemis naturels, ils font d'abord figure de curiosités pour devenir très vite encombrants jusqu'à menacer l'écosystème. Voilà ce que pourraient faire les nanorobots qu'on ne contrôlerait pas.

– Je me souviens de l'arrivée en Nouvelle-Angleterre des spongieuses asiatiques, dit Paul. Ces redoutables papillons n'étaient pas autochtones puisqu'ils arrivaient de Chine. La première année, on voyait quelques chenilles un peu velues. Un an plus tard elles abondaient et, la troisième année, elles étaient absolument partout, elles grouillaient par milliards, recouvrant tous les arbres, les dépouillant de leurs feuilles et décimant presque des forêts entières. C'est ce genre de phénomène dont vous parlez ?

Marchetti hocha la tête.

Un silence s'ensuivit, le petit groupe réfléchissant à ce que venait de dire Marchetti. Kurt imaginait les nanorobots se répandant dans tout l'océan Indien et au-delà. Il se demanda si c'était une idée concevable ou de la paranoïa, car pourquoi quelqu'un souhaiterait cela, et pour quel profit ?

— Quoi qu'ils puissent faire, déclara Pitt, c'est néfaste. Il nous faut donc trouver de quoi il s'agit et maîtriser ce phénomène. Pas de suggestion sur le moyen d'y arriver ?

Tous les regards une fois de plus se tournèrent vers Marchetti.

— Il y a deux méthodes, expliqua-t-il. Soit combattre les nanorobots en action, ce pour quoi je vous propose mes services en mettant l'île à votre disposition, soit en allant à la source découvrir quels plans d'action sont prévus par leurs concepteurs.

— C'est-à-dire aller au Yémen, expliqua Pitt.

— J'en suis navré, et je ne voudrais certainement pas être du voyage, mais si c'est dans ces installations souterraines yéménites que ces choses sont fabriquées, votre meilleure chance de découvrir dans quel but on les crée, c'est de vous rendre sur place.

Pitt hocha la tête, l'air songeur, mais ne dit rien. Il regarda l'un après l'autre les membres de l'équipe.

— Bien, finit-il par dire. Notre objectif premier était de comprendre ce qui était arrivé à l'équipage, mais je crois que nous sommes maintenant tous d'accord : la menace est bien plus redoutable et explique probablement pourquoi on a tué ces malheureux. Il faut nous y prendre de deux façons : Paul et Gamay vont profiter de l'hospitalité de M. Marchetti et diriger les recherches en milieu aquatique en prenant Aqua-Terra comme base. Quant à Kurt, vous et Joe, devez vous tenir prêts. Si vous n'y voyez pas d'inconvénient, je vais trouver un moyen de vous infiltrer tous les deux au Yémen.

Kurt regarda Joe qui acquiesça.

— Nous serons prêts.

Pitt en avait terminé, et chacun s'apprêtait à partir lorsque Leilani s'approcha de Kurt.

— Je veux aller avec vous, annonça-t-elle.

— Pas question, répondit Kurt en ramassant ses affaires.

– Pourquoi ? Si Jinn est responsable de tout cela, je veux être avec vous quand vous lui réglerez son compte.

Kurt la foudroya du regard.

– Vous nous avez déjà mis une fois dans le pétrin, je ne vais pas vous laisser recommencer. Pas plus que je ne veux mettre votre vie en danger ou *régler son compte* à ce type. Nous ne sommes pas un commando. Nous voulons découvrir ce qu'il mijote et pour quelles raisons, c'est tout. Le mieux que vous ayez à faire, c'est de rentrer chez vous à Hawaii.

– Je n'ai personne qui m'attende là-bas, dit-elle.

– Je suis désolé, dit Kurt, mais cette fois vous ne m'aurez pas.

Gamay intervint.

– Si nous devons analyser ce qui se passe dans la chaîne alimentaire, nous pourrions avoir besoin de quelqu'un de spécialisé dans la biologie marine. Pourquoi ne restez-vous pas ici avec nous ?

Leilani ne semblait pas ravie de cette proposition, mais, comme de toute évidence elle n'avait pas le choix, elle finit par accepter.

Kurt sortit sans ajouter un mot. Il était navré pour elle, mais il avait une mission à honorer.

CHAPITRE 16

Golfe d'Aden, au large de la côte du Yémen

TRENTE-SEPT HEURES APRÈS LA RÉUNION dans le bureau de Marchetti, Kurt et Joe se retrouvèrent en pleine nuit assis dans un petit bateau de pêche en bois, au large d'Aden, à environ un mille de la côte.

Revêtus de combinaisons de plongée noires, chaussés de palmes et munis de petites bouteilles d'oxygène, ils attendaient patiemment un signal.

Afin d'éviter la buée, Kurt enduit d'une légère couche de shampooing pour bébés la face intérieure de son masque avant de le rincer, tandis que Joe vérifiait une dernière fois le bon fonctionnement de sa bouteille d'oxygène et enfonçait son couteau de plongée dans un fourreau fixé à sa jambe.

– Prêt ? demanda Kurt.
– Autant que je peux l'être, dit Joe. Tu vois quelque chose ?
– Pas encore.
– Et si ce type se faisait attaquer ?
– Il s'en tirera. Dirk jure qu'il a déjà plusieurs fois eu recours à lui.
– Il t'a donné un nom ?

Kurt secoua la tête en souriant.

– Il a dit que nous n'en aurions pas besoin.
– Dirk raffole des secrets, fit Joe en riant.

On ne voyait absolument rien. C'était une nuit sans lune avec un léger vent de nord-ouest, une petite brise qui rappelait à Kurt l'air du désert qu'il connaissait si bien. Ancrés devant une côte aride et ballottés par la houle, ils attendaient pour plonger car ils ne devaient pas bouger avant qu'on vienne les chercher.

Soudain, ils perçurent depuis la côte un bref appel de phares, suivi d'un autre quelques secondes plus tard, puis ce fut de nouveau le noir.

– Voilà notre homme, dit Kurt en bouclant son masque.

Joe l'imita, mais s'interrompit pour demander :

– Juste une question, dit-il. Et si ces bots sont dans l'eau et attendent de nous bouffer ?

Kurt n'y avait pas pensé et très franchement, il regrettait que Joe en ait parlé.

– Alors, espérons qu'ils n'ont pas faim, répondit-il.

Sur quoi, il bascula par-dessus bord et se laissa tomber dans l'eau noire comme de l'encre.

Quelques secondes plus tard, Joe le rejoignait.

Kurt se mit aussitôt à nager pour gagner le plus silencieusement possible le rivage. Comme il approchait, il entendit le bruit des vagues qui se brisaient tandis que le courant essayait de l'entraîner vers l'est. Il obliqua légèrement et, plutôt que de s'épuiser à lutter, il se laissa emporter.

Arrivé près du rivage, il examina la houle pour avoir une idée du rythme auquel les vagues se succédaient. L'une d'elles, assez forte, le souleva, menaçant de le faire tomber le nez en avant, mais heureusement elle se brisa vite, aspergeant devant lui le sable du rivage.

Le courant le surprit au moment où l'eau refluait, et Kurt profita de la vague suivante pour surfer jusqu'à la plage.

Une dizaine de mètres plus loin, des rochers offraient un abri sûr. Il retira ses palmes et courut s'y réfugier. Là, il ôta son masque, descendit de quelques centimètres la fermeture de sa combinaison de plongée et sortit de son sac étanche des petites jumelles à vision nocturne. Il scruta la plage ainsi que la route qui passait un peu plus haut, mais ne perçut rien : aucun signe de vie.

À une soixantaine de mètres de là, un vieux minibus Volkswagen était garé sur la route. Leur moyen de transport, apparemment.

En tournant la tête, il aperçut Joe qui arrivait en courant.

– Pas mal, dit Kurt en désignant la camionnette. Nous ne l'avons manquée que d'une centaine de mètres.

– Avec ce courant, répondit Joe, c'était plus facile de le faire à pied qu'à la nage.

– Je suis bien de ton avis, dit Kurt. D'ailleurs, dans le cas improbable où notre ami aurait été suivi, il valait sans doute mieux ne pas sortir de l'eau juste devant lui.

Ils se débarrassèrent de leur matériel de plongée pour se retrouver en costume de ville et, afin d'éviter tout ennui, ils traversèrent la plage en courant.

Le minibus, un véhicule d'une trentaine d'années, était d'un brun rougeâtre sillonné d'éraflures à force d'avoir roulé dans le sable. Les pneus étaient plutôt lisses et le VW fixé à l'avant du capot avait perdu son W.

– On ne peut pas dire qu'il ait fière allure, constata Kurt puis, pensant à la Vespa, il ajouta : Mais au moins, il a quatre roues.

Il fit coulisser la portière. À défaut d'élégance, le minibus possédait d'autres qualités : un vaste espace de rangement, un moteur à refroidissement par air, nettement plus fiable qu'un radiateur pour traverser le désert, et des plaques d'immatriculation yéménites dont Kurt espérait qu'elles n'étaient pas fausses.

Dernier détail, le minibus était inoccupé. Quel que fût le chauffeur que Dirk Pitt avait trouvé pour le conduire jusqu'ici, il avait disparu. Une autre trace de pneus sur le bas-côté de la route laissait penser que le conducteur avait été rapatrié par un autre véhicule.

Ils s'installèrent, Kurt à la place du conducteur pendant que Joe vérifiait ce qu'on leur avait préparé à l'arrière.

— Nous avons des bottes et des caftans, annonça Joe. Des vivres, de l'eau et un peu de matériel. Ce type n'a rien oublié.

Kurt chercha la clef de contact. Comme il rabattait le pare-soleil, elle lui tomba dans la main ainsi qu'une feuille de papier.

Il inséra la clef dans le tableau de bord et déplia la note.

— Voici les instructions :

« *Prendre la route côtière direction nord-est sur douze kilomètres. Suivre au nord-ouest la route qui s'appelle l'autoroute de l'Est. Elle est pavée sur cinquante kilomètres puis se transforme en un chemin de terre. Continuer sur exactement soixante-douze kilomètres. Cachez le minibus et continuez à pied avec un cap à 290 sur huit kilomètres quatre cents. Passez le coin et vous tombez sur l'installation que vous cherchez. Bonne chance.* »

— Pas de signature ?

— Aucune, dit Kurt en repliant le billet pour le glisser dans sa poche. Je ne sais pas de qui il est, mais ne le décevons pas.

Il jeta un coup d'œil alentour, tourna la clef de contact, et le moteur démarra avec ce bruit caractéristique des vieux Volkswagen. La boîte de vitesses émit un horrible grincement quand Kurt passa en première, mais du moins ils étaient en route.

Kurt espérait arriver à l'installation avant le lever du jour. Ils avaient quatre heures devant eux.

CHAPITRE 17

FILANT À VINGT NŒUDS à une dizaine de mètres au-dessus des vagues, Gamay Trout, à bord d'un petit hydravion dessiné par Marchetti, était ravie.

Qualifier cet appareil de coucou aurait été désobligeant. La cabine d'équipage se trouvait légèrement en dessous de ce que Marchetti appelait les aéroflotteurs. Gonflés à l'hélium, ils ressemblaient en effet à des flotteurs bien qu'ils soient plus larges et plus longs. Leur fond plat et le dessus incurvé facilitaient le décollage. Une série de traverses à quarante-cinq degrés les fixaient à la cabine, alors qu'un autre jeu transversal les renforçait. La conception de l'hydravion permettait d'apercevoir le ciel, ce que ne permettait aucun autre appareil.

La cabine, conçue comme celles des yachts de luxe, était effilée vers l'arrière, où se trouvait une plate-forme permettant d'entrer ou de sortir de l'appareil ou de prendre des bains de soleil. Deux puissants ventilateurs installés dans des conduits placés très en avant tiraient l'hydravion comme un couple de chiens de traîneau. De courtes ailes le supportaient en vol tandis qu'une autre paire verticale fixée sur chaque flotteur faisait office de gouvernail.

– C'est stupéfiant, dit Gamay en se penchant pour contempler un trio de dauphins qui apparemment avaient décidé de les accompagner.

Avec Marchetti aux commandes, Paul Gamay et Leilani avaient tout loisir d'apprécier cette promenade tout en suivant les ébats des dauphins qui nageaient dans les eaux transparentes.

Les mammifères les suivaient sans effort, en donnant de temps en temps de grands coups de leur queue plate. Parfois, l'un d'eux sautait hors de l'eau dans leur direction avant de replonger.

— On dirait qu'ils essaient de nous rejoindre.

— Ils nous prennent peut-être pour le chef de meute, répondit Paul.

Gamay se mit à rire en se demandant ce que les dauphins pensaient d'une telle machine : de tout évidence, ils n'en avaient pas peur.

— Marchetti, je crois que ça va marcher.

Leilani, qui semblait de bien meilleure humeur, acquiesça. Paul souriait.

— Tu as l'air du chat qui vient de manger le canari, dit Gamay.

— J'étais en train de penser à la chance que j'ai de me trouver ici avec deux jolies femmes au lieu de me traîner dans le désert avec Kurt et Joe.

Gamay éclata de rire.

— Et il n'y a pas que la compagnie, ajouta-t-il. Pour une fois, nous disposons d'un jouet de milliardaire pour nous promener. Alors qu'en ce moment, Kurt et Joe sont sans doute en train de se débattre avec un troupeau de chameaux qui empestent.

— C'est bien vrai, renchérit Gamay, puis elle se tourna vers Marchetti : Nous pouvons encore aller loin comme ça ?

— Nous pouvons voler des jours s'il le faut, répondit-il. Mais ce que je vous propose, c'est de continuer encore une heure puis de regagner l'île. L'équipage aura deux autres appareils prêts à décoller demain. De cette façon nous pourrons, en les utilisant tous les trois, couvrir une zone plus grande.

— Vous avez des pilotes ? demanda Paul.

— Des pilotes ? répliqua Marchetti. *Pour quoi foutre ?*

— Qui sera aux commandes ?

— N'importe lequel de vous. Cette petite chose se conduit comme une voiture ou un bateau.

Gamay trouvait que Marchetti était une bonne recrue pour l'équipe : il avait jusqu'ici tenu parole en soutenant à fond l'expédition, et remis à la NUMA toutes les informations concernant les nanorobots. Il avait également fait virer l'Aqua-Terra cap au nord-ouest, poussant l'île à la folle vitesse de quatre nœuds et demi, et avait même fait revenir une douzaine de membres de son équipage pour assurer sans l'aide des robots le fonctionnement de l'île.

– Pouvez-vous nous donner quelques leçons avant de nous laisser piloter ? demanda Paul.

– Bonne idée.

Gamay se remit à examiner la mer. Les dauphins nageaient toujours auprès d'eux, juste dans l'ombre de l'hydravion. L'un d'eux parut sur le point de sauter mais, brusquement, ils se dispersèrent dans toutes les directions et disparurent en un clin d'œil.

– Vous avez vu ça ? fit-elle.

– Ils sont pleins de vie, dit Paul.

– Ils ont dû en avoir marre de nous, renchérit Leilani.

Gamay, qui continuait à examiner la mer, constata que des reflets gris sombre avaient commencé à remplacer le bleu profond de l'eau.

Elle devina que les dauphins, percevant ce changement, avaient senti un danger et s'étaient enfuis.

Son entrain se dissipa d'un coup.

– Ralentissez, dit-elle à Marchetti. Je crois que nous les avons trouvés.

CHAPITRE 18

— Rouler en pleine nuit dans cette guimbarde me donne l'impression de participer à un rallye sans connaître le nom de la prochaine étape, dit Joe dont la voix dominait tout juste le vacarme du moteur.

Arrivés au bout du chemin de terre, ils garèrent le minibus derrière une dune.

Tandis que Joe balayait les traces de pneus, Kurt sortit une bâche du coffre et la débarrassa de sa mince pellicule de protection avant de la déployer à même le sol. Il la traîna sur quelques mètres, recueillant au passage une fine couche de sable dont les grains vinrent se coller sur sa surface adhésive.

Satisfait, Kurt la jeta par-dessus la Volkswagen et la recouvrit encore de quelques seaux de sable.

Joe revint juste après que Kurt eut terminé son travail de camouflage. Il s'arrêta, éberlué.

— Où est passé le minibus ?

— Je l'ai rendu invisible, dit Kurt en calant sur ses épaules un petit sac. Personne ne le repérera.

— Ça oui, et probablement même pas nous. Il m'arrive de perdre ma voiture au parking, mais celle-ci, je pourrais ne jamais la retrouver.

Kurt n'y avait pas pensé. Il chercha autour de lui des repères, mais de tous côtés ne vit que des dunes sans fin. Il prit son GPS et planta une grosse vis pour marquer l'emplacement de la cachette, en espérant que cela suffirait.

Tandis que Joe passait son sac à dos sur ses épaules, Kurt enfila des raquettes en fibre de verre. Elles lui permettaient de répartir son poids sur une plus large surface et de marcher sur le sable sans s'enfoncer et traîner les pieds à chaque pas.

Joe fit de même et les deux hommes partirent.

Quatre-vingt-dix minutes plus tard, au moment où ils franchissaient la dernière crête d'une interminable succession de dunes, ils entendirent le bruit d'un hélicoptère venant du sud.

Scrutant le ciel, Kurt repéra un point rouge qui, clignotant dans le ciel à moins de deux cents mètres d'altitude et à trois ou quatre kilomètres de distance, se dirigeait droit sur eux.

– Allonge-toi, dit Kurt en s'aplatissant sur le sol et en tentant de s'y enfoncer comme un serpent à sonnette.

Joe l'imita et, quelques instants plus tard, ils s'étaient recouverts de sable jusqu'au cou. Mais malgré ce camouflage, l'hélicoptère poursuivait obstinément sa route dans leur direction.

– Je n'aime pas ça, murmura Joe.

Kurt sortit de l'étui passé à sa ceinture un revolver Bowen de calibre .50. Une arme redoutable mais peu efficace contre un hélicoptère, à moins que le tireur ait la chance de frapper au bon endroit.

Kurt visa le clignotant rouge, et avisa un feu vert moins lumineux fixé de l'autre côté. Au pire, il viserait entre les deux, vidant son chargeur dans l'espoir de toucher une partie vitale de l'appareil.

Il entendit Joe saisir lui aussi son arme, avec sans doute la même intention, lorsque soudain il se demanda pourquoi, si on les avait repérés et lancé l'hélico à leur poursuite, n'avait-on pas éteint ses lumières.

– C'est gentil de leur part de laisser leurs feux de navigation allumés pour qu'on puisse viser, dit-il.

– Tu crois que c'est par erreur ?

L'hélicoptère approchait. Il n'était maintenant qu'à environ quatre cents mètres et descendait toujours, mais il avait changé de cap.

— Nous allons bientôt le savoir.

L'appareil passa dans un grand vacarme à une soixantaine de mètres au-dessus d'eux et à deux cents mètres à l'ouest.

Kurt le suivit du regard. Ne voyant aucun autre appareil derrière lui, il s'extirpa du sable et se mit à courir. Arrivé en bas de la dune, il escalada la suivante, et se jeta à plat ventre en arrivant au sommet.

Joe le rejoignit. Devant eux, l'hélicoptère ralentissait pour descendre vers une masse noire qui émergeait du désert comme la proue d'un navire.

Une rangée de lumières de faible intensité s'alluma, dessinant un cercle sur le toit du « navire ». L'hélico corrigea sa trajectoire, puis pivota lentement pour se poser sur l'escarpement rocheux.

— On dirait que nous avons trouvé l'installation que nous cherchions, dit Kurt.

— Nous ne sommes pas les seuls, rétorqua Joe en voyant s'approcher du sud-ouest les lumières d'un petit convoi.

Il semblait y avoir peut-être huit ou neuf véhicules, mais difficile de compter les phares avec la poussière qu'ils soulevaient.

— D'après Dirk, il ne devrait pas y avoir beaucoup de circulation par ici...

— Ça doit être l'heure de pointe, répondit Kurt. Espérons que ce n'est pas pour nous qu'ils sont là.

Les véhicules s'arrêtèrent au pied de l'escarpement rocheux. Aussitôt, il y eut une grande agitation. De toute part, dans des tourbillons de poussière, on discutait en arabe. Des hommes armés sortaient d'une caverne pour accueillir les nouveaux arrivants.

Sur le plateau rocheux, deux hommes descendirent de l'hélicoptère. Ils se dirigèrent vers le bord de la falaise, puis disparurent par une sorte d'orifice creusé dans la roche. Sans doute, se dit Kurt, une sorte de tunnel ou une entrée cachée.

— Allons-y, dit-il pendant que le voiturier s'occupait de toutes ces bagnoles.

– Qu'est-ce qu'on va faire ? demanda Joe. Débarquer en prétendant que nous faisons partie de la bande ?

– Non. Nous allons passer derrière le pas d'atterrissage. J'ai vu les passagers de l'hélico disparaître par là sans descendre de la falaise. Il doit y avoir une entrée quelque part là-haut. Il suffit de la trouver.

CHAPITRE 19

Survolant toujours l'océan, Marchetti volait maintenant à une altitude de trente mètres et avait réduit considérablement sa vitesse. Améliorer au maximum l'aérodynamisme de l'appareil avait imposé quelques compromis comme celui concernant la flottabilité de l'hydravion : il ne pouvait rester sur l'eau totalement immobile.

Sitôt le moteur arrêté, ils commencèrent donc à dériver, ce qui rendit les passagers nerveux.

– Nous continuons à nous enfoncer, constata Gamay.

À une vingtaine de mètres de profondeur, l'eau était calme et sombre. Si Gamay avait raison et si la couleur de l'océan était due à la présence des nanorobots pullulant sous la surface, elle n'avait aucune envie d'aller les retrouver.

– Un instant, dit Marchetti.

Il poussa un levier. Des compartiments, situés à chaque extrémité de l'hydravion, s'ouvrirent. On entendit alors un sifflement de gaz sous pression avant de voir deux ballons jaillir des panneaux. Gonflés à l'hélium, ils se déployèrent au-dessus de l'appareil en tirant à fond sur leurs attaches. À mesure qu'ils s'élevaient, l'appareil cessa de s'enfoncer.

– Je les appelle « les ancres » à air, annonça fièrement Marchetti. Nous les dégonflerons quand nous repartirons. En attendant, ils nous empêchent de boire la tasse.

Cette nouvelle rassura Gamay. De même que Leilani et Paul, qui poussèrent tous deux un soupir de soulagement.

— Je pense que nous devrions préparer le matériel de prélèvement, suggéra Paul.

L'hydravion se stabilisa à une douzaine de mètres au-dessus de l'eau. En libérant de petites quantités d'hélium, Marchetti le fit doucement redescendre pour l'immobiliser à un mètre cinquante au-dessus de la mer.

— C'est assez près ? demanda-t-il.

Paul acquiesça, grimpant déjà sur la plate-forme arrière avec le collecteur télescopique d'échantillons.

— Faites attention ! cria Leilani qui ne semblait pas avoir envie d'approcher du bord.

— Absolument, ajouta Gamay. J'ai mis des années à te dresser. Je ne voudrais pas recommencer avec un nouveau mari.

— Tu aurais du mal à en trouver un aussi beau et élégant que moi, fit Paul en riant.

Gamay sourit. Elle n'en trouverait en tout cas pas un qu'elle aimerait autant.

Paul s'approcha du bord et Gamay vint le rejoindre. Sachant ce qui l'attendait plus bas, elle voulut l'attacher avec une sangle, ce qui s'avéra impossible et pas vraiment nécessaire.

Ils étaient dans le gyre de l'océan Indien – non loin du centre d'un tourbillon formé par la convergence de plusieurs courants –, dans une zone remarquablement peu agitée qui ressemblait un peu à l'œil d'un cyclone : c'était le « pot au noir », pas de vent, pas de vagues.

La mer semblait plate, comme huileuse, et le soleil flamboyait. Il régnait un calme extraordinaire. En dérivant à quelques dizaines de centimètres au-dessus de l'eau, on ne sentait qu'une infime brise, vraiment pas de quoi s'inquiéter.

Paul déploya la perche, plongea le flacon dans la mer pour prélever un échantillon, puis le remonta au-dessus de l'eau permettant au trop-plein de s'écouler avant d'activer le moulinet.

Les mains protégées par d'épais gants en plastique, Gamay saisit le prélèvement et essuya l'extérieur du flacon avec une serviette en microfibre qui, à en croire Marchetti, attirerait et prendrait au piège tous les nanorobots susceptibles de se présenter.

Elle ne vit aucun résidu, mais les petits salopards étaient tellement minuscules ! Il en tiendrait une centaine sur une tête d'épingle.

Elle examina l'eau du flacon.

— Elle paraît claire, dit-elle.

Elle le reboucha et le plaça dans une boîte en acier inoxydable rendue hermétique grâce à un joint en caoutchouc, puis plaça la serviette qu'elle avait utilisée dans un récipient identique et bloqua le tout énergiquement.

L'opération terminée, elle inspecta avec Paul l'eau qui, à quelques dizaines de centimètres de là, semblait normale. Mais ils avaient survolé presque deux milles d'océan de couleur étrange depuis l'endroit où les dauphins s'étaient dispersés. C'était incompréhensible.

— Ils ne sont pas à la surface, annonça Gamay qui venait de comprendre. On ne peut les voir qu'en regardant droit vers le fond, mais sous n'importe quel angle, tout ce qu'on aperçoit, c'est de l'eau de mer.

Depuis le cockpit, Marchetti confirma.

— Exact, ils sont juste en dessous. Il va falloir que vous fassiez un prélèvement plus en profondeur. Si vous voulez, je peux nous conduire juste là où…

— Ne faisons pas ça, dit Leilani. Je vous en prie. Et si nous touchions l'eau ou si quelque chose déraillait ?

Elle s'était réfugiée dans la partie principale de la cabine. Derrière la cloison, elle avait le teint verdâtre.

— Je suis pratiquement certain de pouvoir le faire d'ici, proposa Paul.

Il s'allongea sur le pont, la tête et les épaules penchées dans le vide. Il tendit au maximum ses longs bras et plongea un second flacon aussi loin qu'il pouvait.

Marchetti s'approcha, et Gamay en fit autant.

Paul remonta le prélèvement, qui lui aussi semblait limpide, et précautionneusement le rangea. Après quoi, il tenta de renouveler l'opération encore plus loin.

Leilani commença à protester.

– On ne sait pas ce que c'est, murmura-t-elle, l'air terrifié. Vous tenez vraiment à remonter ces choses à bord ?

Kurt avait raison de dire qu'elle était instable et maintenant Gamay comprenait pourquoi. D'abord, Leilani avait été partante pour les accompagner, mais tout d'un coup, elle semblait morte de peur.

– Il faut bien que quelqu'un s'en charge, s'impatienta Gamay.

– On pourrait peut-être appeler la Marine, ou les gardes-côtes, je ne sais pas.

– Gamay, tiens-moi les jambes, dit Paul. Je voudrais faire un prélèvement plus au fond.

Elle s'accroupit, posa les mains sur l'arrière des jambes de Paul en s'y appuyant de tout son poids. Elle entendit Leilani protester et reculer précipitamment, comme si les bots allaient jaillir de l'eau pour happer Paul.

Il s'étira au maximum – Gamay sentit qu'il avait tous les muscles tendus – et réussit à plonger la perche jusqu'à plus de deux mètres de profondeur. Cette fois, le prélèvement qu'il remonta était foncé.

– Je crois que tu en as pris un peu.

Paul commença à enrouler le fil tandis que Leilani encore tremblante reculait d'un pas.

– Tout va bien, dit Marchetti en essayant de la réconforter.

Au même instant, une violente détonation secoua l'hydravion qui pencha de côté en s'affaissant comme un chariot qui aurait perdu une roue.

Paul dérapa, heurta la paroi du pont et faillit passer par-dessus bord. Gamay glissa avec lui, s'agrippa à la ceinture de son mari et passa un bras autour d'une traverse.

Leilani tomba en poussant un hurlement mais se cramponna à la porte de la cabine tandis que Marchetti s'accrochait à la console du gouvernail.

– Tiens-toi bien ! cria Gamay.

– Parle pour toi, répondit Paul. Je n'ai rien à quoi me retenir.

Nouvelle détonation. L'hydravion se stabilisa, mais avec l'arrière incliné, comme un tombereau déchargeant son contenu. Gamay se cramponnait de toutes ses forces. Bien qu'elle soit robuste, ce n'était pas une petite affaire que d'empêcher les cent dix kilos de Paul de glisser sur la plate-forme et de tomber à l'eau.

Derrière elle, Leilani et Marchetti s'efforçaient de l'aider.

– Regardez le ballon, hurla Leilani en montrant le ciel.

Gamay jeta un coup d'œil. L'ancre arrière s'était détachée et s'envolait dans le ciel comme un ballon perdu par un enfant dans une fête foraine. Résultat, l'hydravion allait s'enfoncer dans l'eau par la queue.

– Redémarrez ! cria Gamay.

– J'y vais, dit Marchetti en se précipitant dans le cockpit.

– Leilani, venez m'aider.

Leilani vint s'accroupir auprès de Gamay et empoigna la jambe de Paul. Les ventilateurs avant commencèrent à tourner et l'appareil à avancer, augmentant ainsi les difficultés pour retenir Paul.

Gamay avait l'impression qu'on l'écartelait. Elle vit que Leilani tentait de trouver une meilleure prise.

L'appareil commençait à prendre de la vitesse, mais l'arrière pendait encore à moins de trente centimètres de l'eau. Paul, de son côté, arquait le corps pour que son visage ne touche pas l'eau.

Enfin l'hydravion prit de la vitesse et commença à se redresser.

– Maintenant ! cria Gamay.

Elle tira de toutes ses forces et, avec l'aide de Leilani, elles parvinrent à faire reprendre à Paul sa position première : la tête et les épaules par-dessus le rebord. Puis, s'apercevant qu'il tenait toujours la perche, elle hurla :

– Lâche ça !

– Après m'être donné tout ce mal ? Sûrement pas, protesta Paul.

Marchetti parvint à stabiliser l'appareil qui avait pris de la vitesse, et Gamay en profita pour tirer Paul entièrement sur le pont.

– Paul Trout, si jamais tu recommences, je ne tiendrai pas le coup, dit-elle.

– Moi non plus. Qu'est-ce qui s'est passé ? demanda-t-il en regardant Marchetti.

– Je n'en ai pas la moindre idée. L'ancre à air s'est détachée. Je ne sais pas pourquoi.

Gamay regarda Paul, heureuse de l'avoir auprès d'elle et non pas nageant dans la mer au milieu de ces cochonneries. C'était vraiment un terrible coup de malchance. Mais était-ce vraiment un hasard ?

Elle commençait à se poser des questions au sujet de l'équipe de Marchetti. Si Otero et Matson s'étaient fait acheter, pourquoi un autre membre de l'équipage n'en ferait-il pas de même ? Gardant ses réflexions pour elle, elle observa l'échantillon qu'ils venaient de récupérer et se dit qu'à l'exception de Paul, il n'y avait personne à qui elle pouvait se fier aveuglément.

CHAPITRE 20

Furieux, Jinn al-Khalif arpentait les salles de sa caverne. Il ouvrit d'un coup de pied la porte de son vaste bureau, renversant au passage une chaise qui se trouvait sur son chemin. Sabah entra derrière lui et referma la porte avec plus de soin.

— Je ne supporte pas qu'on me convoque comme un collégien ! hurla Jinn.

— On ne t'a pas convoqué, protesta Sabah.

— Ils te contactent sans se faire annoncer, te disent qu'ils arrivent et qu'ils s'attendent à me voir ! Tu n'appelles pas ça être convoqué ?

Jinn était planté à côté d'un immense bureau. Derrière lui, par un mur vitré qui fermait la pièce, on pouvait voir six mètres plus bas l'atelier de production du complexe.

Çà et là, dans la « salle stérile », des hommes en combinaison étanche calibraient les machines en vue de produire la nouvelle version des nanorobots de Jinn. Le lot, modifié pour être d'une puissance mortelle, était destiné à l'Égypte et au barrage.

— Ils ont formulé une requête, dit Sabah. Compte tenu du ton et du comportement qu'ils adoptent depuis quelque temps, j'ai jugé nécessaire de leur promettre ta présence.

— C'est de l'insolence ! clama Jinn. Tu ne dois pas faire de promesses pour moi.

Bien des fois dans sa vie, Jinn avait éprouvé ce même genre de rage, mais jamais Sabah n'en avait été l'objet.

— Pourquoi, alors que nous sommes de plus en plus près du but, faut-il que tous mes serviteurs semblent perdre la tête et oublier leur place ?

Sabah parut sur le point de parler, mais se retint.

— Tu m'en as dit assez, lui déclara Jinn en le congédiant d'un geste. Laisse-moi.

Au lieu de s'incliner et de prendre congé, Sabah se redressa.

— Non, répliqua-t-il effrontément. Je m'occupe de toi depuis ton jeune âge, depuis la mort de ton père. Je vais donc te parler et tu vas écouter, puis tu décideras ce que tu entends faire quand j'en aurai terminé.

Jinn leva les yeux, réprimant difficilement son envie de tuer Sabah pour lui avoir désobéi.

— Ce consortium, commença Sabah, t'a versé des milliards de dollars. Et ces hommes puissants ont bien le droit parfois de faire montre d'autorité.

Jinn fixait Sabah. Hypnotisé, il l'écoutait comme il l'avait souvent fait durant des années.

— Qu'ils viennent en groupe me paraît cependant un signal dangereux, poursuivit Sabah. Ils sont unis.

Jinn regarda autour de lui. La pièce n'était guère décorée. Seules quelques armes anciennes étaient accrochées sur un mur. Un cimeterre à la lame courbe attira son regard.

— Alors, dit Jinn, je vais les tuer tous. Je vais les mettre en pièces de mes propres mains.

— Et à quoi cela nous avancerait-il ? interrogea Sabah. Ils ne sont pas venus seuls. Chacun arrive avec une escorte d'hommes armés. Au total, ils sont presque aussi nombreux que nous. Cela ne ferait que déclencher la guerre. Et même si nous l'emportions, d'autres à n'en pas douter se poseraient des questions, et chercheraient même peut-être à les venger.

Pour la première fois depuis bien longtemps, Jinn se sentait vulnérable, acculé. S'ils avaient pu se douter de sa réaction, ils n'auraient pas poussé les choses aussi loin.

— Cela ne pourrait pas se produire à un plus mauvais moment, dit-il. Nous avons d'autres hôtes à accueillir.

— Nous nous en occuperons, assura Sabah.

— Bien, dit Jinn. Que proposes-tu ?

— Nous devons faire quelque chose qui les apaise. Je suggère de leur montrer ce qu'ils veulent voir : une démonstration à observer de près, l'autre de loin.

Sabah avait pris un air sinistre et Jinn commençait à comprendre. Depuis quelque temps il faisait peu de cas de Sabah qu'il trouvait bien vieux et un peu dépassé, mais maintenant il était en train de changer d'avis.

— Donne l'ordre d'inonder la salle d'essais.

— On l'a configurée pour simuler l'attaque contre Assouan.

Un sourire s'épanouit sur le visage de Jinn.

— Parfait. Procède à la démonstration. Installe-les au premier rang. Je serais très heureux de leur faire voir plus qu'ils n'en attendaient.

Sabah comprit soudain.

— Je vais suivre tes instructions, dit-il.

Jinn se tourna vers la paroi vitrée pour regarder ses ouvriers qui s'affairaient en bas. Les machines s'étaient remises en marche et tournaient à fond. Au bout de la chaîne de production, un filet de sable argenté avait commencé à emplir un gros bidon de plastique jaune. Derrière, cinquante-neuf autres récipients attendaient. Ils transporteraient la dernière fournée de sa horde. Et si Jinn avait raison, voilà qui contraindrait Aziz à changer d'avis et forcerait les chefs militaires d'Égypte à verser tout leur argent entre ses mains.

CHAPITRE 21

KURT ARRIVA EN HAUT DE LA FALAISE quelques secondes avant Joe. Il examina le site.

Un hélicoptère de fabrication russe était posé au milieu du plot d'atterrissage disposé aux trois quarts du chemin vers le bord de la falaise. La porte de la soute était ouverte et deux hommes qui semblaient être des gardes bavardaient en fumant une cigarette.

Kurt jeta un coup d'œil alentour mais ne vit personne d'autre.
– Tu peux les avoir tous les deux ?
– D'une pierre deux coups, répondit-il. Pourquoi pas ?

Kurt, rassuré, désigna l'autre côté de l'appareil. Joe avança dans cette direction, se cramponnant comme un varappeur à la paroi rocheuse.

Quand Joe atteignit un point bien protégé derrière l'appareil, Kurt dissimula son visage derrière le pan de son caftan et émergea de sa cachette. Il s'avança vers les deux hommes, les mains tendues, en marmonnant quelque chose à propos d'un chameau égaré.

Les hommes se mirent au garde à vous puis s'approchèrent. L'un posa une main sur son arme de poing mais sans dégainer, peut-être parce que Kurt avait l'air d'un habitant du coin ou qu'il avait levé les mains en parlant.

– *Naqah, naqah*, répéta-t-il, utilisant le mot arabe pour désigner une chamelle.

L'air furieux, les hommes lui crièrent de partir, sans voir Joe derrière eux.

– *Naqah*, répéta Kurt, puis il vit les deux hommes se figer sur place et tomber à genoux.

Ils s'écroulèrent sans un mot. Kurt, en se retournant, aperçut Joe arborant un large sourire et tenant à la main un Taser avec lequel il avait tiré sur les deux hommes.

– Ce qu'il y a de formidable avec ces pistolets électriques, c'est qu'ils agissent si rapidement que les gens n'ont même pas le temps de crier.

Comme les deux hommes, remis du choc, se mettaient à bouger, Joe leur administra une nouvelle décharge.

– Je crois qu'ils ont leur compte, Dr Frankenstein.

Joe coupa le courant et les deux hommes sortirent de leur torpeur. Kurt se précipita pour leur injecter dans le bras une giclée de tranquillisants. Puis Joe l'aida à les porter dans l'hélicoptère où ils les entassèrent avant de refermer la porte sur eux.

Quelques instants plus tard, la porte coulissa pour livrer passage à Kurt et Joe revêtus de la tenue bleu foncé des gardes, le visage et les cheveux dissimulés par une longue écharpe. Pendant que Joe faisait semblant de surveiller l'hélicoptère, Kurt entreprit de chercher le tunnel qu'il avait aperçu quelques instants plus tôt.

Il découvrit une fente dans la roche et la suivit jusqu'à une échelle qui descendait à la verticale. En bas, il arriva devant une porte blindée et repéra, au-dessus de la poignée, un détecteur électronique qui paraissait ressembler à ceux de n'importe quel hôtel.

– Espérons seulement qu'ils ont bien reçu notre réservation, se dit-il en fouillant les poches du garde.

Il finit par y trouver une carte magnétique qu'il introduisit dans la fente. Quand la lumière passa au vert, il tourna la poignée.

– Facile comme bonjour, murmura-t-il.

Il bloqua la porte avec un caillou, rebroussa chemin et siffla pour que Joe vienne le rejoindre. Quelques instants plus tard, ils se trouvaient tous deux dans le tunnel et descendaient un escalier assez raide.

— Nous voilà dans le terrier, dit Kurt.

Arrivés en bas, ils tombèrent sur un dédale de galeries. Ils en choisirent une qui semblait se diriger vers le bas et se retrouvèrent à un nouveau carrefour.

— J'ai l'impression d'être dans une fourmilière, murmura Joe.

— Oui, j'imagine très bien des géants nous examinant derrière une plaque de verre.

Ils suivirent une galerie jusqu'à un nouvel embranchement.

— Où va-t-on ? demanda Joe.

— Je n'en ai aucune idée.

— Il nous faudrait un guide ou un plan.

— Si tu vois un panneau lumineux qui dit « Vous êtes ici », fit Kurt, n'oublie pas de me prévenir.

Ils ne trouvèrent rien de tel, mais Kurt repéra au plafond une série de canalisations qui suivait la galerie. Des conduites électriques, ou peut-être d'eau ou de gaz naturel nécessaires à la marche d'un atelier de production.

— Il faut trouver l'usine, dit-il. Je crois que nous sommes en train de suivre des lignes électriques.

Ils longèrent un tunnel qui les mena à un couloir plus large dans lequel une voiture pouvait passer. Deux hommes vêtus comme eux et venant en sens inverse s'approchèrent. Prêt à se battre, Kurt se força à rester détendu. Heureusement, ils ne firent que se croiser.

À l'extrémité du tunnel, ils débouchèrent sur une zone dégagée au sol cimenté où on apercevait, au fond, des réfrigérateurs et des éviers.

Plusieurs individus étaient installés autour d'une douzaine de tables entourées de chaises, le tout brillamment éclairé.

— Bravo. Nous avons trouvé la popote.

— Et dire que, pour une fois, je n'ai pas faim, soupira Joe.

Des groupes étaient attablés. Bizarrement, ils n'avaient pas l'air d'être des hommes de Jinn.

— Il y a toute sorte de gens ici, murmura Joe. Nous ferions mieux de ne pas nous attarder.

Ils continuèrent leur chemin en suivant les conduits et les canalisations jusqu'à atteindre une paroi vitrée qui donnait sur un grand espace. Bien que l'endroit soit peu éclairé, ils distinguèrent en contrebas une sorte de piscine olympique au milieu de laquelle se dressait une imposante construction.

– Qu'est-ce que c'est ? Un établissement thermal ?

– Si on nous repère, je ne pense qu'on nous accueillera comme des curistes.

– Le bassin est fichtrement grand, fit Joe, admiratif. Ça me rappelle le réservoir qu'on utilise pour nos simulations à Washington.

– De plus en plus curieux. Ces types doivent faire des essais sur des maquettes. Pour étudier les courants ou les vagues.

– Et qu'est-ce que c'est que ce grand machin au milieu ?

– Aucune idée, fit Kurt. Allons voir de plus près.

Ils se glissèrent par une porte et prirent un escalier qui les conduisit jusqu'à une sorte de vestiaire. Des combinaisons blanches étanches étaient accrochées à des placards.

– C'est le moment de se changer, dit Kurt.

– Tu crois que c'est nécessaire ?

– Pour se camoufler oui, expliqua Kurt. Et s'il traîne de ces nanorobots, il serait préférable d'être protégés.

En une minute, Kurt et Joe avaient enfilé chacun une combinaison par-dessus les uniformes volés aux gardes.

Ils avancèrent jusqu'au pied de la piscine : au milieu de l'eau se trouvait un grand objet incurvé coincé entre les deux bords du bassin. Sur un des côtés, le niveau de l'eau était élevé, alors que sur l'autre rien de plus qu'un mince chenal.

Les deux hommes descendirent encore un étage et ouvrirent une porte. Ils se trouvaient maintenant au-dessous du niveau de l'eau et, derrière la paroi transparente, pouvaient examiner le fond du bassin ainsi que la coupe transversale de l'objet mystérieux.

– J'ai déjà vu ça, dit Kurt. C'est un barrage : la couche supérieure est faite de sable et de roche concassée. La partie centrale est probablement composée d'argile imperméable et la base est en ciment pour empêcher toute infiltration.

— Ils amassent l'eau comme pour un réservoir.

— Ces types ne construiraient-ils pas une maquette de barrage ?

— Je n'en suis pas sûr, mais j'ai l'impression que la réponse ne va pas nous plaire.

Ils entendirent soudain le bruit d'un générateur qui se mettait en marche. Quelques instants plus tard, l'éclairage du plafond s'alluma et la salle s'illumina. Kurt distingua, à travers l'eau, les silhouettes déformées d'autres hommes en combinaison blanche qui œuvraient de l'autre côté du bassin.

— Ayons l'air occupés, conseilla-t-il.

— Je voudrais bien trouver la sortie.

— Tu n'es pas le seul.

Ils remontèrent l'escalier et se glissèrent par le couloir d'observation. Revenus au bord du bassin, ils firent de grands signes aux hommes arborant les mêmes combinaisons blanches. Ceux-ci s'empressèrent de leur répondre. Alors ils entrèrent une nouvelle fois dans le vestiaire.

— Et maintenant ? demanda Joe.

Par une fenêtre, Kurt vit entrer un autre groupe d'hommes vêtus d'élégantes tenues arabes. À leur tête, un individu tout en blanc leur désignait au passage tel ou tel détail tandis qu'un autre, barbu et habillé d'un simple caftan gris, les suivait.

— C'est Jinn, dit Kurt, se rappelant une image prise par une caméra de surveillance.

— Et qui sont les autres ? demanda Joe.

— Ils ont l'air de dignitaires en visite, répondit Kurt.

Jinn conduisit les Arabes autour du bassin. Ils s'engagèrent dans le même escalier que Kurt et Joe avaient emprunté un moment plus tôt et descendirent à leur tour dans la salle aménagée au-dessous de l'eau.

— On dirait qu'ils sont ici pour une démonstration, murmura Kurt.

— Je ne voudrais pas toujours jouer les rabat-joie, dit Joe, mais nous devrions peut-être filer rapidement pendant qu'ils sont occupés.

Kurt secoua la tête.

— Sage conseil, mon ami. Sauf que nous sommes maintenant aux premières loges et qu'ils vont nous montrer bien malgré eux ce qu'ils comptent faire. Nous devons rester. Gardons nos combinaisons et essayons de nous mêler à ces distingués visiteurs.

— Je suis sensible à ton élégante façon de t'exprimer. Mais que se passera-t-il si quelqu'un justement nous demande ce que nous fichons ici ? Ou nous charge d'une tâche dont nous sommes totalement incapables, comme mettre en marche une de ces grosses machines ?

— Eh bien, nous presserons un tas de boutons, nous tournerons quelques manettes et prétendrons être incompétents, dit Kurt.

— Et c'est ce que nous sommes.

— Exactement.

Kurt aurait bien voulu essayer de rassurer Joe, mais de nouvelles machines se mirent en marche, attirant son attention.

Il vit Jinn parler en faisant de grands gestes, mais à travers la paroi transparente il n'entendait aucun des mots qu'il prononçait.

— C'est comme regarder la télé avec le son coupé, dit Joe.

À l'extrémité du bassin, on arrimait un gros cylindre jaune à un appareil de levage pour qu'un treuil le soulève. À voir le luxe de précautions prises, seuls les hommes en combinaison blanche s'en approchant, Kurt devina sans peine ce qu'il y avait dans ce cylindre.

— Avec ou sans son, dit-il, je crois que nous allons assister à un spectacle de choix.

CHAPITRE 22

DANS LE GRAND HALL ENTOURANT LE BASSIN, les propos que tenait Jinn à Mustafa – venu du Pakistan –, ainsi qu'à Alhrama – arrivé d'Arabie Saoudite –, ne reflétaient pas exactement ses sentiments. En son for intérieur, il les eût volontiers étranglés, mais il avait réussi à se montrer aimable et même généreux avec les deux visiteurs – en tout cas le croyait-il. Son intention était évidemment de leur adresser un message. Et même deux.

Sabah se pencha vers lui.

– Sépare-les, murmura-t-il avant de revenir se placer discrètement derrière Jinn.

Jinn ne réagit pas. À la demande de Sabah, il avait consenti à faire cette démonstration, mais maintenant, c'était lui qui prenait en main la suite des opérations.

– Dans le bassin devant vous, voici une maquette du barrage d'Assouan, dit-il, qui va me permettre de vous montrer ce que je suis capable de faire.

– Je ne comprends pas, dit Alhrama.

– Le général Aziz vous a rendus audacieux en refusant de verser les fonds qu'il avait promis. Il a ses raisons, la principale reposant sur le barrage. Tant qu'il existe, l'Égypte possède des réserves d'eau pour cinq ans. Cependant Aziz n'a aucune idée de l'étendue de mon pouvoir ni jusqu'où la colère peut me conduire…

Jinn approcha de sa bouche un micro et pressa le bouton ON.
– Commencez.

La machinerie se remit en marche. La grue vint extraire de l'eau le cylindre jaune pour le placer à l'endroit prévu. Un câble fixé à son extrémité inférieure se tendit pour le faire basculer.

Du sable argenté commença à se déverser, libérant des millions de nanorobots qui se dispersèrent dans le bassin où ils disparurent comme du sucre dans du thé. L'eau prit une couleur gris foncé.

– Envoyez l'ordre, dit Jinn.

L'eau se mit à bouillonner. Le nuage grisâtre se condensa et se dirigea vers la paroi du barrage comme un mauvais esprit fendant les eaux.

– Que se passe-t-il ? demanda Mustafa.

– Le barrage est fait d'un agrégat facile à manipuler et maintenu en place par sa masse, expliqua Jinn. Mais il n'est pas totalement étanche.

Pendant qu'il parlait, le sable argenté adhérait à la paroi du barrage sur deux zones distinctes : l'une presque en haut et l'autre au tiers du mur de l'ouvrage. Au bout d'environ une minute, la progression des minuscules machines devint nettement perceptible sur ces deux emplacements.

– La vitesse avec laquelle elles pénètrent la paroi est stupéfiante, observa Alhrama.

– Le vrai barrage est évidemment bien plus épais, précisa Jinn. Mais l'effet sera le même, cela prendra simplement plus de temps. Une question d'heures, à mon avis.

En quelques minutes, les premières avancées de la horde avaient atteint le cœur même du barrage. On aurait dit qu'une épingle avait traversé la paroi de l'ouvrage.

Une minute plus tard, le sable atteignait la première couche de l'agrégat et la perçait, laissant s'écouler un mince filet d'eau qui grossissait rapidement. Bientôt, la masse d'eau retenue derrière le barrage jaillit par la petite brèche.

– Dans la réalité, l'effet sera infiniment plus fort, déclara Jinn, car la poussée de l'eau à Assouan se chiffre en trillions de tonnes.

Pour corroborer ces paroles, la brèche sur la maquette ne tarda pas à s'agrandir pour atteindre maintenant cinq puis dix centimètres de diamètre. Quelques instants plus tard, une partie du haut de la paroi s'effondra, entraînant avec elle la route miniature et les petites voitures qui y avaient été placées. L'eau s'engouffra en cascade dans la brèche et le tunnel creusé au pied du barrage offrit bientôt un spectacle des plus intéressant.

En passant par-dessus le barrage, l'eau avait atteint un point d'équilibre, creusant l'ouvrage bien moins rapidement : la masse d'argile imperméable résistait à l'érosion.

— Le barrage ne s'écroule pas, fit remarquer Mustafa.
— Regardez bien le tunnel d'en bas, insista Jinn.

Ce tunnel s'était élargi sur l'autre flanc et, en quelques minutes, l'eau de la partie la plus profonde du bassin, soumise à une pression plus forte, l'avait agrandi : d'abord gros comme une piqûre d'épingle, il avait maintenant un diamètre d'une dizaine de centimètres.

L'eau jaillit d'abord en fine pluie puis, au bout d'une minute, le cœur de l'ouvrage s'effondra, créant une brèche en forme de V. Les matériaux de la partie supérieure s'affaissaient.

Une énorme vague s'y engouffra et déferla dans l'étroit chenal qui, sur la maquette, représentait le Nil. Elle inonda les berges miniatures, entraînant sur son passage poussière, sable et petites boîtes imitant les constructions.

Le test était réussi : le barrage avait cédé, la crue du Nil sans précédent. Mustafa et Alhrama, abasourdis, contemplaient le désastre.

Ne pouvant maîtriser un sourire, Jinn fit un pas en arrière. Son triomphe était total. Sabah lui tint la porte ouverte pour qu'il sorte.

Mustafa se retourna pour les regarder. De la tête, il fit signe à Sabah. Comme Sabah ne bougeait pas, la confusion sur son visage céda vite la place à la colère. Il venait de comprendre que Sabah ne tuerait pas son maître.

Le voleur, pris en flagrant délit, avait peur. Il chercha du regard une arme, mais déjà Sabah entraînait Jinn et claquait la porte derrière lui.

Le verrou se referma aussitôt, et la grêle de coups de feu qui s'abattit sur le panneau n'atteignit personne.

— Que faites-vous ? cria Mustafa. Qu'est-ce que cela veut dire ?

Dans la salle voisine, Jinn pressa le bouton de l'interphone.

— C'est bien simple. Vous avez tenté de retourner contre moi mon fidèle serviteur, en vain. Tu vas maintenant en subir les conséquences.

On entendit des coups de poing marteler la porte, puis une nouvelle fusillade, et Jinn s'étonna que les balles, en ricochant, n'aient pas tué Mustafa ni Alhrama.

Ce dernier intervint à son tour.

— Jinn, sois raisonnable ! Je ne suis pour rien dans cette affaire.

Sourd à ces supplications, Jinn porta une nouvelle fois l'interphone à ses lèvres.

— Déclenchez l'attaque.

Là-haut, dans le poste de contrôle, l'opérateur pressa un autre bouton et le cylindre jaune s'inclina davantage pour déverser le sable argenté dans le bassin. L'eau prit de nouveau une couleur grisâtre et, de là où se trouvaient Jinn et Sabah, elle paraissait bouillonner.

Depuis la salle panoramique, l'effet était encore plus saisissant. Bouche bée, Mustafa contemplait la paroi de verre acrylique. Une tache sombre, visqueuse et épaisse comme de l'encre de poulpe, remontait vers la surface pour se répandre comme une pellicule sur l'eau du bassin.

Mustafa restait pétrifié. Alhrama l'écarta et secoua la poignée qui verrouillait la porte.

— Laissez-moi sortir ! cria-t-il. Moi je n'y suis pour rien !

On entendit un étrange bruit, comme une sorte de grattement : la pellicule s'assombrissait puis s'épaississait, présentant des fissures de plus en plus nombreuses qui s'étendaient sur la paroi transparente avant de se concentrer sur deux petites zones.

Le grattement se fit plus fort, un peu comme si des doigts griffaient un tableau noir. Mustafa avait l'impression que ce crissement lui vrillait le cerveau. Il voyait la vitre trembler sous l'assaut de l'eau tourbillonnante et émettre des craquements inquiétants.

Derrière lui, Alhrama s'acharnait toujours sur la poignée de porte en suppliant Jinn de le libérer. Mustafa, secoué de tremblements, tomba à genoux.

– Non ! cria-t-il. Non !

La paroi vitrée se fractura, et l'eau s'engouffra dans la salle. Mustafa tenta de nager, mais le nuage de sable argenté l'enveloppa, trempant ses vêtements, lui labourant la peau et l'entraînant avec une force irrésistible vers le fond du bassin.

Pendant une minute il se débattit, secoué de spasmes comme un poisson hors de l'eau, mais très vite il s'immobilisa, son sang commençant à teinter l'eau. Derrière lui, Alhrama ne s'en tirait pas mieux.

CHAPITRE 23

KURT, HORRIFIÉ, CONTEMPLAIT LE CARNAGE.
— Tu sais, dit-il à Joe, je regrette maintenant de ne pas être parti quand tu l'as suggéré.

Ils avaient observé toute la scène depuis le vestiaire et maintenant que l'eau virait au rouge, ils avaient le sentiment d'avoir abusé de l'hospitalité de leurs hôtes.

Ils retirèrent leurs combinaisons et reprirent l'escalier.

— J'espère que tu as fait comme le Petit Poucet et laissé des miettes derrière toi, dit Joe.

— Dépêche-toi de monter pour qu'on sorte d'ici, répliqua Kurt.

Ils débouchèrent dans le hall principal qui surplombait le bassin, mais ni l'un ni l'autre ne se retournèrent pour regarder. Soudain, le crépitement d'une fusillade les arrêta dans leur élan. La première rafale semblait méthodique, puis les coups de feu devinrent sporadiques. Ils entendirent des cris et des tirs de riposte.

— Ça vient de la popote, dit Kurt. Les autres hommes que nous avons croisés devaient être au service des deux types qui ont servi de pâtée pour les nanororobots.

La fusillade continuait, plus nourrie.

— Ça m'a l'air sérieux, constata Joe. Peut-être qu'ils n'ont pas tous été pris au dépourvu.

— Dommage pour nous. À moins que nous voulions nous joindre à l'équipe bleue, il va falloir nous planquer un moment.

Kurt repéra une porte que doucement il entrouvrit. Elle débouchait sur une autre salle encombrée d'ordinateurs, d'imprimantes et de tables à dessin.

— Par ici, chuchota-t-il.

Ils se faufilèrent dans la pièce et Kurt referma la porte derrière eux. Quand il se plaquait contre la cloison, il pouvait apercevoir, par une fente entre le montant de la porte et le bord du chambranle, une partie du hall.

— Regarde s'il y a une sortie par là, un placard ou un endroit où nous cacher si besoin.

Joe commença à inspecter les lieux tandis que Kurt surveillait le couloir par la fissure de la porte. En apparence, le plan prévu pour se débarrasser des visiteurs n'avait pas marché car Kurt aperçut plusieurs blessés – des hommes de Jinn qui s'enfuyaient dans le couloir. Quelques instants plus tard, des renforts arrivaient au pas de charge et le vacarme devint assourdissant lorsque retentirent des explosions de grenades.

— Pas un endroit où se planquer, déclara Joe. Pas d'autre porte non plus.

Kurt regardait toujours par la fente de la porte.

— C'est bien notre veine de tomber sur une querelle de famille.

— Une minute plus tôt, remarqua Joe, et nous étions de la fête.

— Mais deux minutes et nous aurions dépassé la zone de combat ! Nous serions en train de filer vers le toit en les laissant se bagarrer.

— Un point pour toi, dit Joe.

Kurt glissa son pied contre la base de la porte, élargissant légèrement l'interstice, ce qui lui permit d'avoir une meilleure vue du couloir. Un bruit de pas parvint à ses oreilles bien avant qu'il ait pu voir qui approchait.

— Voilà de la compagnie, chuchota-t-il.

Des gardes passèrent devant la porte, poussant devant eux une jeune femme qui semblait résignée, remarqua Kurt.

Elle passa très vite, mais en la voyant, Kurt eut une étrange impression. Elle était petite, avec des cheveux noirs ébouriffés, le teint bronzé et un regard triste et, surtout, elle ressemblait à...

Kurt s'adossa à la cloison.

— Nous avons un problème, annonça-t-il.

— Tu veux dire autre que celui d'être coincé dans un labyrinthe en plein désert et entourés de brutes sans pitié ?

— Oui, déclara Kurt, autre que ça. As-tu déjà rencontré Kimo ?

— Deux ou trois fois. Pourquoi ?

— Décris-le-moi.

— Un solide gaillard, bâti comme un avant-centre de rugby. Costaud, les épaules larges. Pas plus d'un mètre soixante-dix, mais fort comme un bœuf et pesant dans les quatre-vingts kilos.

— Maintenant, décris-moi sa sœur.

— Triste et un peu instable, mais ça se comprend.

— Je ne te demande pas une analyse psychologique, insista Kurt. Comment est-elle physiquement ?

— Belle, dit Joe. Les pommettes saillantes, des traits fins, des jambes bronzées interminables.

— Exact, dit Kurt. Grande et mince, avec de longues jambes et des cheveux magnifiques.

— Où veux-tu en venir ?

— Je viens d'apercevoir dans le couloir une femme qui ressemble bien plus à Kimo que celle que nous avons laissée sur Aqua-Terra.

— Tu plaisantes ! Elle était prisonnière ?

— Elle en avait l'air.

— Tu ne crois tout de même pas...

— Si.

Joe comprit aussitôt la gravité de la situation.

— Si Leilani est ici, alors qui se trouve donc là-bas sur l'île de Marchetti ?

— Je n'en suis pas certain, dit Kurt. Mais étant donné la rapidité avec laquelle elle a braqué le revolver sur Marchetti et la façon dont elle a trouvé le moyen de se réconcilier avec lui après, je crois que c'est une professionnelle.

— Tu lui as dit qu'elle avait des réflexes de commando, lui rappela Joe.

— Je plaisantais, mais elle n'a pas bronché.

— C'est vrai, reconnut Joe. (Il prit une profonde inspiration.) Alors, Paul, Gamay et Marchetti sont en danger.

Kurt acquiesça.

— Il faut les prévenir. Je ne sais pas qui elle est, mais elle doit travailler pour Jinn.

Joe n'eut pas le temps de répondre : après avoir donné un violent coup de botte dans la porte, des hommes s'engouffrèrent dans la pièce sans leur laisser le temps de réagir. Ils se retrouvèrent allongés sur le sol.

— On est faits, marmonna Joe.

— Merci, grommela Kurt que trois hommes maintenaient sans douceur. Je n'avais pas remarqué.

Lorsqu'on leur eut confisqué tout ce qu'ils possédaient comme armes et outils divers, un autre personnage fit son entrée : Jinn al-Khalif, un fusil à la main.

Il s'approcha de Kurt.

— Nous vous attendions.

— Votre espionne a dû vous prévenir.

— En effet, dit Jinn avec un sourire de carnassier.

Puis il frappa Kurt au ventre avec la crosse de son fusil, lui coupant le souffle et l'envoyant au sol.

— Elle s'appelle Zarrina. Et elle vous salue bien.

CHAPITRE 24

À BORD DE L'ÎLE FLOTTANTE D'AQUA-TERRA, Paul et Gamay avaient passé le plus clair de la journée avec Marchetti à étudier l'échantillonnage de nanorobots « sauvages » qu'ils avaient capturés.

Un laboratoire de fortune avait été installé pour remplacer celui qui se trouvait dans le compartiment avant inondé. Des ordinateurs, un petit émetteur radio et divers autres appareils étaient branchés çà et là.

Paul et Gamay, sans l'aide d'un microscope électronique, ne pouvaient pas distinguer les nanorobots les uns des autres, cependant, avec des instruments moins puissants, ils étudiaient deux sortes d'échantillons différents qui s'étaient agglomérés en petites grappes, un peu comme des algues ou des bactéries.

Marchetti pianotait sur le clavier de son ordinateur, Leilani, assez nerveuse, assise à côté de lui. Après avoir passé la matinée à contrôler les divers échantillons prélevés, ils commencèrent les tests en tentant d'envoyer aux bots les signaux standards que Marchetti avait programmés des années auparavant pour les prototypes.

— Aucune réaction, remarqua Paul pour la dixième fois.

— Êtes-vous sûrs ? dit Marchetti qui continuait à émettre les messages prévus par le protocole. Vous savez, ils sont extrêmement petits, quelque chose vous a peut-être échappé.

— Nous les observons au microscope, et ils restent là, immobiles. Comme des gens qui se sont goinfrés à un dîner de Thanksgiving.

Gamay lui jeta un regard noir.

— C'est de ma famille que tu parles ?

Un instant, elle parut vexée, puis haussa les épaules.

Marchetti toussota pour obtenir leur attention.

— À supposer que les nanobots ne soient pas repus, la seule conclusion qui s'impose à moi, c'est qu'Otero a changé les codes.

— Alors, à quoi ces essais vont-ils nous mener ? demanda Leilani.

Marchetti n'avait même pas eu le temps de répondre que Gamay posait une nouvelle question.

— Est-ce qu'il n'y a pas un moyen d'extraire les codes des bots eux-mêmes ? Peut-être en inversant la procédure pourrions-nous déchiffrer nous-mêmes leur programmation ?

Marchetti secoua la tête.

— Pas avec l'équipement qui est ici.

— Et pourquoi ne pas l'obtenir d'Otero lui-même ? suggéra Leilani. Ou de son copain ? Ils sont là-bas dans ces cellules. Prenons les clefs et allons leur parler, ou plutôt les forcer à parler.

Gamay lança un bref coup d'œil à Paul. Leilani les préoccupait. À mesure que les jours passaient, elle semblait de plus en plus irritable, surtout depuis l'incident à bord de l'hydravion.

— Je suis résolument hostile à la contrainte, déclara Marchetti.

— Il a essayé de vous tuer, objecta Leilani.

— C'est vrai, remarqua Marchetti. Allons lui donner une raclée. Je vais voir si je peux trouver un tuyau de caoutchouc ou quelque chose de ce genre.

— Voilà ce que j'appelle un revirement, dit Gamay.

— J'ai la volte-face facile, répondit Marchetti, que voulez-vous que je vous dise ?

— Il y a peut-être une autre solution ?

— Par exemple ?

— Si, en plein océan, on peut envoyer des directives aux bots, ne devrions-nous pas être capables d'intercepter ces signaux ?

— Théoriquement, dit Marchetti. Mais il faudrait s'approcher davantage d'eux.

— S'approcher ? dit Leilani.

— Jusqu'où ? demanda Paul sans enthousiasme.

— Cela dépend du type de transmission utilisé, dit Marchetti. Peut-être un signal à basse fréquence ou une giclée d'ondes courtes. En tout cas, c'est un procédé qui couvrirait une zone étendue et permettrait d'émettre d'à peu près n'importe où. Comme la haute fréquence ou bien l'utilisation des ondes émises depuis un avion, un navire ou un satellite. Il serait même possible d'envoyer un signal depuis une partie de la horde qui le transmettrait jusqu'à une autre. Auquel cas, il faudrait se trouver au bon endroit et au bon moment pour le capter.

— Cela me paraît plus facile d'arracher cette information à Otero, suggéra Leilani.

— La solution la plus simple est généralement la meilleure, dit Paul. Quel type d'émission auriez-vous utilisé ?

Marchetti réfléchit un instant.

— Une émission codée sur ondes courtes et haute fréquence.

— Alors, c'est ce que nous allons chercher.

— Il s'agit probablement d'une émission extrêmement brève, précisa Marchetti. De l'ordre de quelques millisecondes. Répétée peut-être à intervalles réguliers, mais extrêmement courte. Sans savoir ce que nous recherchons, il paraît presque impossible de la capter en raison du bruit de fond : parasites ou émissions radio pourraient nous gêner.

— Vous êtes un rabat-joie, dit Paul.

— Nous n'avons pas à la capter, suggéra Gamay. Nous possédons ici quelque chose qui le fera pour nous, expliqua-t-elle en désignant de la main les échantillons. Il suffit d'enregistrer la conversation, de guetter le réveil des nanorobots et, ensuite, de disséquer le contenu de la transmission.

Marchetti parut impressionné.

— Ça devrait marcher, dit-il. Je vais approcher l'île de la horde. En se basant sur le dernier relevé enregistré, nous devrions y arriver dans trente-six heures.

CHAPITRE 25

CELA FAISAIT PLUSIEURS HEURES que Kurt et Joe étaient prisonniers et mis en isolement total. Sans eau, sans nourriture ni lumière. On ne les avait ni battus, ni interrogés, ni menacés. Ils étaient simplement enfermés dans une petite pièce obscure, enchaînés à ces grosses canalisations qu'ils avaient suivies depuis qu'ils étaient entrés dans le souterrain.

La voix râpeuse de Joe se fit entendre dans le noir.

– On ne peut pas dire que ce soit le grand confort.

Kurt, lui aussi, avait la gorge sèche. Il avait pourtant fait de son mieux pour garder la bouche fermée et ne respirer que par le nez.

– Est-ce que nous n'avons pas appelé la femme de chambre il y a une heure pour qu'on vienne faire le lit ?

– Je crois bien que si, mon cher Kurt, dit Joe. Je me demande si ce retard n'a pas un rapport avec la fusillade de tout à l'heure...

– Elle m'a pas paru assez brève, mais il a sans doute fallu faire un bon nettoyage après. De toute manière, ils n'ont aucun besoin de nous interroger si cette Zarrina les tient au courant.

– Je n'arrive pas à comprendre pourquoi ils l'ont agressée sur le quai puisqu'elle était de leur côté..

Kurt réfléchit un moment.

– Il peut y avoir plusieurs raisons. Peut-être qu'elle est si bien infiltrée que même ces bandits ne le savaient pas. Ou peut-être s'agissait-il d'une simple diversion. De toute façon, ça nous a amenés à la protéger, et à n'avoir aucun soupçon à son égard. Nous n'avons vu que ce que nous voulions voir : une amie qui a des problèmes. Nous nous sentions déjà coupables parce que Kimo et les autres avaient disparu et notre instinct nous a poussés à la protéger.

— N'oublie pas non plus qu'elle possédait le passeport de Leilani et ses e-mails. Et qu'elle savait que Leilani avait appelé la NUMA pour avoir des nouvelles de son frère.

— Je suppose qu'ils ont obtenu ces renseignements de la vraie Leilani.

— Dès son arrivée à Malé, ils ont dû la coincer et la remplacer par la fameuse Zarrina.

Joe avait certainement vu juste : raison de plus pour s'échapper sans tarder.

— Il faut trouver un moyen de sortir d'ici, dit Kurt. J'ai passé mes mains tout au long de la canalisation et il n'y a de jeu nulle part.

— Rien non plus de mon côté. J'ai essayé de la secouer, mais elle est fixée au mur. Et solidement.

Joe venait à peine de terminer sa phrase que la porte de leur cellule s'ouvrit. Une lampe fixée au plafond s'alluma, les aveuglant une seconde.

Jinn entra, escorté de Sabah, le barbu, qui semblait ne jamais le quitter, tous deux accompagnés de gardes armés.

— Pas de serviettes de toilette propres ni de bonbon sur l'oreiller, grommela Joe.

— Silence ! cria Sabah.

Jinn leva la main d'un geste apaisant.

— Une journée bien intéressante, dit Jinn, surtout pour vous, me semble-t-il.

Il parlait parfaitement l'anglais, avec un très léger accent, ayant certainement fait des études en Angleterre.

— Elle va l'être encore davantage, quand nous ne nous présenterons pas au rendez-vous convenu avec nos camarades, rétorqua Kurt. Pas mal de gens vous ont à l'œil, Jinn. Et vous débarrasser de nous ne fera qu'intensifier leurs recherches.

— Vous semblez résignés au sort qui vous attend ?
— À moins que vous ne soyez venus pour nous libérer, dit Kurt.
— Vous n'avez pas peur de mourir ?
— Ce n'est pas dans nos projets, mais nous ignorons jusqu'où vous pouvez pousser la plaisanterie.

Jinn parut un peu déconcerté, ce qui sembla à Kurt une bonne chose. Même s'il n'avait pas la moindre idée de ce qui les attendait, tout ce qui déstabilisait le moins du monde leur hôte pouvait toujours servir.

— Je ne suis pas du genre à plaisanter, comme vous dites, répliqua Jinn.
— Bien sûr que si, déclara Kurt, puisque vous construisez des joujoux dans votre caverne pour les faire sauter. Vous jouez continuellement et vous oubliez que ce genre de distractions a vite une fin. La NUMA est sur votre piste. Ce qui veut dire que la CIA, Interpol et le Mossad ne vont pas tarder à en faire autant. Surtout si on ne nous retrouve pas sains et saufs. Si vous nous tuez, vous n'aurez nulle part où vous enfuir.
— Qu'est-ce qui vous fait croire que nous allons nous enfuir, monsieur Austin ?
— Vous auriez bien tort de ne pas le faire. Les ennuis vont pleuvoir sur vous de tous côtés. De plus, votre attaque sur notre catamaran prouve que vous êtes désespérés, et la fusillade de ce soir et les deux types que vous avez abattus sont la preuve que vous êtes vulnérables.

Un rire caverneux secoua Jinn.

— Je dirais que vous êtes dans une situation bien plus vulnérable que la mienne.
— Et moi, je dirais que nous avons une solution pour vous sortir de là.

Surpris, Joe se tourna vers Kurt en pensant : « *Vraiment ?* »

Kurt se raccrochait à n'importe quoi, comme inventer une histoire au fur et à mesure. La seule carte qu'il pouvait jouer était de semer le doute dans l'esprit de Jinn en lui faisant croire, si peu vraisemblable que cela paraisse, qu'avec Joe, la NUMA et lui, Kurt, ils pouvaient l'aider à éviter les problèmes qui le menaçaient.

Jinn s'approcha de Kurt.

— Je ne veux ni aide ni rien de ce que vous tentez de me proposer. Je suis simplement venu ici pour vous annoncer que vous alliez mourir.

— Ce n'est pas une surprise, répondit Kurt impassible. Mais laissez-moi vous demander ceci : pourquoi croyez-vous que mon gouvernement nous a envoyés ici plutôt qu'une escadrille de drones ou d'avions furtifs chargés de bombes capables de pulvériser des bunkers ? Allons, allons. Vous pourriez échapper à certains de vos ennemis, mais pas au gouvernement américain. Vous le savez. Vous êtes maintenant sur la liste noire. Pensez un peu à tous ceux qui menaçaient les États-Unis et qui ont été éliminés ces dernières années. Il n'existe plus aujourd'hui de frontières derrière lesquelles vous pourriez vous réfugier. Cependant, vous avez quelque chose que les Ben Laden de maintenant ne possèdent pas. Vous avez une monnaie d'échange. La technologie.

Jinn ne bronchait plus. De toute évidence, les paroles de Kurt le laissaient songeur. Si Kurt parvenait à gagner un peu de temps, peut-être Joe et lui auraient-ils une chance de s'en tirer ?

— Vous vous attendez à ce que je gobe ce que vous me racontez ?

— Que je sois bien clair : vous êtes quelqu'un à qui je ne voudrais même pas dire bonjour. Vous êtes une brute et un tueur. Mais je travaille pour l'Oncle Sam. Nous avions ordre de venir ici, d'infiltrer les lieux et de faire un compte rendu. De prendre éventuellement contact avec vous plus tard par l'intermédiaire de tiers.

— Vous me prenez pour un idiot ? demanda Jinn qui commençait à s'énerver.

— Je ne répondrais pas à cette question, dit Joe.

— Votre gouvernement ne conclut pas de marchés.

— Vous vous trompez sur ce point. Voilà deux cents ans que nous le faisons, répliqua Kurt. Vous avez entendu parler de

Werner von Braun ? C'était un nazi, un savant allemand : il a construit des fusées qui ont fait des milliers de victimes. Après la guerre, nous l'avons pris sous notre aile parce qu'il possédait des connaissances dont nous avions besoin. Viktor Belenko était un pilote russe qui nous a amené un MiG-25. Nous accueillons des joueurs de base-ball, des danseurs, des informaticiens, n'importe qui ayant quelque chose d'intéressant à offrir. C'est peut-être injuste pour les paysans ou les pauvres fermiers qui aimeraient bien venir chez nous, mais c'est un bon moyen de vous en sortir.

— En voilà assez, fit Jinn en se dirigeant vers la porte.

— Ce pays est en train de s'effondrer ! s'écria Kurt. Même votre argent et votre pouvoir ne vous protègeront pas si règne l'anarchie. Et je suppose que vous avez d'autres problèmes ailleurs, sinon vous n'auriez pas eu à massacrer vos invités. Je vous propose une façon de vous en tirer. Libérez-nous, laissez-nous rapporter ce que nous avons vu, et mon gouvernement vous contactera.

Malgré l'habile plaidoyer de Kurt, Jinn ne voulait rien entendre. Il se retourna en souriant.

— Bientôt, des hommes de votre gouvernement et d'ailleurs viendront me supplier de les contacter. Et ce ne seront pas vos ossements blanchis sur le sable qui changeront le cours des choses.

Jinn fit signe aux gardes.

— Donnez-lui une leçon, puis emmenez-les au puits. Je vous retrouverai là-bas.

Jinn sortit, suivi de Sabah. Les quatre hommes qui étaient restés là s'avancèrent.

Vite, quelques coups de poing se mirent à pleuvoir, bientôt remplacés par des matraques métalliques extensibles. C'était violent, mais Kurt avait vu pire et il parvint, en se penchant et en se contorsionnant, à amortir les chocs.

Joe, en bon boxeur qu'il était, esquiva habilement les coups.

Une matraque frappa Kurt juste au-dessus de l'œil, lui laissant sur le front une entaille ruisselante de sang. Il s'affala sur le sol en faisant semblant d'être sonné, et les hommes parurent perdre leur entrain. Un coup de pied dans le dos décoché sans conviction les fit quand même rire.

L'un d'eux dit quelque chose en arabe, puis ils le remirent debout, lui ôtèrent ses menottes et le traînèrent dans le couloir. Derrière ses paupières qu'il maintenait exprès à peine entrouvertes, il vit qu'on obligeait Joe à l'accompagner.

Ils étaient sortis de cette fournaise. Mais où allaient-ils se retrouver ?

L'entrée principale de la caverne leur offrit un début de réponse. Des rayons de soleil filtraient entre des colonnes. C'était la fin de l'après-midi, la période la plus chaude de la journée. On les entraîna à l'extérieur jusqu'à l'arrière d'un 4 × 4. Un homme au regard mauvais leur attacha les mains avec une grande longueur de corde.

– Ça ne me dit rien qui vaille, fit Joe.

– Je crois qu'on va nous faire un peu trotter, dit Kurt.

L'homme au regard mauvais se mit à rire, monta dans le 4 × 4 et, toujours à l'arrêt, donna de grands coups d'accélérateur. Kurt s'efforçait de trouver un moyen de se tirer de là. Il aurait voulu grimper sur la camionnette avant qu'elle démarre, mais l'extérieur était lisse et, avec leurs mains ligotées, aucune prise n'était possible.

Le 4 × 4 démarra, entraînant brusquement les deux prisonniers. Ils trébuchèrent et faillirent tomber, mais recouvrèrent leur équilibre et parvinrent à courir derrière la camionnette. À la grande surprise de Kurt, le chauffeur n'accéléra pas. Il se contenta de rouler à petite vitesse, entraînant les prisonniers au rythme d'un jogging rapide.

Les gardes derrière eux riaient en voyant Kurt et Joe s'efforcer de maintenir l'allure.

– Et maintenant, demanda Joe, tu as une idée ?

Kurt trottait de son mieux, ses pieds s'enfonçant dans le sable.

– Non, aucune.

– Allons, Kurt. Un petit effort.

– Pourquoi n'as-tu pas une idée, toi ?
– C'est toi le cerveau de l'équipe, moi, je suis le beau gosse.
– Pas quand on t'aura traîné le nez dans le sable, je peux te l'assurer.

Joe ne répondit pas. Ils commençaient à grimper une petite colline. Les pneus arrière du 4 × 4 leur projetaient du sable au visage et ils avaient encore plus de difficultés à soutenir le rythme. À peine arrivés en haut, ils redescendirent l'autre flanc. Kurt ne fut pas mécontent de retrouver une route plate.

Le soleil du désert frappait dur : il faisait près de quarante degrés. Après deux ou trois minutes de course dans cette fournaise, ils ruisselaient de sueur, et perdaient donc plus d'eau que leur corps pouvait se le permettre. Kurt aperçut au loin, à environ deux kilomètres, un nouvel escarpement rocheux qui semblait sur leur chemin.

Joe se prit le pied dans quelque chose et faillit tomber. Heureusement, il recouvra son équilibre et continua à courir.

– Tiens bon, cria Kurt qui regardait devant lui en essayant de réfléchir.

S'ils atteignaient les rochers, il essaierait de ramasser une pierre. Ce serait risqué, mais ils ne parviendraient pas à courir longtemps dans ces conditions.

Brusquement, le 4 × 4 vira vers le sud pour s'arrêter auprès d'un groupe de véhicules. Kurt et Joe s'écroulèrent.

Affalé sur le sable et tentant de reprendre son souffle, Kurt aperçut Jinn et quelques-uns de ses hommes debout auprès de ce qui semblait être un vieux puits abandonné.

Jinn s'approcha. Il avait dû voir le regard de Kurt s'attarder sur le puits.

– Vous n'avez pas soif ? demanda-t-il.

Kurt ne répondit pas.

Jinn se pencha vers lui.

– Vous ne pouvez pas imaginer ce que c'est que la soif avant de traverser le désert à la recherche de la moindre oasis. Vous avez l'impression que vos yeux se mettent à bouillir dans votre crâne. Votre corps ne peut même pas transpirer, car il ne lui reste plus d'eau. Voilà la vie d'un Bédouin. Et jamais il ne s'effondrerait au bout de deux ou trois kilomètres dans le désert.

— Je suis certain qu'il serait à dos de chameau et non pas traîné par une camionnette, répliqua Kurt d'une voix râpeuse.

Jinn se tourna vers ses hommes en disant :

— Nos invités aimeraient un rafraîchissement. Amenez-les au puits.

Les gardes détachèrent Kurt et Joe et, les ayant remis debout, les poussèrent vers le puits. Comme ils atteignaient l'ouverture, Kurt comprit qu'on ne leur donnerait pas à boire : une odeur de mort montait des profondeurs de la terre.

Il se tourna et décocha un coup de pied à un des gardes, lui brisant la cheville en même temps qu'il se précipitait pour s'emparer de son arme. Presque au même instant, Joe se mit de la partie, libérant son bras et assommant l'homme sur sa gauche.

Cette attaque éclair parut prendre les gardes au dépourvu car, de toute la journée, Kurt et Joe n'avaient rien mangé, rien bu. Ils avaient été battus, traînés à travers le désert et, quelques instants plus tôt, écroulés sur le sable, ils avaient l'air pratiquement morts.

Quatre hommes de Jinn se précipitèrent au secours de leurs camarades, mais les Américains se battaient comme des diables. Pour chaque homme qui les frappait, un autre écopait d'un direct en plein visage, d'un coup de pied dans le genou ou d'un coude en plein ventre.

Un garde essaya de plaquer Kurt au sol, mais celui-ci l'esquiva, le fit trébucher et l'envoya s'écrouler sur un de ses compagnons. Kurt aperçut alors un pistolet sur le sol et se précipita. Mais, comme un joueur de rugby se jetant dans une mêlée, il fut aussitôt recouvert par trois hommes de Jinn qui, eux aussi, cherchaient à s'emparer de l'arme.

Le coup partit. Un des hommes poussa un hurlement de douleur, ses doigts sectionnés. Mais avant que Kurt ait eu à nouveau le temps de tirer, un coup violent le frappa à la nuque. On lui arracha le revolver.

Auprès de lui, Joe avait aussi été plaqué au sol.

— Attrapez-les ! cria Jinn. Jetez-les dans le puits.

Kurt se débattait, mais les hommes de Jinn le tenaient par les bras et les jambes pour l'emporter vers le puits.

Joe ne s'en sortait guère mieux. Un garde lui avait fait une clef au cou et le poussait en avant, bien décidé à le jeter par-dessus la margelle.

Kurt s'en approchait à son tour, et parvint à libérer une de ses jambes pour décocher un coup de pied en plein dans la figure d'un garde. L'autre homme recula, sa cheville heurta le muret de briques et il bascula tête la première dans le puits. Son cri retentit une seconde puis s'arrêta brusquement.

Le groupe qui maintenait Kurt oscillait comme une table sur trois pieds, mais parvint malgré tout à l'entraîner vers l'ouverture béante.

Au moment où ils le lâchaient, Kurt aperçut un muret et le petit cadre en fer qui pointait d'une paroi. Il tendit les bras, le saisit et s'y cramponna.

Une seconde plus tard, Joe fut poussé à son tour dans le puits, et s'agrippa instinctivement aux jambes de Kurt. Ce poids supplémentaire risquait d'entraîner ce dernier vers le fond et seuls les retenaient ses doigts crispés sur les barreaux encore brûlants après toute une journée de soleil.

Une ombre se dessina dans la lumière du couchant.

Jinn brandit un bâton avant de l'abattre sur les doigts de Kurt. Mais il ne toucha que le vide : Kurt avait lâché prise.

Joe et lui tombèrent comme des pierres. Après une chute de cinq ou six mètres, ils s'enfoncèrent dans une couche de sable qui se déroba sous leur poids, puis glissèrent sur trois mètres encore avant d'atteindre le fond.

Le choc secoua Kurt, mais la pente sablonneuse et une paire de cadavres en décomposition jouèrent le rôle d'airbags en atténuant l'impact.

Sonné, Kurt ouvrit les yeux. Joe gisait à une trentaine de centimètres sur la gauche, affalé contre la paroi du puits, comme une poupée de chiffon. Il avait les bras en arrière et une jambe pliée dans un angle bizarre. Le seul mouvement qu'on percevait, c'était celui de sa poitrine qui se soulevait et s'abaissait régulièrement.

L'attention de Kurt fut attirée par un bruit. Il n'osait pas bouger. Du coin de l'œil, il aperçut Jinn penché au bord du puits. Une rafale de coups de feu retentit, faisant jaillir des tourbillons de poussière et des éclats de roche. Il sentit quelque chose d'acéré lui entailler la jambe et une balle, ou une pierre, vint toucher le sol à quelques centimètres de son visage.

Kurt n'eut pas un geste, pas un tressaillement, il s'arrêta même de respirer.

Il entendit crier en arabe très loin au-dessus de lui. Le faisceau d'une torche électrique vint balayer le fond du puits. Kurt resta immobile. Il voulait qu'on ne voie qu'un nouveau cadavre parmi les autres corps.

Là-haut, on échangea encore quelques mots puis la torche s'éteignit et les visages disparurent.

Une minute plus tard, des bruits de moteurs qui démarraient retentirent jusque dans les profondeurs du puits. Kurt écouta les véhicules qui s'en allaient jusqu'au moment où il n'entendit plus rien. On les avait laissés pour morts, Joe et lui. Pour le moment du moins ils ne l'étaient pas mais, s'ils ne s'extirpaient de ce puits, c'était juste une question de temps...

CHAPITRE 26

GAMAY ENTRA DANS LE LABO qu'ils avaient improvisé pour voir ce que faisait Marchetti. Elle le trouva penché sur une lampe à infrarouge, un assortiment de thermomètres et un vase à bec empli d'une eau dont la couche supérieure semblait opaque.

— Est-ce que je me trompe ou ce sont bien des nanobots qu'il y a dans ce vase ?

Marchetti se redressa.

— Oh, madame Trout, dit-il. Vous m'avez surpris.

— Vous étiez plongé dans vos recherches.

— En effet, dit-il en prenant un thermomètre et en examinant un écran.

— Vous pourriez me dire de quoi il s'agit ?

— J'essaie juste de comprendre une chose, dit-il comme s'il préférait ne pas en parler.

Elle vint s'asseoir en face de lui et le regarda droit dans les yeux.

— Pourquoi les hommes n'aiment-ils pas partager leurs intuitions ? demanda-t-elle. Avez-vous peur de vous tromper ?

— Je me suis trompé des millions de fois, répondit Marchetti. À vrai dire, j'ai plutôt peur d'avoir raison.

— À propos de quoi ?

— Je crois savoir ce qui pourrait se produire là-dedans.

— Et vous préférez garder cela secret, dit-elle. Comme la plupart des hommes que j'ai connus, vous voulez avoir une preuve avant de parler, ou du moins un certain nombre d'éléments qui corroborent votre intuition.

Elle désigna son installation de fortune.

— Tout ceci me semble une tentative pour me le faire comprendre.

— Vous avez une extraordinaire intuition, madame Trout. Je parie que Paul ne peut rien vous cacher.

— Il a appris à ne pas essayer.

— C'est un sage, dit Marchetti avec un sourire penaud. Bien sûr, vous avez raison. J'ai le sentiment que les nanobots sont bien responsables de cette anomalie de température. Je me souviens avoir entendu parler d'un plan pour arrêter le réchauffement climatique. Cela impliquait, sur plusieurs années, de nombreux lancements de fusées et la dispersion de disques réfléchissants en orbite autour de la planète, ou peut-être seulement au-dessus des pôles, je ne me souviens plus très bien. Ces disques réfléchissants bloqueraient une partie de la lumière du soleil. Un faible pourcentage. Juste assez pour diminuer les effets que nous avons commencé à ressentir.

Elle se rappela en avoir entendu parler.

— De toute évidence, continua Marchetti, cette idée posait d'énormes problèmes, mais je la trouvais intéressante. Je me suis souvent demandé si cela pouvait vraiment marcher.

— Il y a des précédents, dit Gamay. Après de grandes éruptions volcaniques, les cendres qui se répandent autour du globe ont à peu près le même effet que ces disques dont vous parlez. Les famines observées au VIe siècle étaient dues à une baisse du rayonnement solaire qui a provoqué une diminution des récoltes. On a qualifié l'an 1815 d'année sans été parce que les températures moyennes sur toute la planète étaient étonnamment basses. La cause pourrait bien être l'éruption du mont Tambora en Indonésie.

— J'ai le sentiment qu'ici il pourrait s'agir du même principe, dit Marchetti. Non pas dans l'atmosphère, mais dans la mer.

« J'ai tenté, poursuivit-il en désignant le matériel disposé sur la table, de recréer dans cet échantillon d'eau un cycle solaire de réchauffement et de refroidissement. Mais ma théorie pose un problème : en dépit de cette couche un peu trouble de bots sur le dessus, l'échantillon se comporte à peu près comme de l'eau salée ordinaire.

— Ce qui signifie ?

— Que les nanorobots absorbent une partie de la chaleur, mais bien loin de ce qu'il faudrait pour refroidir l'eau dans les proportions que nous avons observées.

— Quelle quantité de chaleur ?

— Très importante, dit-il. Une différence de près de quatre-vingt-dix pour cent. Et cela fait vraiment beaucoup.

— Vous voulez dire que, dans votre expérience, vous avez observé...

— Seulement dix pour cent du refroidissement que nous avons enregistré au large. Oui, c'est exactement ce que je veux dire.

Elle regarda le matériel disposé devant lui. Inutile de demander s'il avait fait une erreur, ni s'il voulait recommencer l'expérience. Cela faisait des heures qu'il était enfermé là et, avant de devenir programmateur de logiciels, il avait eu une formation d'ingénieur. Il devait savoir ce qu'il faisait. D'ailleurs, elle aperçut six autres installations qui semblaient identiques à celle qu'elle avait sous les yeux – sans doute pour effectuer des contrôles.

— Alors, qu'est-ce que cela veut dire ?

— Il y a deux possibilités, dit-il. Ou bien c'est autre chose qui est responsable de l'essentiel du refroidissement, ou bien les nanorobots parviennent à refroidir l'océan en utilisant un autre procédé ou un nouveau mécanisme que nous n'avons pas encore observé ou découvert.

— Raison de plus pour chercher à nous approcher encore plus d'eux.

— Je le crains, répondit-il.

Gamay n'eut pas le temps d'en dire davantage : une alarme se déclencha dans le laboratoire. Un son perçant accompagné d'éclairs intermittents.

— Que se passe-t-il ?

– Une alarme d'incendie, répondit Marchetti. (Il pressa un bouton sur l'interphone.) Chef, que se passe-t-il ?

– Nous recevons de multiples signaux d'alerte, répondit le chef mécanicien, occupé à d'ultimes vérifications. Mais nous venons de recevoir une confirmation, ajouta-t-il. Il y a le feu dans la salle des machines.

CHAPITRE 27

Paul Trout entendit l'alarme et se précipita dans le hall jusqu'au laboratoire de fortune. Marchetti était en pleine discussion avec son chef mécanicien à propos de l'incendie. Gamay se trouvait auprès de lui, l'air soucieux.

– Il y a le feu, dit-elle.

– J'avais compris.

Il commençait à sentir la fumée et l'odeur caractéristique du mazout en train de brûler.

– C'est dans la salle des machines ?

Elle acquiesça.

Dans le microphone, Marchetti demanda :

– Pouvez-vous rétablir le contact avec les robots ?

– *Ils ne réagissent pas.*

– Et le système antifeu ?

– *Pas de réponse non plus.*

Marchetti avait l'air consterné.

– Essayez encore, dit-il. Demandez à Kostis et Cristatos de venir me voir ici. Et que les autres restent en alerte.

Il se tourna vers Paul et Gamay.

– Est-ce que l'un de vous a une certaine expérience des incendies ?

– Moi, répondit Paul. Je vais vous accompagner.

Ce fut maintenant au tour de Gamay d'avoir l'air consternée.

– Paul, je t'en prie, fit-elle.

— Ne t'inquiète pas, je suis entraîné. Trouve-toi un endroit où te mettre à l'abri.

— La salle de contrôle, dit Marchetti, mon chef mécanicien est là-bas ?

Gamay acquiesça.

— Sois prudent.

Paul suivit Marchetti dans l'escalier qui descendait jusqu'au pont principal. De là, un autre escalier les conduisit à l'intérieur de la coque pour déboucher sur un long couloir qui menait à la salle des machines. Vers le fond de la coursive, la fumée s'intensifiait.

— C'est le poste de pompiers, dit Marchetti, en pénétrant dans un espace équipé de plusieurs grandes portes.

Ils se trouvaient à une quinzaine de mètres de la salle des machines. L'odeur du mazout était écœurante. On sentait la chaleur de l'incendie et on entendait le grondement du feu.

Marchetti ouvrit le panneau marqué FEU. À l'intérieur, ils trouvèrent, accrochées à des patères, des combinaisons de pompier en Nomex jaune vif marquées de bandes orange réfléchissantes. Sur une étagère était rangé, pour chacune d'elles, l'assortiment habituel de casques et de bouteilles d'oxygène. Chaque appareil respiratoire comprenait un masque résistant à la chaleur avec un détendeur intégré, un système de communication comportant un pack-tracker permettant de repérer d'éventuelles personnes en difficulté, des torches électriques et divers instruments qui s'accrochaient dans le dos.

Marchetti saisit une combinaison et Paul en fit autant. Ils étaient en train de les enfiler quand Kostis et Cristatos arrivèrent en courant pour les imiter aussitôt.

Paul passa son masque et ouvrit la valve du détendeur, puis leva les pouces : l'appareil fonctionnait.

Marchetti s'approcha, et abaissa une manette sur le côté du masque de Paul. Celui-ci entendit une seconde un crépitement de parasites, puis la voix de Marchetti résonna dans ses écouteurs.

— Vous m'entendez ?

— Cinq sur cinq.

— Parfait, les masques sont équipés de radios.

Paul et les deux hommes d'équipage avaient fini de boucler leur harnachement. Ils étaient prêts. Marchetti se dirigea vers le mur et entreprit de dérouler un tuyau accroché à la cloison.

Paul le rejoignit et tous deux se dirigèrent vers la salle des machines.

— Que comptez-vous faire ? demanda Paul.

— Pendant que le chef mécanicien essaie de rétablir le contact avec les robots, nous allons faire de notre mieux pour combattre le feu.

— Pourquoi ne pas essayer seulement de le circonscrire ?

— Un de mes hommes est pris au piège, dit Marchetti.

Paul jeta un coup d'œil à la salle des machines : il avait du mal à imaginer que quelqu'un puisse survivre dans ce qui allait bientôt devenir un véritable brasier mais, s'il y avait une chance de sauver le malheureux, il fallait la tenter.

— Y a-t-il un endroit où il pourrait se réfugier ?

— Un petit bureau se trouve derrière la salle des machines. C'est le poste de contrôle. S'il y était quand le feu s'est déclaré, il se pourrait qu'il soit encore vivant.

Deux lances étaient maintenant déployées : Paul et Marchetti en tenaient une, Kostis et Cristatos une autre.

— Ouvrez le robinet, cria Marchetti.

Un homme ouvrit le robinet. Les tuyaux se gonflèrent d'eau et Marchetti tourna la valve. Un jet d'eau sous pression jaillit de la lance que Marchetti maintenait entre ses deux mains, et Paul dut faire un effort pour rester sur place.

Il resserra son étreinte sur le tuyau, fléchit les genoux et s'avança avec Marchetti vers la salle des machines.

À peine avait-il franchi la cloison qu'il eut l'impression d'être en enfer. Une fumée noire tourbillonnait autour de lui, si dense que, par moments, il ne voyait de Marchetti que le projecteur fixé à son masque. Des bouffées de chaleur franchissaient l'enveloppe de sa combinaison étanche et la fumée qui s'infiltrait par le bord de son masque lui piquait les yeux. Des flammes orange perçaient l'obscurité et dansaient au-dessus des hommes comme des démons. Une série d'explosions secouait le fond de la salle.

Marchetti dirigeait le jet de sa lance de gauche à droite pour couvrir la plus large surface possible. Les marins aspergeaient également les flammes, ajoutant à la fournaise des jets de vapeur surchauffée.

– Pouvez-vous distinguer le foyer ? demanda Marchetti.

– Non, dit Paul, essayant de voir quelque chose dans la fumée.

– Dans ce cas, il faut continuer à avancer.

Jusqu'à maintenant, Paul n'avait vu en Marchetti qu'un vieux monsieur plutôt maladroit, mais il admirait maintenant le courage dont il faisait preuve pour défendre son île et lutter pour sauver la vie d'un membre de son équipage.

– Par ici ! cria l'un des hommes qui tenait la seconde lance.

Paul se tourna vers lui et le vit arroser le sol pour leur ménager un passage au milieu des flammes. Il s'arma de courage et, avec Marchetti, s'avança au cœur du brasier.

Il avait maintenant l'impression de marcher sur des blocs de lave en fusion quand, soudain, un jet de feu fit trébucher Marchetti.

– Inutile, cria Paul en le relevant. Il faut revenir.

– Je vous l'ai dit, un de mes hommes est bloqué ici !

Une nouvelle explosion les secoua alors qu'un mur de flammes se dressait. Heureusement, les jets combinés des deux lances parvinrent à le faire reculer.

La salle des machines, de dix mètres de haut sur quarante de long, était bourrée de conduits, de tuyaux et de passerelles. Par endroits, les flammes montaient jusqu'au plafond. Si la bataille n'était pas perdue, l'issue en restait incertaine.

– Il faut inonder le compartiment, suggéra Paul. C'est la seule chose à faire.

– Nous avons essayé, dit Marchetti, mais le système d'extinction automatique ne fonctionne pas. Il aurait dû se déclencher à quatre-vingts degrés pourtant. Nous avons essayé de le débloquer depuis la passerelle, mais en vain.

— Il doit bien y avoir une commande manuelle quelque part, dit Paul.

Marchetti regarda autour de lui.

— Il y en a quatre. La plus proche devrait être par ici. Près du générateur.

— Il faut l'activer.

Marchetti hésita.

— Dès que nous l'aurons fait, les portes se bloqueront aussitôt, expliqua-t-il. Nous serons tous prisonniers.

— Pour combien de temps ?

— Jusqu'à ce que l'incendie se calme et que la température baisse.

— Alors, ne perdons pas de temps.

Marchetti regarda derrière lui le passage qui menait au bureau et n'aperçut que poutrelles tordues et cloisons éventrées ou soufflées par l'explosion. Autour d'eux, ce n'était que flammes, nuages de fumée et torrents d'eau bouillante. Jamais ils ne parviendraient à se frayer un chemin.

— Bon ! cria-t-il en se tournant vers le mur. Par ici.

CHAPITRE 28

Quand Gamay entra dans le poste de contrôle, ce n'était que chaos.

Deux des hommes de Marchetti s'affairaient fébrilement sur les ordinateurs pour tenter de rétablir le contact avec les robots ou le système de lutte contre l'incendie.

Le chef mécanicien, un petit Grec trapu, surveillait les opérations. Gamay entendait les conversations radio entre les deux équipes qui luttaient contre le feu. Aucune ne semblait parvenir à le maîtriser.

– Où en est-on ? demanda-t-elle.

– La salle des machines tout entière est en feu. Sans doute une fuite de mazout.

– Et le feu s'étend ? demanda Gamay, craignant que Paul ne soit bloqué là-bas.

– Pas encore, dit le chef.

Gamay essayait de ne pas se concentrer sur ces deux mots, *pas encore*, quand, affolée, Leilani arriva.

– Que se passe-t-il ?

– Un incendie dans la salle des machines, répondit Gamay. Un des hommes d'équipage est bloqué à l'intérieur. Et le système automatique de lutte contre le feu ne fonctionne pas.

Leilani s'assit et se mit à trembler. Elle semblait sur le point de craquer, mais Gamay avait d'autres soucis.

– Et si l'incendie s'étend ? demanda Gamay. Mon mari, Marchetti et vos hommes vont être coincés là.

– Pas s'ils le maîtrisent, dit le chef. Il faut qu'ils l'empêchent de progresser.

– Vous avez besoin d'autres hommes en bas.

C'était Leilani qui venait de parler.

Gamay et le chef mécanicien la regardèrent.

– Si les robots ne fonctionnent pas, il faut envoyer d'autres hommes, répéta-t-elle.

– Elle a raison, dit Gamay, surprise de la soudaine assurance qu'elle affichait.

– Nous essayons de rétablir le contact avec les robots, insista le chef mécanicien.

– Laissez tomber ces fichus robots, dit Gamay. Quatre hommes ne peuvent pas maîtriser cet incendie.

– Nous n'avons que vingt hommes d'équipage à bord, expliqua le chef.

Gamay avait toujours pensé que c'était insuffisant et tout d'un coup, elle réalisait pourquoi.

– Tous ceux qui sont entraînés à combattre un incendie devraient être en bas, déclara-t-elle, ou alors Paul et les autres devraient renoncer.

Le chef mécanicien se tourna vers les deux hommes qui travaillaient sur les ordinateurs.

– Toujours rien ?

– On tourne en rond. Chaque fois qu'on franchit une étape, le système se bloque et il faut recommencer.

Gamay ne savait pas très bien ce que cela signifiait, sinon que cela ne servait pas à grand-chose de continuer.

Le chef poussa un soupir.

– Les robots sont HS, dit-il, se rendant à l'évidence. Descendez, ordonna-t-il aux deux hommes qui s'acharnaient sur les ordinateurs. Je vais dire aux autres de vous retrouver à la salle des machines.

Les hommes se dirigèrent vers la porte.

– Merci, dit Gamay, un peu soulagée de savoir qu'on envoyait des renforts à Paul.

La voix de Marchetti se fit entendre dans la radio.
— *Pas de résultats, chef ?*
— Négatif, dit le chef dans un microphone. On arrête tout et on vous envoie des renforts.
— *Compris*, dit Marchetti. *Alors, on va passer au plan H.*
— Que veut-il dire ? demanda Gamay.
— Ils vont déverser du halon dans le compartiment, dit le chef. Ça va arrêter l'incendie et l'éteindre.
— Quel inconvénient cela présente-t-il ?
— Le halon est un hydrocarbure toxique qui étouffe le feu. Et il n'est efficace que dans un local fermé. Dès qu'on l'utilisera, les portes se verrouilleront automatiquement. Ils seront bloqués sur place jusqu'à ce que les détecteurs valident la fin de l'incendie et jusqu'à ce que la température de la salle redescende.

Gamay sentit son cœur se serrer. Elle savait ce que cela voulait dire.

— Il ne devrait pas y avoir de problèmes, reprit le chef mécanicien. Une fois le compartiment inondé, le feu devrait s'éteindre en trente secondes. La température là-bas est de 125°C. D'après mes calculs, le refroidissement ne devrait prendre qu'environ une dizaine de minutes si tout se passe comme prévu.

Paul assis pendant dix minutes derrière une porte dans un véritable chaudron. Elle osait à peine y penser. Mais une autre hypothèse était encore pire.

— Si tout se passe comme prévu, répéta-t-elle. Étant donné la façon dont les choses se présentent, c'est une hypothèse bien risquée. Et si les portes ne se ferment pas ? Pire encore, si elles ne se rouvrent pas ?

Le chef mécanicien ne dit rien, mais à le regarder, elle devina qu'il y avait déjà pensé.

En bas, dans la salle des machines, Paul et Marchetti avaient commencé à traverser le rideau de flammes, mais des débris et du mazout en fusion les empêchèrent de passer. Plus loin, un jet de vapeur giclait d'une canalisation coupée.

Ils progressaient mètre par mètre, les hommes d'équipage derrière eux, tous luttant à chaque pas contre le feu. Ils finirent par apercevoir un passage un peu dégagé.

— Gardez le contact, écartez les flammes pendant que je passe, dit Marchetti. Je vous signalerai quand je serai arrivé.

Paul s'avança et empoigna la lance.

— D'accord, allez-y !

Marchetti lâcha le tuyau et Paul dut rassembler toutes ses forces pour maintenir le jet d'eau braqué sur le feu. Tandis que Marchetti progressait tant bien que mal, Paul aspergeait les flammes de gauche à droite dans un mouvement de va-et-vient continu, arrosant délibérément Marchetti.

Il vit ce dernier franchir le premier rideau de feu et continuer à avancer, puis il disparut soudain dans un jaillissement de flammes et de fumée. Paul braqua sa lance en direction de la fournaise et parvint à faire reculer le brasier, mais il ne voyait toujours rien.

— Marchetti ?

Pas de réponse.

— Marchetti ? !

La fumée était dense, Paul était dans un brouillard opaque. Il suait dans sa combinaison, alors que les vapeurs de mazout et le sel de sa transpiration lui brûlaient les yeux. Il arrosa frénétiquement le passage jusqu'à ce qu'il aperçoive dans l'obscurité une vague lueur près du sol. Le projecteur de Marchetti.

— Marchetti est tombé ! hurla Paul. Je vais le chercher.

Il coupa le jet de sa lance, la laissa tomber et se précipita. Les hommes le suivirent, l'arrosant de leur mieux.

Il traversa le rideau de feu et arriva auprès de Marchetti. Sa cagoule était noircie et son masque à moitié arraché : il avait dû heurter de plein fouet une poutre qui dépassait. Paul lui remit son masque sur le visage, Marchetti toussa et reprit ses esprits.

— Aidez-moi à me relever, dit-il.

Une explosion secoua la salle des machines tandis qu'une pluie de débris s'abattait sur eux. Paul parvint à remettre Marchetti debout, mais celui-ci retomba aussitôt à genoux.

— Je n'ai plus d'équilibre, dit-il.

Paul le souleva et le maintint solidement. Ils avancèrent péniblement, titubant comme deux hommes ivres, et finirent par atteindre la paroi.

— Nous y sommes, cria Paul dans le microphone. Nous allons ouvrir la vanne de Halon.

Il tendit la main vers la commande, repoussa la manette de sécurité et saisit le levier. Il attendit ce qui lui parut une éternité. Une nouvelle explosion ébranla la salle.

— *On a passé la cloison*, finit par annoncer un des hommes d'équipage.

— Maintenant, ordonna Marchetti.

D'un geste sec, Paul abaissa la commande.

De quatre-vingts orifices répartis aux quatre coins de la salle, du Halon 1301 jaillit en sifflant des buses dans toutes les directions, étouffant le feu. Par endroits, les flammes vacillaient comme si elles cherchaient désespérément à survivre puis, comme par magie, elles s'éteignirent.

Un silence total s'abattit dans la salle des machines.

C'était une impression extraordinaire. Les flammes déchaînées, les tourbillons de l'incendie, tout cela avait disparu. Seule persistait une épaisse fumée, accompagnée du sifflement incessant du gaz qui s'échappait des valves, du clapotement de l'eau qui s'égouttait encore çà et là et des craquements du métal surchauffé.

Paul et Marchetti avaient du mal à croire que le feu s'était calmé et ils n'osaient pas faire un geste de peur que le miracle se dissipe. Marchetti finit par se tourner vers Paul. Un pâle sourire s'afficha sur son visage barbouillé de fumée.

— Bien joué, monsieur Trout. Bien joué.

Paul sourit à son tour, fier et soulagé en même temps.

Un bip-bip se fit alors entendre, suivi d'une lueur saccadée jaillissant du masque de Marchetti. Quelques secondes plus tard, le même processus se répéta sur la bouteille d'air de Paul, les deux alarmes se combinant dans une pénible cacophonie.

– Que se passe-t-il ? demanda Paul.
– Le signal d'alarme, dit Marchetti.
– Pourquoi se déclenche-t-il maintenant ?
Marchetti avait l'air maussade.
– Parce que nous commençons à manquer d'air.

CHAPITRE 29

KURT AUSTIN RESTAIT IMMOBILE, conservant la position inconfortable dans laquelle il avait atterri. Les véhicules étaient partis, le rugissement de leurs moteurs s'était éloigné et on n'entendait plus dans l'obscurité que le bourdonnement des mouches.

Elles voletaient çà et là, s'arrêtaient un instant puis repartaient. Même quand elles se posaient sur lui et rampaient sur son visage, Kurt faisait tout son possible pour ne pas sursauter, au cas où quelqu'un l'observerait.

Après un long moment, il jeta un coup d'œil vers l'ouverture circulaire tout en haut, glissa un bras sur le côté, roula prudemment puis parvint à s'asseoir et à s'adosser à la paroi du puits. Chaque mouvement déclenchait une nouvelle douleur et, une fois installé dans cette nouvelle position, il décida d'y rester une minute ou deux.

Il inspecta sa jambe. Quelque chose l'avait touchée au cours de la fusillade, pourtant aucune trace de balle. Il se dit que c'était sans doute un fragment de la paroi qui avait dû le frapper quand une balle avait ricoché. Il semblait pouvoir bouger son épaule, bien qu'elle lui fasse un mal de chien.

Il se pencha et secoua doucement Joe.

Celui-ci entrouvrit les yeux, l'air désorienté. Il se déplaça de quelques centimètres en poussant un grognement.

– Où sommes-nous ? demanda-t-il.

– Tu ne te rappelles pas ?

— La dernière chose dont je me souviens, c'est d'avoir été traîné par un camion, dit-il.

— Littéralement le clou de notre voyage, dit Kurt.

Joe se força à s'asseoir, ce qui parut être aussi douloureux pour lui que cela l'avait été pour Kurt.

— Est-ce que nous sommes morts ? demanda Joe. Parce que, si ce n'est pas le cas, je n'ai rien ressenti de pire de mon vivant.

Kurt secoua la tête.

— Nous sommes bien vivants, du moins pour le moment. Nous sommes juste coincés au fond d'un puits sans corde, sans échelle ni rien pour sortir de là.

— Tu me rassures, fit Joe. J'ai cru une seconde que nous avions des ennuis.

Kurt regarda autour de lui, observant les autres corps qui gisaient dans le sable. Deux d'entre eux semblaient être là depuis un moment. La puanteur qu'ils dégageaient était abominable. Le troisième corps était celui du type qu'il avait poussé par-dessus le rebord. Une plaie béante lui entaillait le front et son cou formait un angle bizarre. Il ne bougeait plus.

Kurt s'étonnait d'être encore en vie.

— Tomber les pieds devant sur un tas de sable nous a sauvés. On dirait que ce type, lui, a basculé la tête la première.

— Et puis nous avons chuté d'un peu plus bas, dit Joe. Moi, en tout cas. Mais les deux autres ?

— Aucune idée, dit Kurt en regardant les corps à moitié couverts de mouches. Ils ont dû agacer le patron.

— Si jamais nous quittons la NUMA, dit Joe, rappelle-moi de ne jamais travailler pour un dictateur monomaniaque, un fou ou un autre genre de crapule. Ces gens-là n'ont pas l'air de savoir se maîtriser quand ils ne sont pas contents.

Kurt, en éclatant de rire, eut l'impression d'être transpercé par un poignard.

— Bon sang, ça fait mal, murmura-t-il. Assez de plaisanteries.

Il leva les yeux vers l'ouverture du puits. Un étroit cercle de ciel enflammé par le soleil couchant se dessinait.

– Il faut trouver un moyen de sortir d'ici, sinon nous servirons de menu aux mouches. Peux-tu tenir debout ?

Joe déplia ses jambes.

– J'ai la cheville un peu raide, mais je crois que ça ira.

Prenant appui sur la paroi du puits, Kurt se redressa. Une seconde, il se sentit étourdi, mais cette impression se dissipa rapidement. Il tendit une main à Joe et l'aida à se relever. Dans le cercle d'un mètre cinquante du puits, ils s'étirèrent et firent quelques flexions des genoux.

Le puits semblait avoir été creusé par sections. La partie supérieure était couverte de briques sur une hauteur d'environ six mètres puis, jusqu'au fond, ce n'était que de la terre.

– On essaie de grimper ? demanda Joe.

Kurt posa la main sur une pierre qui dépassait et pesa dessus de toutes ses forces pour en évaluer la stabilité. Elle s'émietta en une décevante averse de poussière et de débris.

– Non. Ce n'est pas recommandé.

– Peut-être qu'on peut monter en écartant les jambes et en appuyant les mains et les pieds de chaque côté de la paroi ? suggéra Joe.

Kurt ouvrit les bras. Il pouvait tout juste toucher les deux parois opposées.

– Nous n'aurons jamais la force de grimper comme ça.

Il regarda autour de lui. Outre les trois corps, le puits semblait servir de dépôt à toute sorte de détritus : boîtes de conserves, bouteilles en plastique, et même un vieux pneu s'entassaient là, au milieu d'ossements de petite taille, sans doute appartenant à des animaux tombés là par accident ou des restes de repas.

Kurt examina d'abord le pneu, puis les parois et les cadavres.

– J'ai une idée, annonça-t-il.

Il fouilla le corps de l'homme qu'il avait poussé dans le puits et trouva un couteau, un revolver et des jumelles.

Il découvrit, accrochée à sa ceinture, une gourde aux trois quarts vide. Il but une lampée, guère plus qu'une gorgée, et la tendit à Joe.

— À ta santé.

Joe but une autre gorgée tandis que Kurt repoussait les détritus pour dégager le vieux pneu du sable.

— Tu fais du rangement ? demanda Joe.

— Très drôle.

Il le laissa tomber auprès des corps, retenant son souffle pour éviter la puanteur qui s'en dégageait et repoussant les essaims de mouches. Enfin, il dénoua la corde qui les ligotait ensemble.

Il entassa les cadavres les uns sur les autres au milieu du puits.

— Assieds-toi, dit Kurt.

— Sur les morts ?

— J'ai mis le plus frais au-dessus, précisa Kurt.

Joe hésita.

— Ils sont morts, dit Kurt. Qu'est-ce que ça peut leur faire ?

Joe finit par s'asseoir. Kurt souleva le pneu et le plaqua verticalement contre le dos de Joe comme s'il s'agissait d'un panneau publicitaire. Puis il s'assit à son tour, dos à dos avec Joe, le pneu coincé entre eux.

— Pose tes pieds sur la paroi et pousse.

Joe obéit et Kurt plaqua également ses pieds contre le mur du puits pour pousser. Il sentit le pneu entre eux se comprimer légèrement en même temps qu'une forte pression sur son dos et ses pieds, ce qui allait leur permettre, en fléchissant les genoux sur une quinzaine de centimètres, de prendre appui contre la paroi.

— Contracte-moi ces abdos et voyons si ça marche.

Joe plia les genoux en appuyant plus fort contre la paroi. Kurt en fit autant. Il sentit la pression sur son dos, et c'est avec un minimum d'efforts qu'ils s'élevèrent au-dessus de la pile de cadavres.

— Je crois que ça pourrait marcher, dit Joe.

— Vas-y le premier, lui dit Kurt. Un pied après l'autre.

La première fois que Joe déplaça son pied, ils faillirent basculer sur le côté. Ils réussirent cependant à se rétablir : Kurt appuya très fort sur son pied gauche, les faisant monter d'une vingtaine de centimètres, puis s'empressa de déplacer son pied droit.

La seconde tentative de Joe fut plus réussie et ils ne tardèrent pas à progresser de façon régulière, à défaut d'être spectaculaire.

— J'ai oublié de te dire, murmura Joe entre deux ahanements, incapable qu'il était de rester sans parler, mais juste avant qu'on arrive à l'atelier, j'ai aperçu une carte sur laquelle figuraient tous les courants marins du golfe Persique, de la mer d'Arabie et de la moitié de l'océan Indien.

— Tu n'as rien remarqué d'extraordinaire dessus ? demanda Kurt, essoufflé, car ils poursuivaient lentement leur ascension.

— Je n'ai pas eu... vraiment... le temps de l'examiner... en détail, dit Joe. Mais je me suis demandé... une chose.

Ils progressaient toujours.

— Quoi donc ? demanda Kurt.

— Si Jinn utilise ses petites bestioles... pour ronger un barrage... pourquoi... les avons-nous trouvées... dans l'océan Indien... à des milliers de milles de la terre ?

Kurt considéra la question, tout en continuant à se concentrer sur son ascension.

— Bonne question, dit-il. Les barrages arrêtent les fleuves... les fleuves vont jusqu'à la mer... Peut-être, après tout, que les petits bots ont été entraînés accidentellement dans l'océan.

Existait-il des barrages dont les eaux se déversaient dans l'océan Indien ou le golfe Persique ? Il réfléchit mais n'en trouva aucun.

Ils firent une pause, les jambes à demi fléchies.

— De toute façon, reprit Kurt, il faut sortir d'ici. Quels que soient les objectifs de ce fou furieux, ils n'ont d'intérêt que pour lui.

Ils avaient maintenant atteint la deuxième section du puits. Fini de plaisanter, car l'ascension devenait plus difficile.

Le dos et les abdominaux de Kurt commençaient à souffrir. Il serra les dents et continua.

— Ça va ? demanda-t-il.

— Oui, grommela Joe. Mais je n'aurais pas envie de remettre ça.

Kurt regarda en bas. Son pied dérapa légèrement, mais il se rattrapa en bloquant son genou et en coinçant son talon contre la paroi. Il voyait les muscles de sa jambe trembler et une crampe lui crisper le mollet.

– Encore un mètre cinquante, dit-il d'une voix haletante. Et on pourra passer…à la phase deux…du plan.

– Et si ces salauds sont encore là-haut ? demanda Joe.

– Je n'ai entendu aucun bruit depuis le départ des camions.

– Et s'ils ont laissé un garde ?

– C'est à ça que servira le revolver.

Ils gravirent encore une vingtaine de centimètres et, enfin, le visage de Kurt baigna dans le soleil de fin d'après-midi.

Arrivés presque au bord du puits, ils perçurent un son étrange : un sifflement aigu qui se répercutait contre les murs de briques.

– Kurt, tu entends ça ?

– J'essaie de deviner ce que c'est.

Le sifflement s'accentuait de plus en plus : juste au-dessus d'eux, ils aperçurent le ventre gris et blanc d'un gros avion, dont les volets se déployaient comme des plumes, et les six roues de son train d'atterrissage pointées comme les serres d'un aigle cherchant une branche où se poser.

– Qu'est-ce que c'est que ça ? s'étonna Joe.

– Un jet, apparemment, fit Kurt.

L'avion se trouvait à une trentaine de mètres au plus quand il passa en trombe au-dessus d'eux. Kurt, fugitivement, remarqua sa forme bizarre.

– Je ne m'étais pas rendu compte que nous étions au bout d'une piste d'atterrissage.

– Je n'aimerais pas sortir de ce puits au mauvais moment et me faire écraser par un 747.

Réprimant le rire qui allait lui échapper, Kurt poussa plus fort afin d'atteindre le rebord du puits.

Il sentait l'acide lactique envahir ses mollets, ses cuisses et ses abdominaux en feu à force de se contracter en poussant sans cesse son dos contre le pneu.

Il tira de sa poche le 9 mm et retira le cran de sûreté.

– Doucement maintenant, chuchota-t-il.

Joe et Kurt et montèrent lentement les derniers centimètres. Kurt, brandissant le revolver, sortit la tête hors du puits juste assez pour regarder par-dessus le bord. Pas de garde en vue.

– C'est bon, dit-il.

– De mon côté aussi, murmura Joe. Et maintenant ?

Kurt lança son arme sur le sol et sortit la corde avec laquelle les gardes l'avaient attaché. Il la déroula jusqu'à ce qu'il ait obtenu la longueur qu'il désirait.

Tenant dans chaque main un bout de la corde, il confectionna une demi-boucle qui vint s'accrocher à un cadre planté à côté du puits. Puis, avec précaution, il tendit une extrémité de la corde à Joe.

– Prends ça à deux mains et serre bien.

Kurt enroula l'autre bout autour de son bras puis deux fois autour de sa main tandis que Joe en faisait autant.

– Tu la tiens bien ?

– Comme un billet de loterie gagnant, dit Joe.

– Bon, parce que tu devines ce qui va se passer quand nous laisserons reposer nos pauvres jambes, hein ?

– Oui. Comme tout ce qui vient de toi, ça va être pénible.

– On n'a rien sans rien, dit Kurt. Cette fois, c'est notre liberté. Prêt ?

– Prêt.

Kurt banda ses biceps.

– Trois... deux... un... partez !

Presque au même instant, les deux hommes tirèrent sur la corde et détendirent leurs jambes et leurs abdominaux. La corde se tendit autour du cadre. Le pneu tomba, heurtant le fond du puits dans un bruit sourd. Ils furent tous deux projetés en avant et heurtèrent violemment la paroi pour venir se balancer à une trentaine de centimètres au-dessous de l'orifice du puits.

– Maintenant, dit Kurt, il va falloir réussir ce dernier coup en même temps, sinon l'un de nous retombera au fond.

Ils se hissèrent côte à côte, se tenant par un bras, jusqu'au moment où ils purent empoigner le métal du cadre. Il était brûlant, comme Kurt l'avait déjà constaté, mais ils tinrent bon et se hissèrent par-dessus le muret du puits.

Kurt se retrouva le nez dans le sable, et rudement content d'être là. Joe vint s'affaler auprès de lui.

Hors d'haleine, Kurt se reposa un moment : il sentait ses jambes trembler. Il avait le sentiment d'avoir passé des jours dans ce puits. Il chercha des yeux sa montre : elle était toujours à Malé avec le garde.

Il tendit la main vers le soleil couchant.

– Qu'est-ce que tu fais ? demanda Joe.

– J'essaie de faire un cadran solaire. Quelle heure as-tu ?

– Six heures quarante-cinq, annonça Joe. Ce doit être un nouveau record : laissés pour morts et de nouveau prêts à l'action en moins d'une heure.

Ils étaient assis en train de reprendre leur souffle, lorsqu'un autre jet arriva en vrombissant au-dessus du désert. Il suivait la même trajectoire que l'avion précédent et s'apprêtait à atterrir, sifflement se rapprochant de plus en plus.

Poussés par un instinct bien naturel, les deux fugitifs se recroquevillèrent et vinrent se blottir contre le muret qui entourait le puits.

Ils n'auraient pourtant pas dû s'inquiéter. Un avion à réaction sur le point d'atterrir, et volant à près de trois cents kilomètres heure, exigeait une telle concentration que le pilote ne risquait pas de s'égarer sur d'autres détails sans intérêt.

Le jet passa lui aussi en rugissant au-dessus d'eux, mais cette fois juste un peu plus haut. Kurt remarqua les mêmes détails bizarres : le ventre exagérément arrondi de la carlingue, deux gros moteurs fixés très au-dessus du fuselage, près de la queue de l'appareil. On aurait dit un DC9 ou un Super 80, ou encore un Gulfstream G5 qu'on aurait bourré de stéroïdes, alourdi d'un tas de pièces supplémentaires et monté ensuite avec le mauvais manuel d'instruction.

— C'est le même type d'appareil, dit Kurt. Russe, à mon avis.

Joe acquiesça.

— Tout à fait. Ce pourrait être le même appareil négociant un nouveau passage.

L'avion gris et blanc descendit de plus en plus bas, puis disparut derrière une dune avant de se poser.

Le bruit des réacteurs diminuait, mais ils entendirent comme un hurlement sourd qui balaya le désert une quinzaine de secondes avant de s'arrêter.

— On dirait un inverseur de poussée, tu ne trouves pas ?

— Absolument, constata Joe. « L'aigle s'est posé » comme disait Neil Armstrong.

— Je crois que nous avons trouvé notre moyen de locomotion.

Joe lui jeta un coup d'œil interrogateur.

— Les photos prises par satellite n'ont montré aucun avion, expliqua Kurt, ce qui signifie que cet appareil ne va pas rester toute la journée à cuire dans le désert. Il va déposer sa cargaison et filer quelque part avant le lever du soleil.

— Bien sûr. Mais ici, ce n'est pas le Terminal 1 de l'aéroport de Washington-Dulles. On ne peut pas se présenter au comptoir et acheter un billet !

— Effectivement, fit Kurt, mais nous pouvons nous glisser à l'intérieur en profitant de l'obscurité. Ils ne nous attendent sûrement pas.

— C'est parce que nous serions complètement fous de faire ça.

— Nous n'avons pas d'eau, dit Kurt. Pas de GPS. Et aucun moyen de retrouver la camionnette tout seuls. Alors, à moins que tu veuilles errer dans ce désert en comptant sur la chance, nous devons retourner dans l'antre du lion.

Joe hésitait mais on le sentait fléchir.

— Tu m'embrouilles avec ces comparaisons animales. Je croyais que c'était un terrier de lapins.

— Les choses ont changé depuis qu'ils nous ont attrapés. Ces types sont rudement plus coriaces que des lapins. À mon avis, le choix est simple : nous pouvons soit nous enfuir lâchement, soit nous glisser à l'intérieur de leur base et nous cacher dans un de ces avions pour quitter ce pays avant d'être réduits en tas d'os dans la poussière.

– J'ai soif, dit Joe.

– Moi aussi.

Joe poussa un grand soupir. Il se pencha, retira le pistolet du sable et le tendit à Kurt.

– Je te suis, brave chevalier. Je doute que nous trouvions là le Saint Graal, je me contenterai donc de quitter la région pour découvrir un bistro bien approvisionné.

CHAPITRE 30

Assis auprès de Marchetti, Paul reprenait peu à peu des forces. Ce combat contre le feu l'avait épuisé, physiquement et mentalement. Mais ce qui l'obsédait surtout, c'étaient les lumières qui clignotaient sur son masque et le bip-bip des alarmes reliées à leur détendeur.

– Combien de temps avons-nous ?
– À peu près dix minutes, répondit Marchetti.

Une voix plus douce retentit dans les haut-parleurs de son casque.

– Paul, tu m'entends ?
– Je t'entends, Gamay.
– Que se passe-t-il ?
– Grâce au halon, l'incendie est éteint. Mais nos réserves d'air s'épuisent. Dans combien de temps pourrez-vous ouvrir les portes ?
– Attends une minute, dit-elle.

Après quelques secondes, elle reprit :

– Le chef pense que vous avez déversé assez d'eau dans la salle pour maintenir la température à un degré raisonnable. Dans sept minutes environ, elle atteindra le niveau de sécurité requis.
– Voilà une bonne nouvelle, dit Paul.

Il aida Marchetti à se relever.

– Allons chercher votre gars.

— Par ici, indiqua Marchetti en se dirigeant d'un pas un peu raide vers le fond de la salle.

Les explosions avaient détruit la moitié de la salle des machines et ils durent se frayer un chemin au milieu des décombres. L'évaporation de l'eau qu'ils avaient utilisée pour combattre l'incendie créait des panaches de vapeur qui s'élevaient autour d'eux comme des rideaux fantomatiques. Et partout, persistait une forte odeur de mazout.

— Par ici, dit Marchetti en s'approchant d'une porte blindée.

Bien qu'il ne s'agisse pas d'une cloison étanche, les montants semblaient intacts. Paul reprit espoir.

— La pièce a été conçue pour servir d'abri, expliqua Marchetti, mais je n'étais pas certain qu'elle puisse résister à un pareil incendie.

Il posa la main sur la barre de fermeture mais la retira précipitamment.

— Un peu chaud peut-être ? demanda Paul.

Marchetti acquiesça et fit une nouvelle tentative, mais la barre de fermeture refusait de bouger.

— La chaleur a pu déformer le châssis, constata Marchetti.

— Laissez-moi vous aider, dit Paul en s'approchant.

Tous deux poussèrent de toutes leurs forces sur le panneau qui finit par céder. Paul lâcha prise aussitôt car ses gants en Nomex ne le protégaient plus.

L'air s'échappa de la pièce pour se mêler à la vapeur et à la fumée de la salle des machines. L'obscurité était totale et pour tout éclairage, ils ne disposaient que du petit projecteur de leur masque. Cependant, près de la cloison du fond, Paul distingua couché sur le sol un homme en combinaison de mécanicien.

— Par ici, dit-il.

Au centre de commande, tous les regards étaient fixés sur l'écran de contrôle : le chiffre rouge clignotant qui indiquait la température dans la salle des machines descendait lentement. Il finit par passer du rouge au jaune.

— Nous y sommes presque, annonça le chef mécanicien. Je vais désarmer les portes.

Cette annonce réconforta un peu Gamay, le regard rivé sur l'horloge. Six minutes s'étaient écoulées. Elle avait hâte de voir son mari sortir de cette salle afin de pouvoir le serrer dans ses bras.

Le chef mécanicien abaissa un certain nombre de manettes puis vérifia son tableau de contrôle. Ce qu'il vit l'inquiéta : il examina les contacts et vérifia les voyants.

— Qu'est-ce qui ne va pas ?

— Les portes ne réagissent pas, répondit-il. Je les ai débloquées mais elles restent sur le mode « fermeture ».

— Est-ce que l'incendie aurait pu les endommager ?

— J'en doute. Elles sont conçues pour y résister.

Il manipula encore à plusieurs reprises les commandes, vérifiant autre chose.

— C'est l'ordinateur qui bloque les instructions.

— Pourquoi ?

Sur sa droite, Gamay vit Leilani se lever.

— Je sais pourquoi, dit-elle. Otero l'a trafiqué.

— Otero est enfermé, dit le chef mécanicien.

— Marchetti m'a dit que c'était un génie de l'informatique, répliqua-t-elle. Il aurait pu brancher à l'avance je ne sais quel dispositif qui puisse, au cas où il serait pris, déclencher une panne et empêcher Marchetti d'intervenir. Comme il l'a fait avec les robots.

Le chef mécanicien essayait toujours de débloquer le système informatique.

— Pas de doute, déclara-t-il, c'est bien l'ordinateur. Tout le reste fonctionne normalement.

Gamay sentait sa tête tourner : comment ce type pouvait-il tout contrôler depuis sa prison ?

— Il faut descendre là-bas et le forcer à désactiver le programme qu'il a déclenché, dit Leilani. S'il le faut, avec un revolver sur la tempe.

Gamay était en plein désarroi. Quand elle pensait à son mari coincé dans la salle des machines pleine de vapeurs toxiques et à court d'air, elle oubliait ses beaux principes.

— Gamay, insista Leilani. Ces gens m'ont déjà fait perdre un être cher. Rien ne vous oblige à les ménager.

Sur l'écran de contrôle, l'indice de température était au vert et l'horloge approchait de la septième minute : Paul avait une réserve d'air de trois minutes.

— Très bien, dit Gamay. Mais pas d'arme à feu.

Le chef mécanicien se tourna vers un de ses hommes.

— Rocco, remplace-moi. Je vais avec elles.

Leilani empoigna le bouton de la porte et l'ouvrit. Gamay la suivit jusqu'à l'ascenseur pour gagner la cabine qui faisait office de prison, sans savoir le moins du monde ce qu'elle ferait quand elle serait là-bas.

Dans la salle des machines, Paul était agenouillé auprès de l'homme d'équipage. Il s'agenouilla et le fit rouler sur le dos. L'homme n'eut aucune réaction. Paul ôtait ses gants pour lui prendre le pouls quand Marchetti vint le rejoindre.

Paul garda sa main en place, espérant percevoir un pouls, si faible qu'il soit.

— Je suis désolé.

— Bon sang, fit Marchetti. Tout cela pour rien.

— Pas totalement pour rien, dit Paul en braquant sa lampe sur une meurtrissure sombre qu'on distinguait sous la nuque de l'homme. Il palpa les vertèbres mais ne détecta aucune rigidité.

— Qu'y a-t-il ?

Paul se pencha pour éteindre la radio de Marchetti, au grand étonnement de ce dernier, puis fit de même avec la sienne.

Certain maintenant que personne ne l'écoutait, Paul sentait qu'il pouvait parler librement. En général peu enclin à avancer des hypothèses aussi hasardeuses, il préférait garder son calme et se montrer rationnel en laissant les autres crier à la théorie du complot, mais il ne trouvait cette fois aucune autre explication à tout ce qui se passait.

Il regarda Marchetti droit dans les yeux et parla assez fort pour que celui-ci puisse l'entendre à travers leurs masques.

– Cet homme n'est pas mort asphyxié par la fumée ou étouffé par la chaleur. Il a le cou brisé.

– Brisé ?

Paul hocha la tête.

– Cet homme a été victime d'un meurtre, monsieur Marchetti. Vous avez un saboteur à bord.

Marchetti avait l'air abasourdi.

– C'est la seule explication à l'incendie et aux défaillances du système informatique. Comme vous êtes ici avec moi, je suppose que ce n'est pas vous. Mais ce pourrait être n'importe qui d'autre. Un membre de l'équipage ou même un passager clandestin. Probablement quelqu'un qui a des liens secrets avec Otero ou Matson. Je suggère que nous gardions cela pour nous en attendant de découvrir de qui il pourrait s'agir.

Marchetti contempla le corps sans vie de l'homme puis son regard revint se poser sur Paul. Il acquiesça.

Paul rebrancha sa radio et redressa le cadavre. Marchetti ralluma la sienne.

– Nous nous dirigeons vers la porte principale, dit-il en s'adressant à ceux qui se trouvaient sur la passerelle.

Descendus jusqu'au pont inférieur, Gamay, Leilani et le chef mécanicien s'approchaient du cachot. Le chef mécanicien utilisa sa clef pour ouvrir la porte de la cellule. Gamay s'avança. Otero, assis sur son siège, leva vers elle un regard haineux.

– Nous savons que vous avez saboté le système informatique, dit-elle. Mon mari est prisonnier dans la salle des machines après avoir lutté contre l'incendie. Vous êtes sûrement capable de débloquer les portes pour qu'il puisse sortir.

– Pourquoi ferais-je ça ?

– Parce que s'il ne s'en sort pas, c'est un meurtre, et c'est donc bien plus grave pour vous que tout ce que vous avez déjà pu faire.

Otero hocha la tête comme s'il pesait le pour et le contre.

— Bon sang ! cria Gamay. (Elle s'approcha et le gifla à toute volée.) Il y a des gens qui vous auraient déjà tué. Je me suis efforcée de les en dissuader, mais...

Elle empoigna l'ordinateur portable que tenait sous son bras le chef mécanicien et le posa devant lui.

Otero ne bougea pas.

— Je vous l'ai dit, on ne tirera rien de lui, dit Leilani.

Furieux, le chef mécanicien passa devant Leilani et se planta près de Gamay.

— Vous avez essayé votre méthode, maintenant, à moi.

Il s'arrêta devant Otero.

— Ouvrez cette foutue porte ou bien je vous colle une raclée jusqu'à vous faire oublier votre nom.

Otero recula légèrement mais parut à Gamay moins effrayé qu'il ne l'aurait dû compte tenu de la stature du chef mécanicien. Elle mit une seconde à comprendre pourquoi.

Le bruit bien reconnaissable d'un pistolet qu'on armait se fit entendre derrière eux : Gamay sentit son cœur se serrer.

— Personne ne va donner de raclée à qui que ce soit, lança Leilani.

Gamay se retourna avec précaution. Leilani tenait une autre arme que celle que Kurt lui avait reprise.

— Merci de vous être placée devant moi, dit-elle. Je me demandais comment vous descendre tous les deux en même temps.

Paul et Marchetti attendaient devant la porte principale de la salle des machines. Le temps passait.

— Encore trente secondes, dit Marchetti. Au maximum.

Paul essaya de contrôler sa respiration. Il avait certainement consommé beaucoup d'oxygène à lutter contre le feu. Il espérait qu'en restant calme, il contrebalancerait ces efforts. Les dernières bouffées d'air qu'il avait respirées lui avaient paru un peu viciées. Mais d'une seconde à l'autre, il n'en resterait plus du tout.

– Vous arrivez, les gars ? cria Marchetti en tapant sur la porte.
– Ne gaspillez pas votre air, lui conseilla Paul.
– Il y a quelque chose qui cloche, constata Marchetti.

Il tambourina contre le panneau jusqu'à ce que le voyant de contrôle passe du rouge au jaune. Autour d'eux, on entendait le bruit des ventilateurs se mettant à aspirer la vapeur et les fumées, les indicateurs passant du jaune au vert.

Un instant plus tard, la poignée de la porte se mit à tourner. Dans un grand sifflement, le panneau s'entrouvrit tandis que l'air encore brûlant de la salle s'évacuait vers l'extérieur.

Leur soulagement fut de brève durée. De l'autre côté de la porte, ils aperçurent Gamay et sept autres membres de l'équipage, y compris le chef mécanicien, agenouillés, les mains croisées derrière la nuque. Juste derrière, braquant un véritable arsenal de fusils et de mitraillettes, se tenaient deux autres membres d'équipage ainsi qu'Otero, Matson et, oh surprise, Leilani Tanner.

– Je crois que nous connaissons maintenant l'identité du saboteur, dit Paul. Vous n'êtes pas la sœur de Kimo, n'est-ce pas ?

– Je m'appelle Zarrina, dit-elle. Faites ce que je vous ordonne et je n'aurai pas à vous abattre.

CHAPITRE 31

ALLONGÉ SUR LE SABLE dans une ambiance crépusculaire, Kurt observait, à huit cents mètres de là, les deux étranges avions à réaction qui étaient passés au-dessus d'eux, ainsi qu'un troisième appareil du même type qu'ils n'avaient pas vu approcher. Tous trois étaient stationnés dans le lit d'un lac asséché qui leur tenait lieu de piste d'atterrissage.

Il sortit de sa poche les jumelles prises sur le cadavre du garde au fond du puits et, après avoir brossé de la main le sable qui recouvrait les lentilles, les porta à ses yeux.

– Tu avais raison. Ce n'est pas tout à fait Kennedy Airport.

– Un lac asséché comme piste d'atterrissage, répondit Joe, mais qu'est-ce que qu'ils fichent là ?

Kurt apercevait maintenant les hommes de Jinn qui jaillissaient du sol et s'affairaient de toute part. Non loin de là, un groupe de camions attendait, moteur tournant au ralenti, des panaches de fumée de diesel sortant de leurs tuyaux d'échappement. Trois chariots élévateurs chargeaient de grandes caisses de matériel, alors qu'un camion-citerne émergeait lentement de la paroi rocheuse.

Tout cela ressemblait de plus en plus à une fourmilière en pleine activité.

– Il doit y avoir partout des rampes et des tunnels.

– Tu ne vois pas ce qu'ils transportent ? demanda Joe.

Kurt distinguait les larges portes des soutes qui s'ouvraient près de la queue des appareils, mais ne vit rien qui en sortait.

— Ils ne livrent pas de fret, observa Kurt. Ils en chargent. Des pilotes discutent avec celui qui semble diriger l'opération.

— C'est donc le jour du déménagement.

— Ou du débarquement.

— Peux-tu lire les numéros d'immatriculation des appareils ? Ça pourrait nous aider.

Malgré le soleil qui se couchait et la nuit qui tombait, Kurt essaya de zoomer sur l'appareil le plus proche.

— L'empennage de la queue est blanc. Pas la moindre inscription. Je suis pratiquement certain qu'ils sont de fabrication russe.

— Peux-tu les identifier ?

— Ils ont l'air d'avoir été modifiés. Leur train d'atterrissage possède les six roues d'un An-70, leur grande rampe arrière est semblable à celle d'un C-130 ou de n'importe quel avion de transport militaire, mais il y a quelque chose de différent dans la silhouette, on dirait presque…

Kurt se souvint tout d'un coup de cet appareil au dessin inhabituel, qu'il avait vu deux ans plus tôt lutter contre un incendie au Portugal.

— Ce sont des Altairs modifiés, expliqua-t-il à Joe. Des Beriev Be-200, de véritables navires volants à réaction. Ils se posent sur un lac et embarquent quatre mille litres d'eau qu'ils larguent sur le foyer d'incendie.

Joe semblait déconcerté.

— Qu'est-ce que Jinn peut faire d'un avion qui lutte contre un feu ? D'ailleurs, il n'y a pas beaucoup d'eau à embarquer dans les parages.

Observant le camion-citerne qui venait se ranger près du premier appareil, il comprit soudain.

— Voilà comment ils transportent les nanorobots jusqu'à la mer !

— Dans les réservoirs d'eau ? interrogea Joe.

Kurt acquiesça.

— Il y a en ce moment un camion-citerne garé le long d'un des appareils mais, à moins qu'un imbécile ait installé le clapet du réservoir de carburant du mauvais côté, ce n'est pas de l'essence qu'ils pompent.

— Il ne s'agit donc pas d'une simple escale, dit Joe. Et la maquette du barrage ?

Kurt lui tendit les jumelles.

— Regarde auprès de la file de camions.

Joe s'exécuta.

— Je vois des barils jaunes sur des palettes, dit-il.

— Ça ne te rappelle rien ? lui demanda Kurt.

Joe acquiesça et braqua les jumelles sur l'avion.

— Personne ne s'en occupe. Mais sur l'appareil le plus proche, ils ont l'air d'embarquer des armes et des munitions, et je crois apercevoir deux Zodiac comme ceux utilisés par les commandos de marines.

— On dirait que nos amis envisagent d'aller dans un endroit où il y a un peu plus d'eau qu'ici, dit Kurt.

— Regarde donc si tu ne vois pas une fontaine publique dans les parages, dit Joe en lui tendant les jumelles.

— Désolé, camarade. Je crois que nous venons de quitter l'unique point d'eau du quartier. Et il était à sec, inutilisable.

Joe essaya de se débarrasser de la poussière et du sable qui lui desséchaient la gorge pendant que, de son côté, Kurt faisait de son mieux pour ne pas penser à la soif qu'il ressentait.

— Peut-être, dit-il pour changer de sujet, que nous nous trompons et que la maquette du barrage n'a aucun rapport avec le diagramme que tu as aperçu dans l'atelier ni avec ce qui se passe dans l'océan Indien.

— Tu penses qu'il y aurait deux cibles ?

— C'est possible, précisa Kurt, puisqu'ils possèdent deux moyens de transport différents pour acheminer ces nanorobots. Ils mènent sans doute deux opérations distinctes.

— Aurions-nous sous-estimé notre charmant camarade ?

— Peut-être bien.

— Que veux-tu faire ?

— Ma première idée était de prendre un vol pour nous échapper, dit Kurt, mais il semble maintenant que nous ayons le choix... Que suggères-tu, camion ou avion ?

— Camion, dit Joe.

— Vraiment ? s'étonna Kurt. Les avions sont pourtant plus rapides. Et nous possédons tous les deux quelques notions de pilotage.

— Pas sur ces engins-là.

— Ce sont tous les mêmes, insista Kurt.

— As-tu jamais calculé, dit Joe d'un ton réprobateur, combien d'ennuis nous a valu ton éternel optimisme ? Ils ne sont absolument PAS tous les mêmes. Et même si c'était le cas, où irais-tu après avoir pris le contrôle de l'appareil ? Nous sommes au Moyen-Orient. Dans ce coin-là, les avions qui franchissent les frontières sans autorisation ne font pas long feu. Les Saoudiens, les Israéliens, la Septième Flotte, n'importe qui pourrait nous abattre avant même que nous puissions expliquer pourquoi nous survolons une zone interdite.

Kurt était navré d'en convenir, mais il fallait bien reconnaître que Joe n'avait pas tort.

— D'ailleurs, ajouta Joe, ces avions pourraient atterrir dans un endroit pire qu'ici. Les camions, eux, doivent suivre des chemins tracés et ne pas trop s'éloigner de la civilisation en partant d'ici. Il n'existe qu'un petit nombre de routes qu'un camion peut emprunter et de villes où il peut se rendre. Mon avis, c'est de monter sur l'un d'eux.

— À l'arrière ? Avec dix milliards de ces petites machines qui mangent tout ?

Joe prit les jumelles des mains de Kurt et les braqua sur les barils rangés à côté des camions alignés.

— À en juger par la façon dont les hommes de Jinn gardent leurs distances, je devine qu'ils savent ce que contiennent ces barils. C'est un élément qui joue en notre faveur. Il va les tenir à distance et réduira nos risques d'être découverts et jetés une seconde fois dans ce fichu puits.

Kurt resta silencieux.

— Et, ajouta Joe qui se sentait sur le point de le convaincre, si on nous découvre dans un de ces camions, nous pourrons toujours sauter à terre et nous enfuir. C'est plus facile à faire qu'à dix mille mètres d'altitude.

Kurt ne se rappelait pas avoir vu Joe insister avec une telle obstination.

– OK. Tu m'as convaincu.

– Vraiment ?

– Quand tu as raison, tu as raison, dit Kurt en secouant la poussière de son uniforme. Et, en l'occurrence, tu as raison, mon ami.

Très content de lui, Joe rendit les jumelles à Kurt qui les remit dans sa poche.

– On y va ?

– On y va.

Le soir tombait. Une nuit sans lune obscurcissait maintenant le désert. Le chargement des avions russes se poursuivait, les hommes allumant quelques projecteurs pour utiliser la lumière des phares d'un certain nombre de jeeps et de blindés.

Kurt et Joe purent ainsi se glisser sur les lieux du chargement car les hommes qui se trouvaient dans la zone éclairée ne pouvaient pratiquement rien distinguer de ce qui se passait dans l'obscurité.

Kurt et Joe tirèrent leur keffieh pour dissimuler leur visage. Certes leur tenue était sale et dépenaillée, mais elle ne différait guère de celle des hommes qui travaillaient alentour.

– Attrape n'importe quoi, murmura Joe en ramassant une petite caisse. Ils ont tous l'air occupés. Ils marchent d'un pas affairé et transportent toujours quelque chose.

Kurt suivit ce conseil et tous deux s'avancèrent dans la zone de chargement sans attirer la moindre attention. Ils ne tardèrent pas à repérer la rangée de barils jaunes. Il n'en restait plus qu'une dizaine sur peut-être soixante.

Kurt les montra du doigt mais, au moment où ils s'approchaient, quelqu'un les interpella en arabe.

Kurt se retourna et aperçut, debout à côté de la file de camions, le barbu qu'on appelait Sabah. Kurt comprit deux ou trois mots, dont celui de fainéants.

Sabah tendait le bras en désignant un chariot élévateur inutilisé.

Levant la main, Kurt fit signe qu'il avait compris et s'approcha.

— Je crois qu'il veut que nous utilisions le chariot, marmonna Kurt.

— Tu sais comment ça marche ? demanda Joe en lui emboîtant le pas.

— J'ai vu des ouvriers s'en servir. Ce ne doit pas être très compliqué.

Joe le suivit. Il se dirigea sans enthousiasme vers la machine orange et grise, le regarda grimper sur l'engin et tenter de se familiariser avec les commandes.

Sabah se remit à vociférer.

— Tu ferais mieux de le faire au moins démarrer.

Kurt trouva la clef de contact, et la tourna : le moteur se mit en marche.

— Monte, dit-il.

Joe grimpa sur le côté du chariot et se cramponna.

Kurt repéra la pédale d'embrayage et le levier de vitesses. Il y en avait trois : première, seconde et marche arrière. Kurt passa en première et accéléra légèrement.

— On ne bouge pas, murmura Joe.

— Je le vois bien.

Il embraya plus résolument et appuya plus fort sur l'accélérateur. Le moteur se mit à tourner plus vite, la vitesse s'enclenchant, et la lourde machine fit un bond en avant comme si c'était un élève déjà trois fois recalé à son permis qui la conduisait.

Sabah faisait de grands gestes d'impatience en leur désignant la rangée de barils jaunes.

Kurt vira dans cette direction. Devant lui, un chariot élévateur soulevait une palette chargée d'un baril jaune qu'un autre ouvrier s'empressa de fixer au tablier avec un câble métallique. Personne apparemment n'avait envie de voir ces barils se renverser.

Le chariot recula, l'ouvrier encore cramponné à l'avant de la machine.

— Bien joué, dit Kurt. Maintenant, tu ferais bien de nous trouver un câble.

Joe en découvrit un accroché au toit de l'élévateur. Il le libéra et sauta sur le sol.

Pendant que Joe se dirigeait vers les barils, Kurt s'efforçait de guider l'engin pour qu'il s'aligne sur les autres. Il voulut abaisser les fourches de l'élévateur, mais elles prirent la direction opposée et s'élevèrent, menaçant de renverser les barils.

Il écrasa la pédale de frein et la mâchoire de l'engin s'arrêta net. Joe le regardait, les yeux exorbités, et Kurt ne pouvait vraiment pas lui en vouloir. Après avoir réussi à placer les fourches à la bonne hauteur et sous un angle convenable, Kurt avança de nouveau et souleva la palette.

Joe serra de toutes ses forces la boucle du câble pour la maintenir sur le chariot et, les deux pouces levés, salua Kurt.

Avec les plus grandes précautions, Kurt fit machine arrière et se dirigea lentement vers la file de camions en roulant dans les traces de l'élévateur précédent.

Devant lui, il aperçut cinq camions, tous avec des plateaux bâchés. Celui de tête semblait déjà chargé, mais on continuait à remplir les autres.

Sabah leur désigna le dernier véhicule de la file. Kurt avança dans cette direction. Il s'arrêta contre le pare-chocs arrière du camion et souleva son chargement. Lorsque la palette fut au niveau du plateau, Joe détacha le câble qui la maintenait et la poussa en avant pour la faire glisser sur un rouleau disposé sur le plateau. Puis il la cala auprès des autres palettes de barils. Le travail terminé, Joe descendit du camion.

— Te rends-tu compte qu'on pourrait nous accuser d'assistance envers l'ennemi et de complicité ? dit-il tandis que Kurt reconduisait l'élévateur vers la file d'attente.

— Nous pourrons omettre ce détail du rapport, dit Kurt. Un simple oubli.

— Bien excusable.

— Absolument, dit Kurt. Quand nous chargerons le dernier baril, tu resteras sur le plateau du camion pendant que j'irai garer l'élévateur. Je te rejoindrai quand personne ne regardera.

À cet instant, ils virent Jinn et quelques-uns de ses hommes déboucher du tunnel. Sabah leva une main comme le ferait un agent de la circulation et toute activité s'interrompit pendant qu'il allait prendre les ordres de son maître. Un autre groupe avait rejoint Jinn avec, parmi eux, la jeune femme que Kurt soupçonnait être la vraie Leilani. Kurt arrêta le moteur de son engin en espérant surprendre la conversation.

— Tu l'emmènes avec nous ? demanda Sabah.

— Oui, dit Jinn. Le complexe n'est plus sûr.

— Je vais contacter Xhou. Les Chinois sont des fourbes, mais qui veulent toujours sauver la face. Voilà pourquoi il a envoyé Mustafa. Maintenant il va redoubler d'efforts et libérer des fonds supplémentaires. Il ne posera pas de problème tant qu'on n'aura pas oublié cet échec. Et cela nous laissera le temps de tout contrôler.

— Ce n'est pas le Chinois qui m'inquiète, dit Jinn. L'Américain avait raison. Son gouvernement va se montrer plus agressif. Ces gens-là se moquent bien des frontières. Nous ne sommes pas en sécurité ici.

— Nous verrons bien, dit Sabah.

— J'ai besoin d'une nouvelle base, insista Jinn, inconnue de tous. Et je dois faire davantage pour assurer la réussite de notre projet, ce que je ne peux pas faire d'ici.

Il désigna la femme.

— Tiens-la à l'écart jusqu'à ce que le chargement soit terminé. Puis embarque-la sur le troisième appareil, à l'écart des hommes. Je ne veux pas qu'ils l'approchent.

— Il faudra la surveiller de près, recommanda Sabah.

— Elle est brisée. Elle fera bientôt tout ce que j'exige mais, si tu dois la faire surveiller, dépêche deux gardes, pas davantage. Et préviens-les, Sabah, que s'ils la touchent, je les attacherai à un piquet et j'y mettrai le feu.

Sabah acquiesça. Il choisit deux hommes qui emmenèrent Leilani vers l'un des avions sur la piste de sable. Kurt et Joe, qui n'avaient rien perdu de la scène, échangèrent un regard.

Kurt remit en marche le moteur du chariot et vira sans bruit vers le dernier baril jaune. Il le chargea rapidement maintenant qu'il savait manœuvrer l'engin. Joe fixa solidement le baril et remonta sur le chariot.

— Je sais ce que tu penses, dit-il.

— N'essaie pas de m'en dissuader.

— Je m'en garderais bien si j'en étais capable, répondit Joe. Tu veux un coup de main ?

— J'aimerais bien, dit Kurt. Mais il faut trouver où vont ces barils pour avertir celui à qui ils sont destinés. De cette façon, nous ne mettons pas tous nos œufs dans le même panier.

Ils avaient rejoint le camion. Kurt saisit la commande de levage et commença à soulever le baril.

— Dès que tu auras retrouvé la civilisation, contacte Dirk. Il faut prévenir Paul et Gamay qu'il y a une taupe avec eux.

Joe fit oui de la tête.

— Une fois que tu auras mis la main sur cette fille, sors de ce guêpier. N'aie surtout pas les yeux plus gros que le ventre.

Les deux hommes se regardèrent un moment. Chacun avait sauvé l'autre d'innombrables embûches. Ils n'avaient pas l'habitude d'agir en solo. « *Se battre ensemble, survivre ensemble* », disaient-ils souvent. Mais, dans ce cas précis, cela signifiait soit abandonner une jeune femme à un sort redoutable, soit scinder en deux leurs chances d'alerter le monde et leurs amis d'un danger imminent.

— Tu es sûr ? demanda Joe.

— Comme dit la chanson, tu prends la route du bas et moi celle du haut, et je retrouverai la civilisation avant toi.

— Donne-moi donc une définition du mot « civilisation », dit Joe en détachant le baril.

— Quelque part où on peut prendre un Coca glacé si on en a envie et où personne n'essaie de vous tuer. Le dernier arrivé invite toute l'équipe à dîner à la Citronnelle.

Joe acquiesça, pensant sans doute déjà au menu.
— Prêt ? demanda-t-il en fixant le baril à sa place.

Kurt regarda autour de lui, à la fois inquiet et soulagé. Les camions n'étant pas conçus pour faire du tout-terrain en plein désert, ils devraient emprunter de vraies routes. Et même dans un pays comme le Yémen, cela les conduirait jusqu'à des zones civilisées. Avec de la chance, avant l'aube, Joe étancherait sa soif et téléphonerait à la NUMA.

Kurt savait que ce qui l'attendait était plus incertain.

Joe souleva la bâche qui couvrait l'arrière du camion et jeta un coup d'œil à Kurt.

— *Vaya con Dios*, mon ami.
— Toi aussi, dit Kurt.

La bâche retomba, faisant disparaître Joe et Kurt, sans se retourner, ramena l'élévateur à son parking.

Maintenant, il lui fallait découvrir dans quel avion avait embarqué Leilani et réussir à se faufiler à bord sans être vu.

CHAPITRE 32

Dans le camion, Joe Zavala s'était blotti entre les barils et la paroi de la cabine. Personne ne l'avait vu. À part un bref regard depuis l'arrière du camion pour compter les barils, personne n'avait rien vérifié. Apparemment, la bâche était bien en place. Les portières claquèrent, le gros camion démarra et bientôt, ils roulaient à travers le désert.

De temps en temps, il jetait autour de lui un coup d'œil furtif. Mais hormis les ténèbres, le sable et les autres camions du convoi, rien. Il se demandait quelle était leur destination. Au bout de quatre heures, le camion ralentit.

– J'espère qu'on va faire une pause, murmura-t-il tout bas.

Le camion finit effectivement par s'arrêter. Joe souleva la bâche mais ne vit aucun signe de civilisation.

Il se demanda s'il allait tenter sa chance et sauter du camion. Il n'avait pas la moindre idée de l'endroit où il était et il ne voulait surtout pas se retrouver à pied, sans eau, perdu au milieu du désert.

De plus, sans qu'on sache pourquoi, son camion avait pris la tête du convoi et était maintenant suivi par les autres véhicules, tous phares allumés. Sauter à terre maintenant, serait aussi périlleux qu'escalader un mur de prison en plein jour. Il devait attendre une occasion plus propice.

Des cris et des ordres jaillirent dans l'obscurité. Le camion recula, fit une embardée, pencha en avant et franchit un fossé tandis que la remorque tanguait chaque fois que les roues franchissaient un obstacle. À l'arrière, les barils jaunes brinquebalaient, Joe s'efforçant de maintenir en place les plus proches.

— *Doucement avec tous ces cahots*, chuchota-t-il.

Soudain, le camion piqua du nez comme s'il descendait une rampe. Une nouvelle fois les barils glissèrent sur le plateau. Joe sentait son inquiétude grandir.

Le camion se redressa au bout d'une quinzaine de mètres, roula sur un terrain moins accidenté avant de finir par s'arrêter. Le chauffeur et son passager descendirent en claquant leurs portières. Joe vit s'approcher puis s'infiltrer sous la bâche les lumières du second camion qui les suivait.

Il écouta les éclats de voix qui retentissaient de toutes parts dans une sorte d'écho. Le sol était lisse et, pour la première fois, les moteurs des camions étaient arrêtés.

« Je suis dans un entrepôt. »

Cela signifiait qu'ils étaient retournés à la civilisation : les ordinateurs, les téléphones, l'eau courante et peut-être même un distributeur de Coca quelque part. Un sourire éclaira son visage.

Il n'avait qu'à attendre que tous les véhicules se garent pour la nuit avant de se faufiler sans se faire remarquer.

Dans des relents de vapeur de mazout, les autres camions manœuvraient dans cet espace assez étroit. Le dernier moteur finit par s'éteindre, les voix s'éloignaient.

« Allons, tout le monde dehors. Et après ça, une bonne bière », murmura-t-il.

Au bout de quelques minutes de silence, il estima pouvoir bouger sans risque. S'il y avait des gardes, ils étaient probablement postés à la porte afin d'empêcher les gens d'entrer dans l'entrepôt, pas d'en sortir.

Joe passa devant les barils et se dirigea vers l'arrière du plateau.

Dans quelques minutes il serait loin de tous ces problèmes, en train de téléphoner à la NUMA pour transmettre aux militaires une description des Be-200. Un balayage par satellite permettrait alors de repérer les avions en vol. On pourrait faire appel aux Forces Spéciales et Leilani Tanner aurait ainsi de meilleures chances d'être sauvée car Kurt était tout seul, armé d'un seul pistolet volé à un garde.

Joe serait LE responsable de leur salut. Il n'était pas mécontent de cette occasion et se réjouissait déjà en imaginant Kurt régler l'addition à la Citronnelle et reconnaître qu'IL l'avait sauvé.

Arrivant devant le hayon du plateau, il souleva doucement la bâche pour jeter un coup d'œil. Dans l'entrepôt, il faisait nuit noire. Il ne distinguait que le nez du camion voisin collé au pare-chocs arrière du sien.

« Rudement bien garé », admira-t-il.

Il tendit l'oreille, percevant au loin comme un bruit de moteur ou peut-être le diesel d'un train de marchandises. Un train, cela voulait dire des rails, et les rails menaient quelque part.

Joe était de plus en plus excité.

Il détacha les courroies qui maintenaient la bâche, enjamba le rebord du plateau et se laissa tomber. En se tournant pour se glisser entre les deux camions, il éprouva une sensation étrange, une sorte de vertige. Peut-être était-il resté trop longtemps assis, ou peut-être la déshydratation lui donnait-elle le tournis.

Il posa la main sur l'autre camion et se faufila entre deux rangées de véhicules. Ils étaient garés si serré qu'il devait pousser les rétroviseurs extérieurs pour ne pas les casser. Il parvint enfin à aller jusqu'à ce qu'il supposait être la porte par laquelle ils étaient arrivés.

Mais le vertige le reprit. Il commençait à craindre, les genoux flageolants, que des nanorobots échappés d'un baril aient pénétré dans son oreille. C'était le problème avec des choses si minuscules qu'elles étaient irrepérables. On ne savait jamais où les chercher.

« Un coton-tige, marmonna-t-il en se frottant l'oreille, mon royaume pour un coton-tige. »

Il recouvra son équilibre, fit un pas en avant mais cette fois, la sensation fut plus marquée. Il avait l'impression d'être poussé d'avant en arrière. Entendant un grincement, il s'immobilisa. La sensation persistait. Ce n'était ni son imagination ni le vertige. Ce n'étaient pas non plus les bots qui lui faisaient perdre l'équilibre. C'était une impression bien réelle et extrêmement familière.

Son cœur se mit à battre. Il avança plus rapidement entre les camions. Lorsqu'il atteignit une porte métallique au bout de la rangée, il sentit le sol bouger sous ses pieds, suivant un rythme régulier.

Le hurlement d'une sirène de brume lui confirma ce qu'il avait déjà deviné. Il se trouvait sur un bateau et non pas dans un hangar. L'étrange sensation qu'il éprouvait sous ses pieds était due au tangage d'un cargo fendant les vagues.

Le pont s'élevait et retombait. Ce n'étaient pas des mouvements très prononcés, juste de quoi le faire trébucher dans l'obscurité, mais ils étaient bien reconnaissables.

Joe chercha le verrou de la porte. Il était fermé.

Il se rappela avoir dit fièrement à Kurt : « Il n'y a pas tellement de routes ni tellement d'endroits où un camion peut aller en partant d'ici. »

« Hé oui, songea-t-il. Sauf quand on embarque le camion sur un bateau. Alors il peut aller pratiquement n'importe où. »

CHAPITRE 33

Kurt Austin était coincé dans les toilettes, juste devant la soute. Il avait réussi à se faufiler à bord de l'avion en même temps qu'une partie de la cargaison, fondu dans la masse. Après avoir bu une douzaine de gobelets d'eau, il s'était juché sur le siège pour éviter qu'on le voie.

Le rideau tiré, il attendit, l'oreille aux aguets. On chargeait à bord des caisses et tout un matériel qu'on arrimait soigneusement. Il entendit quelqu'un jurer parce qu'on lui avait laissé tomber un colis sur les pieds, puis les commentaires des pilotes qui montaient à bord.

Des voix autoritaires lancèrent des ordres. Une femme répondit en anglais avec un accent américain : « Bon, ça va. Cesse de me bousculer. »

Kurt était certain qu'il s'agissait de la femme qu'il avait croisée et qu'il supposait être la sœur de Kimo. En tout cas, il avait pris le bon avion.

Quelques minutes plus tard, l'appareil s'engagea sur la piste. Kurt se tenait solidement, essayant désespérément de ne pas glisser de son perchoir. Puis l'avion fonça, les moteurs tournant à plein régime. Le décollage parut durer une éternité et Kurt fut soulagé quand l'appareil finit par prendre de l'altitude.

À en juger par la lenteur de la montée, l'avion devait être lourdement chargé et avoir fait le plein de carburant : cela voulait dire un long trajet.

Dans une certaine mesure, cela l'arrangeait. Tôt ou tard, quelqu'un devrait aller aux toilettes. Si c'était Leilani, il pourrait alors lui parler. Si c'était un des pilotes, il lui appuierait le canon de son revolver sur la tempe et prendrait le contrôle de l'avion. Si c'était un des gardiens de Leilani, il n'hésiterait pas à le tuer.

Après deux heures de vol, Kurt entendit un pas lourd venant de l'arrière de l'appareil. Il remit son revolver dans sa poche, sortit son couteau et recula le plus loin possible.

Ce fut un des gardes de Jinn qui se présenta le premier. L'homme saisit le rideau, l'écarta mais n'entra pas.

Kurt tenait son couteau fermement, prêt à frapper, mais heureusement le garde regarda vers l'arrière de la cabine et débita une plaisanterie à ses camarades.

Il finit par se retourner. Kurt l'empoigna, le fit pivoter, et lui plaqua une main sur le visage, l'empêchant de respirer jusqu'à ce qu'il ne perçoive plus le moindre souffle. Il installa délicatement l'homme sur le siège des toilettes et examina ses yeux au regard parfaitement éteint.

Il brandit le couteau. Aucune réaction.

Kurt n'aimait pas tuer, mais ce n'était pas le moment de faire du sentiment. Seul un groupe descendrait vivant de l'avion : soit les hommes de Jinn, soit Leilani et lui.

D'ailleurs, en constatant que c'était le chauffeur du camion qui les avait traînés Joe et lui à travers le désert, il éprouva moins de remords.

La suite de son plan était plus compliquée. Pour commencer, Kurt se servit du grand foulard qui entourait la tête du garde pour faire disparaître les traces de sang, puis adossa le corps contre la cloison.

L'homme avait à peu près la même stature que lui et portait la même tenue, mais il avait des cheveux noirs et clairsemés, tandis que ceux de Kurt étaient drus et grisonnants.

Comme l'avion était dans la pénombre, il décida de se mouiller les cheveux et de les aplatir sur son crâne. « Et de toute façon qui pourrait imaginer qu'il se passe quelque chose à dix mille mètres d'altitude ? »

De plus l'autre garde, qui avait vu son camarade aller aux toilettes, ne ferait probablement pas attention à lui.

Kurt écarta le rideau et se lança, gardant à tout hasard son couteau caché au creux de sa main.

Il s'avança d'un pas assuré vers Leilani et l'autre garde. La soute était bourrée de matériel : au moins deux des canots gonflables qu'il avait aperçus et, plus inquiétant, des rangées de ce qui semblait être des missiles sol-air.

Tout cet équipement ne laissait que peu d'espace aux passagers. Leilani et le gardien étaient assis l'un en face de l'autre dans des sièges pliants accrochés à la carlingue.

Le gardien lui jeta à peine un coup d'œil, puis appuya sa tête contre la cloison et ferma les yeux.

Leilani semblait assoupie.

Après tout, c'était le milieu de la nuit et, en dépit de la pressurisation de la soute, il avait du mal à respirer – la climatisation était sans doute réglée pour une altitude d'environ trois mille mètres et il était pratiquement impossible de dormir dans ces conditions.

Kurt s'assit à une trentaine de centimètres du garde, juste en face de Leilani. Une nouvelle fois, il troqua le couteau pour le revolver puis allongea la jambe pour lui donner une petite tape sur le pied.

Elle ouvrit les yeux et le vit avec un doigt sur les lèvres.

Kurt se rappela un détail que Kimo lui avait rapporté à propos de sa sœur : elle travaillait avec des enfants sourds, et par chance, Kurt connaissait le langage des signes.

Au prix d'un grand effort, il dessina par gestes « je... suis... un... ami » en espérant ne pas s'être trompé.

Elle parut surprise mais son regard était plein d'espoir. Au cas où il aurait mal formulé la phrase, il ajouta toujours par gestes quelque chose qu'elle devrait comprendre : « *N...U...M...A...* »

Alors qu'elle ouvrait de grands yeux, il posa de nouveau un doigt sur ses lèvres.

Puis, se tournant vers le garde, il tira le revolver de sa poche et l'arma. L'homme entendit le déclic et ouvrit les yeux.

— Pas un geste, ordonna Kurt.

Il s'empara de l'arme de son adversaire, qui ne broncha pas.

Kurt désigna l'arrière de l'appareil. Lorsque l'homme se tourna, Kurt en profita pour le frapper violemment à la tempe avec la crosse du revolver. Le garde s'effondra, mais il fallut un second coup pour le mettre k.o.

Lorsqu'il reprit connaissance, il était ligoté, bâillonné et Kurt finissait de l'attacher à un des canots auprès de la queue de l'appareil.

— Qui êtes-vous ? demanda Leilani.

— Vous ne pouvez pas imaginer, fit Kurt en souriant, comme je suis content que vous ne le sachiez pas.

Bien sûr, elle ne comprenait absolument pas ce qu'il voulait dire : Kurt avait décidé de se méfier de quiconque connaîtrait son identité avant qu'il se soit présenté.

— Je suis Kurt Austin. Je connaissais votre frère. J'appartiens à la NUMA. Nous cherchons à comprendre ce qui lui est arrivé.

— L'avez-vous retrouvé ?

— Non, répondit Kurt en secouant la tête, je suis désolé.

Elle réprima son émotion et prit une profonde inspiration.

— Je m'en doutais, dit-elle d'un ton calme. J'ai presque tout de suite senti qu'il avait disparu.

— Nos recherches, reprit-il, nous ont conduits à Jinn et, par la même occasion, à vous.

Elle jeta un coup d'œil nerveux vers la porte du poste de pilotage.

— Ne vous inquiétez pas, la rassura Kurt. Je ne pense pas qu'ils viennent avant un moment. Et si c'était le cas, ils vous verraient juste avec un des gardes.

Elle parut rassurée.

— Quand ces types vous ont-ils enlevée ? demanda-t-il.

— À Malé. Dès mon arrivée à l'hôtel.

En y repensant, elle fut parcourue d'un frisson de peur.

— J'ai malgré tout réussi à donner à l'un d'eux un coup de pied dans les dents, ajouta-t-elle fièrement. Il devra se contenter de potage durant quelques semaines. Malheureusement, les autres m'ont maîtrisée.

Elle s'exprimait avec entrain, et semblait plutôt mûre pour une jeune femme de vingt-cinq ans, très différente du portrait que Zarrina avait fait d'elle.

— Je me suis réveillée en plein désert, ajouta-t-elle. Impossible de m'échapper, d'autant que je ne savais même pas où je me trouvais. Ils m'ont interrogée et se sont emparés du mot de passe de mon ordinateur, de mes numéros de téléphone, de mon compte en banque et, bien sûr, de mes passeport et permis de conduire.

Voilà qui expliquait comment la fausse Leilani en savait si long sur elle et pourquoi l'ambassade américaine avait confirmé à la NUMA que Leilani Tanner se trouvait à Malé.

Elle semblait encore secouée.

— Je crois que Jinn me considère comme un cheval qu'il aimerait dresser, dit-elle. Il n'a de cesse de me toucher, de me répéter quel plaisir j'aurai à être à lui.

— Il n'aura pas l'occasion de le vérifier, dit Kurt. Je vais vous sortir de là.

— De l'avion ?

— Pas exactement. Avez-vous une idée de notre destination ? dit-il en changeant de sujet.

— Je pensais que vous le sauriez mieux que moi, dit-elle. Je suis prisonnière, vous vous souvenez ?

— Et moi, un passager clandestin. Joli couple.

Kurt s'approcha d'un des hublots. Malgré la nuit, il aperçut une surface grise et lisse parcourue de reflets.

— Nous sommes au-dessus de l'eau, annonça-t-il. La lune se lève.

Il jeta un coup d'œil à son poignet : plus jamais il ne laisserait sa montre en gage.

— Vous n'auriez pas l'heure, par hasard ?

Elle secoua la tête.

Joe et lui étaient arrivés à la base vers huit heures du soir. Il estimait que le chargement des camions puis l'embarquement avaient pris au total trois heures. L'avion était resté au sol encore deux heures et avait donc dû décoller vers une heure du matin.

Il regarda par le hublot du côté opposé. Même paysage : de l'eau, uniquement de l'eau.

Peut-être survolaient-ils la Méditerranée ? En deux heures de vol ils auraient pu traverser l'Arabie Saoudite, mais Kurt pensait plutôt qu'ils volaient vers le sud et qu'ils étaient donc au-dessus de l'océan Indien, une cargaison de nanorobots dans les barils.

Kurt se demandait quelle était leur destination. Si Jinn disposait d'une base secrète quelque part sur une île déserte, il avait beau écarquiller les yeux, il n'apercevait que la mer à perte de vue.

Leilani le regardait avec étonnement faire des allers et retours d'un hublot à l'autre.

– Que décidons-nous maintenant ? On cherche des parachutes ? Je crois les avoir entendus prononcer ce mot.

Kurt les avait déjà repérés.

– Ce sont des parachutes que les gens ne peuvent pas utiliser. Ils sont faits pour être fixés à des canots et permettre à un avion volant à basse altitude de les larguer sans avoir à se poser. C'est ce qu'on appelle le SPBA, Système de Parachutage à Basse Altitude.

Elle semblait déconcertée.

Il désigna les deux sacs de nylon posés à côté de chaque canot.

– Ce sont des parachutes pour freinage rapide, pas exactement faits pour sauter. Ils se déclenchent comme ceux qu'on utilise dans ces courses de Hot rods ou pour les capsules spatiales quand elles se posent.

– Bon, fit-elle. Vous avez d'autres solutions ?

– Je croirais entendre un vieux copain, dit-il en souriant.

– Il est dans l'avion ? demanda-t-elle, pleine d'espoir.

– Non, répondit Kurt. À l'heure actuelle, il est sans doute installé dans le salon des passagers de première classe à Doha, en train de consulter le menu de la Citronnelle en salivant.

Elle pencha la tête comme une enfant.

– J'ai du mal à vous suivre.

– Je vais être plus précis. Nous ne sauterons pas de cet avion, nous en prendrons le contrôle. Nous allons entrer de force dans le cockpit, ordonner aux pilotes de nous conduire dans un endroit sûr et, dès que notre atterrissage est en vue, je réserve au nom de Zavala une table dans ce restaurant qui s'appelle la Citronnelle.

– Vous saurez piloter cet appareil ?

– Pas vraiment.

– Alors, nous devrons les obliger à le faire, dit-elle en souriant, c'est ce qui se passe quand on détourne un avion.

– Exactement.

Elle regarda vers l'avant de la soute.

– Je n'ai rien vu qui ressemble à une porte blindée, dit-elle. Juste une échelle. Ce devrait être facile d'entrer de force.

– Le problème n'est pas là, dit Kurt. Comme nous volons à une assez grande altitude, l'appareil est pressurisé et un accrochage ou une balle perdue qui ferait voler en éclats les vitres du poste de pilotage provoqueraient une décompression rapide.

– Ce qui veut dire ?

– Une explosion vers l'extérieur : en gros, une violente aspiration qui nous précipiterait vers le pare-brise fracassé et nous entraînerait dans une descente en chute libre d'environ dix minutes vers l'océan. Ce qui semblerait plutôt plaisant comparé à l'arrêt brutal en bas.

– Ça ne me tente pas.

– Moi non plus, lui assura-t-il. Donc, si nous voulons nous emparer de l'avion sans risque, nous devons vraiment améliorer notre arsenal.

Suivi de Leilani, il se dirigea vers les palettes de matériel dans l'espoir de trouver quelque chose de plus sérieux qui pourrait leur servir d'arme.

Il fouillait le contenu de la première palette quand le hurlement des réacteurs diminua et descendit d'une octave ou deux. Puis ce fut cette étrange sensation d'apesanteur que donne un avion qui commence à perdre de l'altitude.

— On descend, dit Leilani.

— Nous allons bientôt arriver, dit Kurt. Il vaudrait mieux faire vite.

CHAPITRE 34

DE NOUVEAUX PATRONS DIRIGEAIENT maintenant l'île flottante d'Aqua-Terra. Sur la passerelle, Zarrina distribuait les ordres, Otero et Matson obéissaient.

Quelques ponts plus bas, Paul Trout explorait la prison cinq étoiles de Marchetti : baies vitrées occupant tous les murs, éclairage discret, coussins confortables. Il aperçut même une table de massage et un distributeur de jus de fruits.

Paul restait bouche bée devant l'appareil.

— Tiens, dit Marchetti depuis la table de massage. Pendant que vous y êtes, je prendrais bien un ananas-goyave.

Paul se tourna vers leur hôte. Il cambrait le dos comme un chat tandis que les palpeurs de massage japonais lui pétrissaient le dos de haut en bas.

— Oh, que c'est bon, murmura-t-il.

Paul trouvait cela le comble de l'absurdité et, en même temps, il avait hâte que Marchetti lui laisse la place tant leur lutte contre le feu lui avait endolori les muscles.

Il emplit trois gobelets d'un mélange ananas-goyave et les posa entre Marchetti, qui poussait des petits gémissements de plaisir, et Gamay qui le regardait d'un air sévère.

— Quand vous aurez tous les deux terminé votre cure, peut-être pourriez-vous essayer de trouver un moyen de nous sortir d'ici ?

— J'ai examiné les baies vitrées, dit Paul.

– Oh, déclara Marchetti, vous ne les forcerez jamais. Elles sont conçues pour résister à un vent de force 10.

– Et les portes ?

– Bloquées de l'extérieur par un verrou codé. Aucun moyen d'accéder d'ici au poste de contrôle. Vous l'avez peut-être remarqué, elles n'ont même pas de poignée.

– J'avais vu, répliqua Gamay.

Marchetti s'enfonça un peu plus sur sa table de massage dont les palpeurs continuaient à lui pétrir le dos, ce qui donnait à sa voix une diction saccadée :

– Je… trouve… que nous… devrions… rester… tranquilles… Pour… ménager… nos forces.

Paul vit briller un éclair de fureur dans le regard de Gamay. Il s'écarta précipitamment en la voyant se précipiter sur Marchetti et saisir l'interrupteur qu'elle arracha du mur.

Le massage s'arrêta brusquement. Marchetti restait abasourdi. Paul se dit que son tour ne viendrait jamais.

– Vous feriez mieux d'être sérieux, grommela-t-elle. Ces gens ne plaisantent pas. Cette garce de Zarrina vient de tuer un de vos hommes d'équipage et qui sait combien d'autres avant lui. Si nous ne nous échappons pas d'ici, ils nous massacreront aussi.

Marchetti se tourna vers Paul pour implorer de l'aide, en vain.

– Je suis navré, finit-il par dire. Nier les ennuis, c'est ma méthode préférée pour les affronter. Quand on dispose d'un milliard de dollars, les problèmes disparaissent si on les ignore suffisamment longtemps.

– Celui-là ne va s'évanouira pas tout seul, déclara Gamay.

Marchetti hocha la tête.

– Vous n'avez pas un protocole de sécurité ? demanda Paul. Des codes d'urgence ou un système de contrôle programmé qui signale votre absence ?

– Pas vraiment, répondit Marchetti en se grattant la tête. Être accessible dément l'image de milliardaire inabordable que je me suis toujours efforcé de cultiver.

– Comment dirigez-vous vos entreprises ? demanda Paul.

— Elles se dirigent presque toutes seules.
— Et si vous avez besoin de donner un ordre ? insista Gamay. Si l'une d'elles doit procéder à une grosse acquisition, conclure un marché ou opérer une fusion que vous seul pouvez approuver ?
— Je chargerais Matson de s'en occuper.
— Alors, conclut Paul, tant que Matson continue à communiquer avec le monde extérieur, personne ne saura que vous avez disparu.
— J'en ai peur, dit Marchetti.
Gamay avait l'air aussi consternée que Paul.
— Du moins jusqu'au jour où ils concocteront une histoire bien ficelée sur votre disparition, en raison d'une expédition ou d'une expérience dangereuse qui aurait mal tourné.
— Oui, soupira Marchetti. Je commence à percevoir les inconvénients de mener une vie de reclus.
— Ils sont nombreux, précisa Gamay. Bien des années avant son décès, des bruits avaient circulé sur la disparition de Howard Hughes. Tous probablement faux, mais le milliardaire avait fini par vivre dans un isolement tel que personne ne pouvait en être sûr. Vous êtes dans le même cas.
— Vous avez raison, reconnut-il. Et, à supposer que je m'en tire, je vous promets d'apparaître désormais davantage en public.
« Parfait, pensa Paul, mais cela ne les aidait pas dans l'immédiat. »
— Que croyez-vous qu'ils ont fait du reste de l'équipage ?
— Quelques-uns semblaient être dans le camp de Zarrina, insista Gamay.
— Les autres sont probablement emprisonnés comme nous. Il y a cinq cellules dans la cale.
— Nous avoir séparés, constata Paul, nous empêche de préparer un coup contre eux.
— Et vos collègues ? Ceux de Washington ? demanda Marchetti. Vous devez bien prendre contact régulièrement avec eux. Si vous ne donnez pas de nouvelles, ils se poseront certainement des questions.

Paul échangea un bref regard avec sa femme. Après tant d'années, ils se comprenaient sans avoir besoin de parler.

— Pas tout de suite, dit-il.

— Que voulez-vous dire ?

— Nous les contactons toutes les vingt-quatre heures, expliqua-t-il. Mais il ne sera pas difficile pour Zarrina et Otero de leur adresser de faux messages. Elle sait ce que nous cherchons. Je présume qu'il faudra un moment avant que quelqu'un se pose des questions.

— Peut-être que Dirk nous appellera, dit Gamay. Ils ne peuvent pas falsifier un contact vidéo.

— Non, dit Paul. Mais ils peuvent nous menacer de toutes sortes de représailles si nous tentons de diffuser la vérité. Ce que nous essaierons naturellement, malgré leurs menaces.

Gamay le regarda.

— Comment dire à Dirk, ou à n'importe quel autre interlocuteur, que nous avons des problèmes sans que nos ravisseurs le sachent ?

— Nous sommes des otages, ajouta Paul. Dirk s'est trouvé plusieurs fois dans ce genre de situation. Nous pourrions glisser le nom d'un des endroits où il a été fait prisonnier. Cela devrait l'alerter...

— Brillant, monsieur Trout, constata Marchetti. Un code secret.

— Le *Lady Flamborough*, s'exclama Gamay.

— Le quoi ?

— Le *Lady Flamborough*, répéta-t-elle. C'était un navire de croisière. Le père de Dirk, le sénateur, y était retenu en otage. C'est Dirk qui est allé le libérer. Si l'un de nous a l'occasion de parler à Dirk, jouons notre rôle devant Zarrina et ses acolytes. Nous dirons ce qu'ils veulent nous entendre dire. À un moment, Dirk posera une question d'ordre général du genre « comment allez-nous, quel temps avez-vous » ou quelque chose de ce genre. Nous n'aurons qu'à sourire tranquillement en disant que « tout va bien, comme si nous faisions une croisière sur le *Lady Flamborough* ».

– Et s'il ne comprend pas ? dit Marchetti.

– Vous ne connaissez pas Dirk Pitt, insista Paul. Il comprendra.

– Alors, c'est parfait, dit Marchetti, tout excité. Nous avons un plan, à supposer qu'ils coopèrent et vous demandent de lui parler. Mais s'ils ne le font pas ?

Marchetti se tourna vers Paul. Celui-ci ne trouva rien à répondre, pas plus que Gamay quand il la regarda à son tour. Aucun, à ce qu'il semblait, n'avait encore de plan B.

Tous avaient l'air soucieux. Gamay se pencha pour ramasser l'interrupteur et remit le massage en marche.

Marchetti parut surpris.

– Peut-être, dit-elle en haussant les épaules, que ça va vous aider à réfléchir.

CHAPITRE 35

Kurt Austin avait passé plusieurs minutes à fouiller la soute à bagages. Au grand étonnement de Leilani Tanner, il était passé sans s'arrêter devant les armes, les munitions et les fusées.

— Que faites-vous ? demanda-t-elle.

— « Un général avisé inspecte toujours les armes dont dispose son ennemi. »

— Décidément, dit-elle, j'ai vraiment du mal à vous suivre.

— C'est un conseil de Sun Tzu, expliqua Kurt, dans *L'Art de la Guerre*.

— D'accord, fit-elle. Lui, j'en ai entendu parler.

Il prit dans une caisse une poignée de ces menottes en plastique utilisées pour lier rapidement les mains des prisonniers et les glissa dans sa poche.

— Nos amis s'apprêtent à prendre d'autres otages, déclara-t-il, se demandant une nouvelle fois à qui elles étaient destinées.

Puis il se remit à fouiller les autres caisses.

— Que cherchez-vous d'autre ?

— Ils sont sans doute deux ou trois dans le poste de pilotage. Deux pilotes et un ingénieur mécanicien, s'ils en ont un. Peut-être même y a-t-il un quatrième type dans la couchette en haut du cockpit.

— Mais nous ne pourrons jamais tous les descendre, dit-elle. Comment allons-nous nous débarrasser d'eux ?

— Nous ne le ferons pas, répliqua-t-il.

— Vous voyez, j'ai du mal à vous suivre. Il y a un instant, je comprenais ce que vous disiez, et puis... pff, maintenant je ne vous suis plus du tout.

Kurt ne put retenir un sourire. Il leva un doigt comme le faisait le maître dans la série *Kung Fu* qu'il avait regardée à la télévision.

— « Combattre et conquérir, ce n'est pas l'excellence. Mais briser sans combat la résistance de l'ennemi, voilà l'accomplissement suprême. »

— Encore Sun Tzu ?

Il hocha la tête.

— Vous pouvez traduire ?

— Leur faire peur pour qu'ils ne tentent aucun geste stupide ni ne bougent un petit doigt. Mais pour obtenir ce résultat, il nous faut quelque chose de plus redoutable qu'un poignard et plus meurtrier qu'un revolver, quelque chose qui fasse tellement peur que le pilote fera ce que nous lui dirons de faire sans même envisager de résister.

Il souleva le couvercle d'une autre caisse et sourit tandis que la peur se lisait sur le visage de Leilani.

— Qu'est-ce que c'est ? demanda-t-elle.

— Faites-moi confiance, c'est exactement ce que nous cherchons.

Ils entendirent soudain les volets des ailes de l'avion s'ouvrir alors que des turbulences commençaient à secouer l'appareil.

— Nous allons atterrir, déclara Leilani.

Kurt regarda par le hublot. L'horizon s'éclaircissait et le ciel changeait de couleur. Mais aucune terre n'était en vue.

— Tout dépend de votre définition du mot « atterrissage ».

— Que voulez-vous dire ?

— C'est un hydravion. Il se pose sur l'eau.

Kurt hésitait : d'un côté, il voulait découvrir leur destination, et en même temps, il avait hâte d'intervenir avant l'arrivée.

Il avait entendu Jinn expliquer avoir besoin de gagner un endroit plus sûr. Ce serait merveilleux si Kurt pouvait l'indiquer à ses chefs.

Mais il songea aux barils entassés dans la soute, au chargement de nanorobots qu'il soupçonnait de transporter, et décida qu'il était préférable d'agir maintenant.

Il regagna son siège, sortit son poignard et ce qu'il avait extirpé de la caisse, puis se mit au travail.

— Je ne vais même pas vous poser de questions, dit Leilani en détournant les yeux.

Quand il eut terminé, il remit le poignard dans sa botte qu'il dissimula sous la jambe de son pantalon. Il prit ensuite un des Lugers 9 mm, en retira le chargeur qu'il vida aussitôt de toutes ses balles, y compris celle qui s'y trouvait engagée, et referma la culasse.

Il le tendit à Leilani avec le cran de sûreté ouvert.

— Je n'aime pas les armes à feu, déclara-t-elle.

— Dites-vous qu'il ne s'agit pas d'un revolver.

— Mais c'en est quand même un, insista-t-elle alors qu'il se dirigeait déjà vers l'avant de l'appareil.

— Pas sans balle. Il s'agit juste d'un gros coup de bluff et vous feriez bien de le brandir comme Clint Eastwood dans *L'Inspecteur Harry*... (Voyant sa réaction, il changea ses références :) ... ou comme Angelina Jolie, si vous voulez leur faire croire que vous allez tirer.

— Mais il n'en est pas question, protesta-t-elle.

En approchant de l'échelle qui accédait au cockpit, Kurt espérait que son bluff se révélerait efficace car il ne comptait pas sur Leilani pour se montrer vraiment convaincante.

— Restez derrière moi, sur ma droite, et braquez votre arme sur eux, expliqua-t-il.

— Rien d'autre ?

— Si. Tâchez de prendre l'air mauvais, dit-il en grimpant déjà les barreaux de l'échelle.

Les pilotes se retournèrent en entendant la porte s'ouvrir violemment. En découvrant Kurt, le pilote poussa un cri. Le copilote tendit la main pour déboucler sa ceinture mais Kurt leur montra alors ce qu'il tenait à la main.

Ils se figèrent en voyant la grenade que dégoupilla Kurt dans un geste théâtral, tout en serrant le cran de sûreté.

Leilani se posta auprès de lui, braquant d'un air très convaincant son revolver déchargé.

– Personne ne bouge, lança-t-elle.

Les pilotes étaient déjà figés sur place, cependant Kurt apprécia l'intervention de la jeune femme.

– Et restez à vos places, renchérit-il.

Le pilote se retourna vers les commandes.

– Les mains sur le manche, ordonna Kurt. Regardez droit devant vous.

Le copilote obéit, tout en murmurant en arabe quelque chose qui s'adressait au commandant.

– Vous essayez de la libérer ? Vous êtes stupide de risquer votre vie pour cette fille.

– Tais-toi, crétin ! grommela Leilani. Ou je te fais sauter la cervelle !

Elle se tourna vers Kurt, très fière d'elle.

– Ça va comme ça ?

– Il faudrait travailler un peu votre vocabulaire, mais ce n'est pas mal.

Il jeta un coup d'œil par le pare-brise. L'horizon commençait à se dessiner, mais le ciel était encore trop sombre pour qu'on puisse comprendre où s'arrêtait la mer et où commençait la terre.

Il distinguait devant eux les deux autres appareils grâce à leurs feux de navigation. Le plus proche semblait être à quinze cents mètres et voler mille pieds plus bas. L'appareil de tête était peut-être à cinq kilomètres et encore mille pieds plus bas que l'autre. Le groupe descendait. Kurt n'entendait aucun message et supposa que les pilotes respectaient le silence radio.

– Où nous emmenez-vous ? demanda-t-il.

– Ne réponds pas, ordonna le pilote.

Kurt ne tirerait rien d'eux. Il regarda l'altimètre, constata qu'ils étaient encore à huit mille pieds. Encore dix minutes de descente et ils seraient dans l'eau. Et pas la moindre terre en vue. Comme il ne pouvait guère menacer de faire sauter l'appareil s'ils ne lui répondaient pas, il décida qu'il avait assez attendu.

– Voici le marché, dit-il. Si vous voulez tous les deux avoir la vie sauve, vous allez faire ce que je vous dis.

– Sinon ? lança le copilote.

– Sinon, je ferai sauter l'appareil.

– C'est du bluff, s'exclama le copilote. C'est un Américain qui n'a rien dans le pantalon. Il n'aura jamais le...

L'homme n'avait pas terminé sa phrase que Kurt lui envoya un revers de main en plein sur la tempe. Sa tête pivota si violemment qu'il dut s'appuyer d'une main au fuselage pour ne pas perdre l'équilibre.

– Croyez-vous que j'ai envie de me retrouver aux mains de Jinn ? répliqua Kurt. Et vous ?

L'homme se tenait la tête en regardant Kurt d'un air de chien battu. Les deux pilotes échangèrent un regard. Kurt misait sur le fait qu'ils savaient comme lui quel genre de dingue était Jinn. Il était persuadé que les corps de ses employés découverts au fond du puits n'étaient pas les seuls dont il s'était débarrassé de cette façon.

Les deux hommes se mirent à discuter en arabe.

– En anglais ! hurla Kurt en assénant au copilote une nouvelle manchette.

L'homme lui lança un regard noir et se remit à chercher la boucle de sa ceinture.

– Vous avez raison, dit-il. S'il vous attrape, vous le supplierez de vous achever. Mais si nous vous laissons filer, ce sera pire pour nous.

On entendit le déclic de sa ceinture. L'homme se tourna sur son siège et se leva. Dans l'espace exigu du cockpit, il paraissait plus grand.

– Eh bien, dit-il, faites-nous sauter. Emmenez-nous tous au paradis.

Kurt le fixa, essayant de lui faire baisser les yeux, mais l'homme ne broncha pas. Comme Kurt ne cédait pas non plus, la situation paraissait sans issue.

— Très bien, dit Kurt en lâchant le cran de sûreté de la grenade qu'il lança sur le copilote. Elle le frappa de plein fouet et la terreur se peignit aussitôt sur son visage. Il chercha à la saisir avec la gaucherie d'un homme qui, sous sa douche, essaierait d'attraper une savonnette glissante sans y parvenir, et ne put que la repousser vers l'autre pilote.

Ce dernier, ouvrant des yeux grands comme des soucoupes, plongea pour l'attraper, mais Kurt le stoppa d'un puissant crochet du droit.

Kurt avait mis toute sa force dans sa détente. L'homme s'affala et retomba sur son compagnon qui tenait dans ses mains le manche à balai, ce qui fit aussitôt plonger l'appareil en piqué.

Emporté par son élan, Kurt heurta le plafond avant de retomber sur le plancher. Il saisit par sa ceinture le copilote encore inconscient et le tira en arrière, ce qui libéra de ce poids mort son camarade qui était aux commandes : la descente en piqué s'atténua tandis qu'un petit pistolet apparaissait soudain dans la main du pilote.

D'un swing du gauche, Kurt lui détourna le bras. Le coup partit, la balle frappa le copilote au flanc et un second projectile s'enfonça dans le siège.

Kurt essaya d'immobiliser le bras du pilote, mais il était mal placé et d'une secousse l'homme se libéra pour viser une nouvelle fois Kurt.

Celui-ci se pencha, et d'un revers de main poussa le manche à balai. L'appareil se mit à tanguer tandis que le pilote faisait feu une nouvelle fois.

La balle alla se planter dans le panneau du plafond pour exploser dans une gerbe d'étincelles. Des voyants rouges s'allumèrent en même temps que des alarmes se mettaient à sonner.

L'avion plongea vers la mer. Il devenait difficile de faire autre chose que de se cramponner à ce qu'on pouvait ; cependant Kurt parvint à décocher une nouvelle fois un swing au pilote avant de trébucher, entraîné par les mouvements de l'avion qui continuait à tomber en vrille.

Il se pencha pour prendre le poignard glissé dans sa botte juste au moment où le pilote braquait son arme sur lui.

Kurt détendit son bras et l'homme s'immobilisa, le poignard de Kurt planté en plein cœur. Son visage se figea, le pistolet tomba sur le plancher et, les yeux révulsés, il s'écroula.

L'appareil continuait sa chute. Kurt réussit alors à empoigner le manche et, peu à peu, les volets des ailes se redressèrent. L'avertisseur de proximité du sol s'était déclenché, une voix ne cessant de répéter « Redressez. Redressez. Redressez ».

C'était ce que faisait Kurt qui ne voulait pas prendre le risque d'arracher les deux ailes de l'appareil. Le nez de l'avion remonta lentement. Finalement, la vitesse diminua. Ils commencèrent à reprendre de l'altitude et remontèrent à mille pieds.

L'appareil stabilisé, Kurt inspecta du regard le cockpit. Il partageait maintenant le fauteuil du pilote mort. Son camarade, dans le même état, gisait sur le sol entre les deux sièges. Mais où se trouvait Leilani ?

— Leilani ? cria Kurt.

— Je suis là, dit-elle en passant la tête par la trappe de l'échelle.

— Que vous est-il arrivé ?

— Je suis tombée dans la soute, répondit-elle en s'approchant, encore un peu groggy. Je voulais ramasser quelque chose. Pourquoi n'a-t-elle pas explosé ? demanda-t-elle en saisissant la grenade.

— J'avais retiré la fusée, expliqua Kurt. Il y a toujours des explosifs à l'intérieur, mais ils ne sautent pas sans fusée.

Elle la posa quand même avec précaution dans un porte-gobelet.

— Faut-il que je ligote ces types ?

— Il est un peu tard pour ça, répondit-il. Ôtons celui-là de mon fauteuil.

Il se leva pour que Leilani déboucle la ceinture du pilote sans lâcher les commandes.

— Mais c'est vous qui pilotez ? fit-elle surprise.

— Dans une certaine mesure.

— Je croyais que vous ne saviez pas.

– J'aurais dû être plus précis. Je peux le faire monter et descendre, aller vite ou lentement. Je peux probablement lui faire suivre la bonne direction. Ce qui sera plus difficile, c'est de poser cette machine sans ouvrir un cratère fumant dans le sol ou le faire voler en éclats quand il touchera l'eau.

– Oh, fit-elle, pâlissant soudain.

– Mais j'apprends vite, dit-il, essayant de la rassurer. Et puis maintenant que ces deux-là sont morts, je n'ai plus vraiment le choix.

Kurt connaissait les principes de base. Il avait déjà piloté des appareils plus petits, mais jamais assez longtemps pour obtenir un brevet ou un permis. Contrairement aux avions militaires destinés à réaliser de hautes performances, les avions civils, conçus pour être stables, sont presque capables de voler tout seuls, bien que cet hydravion russe ait tendance à piquer du nez.

– Et votre histoire de parachutage à basse altitude ? Ne pouvons-nous pas sauter par l'arrière ?

– Nous pourrions essayer, mais juste à la fin...

Il examina le tableau de bord et repéra les commandes qui actionnaient la porte et la rampe arrière, mémorisant l'emplacement dans sa tête.

Ils étaient maintenant remontés à cinq mille pieds et avaient repris la route prévue. À quelques milles devant eux, il aperçut les deux autres appareils dont la silhouette se découpait sur un ciel de plus en plus clair.

– Ils ne savent pas ce qui s'est passé ? remarqua Leilani.

– C'est exact, répondit Kurt. Ils volent en silence radio, et sans radar tourné vers l'arrière, ils n'ont rien pu voir. Et ce qui est plus important, ils ne nous verront pas leur fausser compagnie et mettre le cap sur les Seychelles.

– C'est là que nous allons ?

Kurt avait trouvé sur un ordinateur une carte de l'océan Indien : les Seychelles étaient à quatre cents milles au sud-ouest, soit environ une heure de vol.

– C'est l'endroit civilisé le plus proche dans les parages, annonça-t-il. Et quand je dis civilisé, je veux dire un endroit avec un téléphone, un distributeur de Coca, et où personne ne cherchera à nous tuer.

– Ça me paraît parfait, acquiesça Leilani en souriant.

Kurt trouva ce sourire sympathique. Charmant et sans complication. Et c'était tout ce qu'il demandait pour le moment.

Il commença à faire virer l'appareil cap à l'ouest, en se disant que si quelqu'un se donnait la peine de regarder, ils seraient déjà à plus de cent milles. Un point noir au-dessus d'une mer argentée.

Comme celui que remarqua soudain Leilani.

– Vous croyez qu'ils se dirigent vers cette île là-bas ?

– Nous sommes loin de l'île la plus proche.

– Ça me paraît pourtant trop grand pour être un navire, répondit Leilani.

Kurt regarda. Le soleil levant illuminait une série de hautes structures triangulaires qui entouraient une sorte de monstruosité flottante.

– Parce que ce n'est pas un navire, dit-il. C'est un tas de ferraille flottante baptisée Aqua-Terra.

Kurt sentit passer dans ses veines une décharge d'adrénaline. Trois gros hydravions bourrés d'armes, de canots pneumatiques et de tueurs aux ordres de Jinn, le doute n'était pas permis. Ils ne venaient pas pour visiter les installations. C'était une force d'attaque, opérant dans un silence radio total qui s'apprêtait à s'emparer de l'île au lever du jour.

– Bouclez votre ceinture, commanda-t-il.

– Pourquoi ? Qu'allons-nous faire ?

Kurt se pencha et poussa les réacteurs à fond.

– Nous allons signaler notre présence.

CHAPITRE 36

Kurt chercha la radio sur la console et découvrit un émetteur-récepteur branché sur une fréquence bizarre : *COM-1*.

— Sans doute la fréquence de Jinn, dit-il. Pouvez-vous me trouver un casque ?

Leilani se mit à chercher et trouva sur le plancher le casque d'un des deux pilotes morts.

Il le brancha et, ayant trouvé un second émetteur-récepteur, il le régla de façon à pouvoir entendre tout ce qui serait émis par *COM-1* mais capté seulement par *COM-2*. Il entreprit ensuite de régler la fréquence sur celle que Nigel, le pilote d'hélicoptère, avait utilisée pour sa première approche d'Aqua-Terra.

— Pourriez-vous avoir l'extrême bonté de me dire ce que nous faisons ? demanda Leilani. Je croyais que nous devions nous éloigner d'eux, pas nous en rapprocher.

— Plusieurs de mes amis de la NUMA sont là-bas. Ils cherchent à découvrir ce qui est arrivé à votre frère. Ils doivent être proches d'y parvenir, c'est certainement ce qui leur vaut d'être attaqués.

— Attaqués ?

— J'ai vu les hommes de Jinn embarquer à bord de l'autre appareil. Ce sont des commandos. Je suis convaincu qu'ils sont sur le point de prendre l'île d'assaut.

— Je comprends. Il faut les prévenir.

Kurt continua à passer d'une fréquence à l'autre jusqu'à ce qu'il lise sur l'écran 122.85.

– C'est la bonne.

Il écouta une seconde et pressa le bouton « émission ».

– Aqua-Terra, ici Kurt Austin. Vous me recevez ?

Rien.

Tout en parlant, Kurt ne quittait pas des yeux les appareils qui descendaient vers l'eau. Ils semblaient heureusement n'avoir rien remarqué.

– Aqua-Terra, vous me recevez ?

– Essayez une autre fréquence.

– Non. C'est la bonne. Aqua-Terra, vous me recevez ? insista-t-il en pressant une nouvelle fois le bouton d'émission. Ici, Kurt Austin. Préparez-vous. Vous allez être attaqués.

Il relâcha le bouton.

– Pourquoi ne répondent-ils pas ? s'inquiéta Leilani.

Kurt envisageait plusieurs explications, la plus inquiétante étant la présence parmi eux d'un traître qui aurait mis la radio hors d'usage, ou pire encore.

Les deux avions n'étaient plus qu'à deux mille pieds au-dessus de la mer. Dans une minute, ils déchargeraient leurs canots pneumatiques en utilisant le système de parachutage d'urgence à basse altitude. Il estimait, étant donné les dimensions de la soute, que l'avion pouvait transporter jusqu'à soixante-dix commandos mais, avec les canots et tout le matériel, trente hommes seraient un maximum. Cela représentait quand même soixante commandos contre une vingtaine d'hommes d'équipage, Marchetti, Paul et Gamay en plus. Avec les robots désactivés, ils n'avaient aucune chance.

N'obtenant toujours aucune réponse par radio, Kurt décida que l'heure des avertissements était passée et qu'il fallait agir.

Dans la salle de communications d'Aqua-Terra, Zarrina, Otero et Matson écoutaient Kurt Austin tenter d'avertir ses amis de l'attaque imminente.

Otero était atterré.

— Je croyais avoir entendu Jinn dire qu'Austin et Zavala étaient morts ?

— Apparemment, dit Zarrina, il a parlé trop tôt.

— D'où vient ce message ?

— Ce pourrait être de n'importe où, dit-elle en jetant un coup d'œil par le hublot.

Elle n'apercevait aucun navire à l'horizon, mais elle voyait parfaitement les trois avions qui approchaient. L'un d'eux, un peu à l'écart du groupe, ne faisait que confirmer ses pires craintes.

— Il a pris le contrôle d'un de leurs appareils, dit-elle. Il faut alerter Jinn. Et il nous faut un moyen de faire pression sur ce type. Faites venir la femme ici. Immédiatement !

*
* *

Kurt poussa les gaz à fond. Le gros avion fonça avec une surprenante rapidité.

Kurt avait maintenant un plan. Il regarda les deux autres appareils ralentir au risque de caler et piquer vers l'eau, qui deviendraient vulnérables lorsqu'ils voleraient au-dessus du pont pour larguer leurs commandos. Kurt pourrait alors les pousser à l'eau comme un pilote de stock-car se débarrasse d'un concurrent en l'envoyant dans le mur.

Les deux appareils devant lui se trouvaient maintenant à quelques centaines de mètres l'un de l'autre et à moins de trois cents pieds au-dessus de la mer, quand Kurt entendit soudain sur COM-1 des exclamations en arabe.

Les deux avions réagirent immédiatement, cessant de piquer vers le bas pour amorcer une brusque remontée.

— Bon sang, dit Kurt. Autant pour l'effet de surprise.

Les appareils se mirent à accélérer. Kurt se dirigeait sur eux à presque deux cents kilomètres à l'heure. Il choisit l'avion qui se trouvait sur sa gauche et fonça dans sa direction.

L'avion grossit de plus en plus, occupant bientôt toute la surface du pare-brise, avant de passer comme un éclair juste au-dessous d'eux.

*
* *

Assis sur le siège du mécanicien dans l'avion de tête, Jinn criait des instructions au pilote. Les gaz poussés à fond, l'avion s'efforçait de remonter.

– *Regardez ! Il est juste au-dessus de vous !* cria Zarrina dans la radio.

Une forte turbulence ainsi qu'un grondement de tonnerre secouèrent l'appareil. Le pilote poussa à fond le manche. Une vague brûlante, où se mêlaient fumée et gaz d'échappement, envahit le cockpit des assaillants, mais les deux appareils évitèrent d'entrer en collision.

Kurt, en remontant à la dernière seconde, leur avait donné une marge de quelques mètres. La vague de turbulence qu'il avait laissée derrière lui les entraîna sur la gauche, droit vers la mer.

– Remonte ! hurla Jinn. Remonte.

Le pilote rentra les volets des ailes et tira de toutes ses forces sur le manche. L'avion frôla l'eau, ricocha comme un caillou sur les vagues puis regagna le ciel.

– Ils s'en sont tirés, dit Leilani en regardant par le hublot. Je ne sais pas comment, mais ils sont toujours là.

Kurt songea un instant à virer pour lancer un nouvel assaut, mais déjà il s'alignait sur le second avion.

Kurt profita de sa vitesse, supérieure à la leur, pour passer au-dessus de sa proie et suivre sa ligne de vol. Il cherchait toujours quelle manœuvre tenter quand une idée lui vint – si brillante qu'il se serait donné dans le dos une tape de félicitation s'il l'avait pu.

Il regarda autour de lui. Au milieu d'une foule de cadrans, de manettes et d'écrans, il aperçut ce qu'il cherchait.

— Attrapez cette poignée, dit-il à Leilani en la lui montrant du doigt.

Elle posa immédiatement la main sur le gros levier métallique strié de chevrons d'alerte jaunes et noirs.

— Préparez-vous à le tirer vers vous !

Comme il approchait de sa proie, l'avion se mit à trembler. Le remous laissé derrière lui par l'autre appareil donnait à Kurt l'impression de franchir, sur des skis nautiques, le sillage d'un hors-bord. Il rectifia son altitude pour se mettre à l'abri tout en gardant son adversaire dans sa ligne de mire.

Il se trouvait juste au-dessus de l'avion ennemi.

— Maintenant !

Leilani tira en arrière la poignée jaune et noire.

Une violente aspiration balaya la soute et Kurt sentit l'appareil faire un bond vers le haut tandis qu'à l'extérieur, dans leur sillage, apparaissait un nuage grisâtre qui fonçait vers le second avion. Comme une grosse bulle d'aspect inoffensif, la mixture, constituée d'une tonne d'eau saturée de nanorobots qu'ils avaient largués, restait homogène et vint fracasser le pare-brise pour déferler sur les pilotes telle une lame de fond, éclaboussant sur son passage la carlingue et heurtant l'aile et le moteur gauches. Le turboréacteur explosa sous le choc, les ailettes du compresseur et une pluie de diverses pièces transpercèrent le capot.

Le poids de l'eau frappa l'aile droite plus que la gauche. L'appareil pencha sur le flanc, plongea vers l'océan qu'il atteignit quelques secondes plus tard pour rebondir sur la surface de l'eau. La violence de l'impact déchiqueta la carlingue, projetant dans toutes les directions équipage, cargaison et matériel.

Kurt réalisa qu'il venait de larguer dans la mer toute une colonie de nanorobots, mais c'était la seule arme dont il disposait. Il vira sur la droite, repéra l'épave et l'inspecta de son mieux au cas où il y aurait des survivants.

Soudain une voix se fit entendre dans la radio. Kurt la reconnut aussitôt. C'était celle de Gamay Trout.

Gamay Trout était assise devant la console radio dans la salle de communication d'Aqua-Terra, le métal froid d'un revolver appuyé sur sa nuque.

– Parlez-lui, ordonna la voix rauque de Zarrina. Dites-lui de se rendre ou je vous abats tous. Votre mari en premier.

On avait forcé Paul à s'allonger par terre. Matson, debout près de lui, avait posé un pied sur ses reins, et braqué un Luger sur sa tempe. Otero était à côté, tenant lui aussi une arme.

– Parlez !

Gamay saisit le micro qu'on avait placé devant elle. Elle avait l'autre main appuyée sur le bouton de transmission.

– Kurt, c'est Gamay. Tu me reçois ?

Au bout de quelques secondes, la voix de Kurt retentit dans ses écouteurs.

– *Gamay, vous êtes attaqués. Mettez-vous tous à l'abri. Dis à Marchetti d'activer les robots.*

– Dites-lui de se rendre ! ordonna Zarrina.

Gamay regarda par le hublot. Elle avait vu un des avions se faire descendre, puis les deux autres virer en prenant de l'altitude, l'un semblant poursuivre l'autre, mais elle ne savait absolument pas lequel.

Du canon de son arme, Zarrina poussa en arrière la tête de Gamay.

– Je ne vais pas me répéter.

Gamay ne lâchait pas le micro, mais elle hésitait encore.

– Tue-le ! dit Zarrina à Otero.

– Attendez ! cria Gamay en pressant le bouton.

– Kurt, c'est Gamay, dit-elle. Ils nous tiennent. Nous sommes prisonniers. Ils vont nous tuer tous si tu n'atterris pas pour te rendre.

Un long silence. Gamay regarda par le hublot. Un des avions avait cessé ses manœuvres. Ce devait être celui de Kurt. L'autre appareil approchait.

Elle les observa une seconde puis pressa une nouvelle fois le bouton.

— Regarde ! cria-t-elle. Ils sont juste...

Elle ne termina pas sa phrase car, d'un coup de crosse, Zarrina l'avait fait tomber de son siège. Elle s'écroula contre la cloison, mais se releva, prête à riposter. Malheureusement, le coup de pied qu'elle reçut dans l'estomac lui coupa le souffle. Gamay s'affala sur le plancher.

Par le hublot, elle vit les deux appareils frôler la collision. Ils se croisèrent, se séparèrent puis se croisèrent encore une fois. Une traînée de fumée noire commença à s'échapper de l'un des deux.

Kurt réagit aussi vite qu'il put à l'avertissement de Gamay. Il vira sur l'aile et faillit emboutir l'avion de Jinn rempli d'hommes qui, postés derrière la porte grande ouverte de la soute, les mitraillaient presque à bout portant.

Il plongea vers la mer pour reprendre de la vitesse avant de foncer une nouvelle fois sur eux. L'appareil accéléra, des voyants d'alarme se mirent à clignoter sur le tableau de bord, mais il ne s'en inquiéta pas.

Il vira sur la gauche puis sur la droite, se souvenant de ce vieux pilote de chasse qui lui avait dit un jour : *Si tu voles tout droit, c'est la mort.*

Toujours pas trace de Jinn.

— Vous le voyez ? demanda-t-il à Leilani.

Elle tournait la tête de tous côtés dans l'espoir d'apercevoir l'autre appareil. Kurt vira à droite dans l'espoir de lui donner un champ de vision plus grand.

— Non, dit-elle. Attendez... si. Il est derrière nous, précisa-t-elle, tout excitée. On dirait qu'il tombe. Il descend de plus en plus.

— Vous êtes sûre ? demanda-t-il, n'en croyant pas ses oreilles. Il se demandait pourquoi Jinn le laissait partir.

La voix de Zarrina retentit dans la radio.

— Kurt Austin, posez-vous et rendez-vous, sinon je tue vos amis.

Gardant volontairement la radio allumée, un gémissement de douleur, suivi d'un cri, se firent entendre.

– Si vous les touchez, vous êtes morte, Zarrina, répliqua-t-il.

Kurt n'avait pas d'autre choix que de fuir. Se rendre ne les empêcherait pas d'abattre ses amis. En s'enfuyant, il retournait la situation : Zarrina et Jinn devraient alors craindre d'être découverts et d'avoir à répondre de leurs crimes.

– Vous leur touchez un cheveu et il n'existera pas un endroit au monde où je n'irai pas vous traquer.

Autour de lui, de nouveaux voyants d'alarme s'allumaient. Des parasites crépitaient dans les écouteurs.

– Je m'y attends, répliqua Zarrina.

Un coup de feu claqua, la liaison s'interrompit et l'écran s'éteignit. Kurt manipula le levier de contact, mais en vain.

– Le contact radio est coupé, annonça Kurt.

– Qu'allons-nous faire ? demanda Leilani.

– Mettre cap au sud et suivre le plan original.

Il espérait n'avoir pas condamné les Trout, mais il n'avait pas le choix. Il fallait à tout prix gagner les Seychelles ou du moins un navire empruntant les routes habituelles. Ils pourraient alors l'alerter et amerrir dans les parages, mais d'une façon ou d'une autre ils devaient s'éloigner d'Aqua-Terra.

Jinn était fou de rage. La distance entre son appareil et celui d'Austin ne cessait d'augmenter. Austin était en train de leur échapper, emmenant avec lui une femme que Jinn désirait et, surtout, le secret de son repaire, un secret qu'il devait à tout prix préserver.

– Pourquoi vont-ils plus vite que nous ? demanda-t-il.

– Il a largué sa cargaison, répondit le pilote. Six tonnes en moins : cela représente un gain de vitesse supérieur d'environ soixante kilomètres à l'heure. Si vous voulez les rattraper, il faut larguer une partie de la cargaison. Sinon, nous perdons trois kilomètres toutes les deux minutes.

Jinn réfléchit. C'était déjà une lourde défaite. Un avion détruit, un autre aux mains d'un ennemi dont il souhaitait la mort, deux cargaisons perdues, et impossible de dire quel pourcentage de nanorobots avait survécu au choc.

– Même si nous larguons la cargaison, dit le pilote, nous ne pourrons voler qu'à la même vitesse qu'eux. Nous ne les rattraperons jamais.

Jinn avait une meilleure idée. Il déboucla sa ceinture.

– Amerrissez. Immédiatement.

CHAPITRE 37

KURT MAINTENAIT UN CAP PLEIN OUEST pour s'éloigner d'Aqua-Terra. Furieux, il ne pensait qu'à fuir pour informer les autorités et révéler les crimes de Jinn. Un picotement dans les yeux le tira de ses réflexions.

– Il y a de la fumée, dit Leilani.

Kurt jeta un coup d'œil alentour. La fumée envahissait peu à peu le cockpit. Une rangée de voyants rouges s'alluma. Lorsque l'appareil commença à vibrer, les commandes devinrent plus dures à manier. Kurt essaya de lutter, mais il avait l'impression que le système hydraulique ne fonctionnait plus.

« *Décrochage. Décrochage. Décrochage* », répétait l'ordinateur, et cette fois il s'agissait d'un avertissement.

Kurt réussit à remettre l'appareil en palier et la voix se tut, mais les problèmes ne cessèrent pas pour autant : en un instant tous les instruments du poste de pilotage se mirent à clignoter ou à lancer divers signaux d'alarme. Kurt n'en comprenait absolument pas la raison, mais une évidence s'imposait.

– Il est temps de partir.

Il enclencha le pilotage automatique et bondit de son siège. En un instant, Leilani et lui descendirent l'échelle et se précipitèrent dans la soute.

– Montez là-dedans ! commanda Kurt en désignant le canot pneumatique rangé vers la queue de l'appareil. Malgré les vibrations qui secouaient l'avion, il trouva le levier qui commandait le panneau de la soute et le tira en arrière. La rampe commença à s'abaisser et le vent s'engouffra par l'ouverture dans un tourbillon de fumée et de vapeurs de kérosène.

— Tournez-vous ! cria-t-il à Leilani.

Au même instant, l'appareil se mit à trembler comme s'il traversait une forte zone de turbulences : le système hydraulique avait sans doute lâché et le pilotage automatique s'efforçait de compenser cette défaillance.

Kurt décrocha les courroies qui fixaient le canot au plancher et sauta dedans. Il trébucha sur Leilani et, à sa grande surprise, sur le garde qu'il avait mis k.o. une heure plus tôt.

— Cramponnez-vous ! lança-t-il en l'entourant de ses bras en même temps qu'il s'accrochait désespérément à une traverse. D'un coup de poignet, il libéra le parachute de freinage.

Ce premier parachute, le plus petit, ouvrit la voie aux autres qui sortirent de leurs sacs. Alors le canot partit brusquement en arrière, et s'immobilisa à quelques centimètres du bord de la rampe.

Kurt leva les yeux. Une courroie qu'il n'avait pas vue reliait l'avant du canot à une fixation vissée au milieu de la soute. Elle était tendue comme la laisse d'un pitbull furieux et ne semblait pas vouloir se rompre.

À peine l'hydravion avait touché l'eau que Jinn était déjà dans la soute, un lance-roquettes calé sur l'épaule braqué sur l'appareil de Kurt.

Il régla le viseur. En raison de la chaleur qu'il dégageait, l'arme s'ajusta d'elle-même sur l'avion d'Austin. Un voyant vert et un son aigu confirmèrent que la cible était bien localisée.

Jinn pressa la détente. Le missile jaillit du canon et fonça au-dessus de l'eau. Le propergol s'enflamma, laissant dans son sillage une traînée orange. Jinn regarda la fusée filer vers l'appareil d'Austin, comptant les secondes.

L'appareil de Kurt était en flammes et commençait à se disloquer. Cette maudite courroie les retenait prisonniers. Une chute de deux mille pieds les attendait et, s'il n'agissait pas immédiatement, les parachutes qui auraient pu les amener sains et saufs jusqu'en bas allaient être réduits en loques.

Il se leva, saisit le revolver qu'il avait à la ceinture et glissa son pied sous le garde ligoté sur le plancher. Puis il agrippa de sa main gauche une des poignées fixées sur le bord du canot et visa de la main droite la courroie qui les maintenait à l'avion.

La balle déchiqueta la corde, faisant jaillir le canot qui fut arraché de l'avion par une énorme aspiration.

Ils aperçurent un court instant la lumière du jour, mais aussitôt le panache de fumée qui sortait de la carlingue les engloutit. Une formidable explosion retentit. Un nuage de kérosène enflammé projeta dans le ciel une épaisse fumée noire.

Le canot – encore miraculeusement attaché aux parachutes – plongea comme une flèche dans cet enfer et piqua vers la mer.

Jinn vit le missile frapper l'appareil d'Austin. La flamme de l'impact fut suivie de deux autres explosions, encore plus violentes. Des nuages de fumée noire s'élevèrent dans toutes les directions, traversés de débris enflammés qui jaillissaient comme des comètes, laissant derrière eux des traînées qui se détachaient sur le ciel du jour naissant.

L'explosion s'était produite à environ huit kilomètres de distance. Jinn regrettait seulement de n'avoir pas pu apercevoir Austin d'assez près pour regarder sa peau se boursoufler en se calcinant. Malgré tout, le spectacle le satisfaisait. Il était convaincu que Kurt Austin n'avait pas pu échapper à la mort.

Cependant, Kurt était bien vivant. En sentant la chaleur de l'explosion, il avait compris aussitôt que l'appareil avait sauté, bien qu'il ne sache rien du missile lancé par Jinn. Peu lui importait d'ailleurs. Sa seule préoccupation était de réussir à se maintenir, comme Leilani et leur prisonnier, à bord de leur canot pneumatique.

Quand elle avait été arrachée de la soute, la petite embarcation était retombée dans le vide presque droit sur sa quille. Les parachutes attachés à l'arrière du canot étaient conçus pour ralentir une chute à seulement quelques mètres au-dessus de l'eau, non pour descendre sans dommage d'une telle altitude.

Lorsqu'il avait pénétré dans le nuage de fumée, le canot pointait déjà vers le bas sous un angle d'une quinzaine de degrés et les parachutes traînaient derrière. Cela n'avait rien d'une descente sans heurt en chute libre : ils avaient plutôt eu l'impression de dévaler sur une luge une piste noire.

Le canot était secoué de plus belle au fur et à mesure que la descente s'accentuait. Loin derrière eux, un des parachutes, sans doute touché par des débris, s'effilochait, quand, soudain, l'océan apparut.

L'avant du canot heurta l'eau, s'y enfonça une seconde puis remonta. Kurt volait littéralement au-dessus. Comme dans un rodéo, il se cramponna à la poignée et parvint à retomber dans le canot.

Ils glissèrent sur une quarantaine de mètres avant de s'arrêter, les parachutes se posant sur l'eau derrière eux.

Ils se trouvaient au milieu des débris encore fumants de l'hydravion. Des flammes dansaient sur l'eau et des fragments d'isolants tombaient autour d'eux comme des confettis.

Pendant quelques secondes, ni lui ni Leilani ne dirent un mot. Ils étaient assis dans le canot, encore cramponnés aux poignées. Le prisonnier, qui ne comprenait pas ce qui venait de se passer, les contemplait, ouvrant des yeux grands comme des soucoupes.

Kurt finit par se secouer.

– Je n'arrive pas à réaliser que nous soyons encore en vie, réussit à dire Leilani.

Kurt non plus. Il avait la nette impression que pour eux la chance commençait à tourner.

– Non seulement en vie, précisa-t-il, mais sur un canot avec un moteur hors-bord.

Il s'approcha pour vérifier le niveau du carburant. Le réservoir était à moitié plein. D'après l'odeur, il supposa que l'essence avait dû se renverser pendant leur chute. Pour alléger le canot, il décida tout d'abord de larguer les parachutes mais se ravisa : ils seraient peut-être utiles pour leur procurer un peu d'ombre.

— Rangeons les parachutes, dit-il à Leilani en saisissant les cordons pour les récupérer. Nous pourrions en avoir besoin plus tard. Et voyez si nous pouvons trouver quelque chose pour écoper un peu de cette eau, ajouta-t-il, car une bonne centaine de litres d'eau clapotait dans le canot.

Pendant que Leilani pliait les parachutes et les rangeait à l'avant du canot, Kurt amorça la pompe du moteur qui démarra au troisième essai et se mit à tourner sans heurt.

Kurt mit les gaz et démarra cap à l'ouest, en se guidant comme il pouvait parmi les débris qui brûlaient encore au milieu d'une épaisse fumée.

En émergeant de ce chaos, l'air pur leur parut grisant.

— Où sommes-nous ? demanda Leilani.

— Loin d'*eux* en tout cas.

En raison du peu de visibilité suite à l'accident, il espérait qu'ils resteraient un bon moment invisibles.

— Mais nous ne pouvons pas atteindre les Seychelles là-dedans !

— Non. Mais nous pourrions arriver jusqu'aux routes maritimes et stopper un navire.

Impossible de calculer jusqu'où ils pouvaient aller. Dès qu'ils auraient parcouru quelques milles, il réduirait la vitesse mais, pour l'instant, il mettait les gaz à fond et le petit canot filait bon train.

Tout se passa bien pendant environ quarante minutes, quand soudain Kurt vit Leilani presser la paroi gonflée de leur embarcation comme si elle tâtait un melon au supermarché.

— Qu'est-ce qui ne va pas ?

Elle gardait les yeux fixés sur le bourrelet gonflé.

— Il semble que nous ayons une fuite, dit-elle.

— Une fuite ?

Elle hocha la tête.

— Ce n'est pas de l'eau qui entre. C'est de l'air... qui s'en va.

CHAPITRE 38

Kurt gardait le cap à l'ouest tandis que Leilani essayait de repérer la fuite.
— Que voyez-vous ?
— Une demi-douzaine de piqûres d'aiguille, et je sens l'air passer par là.

Il lui fit signe de venir le rejoindre à l'arrière du canot.
— Prenez le gouvernail une seconde.

Elle obéit pour que Kurt regarde par lui-même. Huit minuscules trous, dont certains étaient si petits qu'en appuyant sur le caoutchouc on empêchait l'air de s'échapper.
— À votre avis, que s'est-il passé ?
— Ce sont soit des traces de balles tirées depuis l'avion, avança-t-il, soit de gouttes de kérosène enflammé. Par endroits, le caoutchouc a l'air roussi.

L'essentiel du canot se résumait à quatre gros tuyaux de caoutchouc mesurant deux mètres cinquante de long sur une quarantaine de centimètres de diamètre. Deux tuyaux à l'avant, l'un derrière l'autre, s'incurvaient pour former le nez aplati de l'embarcation ; les deux autres étaient disposés sur chaque côté. L'arrière du canot était constitué d'une simple traverse métallique sur laquelle était fixé le moteur.

Kurt passa les mains le long des tuyaux et découvrit deux nouvelles piqûres sur la chambre avant droite. Plus grave encore, il distingua çà et là plusieurs petits points qui ressemblaient à d'autres traces de balles ou de brûlures de kérosène. Il se demanda combien de temps le caoutchouc résisterait.

— De quoi cela a-t-il l'air ?

Le prisonnier aussi semblait inquiet. Il était bâillonné mais n'avait pas les oreilles bouchées.

— Le côté bâbord a l'air en bon état, annonça Kurt. Mais ça ne nous avance pas beaucoup si tout le flanc tribord s'aplatit.

Sur le pont, il repéra deux petits coffres qu'il ouvrit l'un après l'autre pour n'y trouver qu'un unique gilet de sauvetage, deux fusées éclairantes, une petite ancre et un peu de cordage.

— Un canot pneumatique sans pompe ni trousse de réparation, marmonna-t-il. On va m'entendre !

— Nous devrions peut-être faire demi-tour, revenir sur cette île flottante et nous rendre, proposa Leilani.

— À condition que vous vouliez vous retrouver encore une fois prisonnière.

— Non, mais je n'ai pas non plus envie de me noyer.

— Même si les deux côtés se dégonflent, nous ne nous noierons pas.

— Alors nous resterons cramponnés à l'épave comme les rescapés d'un naufrage.

— C'est toujours mieux que de mourir sous les balles de Jinn, rétorqua-t-il. D'ailleurs, j'ai fait un pari... que je tiens à gagner. Tout ce qu'il y a à faire, c'est tenir jusqu'à ce que quelqu'un nous tire de là.

— Et si personne ne vient ?

— Ayez confiance, insista Kurt.

Il fouilla dans le coffre, en retira les deux fusées qu'il fourra dans sa poche de poitrine, à côté des jumelles. Il prit ensuite le gilet de sauvetage et le tendit à Leilani.

— Enfilez ça, dit-il. Ne vous inquiétez pas, c'est juste à titre de précaution.

Il sortit ensuite l'ancre – une grosse pièce de fonte – qu'il détacha de sa corde pour l'accrocher aux liens qui entouraient les pieds du prisonnier. L'homme jeta à Kurt un regard terrifié.

– Ça aussi c'est par précaution, lui dit Kurt.

Mais l'homme n'y croyait pas.

– Je sais que tu comprends ce que nous disons, dit Kurt en lui ôtant son bâillon. Parles-tu aussi anglais ?

L'homme acquiesça de la tête.

– Je parle... un peu.

– Je ne pense pas que tu connaisses l'histoire du petit garçon hollandais qui a arrêté une inondation en glissant deux doigts dans les trous d'une digue qui allait lâcher...

L'homme le regarda sans comprendre.

– Ce canot est en train de couler, expliqua Kurt, parce que l'air s'en va. Ou bien je peux te jeter à la mer pour nous alléger, ou bien tu peux nous aider.

– Je vais aider, dit l'homme. Absolument.

– L'ancre est attachée à tes pieds pour t'empêcher de faire quelque chose de stupide, expliqua Kurt, puis il désigna l'avant de l'embarcation : Il faut que tu recouvres avec tes doigts ces deux trous pour empêcher l'air de sortir.

L'homme hocha la tête.

– Je peux faire ça. Sûrement.

– Bon, fit Kurt. Sinon, c'est toi qui arriveras au fond de l'eau bien avant nous.

Il desserra les cordes qui entouraient les poignets de l'homme. Comment t'appelles-tu ?

– Ishmael, dit l'homme.

– Bon sang, grommela Kurt, il ne nous manquait plus que ça[1]. Espérons que nous ne rencontrerons par de baleine blanche.

Les jambes toujours ligotées et attachées à l'ancre, Ishmael se tortilla jusqu'à la proue du canot et posa les deux mains sur les fuites que lui avait montrées Kurt.

– Appuie fort, recommanda Kurt.

Ishmael pressa des deux mains le caoutchouc. Au bout de quelques secondes, il releva la tête en souriant.

---

1. Ishmael est un personnage de *Moby Dick*.

– Parfait.
– Et les autres fuites ? demanda Leilani.
– Je prendrai le premier quart, dit Kurt en écartant au maximum ses doigts pour les appuyer sur le plus grand nombre de trous. Maintenez-nous cap à l'ouest.

Kurt et Leilani se relayèrent deux fois au cours des trois heures suivantes, mais la chambre arrière continuait à se dégonfler et le canot à prendre de la gîte à tribord.

Heureusement, l'océan Indien était parmi les plus calmes des grandes étendues maritimes et la houle très faible. Kurt, remarquant qu'une vitesse modérée diminuait le débit des fuites, réduisit légèrement leur allure.

Il était presque midi et personne ni rien à l'horizon, pas même un filet de fumée. Lorsque le moteur commença à avoir des ratés, Kurt dut se résoudre à le couper.

– Panne de carburant ? interrogea Leilani.
– Il ne reste que quatre ou cinq litres dans la réserve, répondit Kurt en montrant le robinet. Mais il faut les garder.
– Les garder pour quoi ?
– Supposez que nous apercevions un navire à l'horizon. Il faudra alors l'intercepter et nous mettre sur sa route, ou du moins à côté.
– Pardon, fit-elle.
– Pas de quoi, dit-il en souriant.

Le moteur une fois éteint, un silence oppressant s'installa. Pas un souffle de vent. Seul résonnait le clapotis des vagues contre l'embarcation gonflable.

Dans cette torpeur, flottaient trois passagers dans un canot pneumatique de cinq mètres de long perdu sur des millions de kilomètres carrés.

– Et maintenant ? demanda Leilani.
– Maintenant, dit Kurt d'un ton résigné, on attend de voir ce que l'avenir nous réserve.

CHAPITRE 39

JOE ZAVALA ÉTAIT BOUCLÉ DEPUIS QUINZE HEURES dans la soute d'un navire inconnu avec pour seule compagnie un convoi de camions bourré de milliards de nanorobots. Un autre que lui serait devenu fou et aurait tambouriné aux portes pour sortir de là. Mais Joe avait fait bon usage de cette longue attente.

Il avait minutieusement fouillé chaque camion et trouvé trois bouteilles d'eau. Il en avait bu deux en conservant la troisième. Il avait également découvert un sac en plastique plein de morceaux de viande difficiles à identifier : ce n'était pas du bœuf, peut-être de la chèvre, ou du chameau. Il en dévora autant qu'il put et mit le reste de côté.

Il avait également inspecté les lieux, jeté un coup d'œil sous le capot des camions et conçu plusieurs plans d'action. Il avait même envisagé de saboter les moteurs en arrachant les fils du distributeur ou en desserrant les bouchons du réservoir de fuel, afin d'empêcher les gros semi-remorques de démarrer ou d'au moins provoquer une panne peu après leur départ.

Il choisit de n'adopter aucune de ces solutions. Si les camions étaient immobilisés, il ne pourrait pas quitter le navire. S'ils s'arrêtaient au beau milieu d'un trajet – dont il ignorait la destination –, il risquait de se retrouver dans un endroit pire que le Yémen, et entre les mains de militants furibonds.

Il envisagea de s'enfuir. Les énormes portes étaient hermétiquement fermées. Joe était certain de parvenir à les forcer. Mais alors quoi ? D'après les souvenirs qu'il avait de son arrivée à bord du cargo et des traces de pneus repérées sur le sol, il estimait se trouver à l'arrière d'un navire spécialisé dans le transport des véhicules, une sorte de car ferry.

Ce n'était pas un roulier, un de ces énormes navires dans lequel on entre par l'arrière pour ressortir par l'avant, mais c'était forcément un bateau conçu pour ce genre de transport. Et, à la façon dont il tanguait, il ne devait pas être bien gros, ce qui signifiait qu'il ne les emmenait pas loin.

Joe décida de ne pas chercher à s'enfuir et préféra attendre. Il fit une petite sieste sur la couchette du camion de tête et fut réveillé par des cris en provenance des ponts au-dessus de la soute.

La bateau semblait ralentir pour manœuvrer. Joe entendit retentir des sirènes et des sifflets en provenance d'autres navires et en déduisit qu'ils approchaient d'un port ou d'une rade. Il sentit que le moment d'agir était proche. Si le navire accostait dans ce port mystérieux, il trouverait un moyen de s'en tirer, quelle que fût la destination du camion.

Les bruits venaient maintenant des portes arrière. Quelqu'un ouvrait une lourde serrure. Un instant plus tard, les portes commencèrent à glisser sur les rails et la lumière envahit la soute.

CHAPITRE 40

L'APRÈS-MIDI TOUCHAIT À SA FIN. Le soleil se couchait sur l'océan. Jinn avait pris totalement le contrôle de l'île flottante en faisant venir à bord trente hommes, des mitrailleuses lourdes, des lance-roquettes et même une douzaine de missiles sol-air, moins celui qu'il avait utilisé contre Kurt Austin.

L'hydravion attendait dans la marina, le plein d'essence fait au cas où il devrait partir d'urgence. Mais Jinn se sentait en sécurité. Il n'aurait aucun problème avec Xhou, pas plus qu'avec les autres membres du consortium qui se trouvaient ici, ni même avec les Américains qui ignoraient tout de ses objectifs et des moyens employés pour les atteindre.

Grisé par son succès, il se planta sur la terrasse panoramique qui prolongeait le poste de contrôle d'Aqua-Terra. Ces Américains agaçants et le milliardaire italien étaient là, menottés au bastingage, Zarrina et deux des hommes de Jinn plantés derrière eux. Otero était assis près de la porte du poste, un ordinateur sur les genoux.

— Vous vous demandez sans doute pourquoi vous êtes encore en vie, dit-il en s'adressant aux trois prisonniers les plus importants.

— Nous sommes vivants parce que vous avez besoin de nous pour la façade, répondit le grand gaillard qui apparemment parlait pour les autres. Pour prétendre que tout se passe à merveille au cas où quelqu'un appellerait. Ce qui ne va pas tarder, mais ne comptez pas sur nous pour vous faciliter les choses.

Jinn ricana. Cet homme n'était pas stupide mais il ignorait tout des derniers événements. Jinn s'approcha de lui par-derrière.

– Paul, n'est-ce pas ?

– C'est exact.

Jinn était contrarié de constater que Paul était beaucoup plus grand que lui. Il se souvenait que Sabah lui avait expliqué qu'un roi devait toujours occuper le siège le plus élevé. Lorsque le shah d'Iran tenait sa cour, on disposait pour lui un siège sur une estrade. Et bien qu'assis, le shah dominait tout le monde d'une tête.

Jinn détendit sa jambe, et de la pointe de sa botte frappa l'Américain derrière le genou.

L'homme poussa un gémissement de douleur. Il s'écroula et en tombant, son menton heurta le bastingage.

– C'est mieux ainsi, dit Jinn qui le dominait maintenant de toute sa hauteur. Inutile de vous relever.

– Salaud, cria la femme.

– Ah, la fidèle épouse, dit Jinn. Voilà pourquoi je sais que vous ferez ce que je dis. Car si l'un de vous désobéit, j'infligerai à l'autre des douleurs intolérables.

– Vous n'avez pas besoin de faire ça, supplia Marchetti, je vous paierai pour que vous nous libériez avec mon équipage. Je peux vous donner une fortune. Je possède des millions, près d'une centaine de millions en liquide, de l'argent auquel Matson et Otero n'ont pas accès. Laissez-nous juste partir.

– Il y a longtemps, j'ai entendu quelqu'un me faire une proposition semblable, dit Jinn. « *Tout ce que j'ai pour un seul enfant.* » Je comprends maintenant pourquoi cette offre n'a pas été acceptée. Ce que vous me proposez n'est qu'une goutte d'eau dans la mer. Elle ne représente rien pour moi.

Jinn se tourna ensuite vers Otero.

– Le moment est arrivé. Donne le signal à la horde, ramène-la à la surface.

– En es-tu sûr ? demanda Zarrina.

Jinn avait assez attendu.

— Notre capacité à modifier le climat a été limitée lorsque nous avons décidé de maintenir la horde sous la surface de l'eau. Pour atteindre notre but, sans parler de respecter nos promesses, nous avons besoin de rafraîchir plus rapidement la température de l'océan.

— Et les satellites américains ? Si on remarque ce qui se passe, nous serons confrontés à d'autres problèmes en plus de ceux que nous posent les gens de la NUMA.

— Otero a repéré la trajectoire, l'altitude et les heures de passage de tous les satellites météo qui survolent cette partie de l'océan. En activant la horde d'ici, nous pouvons commander aux nanorobots de remonter et de plonger à des intervalles bien plus précis que nous le ferions du Yémen. Ils surgiront quand personne ne les observera et disparaîtront avant d'attirer l'attention.

— Ça me paraît bien compliqué, répliqua-t-elle.

— Moins qu'on pourrait le penser, insista Jinn. Nous sommes ici en plein océan. À part un navire de guerre de temps à autre, il n'y a pas grand-chose à observer. Les satellites espions balaient une zone à des milliers de milles plus au nord pour surveiller les forces armées et le pétrole du Moyen-Orient. Ils couvrent l'Iran, la Syrie et l'Irak, et comptent les blindés et les avions russes autour de la mer Caspienne ou repèrent les unités américaines dispersées le long du golfe Persique.

Il regarda Otero.

— De quelle fenêtre disposons-nous ?

— Nous avons cinquante-trois minutes avant le passage du prochain satellite.

— Alors, ordonna Jinn, faites ce que je vous dis.

Otero acquiesça et alluma l'écran de contrôle, puis tapa le code à neuf chiffres de Jinn. La transmission se ferait jusqu'à la ligne d'horizon. Puis les bots se transmettraient le signal de l'un à l'autre avec la régularité d'une ligne de dominos en train de s'effondrer.

— Signal envoyé, dit Otero en pressant une touche.

Il ne fallut qu'une minute à Jinn pour constater le début du phénomène, car la surface de l'océan se modifia rapidement.

À mesure que les nanorobots faisaient surface, la mer, qui quelques instants plus tôt étincelait, prenait un aspect granuleux.

Jinn regarda le phénomène s'étendre dans toutes les directions, jusqu'à l'horizon et bien au-delà. Il savait que ce foisonnement qu'il avait déclenché s'étendrait à plus de cent milles alentour comme une véritable galaxie.

— Ordonnez-leur de déployer leurs ailes.

Otero se remit à pianoter sur son clavier.

— Ordre codé, dit-il. En cours de transmission.

Jinn prit dans sa poche une paire de lunettes de soleil. D'un moment à l'autre, des verres protecteurs seraient nécessaires.

La surface de la mer évolua de nouveau. On aurait dit qu'une vague la parcourait comme un frisson. Sa couleur vira au gris plombé puis commença à briller comme un miroir. Sous le soleil de fin d'après-midi, l'effet était aveuglant.

Jinn vit les prisonniers regarder le spectacle avec étonnement puis se détourner de cette lueur éblouissante.

Jinn, gonflé d'orgueil, observait la scène.

À la surface de l'eau, des trillions de trillions de minuscules machines avaient déployé le miroir de leurs ailes, multipliant ainsi le rayonnement de la lumière du soleil et donnant l'impression qu'une couverture réfléchissante avait recouvert cinq mille milles carrés d'océan Indien.

Gamay comprit tout de suite.

— Le changement de température, dit-elle. Voilà comment on y arrive.

— Exactement, renchérit Jinn. Et le refroidissement va maintenant s'accélérer. Ces eaux sont déjà de quatre degrés inférieurs à la température la plus froide jamais enregistrée à cette période de l'année. D'après mes calculs, la température en surface baissera encore d'au moins un degré à la tombée de la nuit. Et chaque jour, cela continuera. Bientôt, un gigantesque puits d'eau froide occupera le centre de cet océan tropical tandis que, dans une autre partie du monde, les nanorobots agiront exactement à l'inverse en absorbant la chaleur pour maintenir l'océan tiède. Ce différentiel de température provoquera des vents, des tempêtes et diverses catastrophes anéantissant tout espoir d'éviter une famine monstrueuse.

— Vous êtes fou. Vous allez causer la mort de millions de gens.

— C'est la *famine* qui les tuera, corrigea-t-il.

Elle se tut. Personne ne parlait. Ils évitaient tous trois de regarder ces reflets aveuglants.

Jinn baignait dans cette lumière comme ceint d'une auréole scintillante. C'était assurément la preuve des pouvoirs divins qu'il détenait maintenant.

— Vous n'y arriverez jamais, insista Paul.

— Et qui donc va m'en empêcher ?

— Pour commencer, mon gouvernement, poursuivit Paul. Et aussi le gouvernement indien, l'OTAN, l'ONU. Personne ne vous laissera affamer la moitié d'un continent. Votre petite troupe ici ne tiendra pas longtemps devant une escadrille de F-18.

Jinn dévisagea Paul.

— Vous vous appuyez sur une notion totalement erronée du pouvoir, dit-il. C'est vrai, moi et mon peuple n'occupons aucune place dans la conception que vous avez du système mondial. Mais vous n'êtes pas les seuls à détenir un pouvoir. Dès l'instant où la pluie viendra assurer la nourriture des Chinois, ces derniers ne laisseront pas l'ONU, votre gouvernement ou les hommes de New Delhi utiliser à leur gré cette manne tombée du ciel. Ils s'opposeront à toutes vos nouvelles décisions et à tous vos projets. Ils auront le soutien des pays du Moyen-Orient, du Pakistan ainsi que celui des Russes, qui tous profiteront des avantages dont je les aurai fait bénéficier, qui me paieront et me protègeront pour que cela continue. Il sera facile alors de les dresser contre votre nation. Si vous ne le croyez pas, vous êtes d'une naïveté désespérante.

— Vous risquez un conflit qui embrasera le monde entier, vous compris, dit Gamay.

— Plus probablement une simple guerre d'enchères.

Cette discussion le comblait. Dans à peu près vingt-quatre heures, il aura écrasé ses ennemis, aussi bien à l'intérieur qu'à l'extérieur. Il aura prouvé à quel point son intelligence est brillante et il allait bientôt récolter l'argent que lui verserait la Chine et les nouveaux partenaires qu'il allait se faire au Pakistan et en Arabie Saoudite. S'ensuivraient alors des contre-offres venant de l'Inde et de divers pays, ce qui ferait monter les enchères.

— Ils s'en prendront quand même à vous pour combattre vos abominables créatures, dit Paul.

— Bien sûr, répondit Jinn. Mais ils ne me trouveront jamais et ils seront tout aussi incapables de détruire ce que j'ai édifié qu'éradiquer les insectes ou les bactéries qui infestent le monde. Ils réussiront à anéantir des millions de bots de la horde mais les trillions qui resteront continueront à se reproduire. Il sera extrêmement aisé pour les nanorobots de recueillir les restes de leurs morts et d'en utiliser les matériaux pour en fabriquer de nouveaux. C'est ce qu'ils font. Marchetti les a conçus pour qu'ils le fassent.

Rongé par les regrets, Marchetti détourna les yeux.

— De plus si quelqu'un me défie ce ne sera pas sans conséquences, je pourrais répandre la horde aux quatre coins du monde et contrôler les sept mers. Alors, si une nation est assez insensée pour me défier ou simplement refuser de payer le tribut, je veillerai à ce qu'elle le regrette amèrement. Ses zones de pêche seront détruites, ses ressources alimentaires anéanties, ses ports seront infestés et paralysés par le blocus, ses navires attaqués.

— Ils s'en prendront à vous personnellement, lança Paul. C'est vous, le serpent, tout ce qu'ils ont à faire, c'est de vous couper la tête.

— Ils seraient bien avisés de laisser le serpent tranquille, déclara Jinn. Car j'ai déjà programmé dans la horde une sorte de Jugement Dernier. Si je mourais, ou si, pour une raison quelconque, j'étais contraint de l'activer, la horde, de simple arme de précision deviendrait un fléau aux proportions inimaginables, consument, envahissant et détruisant tout sur son passage.

Comme les sauterelles du désert, elle ne laissera que la mort derrière elle.

Les deux Américains se regardèrent avec défaitisme et le silence qui suivit confirma Jinn dans cette impression.

Il s'essuya le front. Il transpirait car la température autour de l'île flottante commençait à s'élever. Une légère brise se mit à souffler, la première depuis des jours, mais elle n'avait rien de rafraîchissant. C'était un vent chaud causé par la différence de température : la tempête s'annonçait.

CHAPITRE 41

APRÈS DES HAUTS ET DES BAS, la chance ne souriait décidément plus à bord du canot.

Sous un soleil impitoyable, les trois passagers n'avaient pour seul abri que quelques pans de la toile des parachutes. La chambre à air du panneau arrière était maintenant si aplatie que cela ne rimait plus à rien de vouloir l'empêcher de se dégonfler davantage. Le canot penchait lamentablement, le coin arrière droit maintenant recouvert d'eau comme un pneu à plat. Et, malgré les vaillants efforts d'Ishmael, le cylindre avant droit ne cessait de se ramollir.

Kurt regarda l'océan à travers un trou du parachute, comme un enfant l'aurait fait avec un costume de fantôme.

– Rien ? demanda Leilani.

– Non, dit-il d'une voix un peu rauque.

Malgré l'eau qu'il avait bue avidement dans l'avion, il avait de nouveau la gorge sèche.

– Nous ferions peut-être bien de remettre le moteur en marche. Nous ne devons pas être sur une route maritime.

Kurt en était convaincu. Peu de navires passaient au beau milieu de l'océan Indien, mais il avait espéré arriver assez près de l'Afrique pour couper une voie maritime depuis la mer Rouge, ou la route d'un pétrolier en provenance du Golfe, comme celles qu'empruntent les navires trop imposants pour passer par le canal de Suez, les obligeant à doubler la Corne de l'Afrique.

Ils en étaient loin. D'au moins une centaine de milles.

— Et nous ne pouvons pas chercher d'autre voie avec l'essence qui nous reste.

— Mais nous n'allons pas nous contenter de rester ici ? demanda-t-elle.

— Nous avons cinq litres de carburant, dit Kurt. Nous ne devons pas les gaspiller pour les regretter aussitôt.

Leilani le fixa d'un regard affolé. Elle tremblait.

— Je ne veux pas mourir.

— Moi non plus, renchérit Kurt. Pas plus qu'Ishmael. Pas vrai, Ishmael ?

— Oh oui, dit Ishmael. Moi pas prêt. Pas prêt mourir.

— Et nous n'allons pas mourir, déclara Kurt. Restez calmes.

Elle hocha la tête. Elle se trouvait toujours à l'arrière du canot, et s'efforçait d'empêcher le cylindre de se dégonfler complètement.

— Vous feriez aussi bien de passer à l'avant, dit-il, celui-là a son compte.

Leilani abandonna le boudin de caoutchouc et vint s'installer à l'avant du canot, à bâbord. Grâce à son poids, le pneumatique arrière droit se redressa légèrement et l'embarcation se stabilisa.

Kurt regarda une nouvelle fois par-dessous leur tente de fortune et estima, d'après la position du soleil, qu'il devait être à peu près trois heures. Il devait attendre la tombée de la nuit pour voir les étoiles, et calculer avec plus d'exactitude leur position afin d'élaborer des plans plus précis.

Laissant son regard errer à l'horizon, il remarqua, par un étrange effet d'optique, comme le mirage d'une route s'ouvrant dans le désert. Il battit des paupières comme pour s'assurer que ses yeux ne le trahissaient pas, mais le phénomène ne fit que s'accentuer.

Sans un bruit, la mer se mit à miroiter. Ce n'était nullement dû aux reflets du soleil sur l'eau, ça ressemblait plutôt à une apparition presque effervescente.

Le phénomène était plus marqué vers l'ouest sous le soleil de l'après-midi, mais on pouvait l'observer aussi bien à l'est, qu'au nord et au sud.

— Kurt ! s'écria Leilani.

Il repassa la tête sous la toile.

— Vous brillez de partout.

Kurt aurait aimé se regarder, mais il était trop surpris par le spectacle qu'offrait Leilani. Il avait l'impression qu'on avait pulvérisé sur elle une poudre scintillante. Même chose pour Ishmael, mais en moins accentué.

— Qu'est-ce que c'est ? demanda-t-elle.

Kurt observa sa main sur laquelle la poudre s'étalait et, par endroits, s'en allait. Il ne ressentait aucune douleur anormale en se frottant la paume avec les doigts. Le scintillement était bien visible, mais il avait beau y réfléchir, impossible d'en trouver la cause. Il n'y avait qu'une explication.

— Les nanorobots de Jinn.

Après leur avoir donné quelques explications sur ces minuscules robots, il leur montra à quel point la mer en était pleine. En regardant vers le fond, il les vit agglomérés en une gigantesque masse compacte, tout en sentant la chaleur qui s'en dégageait. Sur le catamaran, leur expliqua-t-il, on avait retrouvé certaines de ces petites choses.

— Sont-ils dangereux ? demanda Leilani.

— Je ne crois pas, dit Kurt, se gardant bien de préciser qu'ils consommaient des matières organiques. (Heureusement, ceux qui se trouvaient sur leur peau ne semblaient pas d'humeur carnivore, contrairement à ceux qu'il avait affrontés dans le labo de Marchetti.) Malgré tout, je ne serais pas mécontent de croiser un navire possédant une bonne douche.

Leilani essaya de sourire.

Kurt, fasciné par ce spectacle, avait du mal à détourner son regard de cette mer étincelante. Il ne pouvait pas savoir qu'ils étaient pratiquement au bord de la horde de Jinn, et que la concentration en cet endroit et le phénomène de reflet qu'ils observaient n'étaient rien auprès de ce que Paul, Gamay et Marchetti avaient pu voir depuis le poste de contrôle d'Aqua-Terra.

Soudain, un souffle de brise agita un pan du parachute. Kurt vit la toile se soulever, retomber puis se soulever à nouveau.

La brise devenant plus violente, Kurt dut empoigner les cordons pour empêcher le parachute de se gonfler.

– Attachez-le aux poignées sur la droite, dit-il en se tournant vers Leilani.

Sans un mot, elle se leva et en une minute, les cordons des deux parachutes furent fixés. La brise soufflait par l'arrière, légèrement au nord. Un vent chaud comme le sirocco du Sahara.

Leilani et Kurt ne perdirent pas de temps. Le canot était équipé d'une demi-douzaine de poignées et d'une paire de taquets fixés à l'avant. La brise soufflait de plus en plus fort et les pans des deux parachutes claquaient comme des voiles. Leur embarcation prenait de la vitesse.

Kurt ne savait absolument pas d'où venait ce vent, mais peu lui importait. Ils avançaient et c'était l'essentiel.

– Cramponnez-vous ! cria Kurt. J'ai l'impression que nous allons être un peu secoués.

CHAPITRE 42

La prison de l'Aqua-Terra se trouvait au niveau le plus bas de l'île, à peine au-dessus de la ligne de flottaison. De retour maintenant dans leur luxueuse cellule, Paul, Gamay et Marchetti étaient extrêmement déprimés. Pendant cinquante-trois minutes précisément, Jinn les avait gardés attachés au bastingage sous un soleil flamboyant, en plein vent et par une chaleur accablante.

Paul Trout, qui n'avait jamais été de sa vie dans une cabine de bronzage, avait l'impression que le pont d'observation y ressemblait.

L'expérience avait été surréaliste, et le spectacle de ces microscopiques miroirs dansant sur les flots presque hypnotique. Paul avait eu l'impression un peu floue de se trouver au centre d'un brouillard tourbillonnant de milliards de minuscules gouttelettes produites par une soudaine condensation de vapeur d'eau.

Pour se protéger les yeux, il avait dû les fermer pendant pratiquement les cinquante-trois minutes qu'ils avaient passées à l'extérieur. Il n'avait donc gardé de l'océan que le souvenir d'une masse scintillant comme une mer de diamants. Des vaguelettes qui n'existaient pas là une heure auparavant avaient paru s'animer et courir à la surface de l'eau. C'était une vision tout à la fois magnifique et terrifiante.

Après un délai qu'il avait jugé sans doute suffisant, Jinn avait lancé un ordre. Les bots s'étaient alors enfoncés dans l'eau et la mer avait retrouvé l'aspect de n'importe quel autre océan.

— J'ai l'impression de m'être endormi sur la plage, dit Paul, étonné de voir à quel point sa peau était devenue rouge et tendue.

À côté de lui, Marchetti faisait les cent pas devant les grandes baies vitrées, tandis que Gamay essayait de soigner la lèvre de son mari.

— Je t'en prie, demanda-t-elle, reste tranquille.

Elle s'efforçait de badigeonner sa coupure avec un tampon d'ouate imbibé de désinfectant qu'elle avait trouvé dans une trousse de premier secours mais, chaque fois qu'elle approchait, Paul recommençait à parler.

— Nous savons du moins comment ils ont réussi à modifier la température de l'eau, dit Marchetti.

— Ça nous fait une belle jambe, ironisa Paul.

— Paul!

— Je ne bouge pas.

— Si, justement. Là où j'essaie de te soigner.

Paul hocha la tête et garda la bouche ouverte comme un patient chez le dentiste.

Marchetti cessa d'arpenter la pièce.

— La question est de savoir ce qui va arriver maintenant qu'ils sont passés à la vitesse supérieure...

Paul hésita à répondre, attendant aussi longtemps qu'il le put.

— Je peux vous dire exactement ce qui va se passer, dit-il enfin.

Gamay poussa un long soupir et recula, résignée.

— Ils sont en train de créer un large couloir d'eau froide, d'une température qu'on observe plus souvent dans l'Atlantique Nord qu'au milieu d'une mer tropicale. Les chutes de températures de cette ampleur provoquent généralement des tempêtes et des cyclones. Pas seulement dans l'atmosphère, mais aussi sous la surface de l'eau.

— Et, reprit Marchetti, quand la mer cessera de refouler la chaleur à l'extérieur, l'eau froide recommencera à se réchauffer, inversant ainsi la situation.

– Si ce plan se poursuit et réussit, ajouta Paul, la température de l'air ambiant va rapidement chuter, mais uniquement au-dessus de la zone concernée. Sur le reste de l'océan, le climat restera toujours chaud et humide. Et vous savez ce qui se passe quand de l'air chaud et humide rencontre une zone froide ?

– Des tempêtes, dit Marchetti.

Paul acquiesça.

– Voilà quelques années, j'étais dans l'Oklahoma quand un front froid est survenu après trois jours d'humidité, provoquant une série de tornades. À mon avis, il n'y aura ici qu'une seule grosse tempête : un cyclone. Cela ne m'étonnerait pas de voir un hurricane se former dans le secteur.

Gamay avait renoncé à soigner la lèvre de Paul.

– Mais, dit-elle, ici l'océan Indien est calme, les tempêtes se formant généralement au nord et à l'est avant de se diriger vers l'Inde. C'est d'ici que viennent les moussons.

Paul énuméra alors les répercussions que cela pouvait entraîner.

– Nous sommes presque au niveau de l'équateur. Une tempête qui se formerait ici se déplacerait vers l'ouest pour déferler sur la Somalie, l'Éthiopie et l'Égypte.

– C'est déjà ce qui se passe, dit Marchetti. J'ai lu quelque chose à propos de pluies records sur les collines du Soudan et le sud de l'Égypte. L'article disait que le lac Nasser avait atteint le plus haut niveau observé depuis trente ans.

Paul se souvint avoir entendu une information similaire.

– Et ce n'est sans doute qu'un début.

Marchetti marchait de long en large en se frottant le menton.

– Que se passe-t-il quand une tempête vient déstabiliser les masses d'air ?

Paul se tourna vers les fenêtres qui donnaient au sud-ouest en tâchant de se rappeler comment naissent les tempêtes et les facteurs qui les provoquent.

– Les tempêtes déclenchées par Jinn dans le Golfe s'intensifieront en rencontrant les points chauds sur leur passage. Elles accapareront chaleur, humidité et énergie qui d'habitude alimentent les moussons.

— Et l'Inde et l'Asie du sud-est connaîtront alors une sécheresse inhabituelle à cette période de l'année, dit Gamay. Ce dément a réussi ce que des gens cherchent depuis une éternité : prendre le contrôle du temps habituel en détournant les conditions climatiques de leur cours normal.

Marchetti s'assit, accablé.

— Et il a utilisé mes travaux pour y parvenir.

Il se tourna vers eux. C'en était fini du milliardaire rayonnant d'assurance, du concepteur aux idées audacieuses à l'ingénieur rationnel. Toutes les facettes du personnage semblaient avoir disparu au profit d'un homme brisé.

— Que de malheureux, murmura-t-il. Un milliard de gens attendant une mousson qui n'arrivera jamais. Je vais être le plus grand boucher de l'histoire.

Gamay aurait voulu dire quelque chose pour remonter le moral de Marchetti, mais elle semblait ne pas trouver les mots qu'il fallait.

Paul essaya.

— Vous n'avez pas encore laissé un héritage aussi sinistre. Alfred Nobel a bien inventé la dynamite et dirigé une entreprise qui a fabriqué des armes et du matériel de guerre, mais ce n'est pas pour cela qu'on se souvient de lui. Vous avez encore une chance de changer le cours des choses.

— Mais nous sommes tout seuls, murmura Marchetti. Vos amis sont partis. Personne ne peut imaginer ce qui se passe ici.

Paul regarda Gamay qu'il ne voulait surtout pas voir tomber dans le désespoir. Il lui serra bien fort les mains pour la réconforter.

— Je sais tout cela, dit-il à Marchetti. Mais nous allons trouver un moyen. D'abord, il faut sortir d'ici.

Gamay esquissa un petit sourire. Certes, ce n'était pas suffisant pour calmer son angoisse, mais c'était un début.

— Vous voyez comment ? demanda Marchetti.
— J'ai bien une idée, annonça Paul en regardant autour de lui. Seulement, je ne suis pas sûr qu'elle vous plaise vraiment.
— Au point où nous en sommes, rétorqua Marchetti, nous n'avons guère le choix.

CHAPITRE 43

CE VENT INATTENDU CONTINUA À SOUFFLER pendant près de deux heures, menaçant parfois de faire chavirer le canot qui emportait Kurt, Leilani et Ishmael. Au bout d'un moment, les étranges reflets s'évanouirent aussi vite qu'ils étaient apparus.

– Vous croyez qu'ils ont disparu ? avait demandé Leilani.

– J'en doute, répondit Kurt. Ce qui les fait étinceler a disparu, mais je pense qu'ils sont toujours sur nous et dans la mer.

Au bout d'une heure, le vent commença à se calmer afin de retomber tout à fait peu avant le crépuscule. Le côté tribord du canot s'enfonçait davantage dans l'eau et ils n'eurent d'autre choix que de se cramponner aux boudins de bâbord pour ne pas chavirer, tandis que la moindre petite vague balayait le fond de l'embarcation tant elle était inclinée.

Kurt replia les parachutes pour les ranger. Il avait presque terminé quand un cri d'Ishmael le fit sursauter.

– Terre ! Terre devant !

Kurt regarda.

Très bas à l'horizon, dans la lumière déclinante, on distinguait une tache verdâtre difficile à identifier.

Kurt saisit les jumelles et les porta à ses yeux.

– Faites que ce soit une terre, invoqua Leilani en joignant les mains.

Kurt aperçut une étendue verte et des arbres.

— C'est bien une terre, dit-il en donnant une claque sur l'épaule d'Ishmael. Bravo !

Il posa les jumelles et passa à l'arrière du canot. Alors il positionna le robinet du réservoir d'essence sur « réserve » et actionna le démarreur qui, après quelques crachotements, se mit en marche. Kurt tourna la manette des gaz.

L'hélice se remit à tourner, et le canot à demi dégonflé avançait comme un crabe, si bien que Kurt se trouva soudain aspergé d'une eau étonnamment froide.

Au bout de vingt minutes, il distinguait un petit sommet haut d'une quinzaine de mètres, couvert de végétation et entouré d'un terrain plat. Des vagues se brisaient sur le récif qui entourait l'île.

— Un atoll volcanique, annonça-t-il. Il va falloir franchir le récif pour atteindre la terre ferme. Nous serons peut-être obligés de nager.

Il regarda Ishmaël, puis Leilani.

— Vous avez toujours son revolver ?

— Oui, répondit-elle, mais...

— Donnez-le-moi.

Elle lui tendit le pistolet qui, tous deux le savaient, n'était pas chargé. Il ôta le cran de sûreté.

— Elle va te détacher, mais si tu nous causes le moindre ennui, je t'envoie plus de balles que ce bateau n'en a reçues, menaça Kurt.

— Pas problème, dit Ishmael en hochant la tête.

Kurt fit un signe à Leilani qui détacha le prisonnier de l'ancre qu'elle lança par-dessus bord. Elle dénoua ensuite la corde qui le ligotait et la jeta également à la mer.

Kurt surveillait le déroulement de l'opération, mais Ishmael se contenta de remuer les jambes avec un sourire de soulagement.

Ils approchaient maintenant du récif qui entourait l'atoll et les turbulences gagnèrent en force.

— Nous devrions peut-être chercher un passage plus calme, suggéra Leilani.

— Non car le réservoir est presque à sec, répondit Kurt qui préférait essayer par l'accès le plus proche.

Le canot avançait avec peine dans une eau qui passait du bleu foncé au turquoise. Au fur et à mesure qu'ils approchaient, les secousses et les tourbillons étaient plus rudes.

Un instant, une vague de plus d'un mètre de haut les souleva, puis une autre les frappa aussitôt de flanc. Ils retombèrent au creux d'une cuvette, au fond de laquelle ils eurent l'impression d'être aspirés. Le canot frotta contre un récif de corail dont l'hélice arracha un fragment.

Puis deux vagues, arrivées par-derrière, les poussèrent en avant. L'embarcation racla encore le corail tandis qu'une troisième vague déferlait sur eux.

Kurt guidait tant bien que mal le canot, s'aidant à la fois du moteur et du gouvernail. Les remous leur firent franchir la brèche mais, malheureusement, le flanc bâbord heurta violemment le récif, qui déchiqueta les deux boudins.

— Cette fois, cria Leilani, on a pris un rude coup.

— Restez dans le canot aussi longtemps que vous pourrez ! hurla Kurt.

Il poussa une nouvelle fois les gaz à fond. Le moteur tourna une dizaine de secondes puis se mit à crachoter. Kurt voulut ralentir le régime, mais c'était trop tard. Le moteur cala faute de carburant.

— Sautez ! cria Kurt.

Ishmael enjamba la rambarde. Leilani hésita un instant avant de plonger. Une autre vague frappant de plein fouet le canot qui commençait à couler, Kurt à son tour se jeta à l'eau.

Il nageait de toutes ses forces. Mais après vingt-quatre heures sans manger et sans boire, le manque d'eau et les efforts de ces deux jours commencèrent à se faire sentir.

D'abord le courant le fit reculer, puis une vague le poussa en avant. Il parvint à prendre appui sur une branche de corail assez solide et, d'un solide coup de pied, se projeta en avant. Ses bottes ne lui facilitaient pas la tâche, mais elles étaient précieuses chaque fois qu'il devait s'appuyer sur le récif.

Cependant, il parvint à résister au courant qui cherchait à l'entraîner quand, aveuglé par l'écume, il sentit soudain quelque chose de mou tomber sur lui.

C'était Leilani.

Il la retint et profita de la vague suivante pour la pousser en avant. Ils émergèrent entre deux vagues dans une zone plus calme, protégée par la barrière de corail.

Kurt, comme Leilani, nageait avec vigueur. Quand il sentit le sable sous ses pieds, il pataugea jusqu'au rivage, agrippant d'une main le gilet de sauvetage de Leilani pour l'aider à avancer.

Ils franchirent ainsi les derniers remous et s'écroulèrent sur le sable.

Il avait du mal à reprendre son souffle, mais il parvint à lui demander :

— Ça va ?

Hors d'haleine, elle réussit à hocher la tête.

Kurt regarda autour de lui. Ils étaient seuls.

— Et Ishmael ?

— Là ! fit Leilani en tendant le doigt.

Il gisait, le visage dans le sable, balayé par les vagues.

Kurt se releva, s'approcha de lui en trébuchant et le traîna sur le rivage. Ishmael toussa et recracha de l'eau : d'un bref coup d'œil, Kurt comprit qu'il s'en tirerait.

Il eut à peine le temps de s'en réjouir qu'il vit se dessiner sur le sable les silhouettes de deux robustes gaillards armés de fusils.

Il se retourna et aperçut à contre-jour un petit groupe d'hommes vêtus d'uniformes en loques, coiffés de casques et tenant à la main d'antiques carabines.

Comme ils approchaient, il les distingua un peu mieux. Avec leur peau noire, ils avaient l'air d'aborigènes australiens, mais leurs traits étaient plus ceux des Polynésiens. Leurs carabines étaient de vieilles Winchester à chargeurs à cinq coups et leurs uniformes, comme leur casque, rappelaient la tenue des Marines des années 1945. Plus haut sur la plage, Kurt repéra également quelques autres hommes auprès des arbres.

Kurt était à la fois trop épuisé et trop surpris pour réagir en voyant l'un d'eux approcher. Il tenait son arme avec nonchalance, l'air sévère.

– Bienvenue à Pickett Island, dit-il avec un fort accent britannique. Au nom de Franklin Delano Roosevelt, je vous fais prisonniers.

CHAPITRE 44

D'APRÈS CE QUE JOE POUVAIT EN JUGER, ou bien les manœuvres d'arrimage du ferry étaient extrêmement compliquées, ou bien le navire et son capitaine n'étaient pas à la hauteur de leur tâche. Une bonne heure après l'ouverture des portes et une douzaine d'allers-retours, ils finirent par heurter un quai.

Joe resta tapi au fond du camion. Les chauffeurs et les mécaniciens étaient remontés dans leurs véhicules bien avant que le bateau stoppe et commençaient maintenant à remettre les moteurs en marche. Ils les firent tourner quelques minutes et, même si les portes du ferry étaient maintenant ouvertes, Joe était sûr d'être asphyxié par les gaz d'échappement avant qu'ils soient sortis de là.

Enfin, avec une migraine qui lui martelait le crâne, il sentit les camions démarrer. Un par un, ils sortirent de la soute pour déboucher sur le quai. Joe ne se risqua pas à jeter un coup d'œil avant qu'ils aient quitté le port. Mais il fut étonné de la vitesse à laquelle ils roulaient à peine quelques minutes après leur sortie.

Il se glissa derrière les barils jusqu'à l'arrière du plateau. Comme son camion était le premier dans la soute, il fut le dernier du convoi, ce qui signifiait qu'il pourrait, sans risque de se faire repérer, regarder dehors.

En soulevant la bâche de quelques centimètres, il aperçut un ruban de macadam qui se déroulait derrière eux tandis que les camions filaient à une vitesse qu'ils n'avaient jamais approchée au Yémen.

Après vingt heures en mer, il faisait de nouveau presque nuit. Joe examina l'étendue désertique qu'ils traversaient et qui ressemblait étonnamment à ce qu'ils avaient connu dès leur arrivée au Yémen.

– Je croyais qu'on avait laissé tout cela derrière nous, marmonna-t-il.

Il y avait évidemment des différences, à commencer par la route goudronnée. Et plus de végétation aussi ainsi que, de temps en temps, un panneau de signalisation. Comme ils défilaient à vive allure, Joe essaya de les lire, mais il ne pouvait en voir que l'arrière. Ceux de la voie opposée n'étant éclairés que par les feux arrière des gros camions, impossible de les déchiffrer.

Tout ce qu'il remarqua, c'était l'écriture : les caractères avaient le dessin ondoyant de la calligraphie arabe ainsi que les majuscules anglaises, ce qui signifiait qu'il était dans une zone plus civilisée.

Comme Joe guettait de nouveaux panneaux, la nuit commença à tomber et le paysage devint monotone. Seules les odeurs évoluaient. Joe commençait à sentir la poussière, l'humidité et le sable du désert mouillé par la pluie. Cela lui rappelait Santa Fe où il avait grandi, à la fin de la saison sèche. En levant les yeux, il s'aperçut qu'on ne voyait pas une étoile.

Quelques instants plus tard, la pluie commença à tout arroser et Joe entendit le tonnerre au loin. À sa grande surprise, il dut se rendre à l'évidence : ce n'était pas une averse passagère mais une pluie battante qui persistait tandis que le convoi avalait les kilomètres. Bientôt la bâche fut trempée et ruisselante d'eau.

– La pluie en plein désert, marmonna Joe. Je me demande si c'est un bon signe ou le contraire.

Ils passèrent devant d'autres panneaux de signalisation. La chance voulut que, presque au même instant, une voiture qui roulait dans la direction opposée les croisât. Ses phares éclairèrent un panneau assez longtemps pour permettre à Joe de le lire. La pancarte était un peu tordue et les caractères à demi effacés par le sable mais lisibles.

– Marsa Alam, cinquante kilomètres, lut tout haut Joe.

Le nom lui était familier. C'était celui d'un port égyptien de la mer Rouge. Ce devait être là que le ferry les avait débarqués. Ils étaient aux trois quarts de la route allant du Caire à la frontière soudanaise et à deux heures seulement de Louxor.

– Je suis en Égypte, murmura Joe qui comprit vite ce que cela signifiait. Ces types se dirigent vers le barrage d'Assouan.

CHAPITRE 45

LA PLUIE ARROSAIT TOUJOURS LE CONVOI des camions qui continuaient à foncer vers l'ouest après avoir dépassé Marsa Alam. Joe commençait à être pris de frissons.

Après la chaleur du Yémen et l'atmosphère étouffante du ferry cela était salvateur mais, comme la nuit avançait, le froid peu à peu le glaça et Joe dut tirer les pans de la bâche pour se protéger du vent et de l'humidité.

Il y avait quatre heures de route de Marsa Alam à Assouan mais, au bout de trois heures, comme ils sortaient du désert pour aborder la frange habitée qui bordait les rives du Nil, le convoi commença à ralentir.

Les camions empruntèrent un pont moderne pour franchir le fleuve et entrer dans la ville d'Edfu, sur la rive ouest. Joe aperçut au passage des immeubles de plusieurs étages, des boutiques et des bâtiments officiels. Ce n'était pas vraiment une banlieue, plutôt une version poussiéreuse de Berlin-Est en plein désert mais, en tout cas, la civilisation.

Le camion ralentit encore. Joe espérait qu'ils étaient arrivés à un feu rouge, mais il s'agissait d'un rond-point et ils en franchirent les trois quarts avant de reprendre en droite ligne la direction du nord.

Déçu, il se dit que, d'un moment à l'autre, ils allaient s'engager une nouvelle fois sur une grande route et arriver à Assouan sans qu'il ait pu descendre du camion. Comme le moteur gémissait en première avant de reprendre de la vitesse, Joe décida que le moment de débarquer était venu.

Soulevant la bâche, il s'aventura sur le pare-chocs arrière et regarda autour de lui : pas de poteaux télégraphiques, de feux ni de panneaux de signalisation. La voie étant libre, Joe sauta du camion.

Il atterrit sur le macadam mouillé et glissa sur une grande flaque de boue. Il resta là quelques instants à inspecter les camions pour s'assurer qu'aucun chauffeur n'avait été témoin de son acrobatie. Mais ils fonçaient vers le nord dans la nuit, sans changer de vitesse ni freiner.

Trempé et crotté, Joe se releva et regarda autour de lui. Il était dans un terrain découvert et, derrière le rideau de pluie, il aperçut sur sa gauche un grand édifice éclairé par des projecteurs.

Sans se soucier de son épaule ni de sa hanche endolories ou de sa cheville qui recommençait à lui faire mal, il boitilla jusqu'à la zone éclairée où semblaient se côtoyer un chantier de construction et un temple antique. En s'approchant, Joe se rendit compte qu'il se trouvait devant le temple d'Horus, un des sites les mieux conservés de toute l'Égypte.

La façade était ornée de deux ailes immenses, hautes d'une trentaine de mètres, qui se découpaient sur le ciel nocturne. Des statues de près de vingt mètres, taillées dans le mur, étaient séparées par des cavités qui laissaient la lumière pénétrer à l'intérieur du temple.

Dans la journée, le site devait être envahi de touristes mais, de nuit et sous cette pluie battante, il était désert. À l'exception, remarqua Joe, de deux gardiens assis dans une petite cabane éclairée.

Il se précipita vers eux et frappa à la fenêtre, ce qui fit presque tomber de frayeur les occupants.

Comme Joe continuait à frapper, un des gardiens finit par ouvrir.

– J'ai besoin de votre aide, dit Joe.

Le gardien encore abasourdi recouvra ses esprits.

– Ah... bien sûr, dit-il, entrez donc.

Joe ne se fit pas prier. Heureusement pour lui, les gardiens du site étaient choisis en partie pour leur connaissance de l'anglais car nombre de touristes étaient américains et européens.

À peine la porte ouverte, Joe se précipita. Il était trempé et laissait sur son passage un ruissellement d'eau boueuse. Un des gardiens lui tendit une serviette qu'il utilisa aussitôt pour s'essuyer le visage.

— Merci, dit-il.

— Que faites-vous sous cette pluie ? demanda un des hommes.

— C'est une longue histoire, répondit Joe. Je suis américain. J'étais en quelque sorte prisonnier jusqu'à ce que je saute d'un camion en marche. J'aurais vraiment besoin d'utiliser votre téléphone.

— Un Américain, répéta le gardien. Un touriste ? Voulez-vous que nous appelions votre hôtel ?

— Non, dit Joe, je ne suis pas un touriste. Il faut que je parle à la police. En fait, il faut que je parle à des militaires. Nous sommes en danger ici. Nous sommes tous en danger.

— Quelle sorte de danger ? demanda le gardien d'un ton méfiant.

Joe le regarda droit dans les yeux.

— Des terroristes vont faire sauter le barrage.

CHAPITRE 46

LES CINQ CAMIONS DU CONVOI que Joe venait de quitter roulaient vers le nord, abandonnant de temps en temps la route goudronnée pour emprunter un chemin de terre. Ils franchirent le barrage et s'engagèrent sur une voie qui suivait la rive du lac Nasser.

À quelque huit cents mètres de l'ouvrage, ils arrivèrent devant un portail qu'on avait délibérément laissé ouvert et le franchirent. Sabah, qui voyageait dans la cabine du camion de tête, ordonna qu'on éteigne les lumières et que les chauffeurs chaussent des lunettes à vision nocturne.

Dans un black-out total, le convoi atteignit une rampe qui descendait jusqu'au bord du lac.

– Faites reculer les véhicules, ordonna Sabah, l'arrière tourné vers l'eau.

Puis, descendant du véhicule de tête, il entreprit de diriger la manœuvre. Les gros semi-remorques s'alignèrent, la largeur de la rampe leur permettant de se ranger tous les cinq côte à côte comme des crocodiles géants couchés sur la rive.

Avec toute cette pluie, le lac était très haut et la rampe était presque entièrement submergée. Sabah estima qu'il devait y avoir trente mètres de ciment sous l'eau avant qu'elle rejoigne le lit naturel du lac.

À son signal, les camions se mirent à descendre doucement la rampe, les conducteurs vérifiant leur progression dans leur rétroviseur, penchés par les vitres ouvertes.

Comme les gros engins reculaient vers l'eau, Sabah prit dans sa poche un émetteur radio. Il déploya l'antenne, appuya sur le contact et pressa le premier des quatre boutons rouges du boîtier.

À l'arrière des cinq remorques, les fermoirs magnétiques des barils jaunes s'ouvrirent, faisant sauter les couvercles qui glissèrent le long des flancs.

Un voyant vert annonça à Sabah que l'activation avait réussi.

Sans que personne le voie, le sable argenté des nanorobots se mit à tourbillonner comme si des reptiles y étaient dissimulés, et commença à se glisser hors des barils.

Sans se rendre compte de ce qui se passait derrière eux, les chauffeurs, sur le plateau des camions, continuaient à descendre la rampe à reculons en se laissant entraîner par la pesanteur.

Sabah suivait leur progression, enchanté de leur prudence : cela signifiait qu'ils ne lui prêtaient aucune attention.

— Bon, murmura-t-il en pressant le second des quatre boutons rouges.

Dans les cabines, les verrous des portières se bloquèrent, fermant les fenêtres à quatre-vingt-dix pour cent. Tous ces bruits surprirent les conducteurs mais, un instant plus tard, des vapeurs de chloroforme commencèrent à se déverser de leurs petits réservoirs métalliques pour envahir les cabines. Les hommes ne tinrent bon qu'une seconde ou deux, et aucun ne parvint à ouvrir une portière. Un seul réussit à débloquer à moitié une fenêtre avant de perdre connaissance et de s'affaler sur son siège.

Sans attendre, Sabah appuya sur le troisième bouton. Les moteurs des camions se mirent à tourner plus vite et les lourds engins à descendre plus rapidement, fonçant dans l'eau comme une horde d'hippopotames.

Les moteurs avaient été modifiés pour y installer une seconde prise d'air camouflée en tuyau d'échappement qui montait au-dessus du toit de la cabine. Quand Sabah avait activé le pulvérisateur de chloroforme, la première prise d'air s'était refermée et la seconde s'était ouverte. Elle agissait comme un schnorkel qui permettait au moteur de respirer même une fois le camion totalement immergé.

Grâce à cet ingénieux dispositif, les moteurs continuaient à tourner et les roues arrière à faire reculer les camions sur la rampe, puis sur les rochers immergés et ensuite sur le gravier. Ils se déployèrent comme les doigts d'une main, s'enfonçant peu à peu sous l'eau avant de disparaître complètement.

Quand les camions finirent par s'arrêter, ils étaient à dix mètres de profondeur et à une cinquantaine de mètres du rivage.

Les chauffeurs, qui avaient perdu connaissance, ne tardèrent pas à mourir noyés. Si jamais on découvrait leurs corps, on les identifierait sans mal : des Égyptiens hostiles au régime. Personne ne songerait à rendre Sabah et Jinn responsables de cet incident, personne à l'exception du général Aziz, qui serait bien avisé de garder le silence et n'aurait probablement pas d'autre choix que de reprendre sa place à la table des négociations.

Comme les remous se calmaient, Sabah pressa le dernier bouton de sa commande. À huit cents mètres de là, sur la paroi du barrage, deux appareils commencèrent à émettre des signaux de radioguidage.

De la taille d'une valise, mais d'une forme qui rappelait quelque chose comme des crabes métalliques, les deux engins avaient été placés là par des plongeurs quarante-huit heures auparavant. L'un se trouvait juste sous la surface alors que l'autre était accroché une vingtaine de mètres plus bas à la paroi incurvée du barrage.

Si les plongeurs avaient bien fait leur travail, dix trous de trente centimètres avaient déjà été percés sur le mur extérieur et dans l'agrégat entassé derrière. Un groupe de nanorobots spécialisés sortant de chaque crabe articulé serait déjà au travail pour agrandir ces orifices.

La masse s'échappant maintenant des camions allait répondre aux signaux radioguidés et accélérer le travail. Dans six heures, un filet d'eau s'écoulerait à l'extérieur de la paroi du barrage, tout en haut de l'ouvrage. Ce suintement creuserait un passage et l'érosion qui s'ensuivrait ne tarderait pas à en faire un torrent.

Viendrait ensuite le premier stade de la catastrophe : les eaux du lac Nasser déborderaient par le haut de l'ouvrage, élargissant le chenal devenu alors un flot que rien ne pourrait arrêter et qui dévasterait la vallée du Nil. Mais ce ne serait que le prélude.

Le second tunnel, beaucoup plus bas, déstabiliserait le cœur de l'ouvrage. La paroi finirait par céder et une section en V de la construction s'effondrerait d'un seul coup, provoquant un véritable tsunami.

En fait, le général Aziz leur avait rendu service. Entre le message qu'on allait bientôt envoyer d'Assouan et les interventions de Jinn dans l'océan Indien, Sabah doutait qu'aucune nation au monde refuse de céder à leurs exigences ou ose proférer des menaces.

Les Américains accepteraient-ils de voir s'écrouler le barrage Hoover, Las Vegas rayé de la carte par le déferlement des eaux et les États du Sud privés en même temps d'eau et d'électricité ? La Chine permettrait-elle que le barrage des Trois Gorges connaisse un sort comparable ? Sabah ne le pensait pas.

Il jeta la télécommande dans le lac et s'éloigna. Un chameau l'attendait à moins d'un kilomètre de là. Il l'enfourcherait, enroulerait son keffieh autour de son visage et disparaîtrait dans le désert comme les Bédouins le faisaient depuis mille ans ou davantage.

CHAPITRE 47

Quelques heures après avoir été arrêté à Pickett Island, Kurt Austin se réveilla dans une cabane au toit de tôle. À peine avait-il été fait prisonnier que Kurt s'allongea sur le sol mais en ouvrant les yeux, il fut déçu de constater qu'il n'avait pas rêvé.

Les hommes en treillis l'avaient tiré de là pour l'emmener dans une autre cabane cachée sous les arbres qui faisait office de tribunal. Leilani et Ishmael étaient là aussi.

Derrière un bureau au fond de la pièce se tenait un insulaire, aborigène ou polynésien semblait-il qui, apparemment, présidait l'audience. Plus grand et plus mince que l'homme qui les avait découverts sur la plage, et nettement plus âgé, se dit Kurt, qui distinguait parmi ses cheveux noirs ébouriffés quelques mèches grises.

– Je suis le dix-huitième Roosevelt de Pickett Island, déclara l'homme.

– Le dix-huitième Roosevelt ? répéta Kurt.

– C'est exact, dit le juge. Et à qui ai-je l'honneur ? Vous voudrez bien décliner votre nom.

– Je suis le premier Kurt Austin des États-Unis d'Amérique, dit Kurt. Du moins, le premier à ma connaissance.

Les juges et le reste de l'assistance poussèrent un soupir collectif alors que Kurt tentait de comprendre la scène dont il était témoin.

Lors du trajet depuis la plage jusqu'aux cabanes dissimulées parmi les arbres, ils avaient vu de nombreuses fortifications, des tranchées, des emplacements pour mitrailleuses ainsi qu'une suite de bâtiments délabrés parmi lesquels de vieilles cabanes au toit de tôle réparé tant bien que mal avec du chaume et des feuilles de palmier tressées.

Des hommes en treillis verts les attendaient, leurs uniformes en aussi mauvais état que les cabanes. Les carabines M1 qu'ils portaient avaient quand même l'air authentiques – Kurt en avait chez lui plusieurs dans sa collection – mais, à sa connaissance, pas un soldat n'en avait utilisé depuis la guerre de Corée.

Leilani à son tour déclina son nom, tout comme Ishmael, mais aucun des deux ne le fit comme Kurt ni ne précisa son pays d'origine.

Le dix-huitième Roosevelt reprit la parole.

– Vous êtes accusés d'intrusion criminelle, de port d'armes illégal et d'espionnage. Vous serez considérés comme combattants ennemis et prisonniers de guerre. Dites-nous ce que vous entendez plaider.

– Plaider ? balbutia Leilani.

– Oui, déclara le juge. Appartenez-vous ou non aux forces de l'Axe ?

Leilani tira Kurt par sa manche.

– Que se passe-t-il ? De quoi parlent-ils ?

Kurt essayait de comprendre, quand une idée lui vint.

– Je crois que c'est ce qu'on appelle un culte du cargo, chuchota-t-il.

– Un quoi ?

– Dans le Pacifique, pendant la Seconde Guerre mondiale, des îles peuplées de sociétés tribales se sont soudain trouvées prises dans le tourbillon de la plus formidable guerre qu'on ait jamais vue. On revendiquait le moindre îlot ayant une valeur stratégique pour l'utiliser d'une façon ou d'une autre, souvent pour entreposer des provisions apportées par bateau en quantités incroyables : ce que les soldats et les marins appelaient du cargo.

De la tête, il montra les soldats qui les entouraient.

— Pour des gens appartenant à des sociétés tribales, voir des hommes tomber du ciel ou débarquer de gros navires pour apporter ce qui leur paraissait d'immenses quantités de nourriture et de produits manufacturés, c'était comme l'arrivée de petits dieux.

— Vous vous payez ma tête, dit-elle.

— Absolument pas. Pour s'assurer le soutien de ces insulaires, on leur faisait cadeau de beaucoup de choses qui leur arrivaient comme une manne tombée du ciel. Mais, une fois la guerre terminée et les soldats repartis, le choc a été rude. Finie, cette abondance déversée par les bateaux et les avions ! Disparus, ces grands oiseaux argentés descendant du ciel !

« Presque partout, la vie reprit son cours normal mais, sur quelques îles, les tribus ont commencé à chercher des moyens d'encourager le retour des soldats et de leur manne. C'est ce qu'on appela le culte du cargo.

Les chuchotements de Kurt agaçaient visiblement un second juge, qui semblait occuper un rang plus modeste dans la hiérarchie que le dix-huitième Roosevelt.

— Les accusés doivent répondre ! ordonna-t-il.

— Nous préparons notre défense, répondit Kurt.

Il termina ses explications.

— Une pratique courante était d'imiter ce qu'ils avaient observé sur les bases américaines. On voyait, par exemple, des hommes s'exercer comme dans un camp d'entraînement. S'habiller comme de jeunes recrues. Porter de faux fusils taillés dans du bois. Ils sonnaient chaque matin le réveil, saluaient le drapeau... Ils avaient même des grades, remettaient des décorations et organisaient des funérailles militaires.

— C'est formidable, dit Leilani d'un ton sarcastique, mais nous ne sommes pas dans le Pacifique. Et ces types ne brandissent pas des fusils en bois.

— Non, reconnut Kurt. Il y a ici quelque chose de différent.

Il remarqua d'autres détails. Des cartes géographiques sur un bureau, une boussole, un baromètre à côté d'un sextant. Un vieux gilet de sauvetage et deux plaques d'identité posées à la place d'honneur sur le bureau du dix-huitième Roosevelt. Une casquette de base-ball aussi, qui devait bien avoir soixante-dix ans, était accrochée plus loin.

— Assez de discussions, déclara le dix-huitième Roosevelt. Vous allez présenter votre défense, sinon, nous allons passer au réquisitoire.

— Nous plaidons non coupables, dit Kurt. Nous sommes américains comme vous. Enfin, au moins deux d'entre nous.

Les juges les toisèrent.

— Comment pouvez-vous le prouver ? demanda l'un d'eux. Elle pourrait être une espionne japonaise.

Cette déclaration agaça Leilani.

— Comment osez-vous me traiter d'espionne ! Et même si j'avais du sang japonais, quel mal à cela ?

— C'est votre cas ?

— Pas du tout. Je suis citoyenne américaine, de l'État de Hawaii.

— Elle veut dire du territoire de Hawaii, précisa Kurt.

— Vraiment ?

— Absolument, insista Kurt. Ce n'est devenu un État qu'en 59.

Leilani le fixa de ses grands yeux bruns. Il y avait dans ce regard de la confiance, mais aussi de l'espoir et une certaine confusion.

— Laissez-moi parler à votre place, lui souffla Kurt, puis il se tourna vers le juge principal : Ce qu'elle veut dire, c'est qu'elle a grandi non loin de Pearl Harbor. Elle est allée bien souvent visiter le mémorial de l'*Arizona* pour rendre hommage à ceux qui sont morts le 7 décembre.

Cela parut calmer le juge.

— Et vous ? demanda-t-il à Kurt.

— Je travaille pour la NUMA, l'Agence nationale maritime et sous-marine. C'est un organisme du gouvernement des États-Unis, fondé par l'amiral James Sandecker.

— Sandecker ? répéta le second juge.

— Jamais entendu parler de lui, dit un troisième.

— C'est un authentique amiral, insista Kurt. Un de mes amis. Je suis allé bien des fois chez lui. Il est maintenant vice-président des États-Unis.

Cela impressionna visiblement les juges.

— Le vice-président est un de vos amis ? demanda l'un d'eux.

Les autres se mirent à rire.

Le dix-huitième Roosevelt secoua la tête.

— Il me semble impossible que le nouvel Harry Truman soit l'ami d'un homme aussi débraillé.

Kurt s'examina rapidement. Il était couvert de contusions et avait une barbe de quatre jours. L'uniforme qu'il avait volé était un peu grand, et déchiré par endroits.

— Vous ne me voyez pas vraiment sous mon meilleur jour, dit-il.

Leilani se pencha vers lui.

— Le nouvel Harry Truman ?

— J'ai l'impression qu'ils ont un peu mélangé les noms et les titres, murmura Kurt. Quelqu'un a dû venir ici en leur disant que le chef du pays était Roosevelt et le vice-président, Truman.

— Voilà pourquoi ce type est le dix-huitième Roosevelt de Pickett Island ?

— Je crois bien.

— Je m'y perds un peu, murmura Leilani.

Kurt aussi. Mais il se dit que cette situation présentait certains avantages et que de toutes façons, avec la vie de ses compagnons en jeu, il n'avait pas d'autre choix que d'en profiter.

— Ce que je dis est vrai, assura Kurt. Et si je suis ici, sur Pickett Island, dans l'état où me voyez c'est parce que je viens juste d'échapper à des ennemis des États-Unis qui m'ont attaqué.

Les hommes parurent impressionnés et échangèrent quelques mots à voix basse.

— Comment peut-on être sûr que c'est un Américain ? dit le second juge.

— Il ressemble beaucoup à Pickett, dit le dix-huitième Roosevelt.

— Il pourrait être allemand. Il s'appelle Kurt.

Le dix-huitième Roosevelt parut penser que c'était une bonne question à poser et se tourna vers Austin.

— Il faut nous prouver que vous êtes bien américain.

— Dites-moi comment.

— Je vais vous poser quelques questions. Si vous répondez comme le ferait un Américain, nous croirons à votre histoire. Si ce n'est pas le cas, nous vous considérerons comme coupable.

— Allez-y, fit Kurt avec assurance.

— Quelle est la capitale de l'État de New York ?

— Albany, dit Kurt.

— Très bien. Mais c'était facile

— Alors, posez-m'en une plus difficile.

Le juge fronça les sourcils en regardant Kurt avant de formuler la question suivante.

— Que signifie l'expression « feinte non réglementaire du lanceur » au base-ball ?

Kurt fut surpris. Il s'attendait à une autre question de géographie ou d'histoire, mais à la réflexion, c'était astucieux : on pouvait apprendre facilement l'histoire ou la géographie d'un pays, mais connaître les règles obscures d'un sport national, c'était plus difficile. Heureusement, Kurt avait beaucoup joué au base-ball dans sa jeunesse.

— Il y a différentes fautes de ce genre, dit-il, mais en général, on la dénonce quand le lanceur ne marque pas nettement son arrêt avant d'attaquer.

Les juges acquiescèrent à l'unisson.

— Troisième question : qui était le seizième Roosevelt des États-Unis ?

Kurt supposa qu'il voulait dire le seizième président.

— Abraham Lincoln.

Les juges échangèrent des regards approbateurs. Kurt sentit que la situation s'améliorait.

— J'ai l'impression de participer à un mauvais jeu télévisé, chuchota Leilani.

– Encore une question, dit le dix-huitième Roosevelt. Dites-nous ce qu'on entend par le bâtiment construit en l'honneur de Ruth ?

Kurt sourit : il aperçut la vieille casquette de l'équipe des Yankees. Quelqu'un qui avait inspiré le comportement de ces hommes avait aimé le base-ball et longtemps vécu à New York[1].

– C'est le Yankee Stadium, sur le Bronx, répondit-il, puis il ajouta, pour le plus grand plaisir des juges : on lui a donné ce nom en souvenir de Babe Ruth, le plus grand joueur de base-ball de tous les temps.

– Très bien, lança le dix-huitième Roosevelt, ravi. Seul un véritable Américain connaîtrait ces choses-là.

– Absolument, convinrent les autres. Mais… et la femme ?

– Elle est avec moi, dit Kurt.

– Et l'homme ?

Kurt hésita.

– Il est mon prisonnier.

– Alors, dit un des juges, il sera aussi le nôtre.

– Notre premier prisonnier, proclama le dix-huitième Roosevelt dans l'enthousiasme général. Qu'on l'emmène.

– Il doit être traité dans le respect de la convention de Genève, précisa Kurt d'un ton sévère.

– Bien entendu. Mais il sera gardé jour et nuit. Sur Pickett Island, nous n'avons jamais perdu de prisonnier. Il est vrai que nous n'en avons encore jamais eu. Il ne s'évadera pas.

Sans qu'il puisse se défendre, on entraîna Ishmael. Kurt pensa qu'il serait bien traité. Comme la salle commençait à se vider, il s'approcha des juges.

Le dix-huitième Roosevelt lui tendit la main.

– Toutes mes excuses pour vous avoir traité ainsi, dit-il. Mais je devais m'assurer de votre identité.

– C'est bien compréhensible, dit Kurt en lui serrant la main. Puis-je vous demander votre nom ?

– Je m'appelle Tautog, dit le juge.

---

1. Allusion à Babe Ruth, célèbre joueur de base-ball.

— Et vous êtes le dix-huitième Roosevelt de l'île, confirma Kurt.

— Oui, dit Tautog. Tous les quatre ans, on choisit un nouveau dirigeant. Je suis le dix-huitième. Voilà deux ans que je défends l'île et la Constitution des États-Unis d'Amérique.

Kurt fit un rapide calcul. Si chaque mandat était de quatre ans et que Tautog n'exerçait le sien que depuis deux ans seulement, cela signifiait que le premier Roosevelt avait été nommé voilà soixante-dix ans, en 1942.

C'est au cours de la Seconde Guerre mondiale que les habitants de l'île sont entrés en contact avec quelqu'un qui a fait d'eux une petite unité combattante. Mais il semble bien que personne ne leur a dit que la guerre était finie.

Kurt regarda l'équipement et le gilet de sauvetage de son interlocuteur. Il aperçut un nom à demi effacé, impossible à lire.

— Un navire a abordé ici ? dit-il.

— Oui, dit Tautog. Un gros navire de feu et d'acier. Le *John Bury*.

— Que lui est-il arrivé ? demanda Kurt.

— La quille est ensablée sur la côte est de l'île. Le reste, nous l'avons démonté et nous l'avons utilisé pour bâtir des abris et des défenses.

— Des défenses ? demanda Leilani. Contre quoi ?

— Contre la Marine impériale japonaise et contre les attaques suicides de l'infanterie, répondit Tautog comme si c'était l'évidence même.

Kurt l'arrêta avant qu'elle puisse continuer. Tautog et ses camarades étaient extrêmement isolés, et pas seulement géographiquement. Il ne savait pas quelle serait leur réaction en apprenant que c'en était fini depuis soixante-dix ans de la guerre où on les avait précipités.

— Qui vous a entraînés ? demanda Kurt.

— Le capitaine Pickett et le sergent-chef Arthur Watkins, du Corps des Marines des États-Unis. Ils nous ont fait faire l'exercice, ils nous ont appris à nous battre, à nous cacher, à repérer l'ennemi.

— Et qu'est-il arrivé quand ils sont partis ?

Tautog n'avait pas l'air de comprendre la question.

– Ils ne sont pas partis, dit-il. Ils sont tous les deux enterrés ici avec leurs troupes.

– Ils sont morts ici ?

– Le capitaine Pickett a succombé à ses blessures huit mois après que le *John Bury* se fut échoué. Le sergent, lui aussi, était grièvement blessé. Il ne pouvait pas marcher, mais il a survécu près d'un an et nous a appris à combattre.

Kurt trouvait l'histoire stupéfiante. Il n'avait jamais entendu parler d'un culte du cargo où des Américains étaient restés sur place. Il regrettait de ne pas pouvoir joindre Sir Julien Perlmutter pour avoir accès à sa formidable collection d'ouvrages sur la guerre navale. Le cargo en question avait sans doute été classé *disparu et présumé coulé*, en ayant juste droit à une note en bas de page.

– Je ne saisis pas, dit Leilani. Pourquoi auriez-vous besoin de vous battre ? Je comprends qu'il y avait la guerre et les Japonais, mais cette île est si petite, si loin de tout. Je ne crois pas que les Japonais aient pu – je veux dire puissent – s'intéresser à la conquérir.

– Ce n'est pas l'île que nous protégeons, dit Tautog. C'est la machine que le capitaine nous a confiée.

Kurt haussa les sourcils.

– La machine ?

– Oui, dit Tautog. La grande machine. La Machine à Faire Mal.

CHAPITRE 48

Kurt Austin n'avait aucune idée de ce qu'était la Machine à Faire Mal mais, avec un nom pareil, il voulait absolument le découvrir. Il lui fallait d'abord s'habituer à son nouveau statut de célébrité.

Après la réception plutôt glaciale qu'ils avaient connue, Leilani et lui étaient devenus les hôtes d'honneur de Pickett Island. Le fait d'être leur premier visiteur américain depuis soixante-dix ans et de connaître le présent Harry Truman avait amené ces insulaires en salopettes à traiter Kurt comme MacArthur à son retour des Philippines.

Après leur avoir offert de l'eau fraîche, on leur avait permis de se doucher et de se changer pour endosser des treillis comme les autres insulaires ; on leur avait servi un repas de poisson fraîchement pêché ainsi que des mangues, des bananes et de l'eau de coco recueillie dans les noix qui poussaient en abondance sur l'île.

Pendant qu'ils se restauraient, Tautog et les trois autres leur racontaient comment tout ce qu'ils possédaient et tout ce qu'ils connaissaient leur venait du capitaine Pickett et du sergent Watkins. Ils ne le disaient pas expressément, mais il semblait que ces deux-là avaient, comme par magie, créé leur civilisation, et qu'on les considérait donc comme des personnages mythiques.

Le repas terminé, on emmena Kurt et Leilani faire un tour de l'île.

Kurt admira l'ingéniosité remarquable déployée dans toutes les installations. Des structures en plaques d'acier rouillé étaient dissimulées parmi les arbres. Des tranchées et des tunnels reliaient la grotte, qui faisait fonction de réservoir, à des citernes creusées pour recueillir l'eau de pluie. Partout, il apercevait des matériaux prélevés sur l'épave du navire : vieilles chaudières, canalisations et poutres d'acier. On avait même juché la cloche du *John Bury* sur une hauteur pour qu'on puisse alerter la population en cas d'urgence ou d'attaque des Japonais.

— Je n'arrive pas à croire que personne ne leur ait dit que la guerre était finie, chuchota Leilani tandis qu'ils marchaient sous les palmiers, à quelques pas derrière leurs guides.

— Je ne pense pas qu'ils aient beaucoup de visiteurs, dit Kurt.

— Est-ce que *nous*, nous ne devrions pas les mettre au courant ?

Kurt secoua la tête.

— Je crois qu'ils n'ont pas envie de savoir.

— Comment cela ?

— Ils se cachent du monde, dit Kurt. Cela a dû faire partie de la stratégie de Pickett de mettre à l'abri cette Machine à Faire Mal.

Elle hocha la tête.

— Et si nous partions d'ici en les laissant continuer à vivre cachés ? suggéra-t-elle. C'est une île après tout. Ces gens doivent avoir des bateaux. Nous pourrions peut-être en emprunter un.

Kurt savait qu'ils avaient des embarcations, car Tautog avait dit que le camp comprenait en fait deux autres îles qu'on ne pouvait voir que du pic central. Cela représentait un trajet de quinze, peut-être vingt milles, pensa-t-il. Si un bateau pouvait franchir cette distance, il pourrait rejoindre les routes maritimes. Si c'était là qu'on voulait aller.

— Ils ont bien des bateaux, dit Kurt. Mais *nous* n'irons nulle part, ce sera juste moi.

Leilani parut choquée, et, crispée, s'arrêta net.

— Pardon ?

— Vous êtes en sécurité ici, dit-il.

— Ça ne veut pas dire que j'ai envie de rester. Je ne tiens pas à jouer les Robinson.

— Faites-moi confiance. Je veux que vous ne couriez aucun risque pendant que j'essaie d'atteindre Aqua-Terra.

Elle marqua un temps comme si elle essayait de bien comprendre ce qu'il venait de dire.

— Vous retournez là-bas ? Est-ce que nous n'avons pas failli nous noyer en essayant d'en partir ?

— Et nous avons atterri ici, dit Kurt. Notre situation s'améliore.

— Vous ne croyez tout de même pas que revenir sur cette île flottante contrôlée par des terroristes renversera la tendance ?

— Si j'arrive armé de fusils en bénéficiant de l'élément de surprise, ça se pourrait bien...

Elle le dévisagea une seconde comme si elle cherchait à déchiffrer ses pensées.

— Vous voulez parler de vos copains sur l'île ?

Il acquiesça.

— Il n'y a pas que cela, dit Kurt, Jinn est là-bas. Et il mijote quelque chose de plus terrible que le terrorisme, le trafic d'armes ou le blanchiment d'argent.

— Par exemple ?

— Tout cela a démarré par des recherches sur les différences de température de l'eau. L'évolution du climat en Inde est devenue instable. Le pays a connu deux années avec très peu de pluies et cette année-ci semble vouloir être plus sèche encore. Votre frère étudiait l'évolution des courants et des températures, car nous pensions que cela pouvait être causé par un phénomène encore inconnu du genre El Niño/La Niña.

Elle hocha la tête.

— Et il a découvert ces petits engins lancés par Jinn dans le but de se répandre dans tout l'océan.

— Exactement, fit Kurt. Et lorsqu'ils ont commencé à refléter la lumière du soleil, j'ai pu sentir la chaleur qui montait de l'eau. Il doit y avoir un rapport entre ces deux phénomènes. Je ne sais pas très bien pourquoi, mais Jinn est en train de manipuler cette différence de température, et l'effet papillon de produire des résultats horribles.

Ils étaient maintenant arrivés sur la côte est de l'île, où se dressait un petit escarpement de six ou sept mètres de haut. Devant eux, on apercevait une large étendue de sable permettant d'accéder bien plus facilement au récif que la voie empruntée par Kurt.

Il espérait qu'ils étaient finalement arrivés à la seule chose qu'il voulait voir.

Tautog tendit la main vers la plage.

– Le capitaine Pickett nous disait que, si les Japs arrivaient, ce serait ici qu'ils attaqueraient.

C'était compréhensible, se dit Kurt : cela semblait une plage facile à prendre.

– Alors, il nous a fait installer la Machine à Faire Mal de ce côté de l'île.

Tautog fit signe à un groupe d'hommes puis ils se dirigèrent vers une clôture faite de chaume sur un côté. Derrière, encastrée dans une grotte, une étrange installation rappela à Kurt un système d'enceintes acoustiques. Larges d'un mètre vingt et hautes de peut-être trente centimètres, elles constituaient un ensemble rectangulaire divisé en rangées de boîtiers hexagonaux, quatre rangées de dix apparemment en bon état.

– Mettez le contact, dit Tautog.

Derrière lui, deux hommes se mirent à effectuer un mouvement de va-et-vient sur une sorte de levier. On aurait dit des bûcherons en grain de couper une bûche avec une grande scie à deux poignées, alors qu'en fait ils actionnaient un grand volant. Celui-ci était fixé aux bobines d'un générateur qui, au bout de quelques secondes, fit tourner rapidement la roue et la dynamo qui y étaient branchées.

Un crépitement continu sortit bientôt des boîtiers du système d'enceintes. À une trentaine de mètres de là, une ondulation commença à iriser la surface de l'eau et, en quelques instants, une grosse vague éclaboussait tout, comme si l'eau se mettait à bouillir.

Tautog leva l'autre main. Le long de l'escarpement, on retira sept autres haies de camouflage. Lorsqu'on mit en marche les générateurs de ces unités, tout le front de mer fut balayé à son tour.

Kurt vit les poissons s'enfuir, sautant les uns par-dessus les autres comme des saumons remontant un barrage de roches. Deux oiseaux de nuit piquèrent vers eux, croyant qu'ils offraient une proie facile, mais se détournèrent soudain comme s'ils s'étaient heurtés à un champ de force.

Une sorte de vibration émanait incontestablement des haut-parleurs, même si Kurt n'entendait qu'un crépitement continu, comme des lignes à haut voltage transportant un courant trop fort.

— Des ondes sonores.

— Oui, dit Tautog. Si les Japs viennent, ils n'iront jamais plus loin que la plage.

Kurt remarqua que les oiseaux et les poissons avaient l'air indemnes.

— Ça ne me paraît pas mortel.

— En effet. Mais la douleur que cela provoque les fera tomber à genoux. Ils feront des cibles faciles.

— Une arme de sons, dit Leilani. Cela paraît fou, mais c'est vrai qu'on le voit déjà dans la nature. En plongeant avec Kimo, j'ai pu observer des dauphins utiliser leur système de localisation par écho pour mettre les poissons k.o. avant de les happer dans leur gueule.

Kurt avait entendu parler de cette méthode, mais n'en avait jamais été le témoin. Il connaissait une autre forme d'armes fonctionnant sur les vibrations sonores.

— Les militaires travaillent depuis pas mal d'années sur des systèmes de ce genre. La méthode consiste à utiliser des procédés qui ne sont pas mortels pour contrôler les mouvements de foule, ce qui évite toutes ces balles en caoutchouc et ces bombes de gaz lacrymogène. Mais je ne savais pas que cette idée datait de la Seconde Guerre mondiale.

— Et ça marche comment ? demanda Leilani.

— À mon avis, dit Kurt, par simple vibration harmonique. Les ondes sonores se propagent à des vitesses légèrement plus rapides les unes des autres et sous des angles un peu différents. Elles convergent sur la zone où on voit l'eau s'agiter, ce qui amplifie l'effet. Un peu comme un rayon sonore.

— Je suis contente que vous ne vous en soyez pas servi sur nous, dit Leilani à Tautog.

— Vous n'êtes pas arrivés par la bonne plage, répondit tranquillement Tautog.

— Remercions-en le ciel ! s'exclama Kurt.

Comme il regardait l'eau bouillonnante, une idée lui vint soudain mais, pour la mettre en pratique, il avait besoin de connaître l'efficacité réelle de la Machine à Faire Mal.

— Je voudrais essayer cet engin.

— Si vous voulez, nous pouvons faire une démonstration sur le prisonnier.

— Non, dit Kurt, pas sur le prisonnier. Sur moi.

Tautog lui jeta un regard intrigué.

— Vous êtes un curieux personnage, Kurt Austin.

— Je fais ce qu'il faut pour survivre et faire mon travail, dit Kurt. En outre, je ne tiens pas à faire souffrir qui que ce soit. Même un ancien ennemi.

Tautog réfléchit un instant, mais ne fit aucun commentaire. Il tourna un bouton, et l'enceinte à côté d'eux se tut, libérant dans le mur de son un passage permettant d'accéder à la plage.

Leilani prit le bras de Kurt.

— Vous êtes fou !

— Probablement, dit Kurt, mais j'ai besoin de savoir.

— Je vous préviens, annonça Tautog, le choc va être douloureux.

— Si étrange que cela puisse paraître, répondit Kurt, j'espère sincèrement que oui.

Une minute plus tard, Kurt était sur le sable, au bord de l'eau. Il remarqua quelques poissons qui flottaient, immobiles : apparemment, ils ne s'en étaient pas tous tirés indemnes.

Autour de lui, les vagues de son provenant des autres enceintes continuaient à faire vibrer l'air et l'eau, mais presque tout ce déferlement d'énergie restait supportable pour l'oreille. Ce qu'il percevait, c'étaient juste des sons un peu bizarres.

Kurt se retourna vers l'escarpement rocheux tout au fond de la plage. Il vit Leilani, les mains crispées devant sa bouche. Tautog restait fièrement debout et Kurt se redressa comme un gladiateur prêt à combattre.

– Allons-y, dit Kurt.

Tautog abaissa la commande. Kurt sentit une douleur fulgurante lui traverser tout le corps, comme si la totalité de ses muscles était au même instant pris de crampes. Sa tête résonnait et ses tympans semblaient prêts à se percer.

Rassemblant toutes ses forces et toute sa volonté, Kurt parvint à rester debout. Il essaya d'avancer, mais il avait l'impression de traîner derrière lui une pierre énorme. Il pouvait à peine bouger.

Il réussit à faire un pas, puis un autre, mais la douleur devint si intolérable qu'il s'écroula sur le sable en se couvrant les oreilles et la tête.

Il entendit Leilani crier :

– Arrêtez ! Vous allez le tuer.

Dans d'autres circonstances, Kurt aurait mis ces paroles sur le compte de l'hystérie, mais les vagues de douleur déferlaient sur son corps tout entier et il se dit qu'elle avait peut-être raison.

Le haut-parleur se tut, et la torture cessa comme un ruban élastique qui se rompt : quelques secondes plus tôt, elle l'envahissait et d'un coup, elle avait disparu.

Complètement épuisé, Kurt gisait sur le sable, incapable de rien faire d'autre que respirer.

Leilani se précipita et se laissa tomber près de lui.

– Ça va ? demanda-t-elle en le faisant rouler sur le flanc.

Il fit oui de la tête.

– Vous êtes sûr ?

– Je n'en ai pas l'air ? parvint-il à dire.

– Pas vraiment, fit-elle.

– Mais si, insista-t-il. Je vous le jure.

— Je ne vous connais pas depuis très longtemps, dit-elle en l'aidant à s'asseoir, mais vous n'êtes vraiment pas dans votre état normal.

Malgré son épuisement, Kurt ne put s'empêcher de rire. Il avait espéré quelque chose du genre *Je ne veux pas vous perdre* ou *Je commençais à tenir à vous.*

— Qu'est-ce qu'il y a de si drôle ? demanda-t-elle.

— Je ne m'attendais pas vraiment à ce genre de réaction, dit-il. Mais vous n'avez peut-être pas tort.

Elle sourit.

— Jusqu'où suis-je allé ? (Il avait l'impression d'avoir escaladé l'Everest avec un lourd fardeau sur les épaules.)

— Vous avez fait un peu plus de cinquante centimètres, répondit-elle.

— Pas plus ?

— Tout cela n'a duré que quelques secondes, précisa-t-elle.

Cela lui avait paru une éternité.

Autour d'eux, les autres enceintes se turent. Tautog, qui venait les voir, arriva au moment où les premières petites vaguelettes commençaient à venir clapoter sur la plage.

— Je suis d'accord avec elle, dit-il. Vous n'êtes même pas proche de la normale.

Kurt sentit ses forces revenir.

— Eh bien, maintenant que nous avons réglé cette question, ma prochaine requête ne devrait pas vous surprendre.

Il tendit la main à Tautog qui s'en saisit et l'aida à se relever.

— Et quelle serait cette requête ?

— J'ai besoin d'un bateau, dit Kurt, d'une douzaine de fusils et d'une de ces machines.

Tautog avait deviné.

— Vous projetez d'aller délivrer vos amis.

— Oui, dit Kurt.

— Et vous croyez vraiment, dit Tautog en souriant, que nous allons vous laisser partir tout seul ?

CHAPITRE 49

DEPUIS QU'IL AVAIT DÉCOUVERT LA GUÉRITE des gardes devant le temple d'Horus, la chance avait résolument tourné pour Joe Zavala.

D'abord, ce n'avait pas été une mince affaire de trouver, sous une pluie battante, des responsables disposés à lui parler. Lorsqu'il y était parvenu, aucun ne comprenait l'anglais, ce qui avait obligé le gardien à servir d'interprète. La conversation s'avérait délicate et malgré ses vaillants efforts, Joe était certain que d'importants détails se perdaient à la traduction.

Chaque fois qu'il tentait de clarifier les choses, les regards passaient de la perplexité à l'incrédulité, puis à l'agacement.

Quand Joe assurait que chaque seconde perdue accentuait la menace, ses interlocuteurs se mettaient à crier en le montrant du doigt comme s'il les menaçait au lieu de les avertir.

Peut-être était-ce ainsi que les messagers porteurs de nouvelles inquiétantes se faisaient abattre.

Il fut d'abord expulsé de la cabane des gardiens sous la menace d'un revolver puis jeté à l'arrière d'une camionnette et conduit jusqu'à un baraquement militaire pour se retrouver dans un cachot.

La cellule était d'une saleté répugnante et Joe ne trouvait aucune consolation à se dire que, tôt ou tard, cinquante trillions de litres d'eau se déverseraient du barrage en miettes pour venir la nettoyer.

Cependant, la chance tourna quand l'équipe de relève arriva, vers quatre heures du matin, accompagnée d'un officier qui parlait un peu anglais.

Le major Hassan Edo portait un treillis dépourvu de tout ornement à l'exception d'un badge avec son nom. Il avait une cinquantaine d'années, des cheveux coupés très court, un nez aquilin et une moustache à la Clark Gable.

Il se carra sur sa chaise, posa les pieds sur l'énorme bureau devant lui et alluma une cigarette qu'il tint entre deux doigts sans jamais tirer une bouffée.

— Que les choses soient claires, déclara le major. Vous vous appelez Joseph Zavala. Vous affirmez être américain – détail qui serait plutôt un handicap actuellement dans notre pays – même si, concernant ce dernier point, il est aujourd'hui impossible de le vérifier. Vous dites être entré en Égypte sans passeport, sans visa ni papier d'aucune sorte. Sans même permis de conduire ou carte de crédit.

— Sans chercher à plaider ma cause avec exagération, commença Joe, *entré en Égypte* implique un acte volontaire. Or, j'étais prisonnier, aux mains de terroristes déterminés à causer à votre pays de gros dommages. J'ai réussi à leur échapper, je suis venu ici vous alerter et j'ai jusqu'à maintenant été traité comme un dangereux agitateur.

Le major lui lança un regard sans expression. Joe marqua un temps.

Le major Edo retira ses pieds du bureau pour les poser sur le sol avec un bruit sourd. Il reprit dans le cendrier la cigarette qu'il y avait déposée, hésita un instant à la fumer mais finit par se pencher vers Joe.

— Vous venez nous avertir que des ennuis nous menacent ?

— Oui, insista Joe. Des terroristes venus du Yémen vont détruire le barrage.

— Le barrage ? répéta Edo d'un ton incrédule. Le grand barrage d'Assouan ?

— Oui, celui-là même.

— Avez-vous vu le barrage ?
— Seulement en photo, reconnut Joe.
— Il est fait de pierre, de rochers et de ciment, déclara le major avec ferveur. Il pèse des millions de tonnes. À la base, il a une épaisseur de six cents mètres. Ces hommes – s'ils existent – pourraient bien faire sauter sur sa paroi vingt-cinq tonnes de dynamite, ils n'en arracheront qu'un petit fragment.

Le major ponctuait chaque phrase en brandissant sa cigarette, et toujours sans la porter à ses lèvres. Il finit par se rasseoir, très content de son discours.

— Je vous le dis, conclut-il, ce barrage est indestructible.
— Personne n'a parlé de le faire sauter par la base, répondit Joe. Ils vont percer une ouverture en haut, juste au-dessous du niveau de l'eau, là où la paroi est la plus étroite.
— Comment ? demanda le major.
— Comment ?
— Oui, dites-moi comment. Pensent-ils venir avec des pelleteuses et des terrassiers et se mettre à creuser sans que nous nous en apercevions ?
— Bien sûr que non, répliqua Joe.
— Alors, dites-moi comment ils vont s'y prendre ?

Joe allait parler mais resta la bouche ouverte sans prononcer un mot.

— Je vous écoute, dit le major avec un soupçon d'impatience.

Joe referma la bouche. Étant donné la situation, il pouvait soit dévoiler ce qu'il savait et expliquer au major que le barrage serait démoli par de si petites machines que personne ne les verrait, au risque de voir le major éclater de rire et le congédier, soit inventer quelque chose en se contentant de brouiller les pistes pour lancer le major à la recherche d'une menace différente.

— Puis-je donner un coup de téléphone ? finit-il par demander.

S'il parvenait à contacter l'ambassade américaine ou la NUMA, il pourrait au moins prévenir quelqu'un d'autre du danger qui les menaçait tout en l'avertissant de la présence d'un imposteur à bord de l'île flottante.

— Monsieur Zavala, nous ne sommes pas en Amérique. Vous n'avez le droit de passer un coup de téléphone ni à un avocat ni à aucune autre personne.

Joe essaya une autre tactique.

— Écoutez-moi, expliqua-t-il. Il y a là-bas cinq semi-remorques identiques recouverts de grandes bâches qui roulent vers le nord, transportant sur leur plateau des barils jaunes, de grands bidons emplis d'une substance argentée de consistance sablonneuse. Trouvez-les et interrogez les chauffeurs. Je suis certain que vous constaterez qu'ils n'ont ni visas, ni passeports, et pas davantage de cartes de crédit.

— Mais oui, dit le major d'un ton méprisant en arrachant d'un bloc une page qu'il parcourut à la lumière d'une lampe.

— Les cinq mystérieux camions en provenance du Yémen, dit-il. Nous les cherchons depuis que vous nous avez raconté votre histoire. Par avion, en voiture, à pied. Nous n'avons trouvé aucun camion. Ni ici, ni dans aucun entrepôt assez grand pour les abriter. Ni à proximité du barrage, ni sur la rive du lac. Pas même sur la route de Marsa Alam. Ces camions existent, je crois, uniquement dans votre imagination.

Joe eut un soupir de déception. Il n'avait pas la moindre idée de l'endroit où avaient pu aller les semi-remorques. Les hommes d'Edo avaient dû manquer quelque chose.

Le major repoussa le bloc-notes.

— Pourquoi ne pas nous dire vraiment où vous voulez en venir ?

— J'essaie simplement de vous aider, répliqua Joe, découragé. Pouvez-vous au moins faire inspecter le barrage ?

— L'inspecter ?

— Oui. À la recherche de fuites, de fissures. Tout ce qui pourrait sortir de l'ordinaire.

Le major réfléchit une seconde, se carra dans son fauteuil et hocha la tête.

— Excellente idée.

— N'est-ce pas ?

– Oui. C'est précisément ce que nous allons faire.
– *Nous ?*
– Bien entendu, dit le major en se levant, finissant par écraser la malheureuse cigarette. Comment saurais-je quoi chercher si je ne vous emmène pas ?

Joe se demandait si l'idée lui plaisait.

– Gardes ! cria le major.

La porte s'ouvrit. Deux policiers égyptiens entrèrent.

– Passez-lui les menottes et amenez-le sur le quai. J'emmène notre invité faire un tour.

Pendant que les hommes passaient les menottes à Joe, le major reprit :

– Vous constaterez alors que le barrage est indestructible, et nous pourrons de ce pas mettre fin à cette comédie et discuter des raisons qui vous amènent chez nous, quelles qu'elles soient.

CHAPITRE 50

Vingt minutes plus tard, Joe remontait le Nil en pleine nuit à bord d'une vedette de patrouille. Le major égyptien donnait des ordres au soldat qui manœuvrait tandis qu'un troisième personnage était planté devant Joe, un fusil d'assaut entre les mains.

L'air était frais et la pluie avait heureusement cessé. Le ciel s'était dégagé et les étoiles brillaient de nouveau. À cette heure-là, il y avait peu de trafic sur le fleuve, pourtant la vallée était brillamment éclairée. Les deux rives bordées d'hôtels et de bâtiments les plus divers étaient illuminées. Le barrage étincelait sous l'éclat des projecteurs comme un stade de football un soir de match.

Le barrage d'Assouan, construit en remblai essentiellement avec un agrégat de terre et d'enrochements, se fondait beaucoup mieux dans le paysage que des ouvrages comme le barrage Hoover dans le Colorado. Au lieu de voir se dresser un monstrueux mur gris au fond d'une étroite vallée, Joe découvrit une immense structure en pente, une sorte de gigantesque rampe presque de la couleur du désert qui l'entourait.

Une mince couche de béton protégeait de l'érosion l'extérieur de l'ouvrage. Sous cette carapace s'entassait un mélange compact de roche et de sable au centre duquel une couche d'argile descendait jusqu'à une structure en béton pour compléter son étanchéité.

Et, derrière ce barrage, un mur d'eau de plus de cent mètres de haut.

— Faut-il vraiment être de ce côté du barrage ? murmura Joe.

— Qu'y a-t-il ? demanda le major.

— Ne pourrait-on pas inspecter le barrage depuis l'autre côté, ou même d'en haut ?

Le major secoua la tête.

— Nous cherchons une fuite, non ? Comment comptez-vous la découvrir d'en haut ? Elle ne peut se trouver que sous l'eau.

— J'espérais que vous utiliseriez des caméras sous-marines, un appareil de plongée télécommandé ou quelque chose d'approchant.

— Nous n'avons rien de ce genre, répondit le major.

— Je connais pas mal de gens, proposa Joe. Je pourrais probablement vous en procurer à un prix intéressant.

— Non, merci, monsieur Zavala, dit le major. Nous allons inspecter la paroi du barrage d'ici. Je vous montrerai qu'elle est solide et nous discuterons ensuite du long séjour en prison qui vous attend pour m'avoir fait perdre mon temps.

— Formidable, marmonna Joe. Assurez-vous seulement que ma cellule soit loin d'ici.

La vedette poursuivit sa patrouille, pénétrant dans la zone interdite qui s'étendait sur un kilomètre en aval de l'ouvrage.

Construit dans les années 60 avec l'aide des Soviétiques, le barrage comportait deux sections distinctes. À la droite de Joe, la façade ouest ressemblait à une large muraille inclinée. De l'autre côté, à l'est, après un promontoire triangulaire hérissé de lignes à haute tension et de transformateurs, se dressait un mur de béton vertical percé de trouées faisant office de déversoirs. De là jaillissaient des torrents d'eau qui faisaient tourner les turbines avant de retomber dans le fleuve pour reprendre un cours plus paisible.

Joe remarqua que dans ce bief l'eau était pour le moment relativement calme.

— Vous ne produisez pas d'électricité ?

— Les déversoirs ne sont ouverts qu'au minimum, expliqua le major. La nuit nous n'avons pas besoin d'une puissance maximale. Le pic de la demande se situe l'après-midi, pour alimenter les climatiseurs et l'éclairage des magasins.

Plus ils s'approchaient, plus Joe prenait conscience de l'énormité de l'ouvrage. La rampe gigantesque était plus large et moins à pic qu'il ne s'y attendait, et faisait davantage penser à un pan de montagne tombé dans le fleuve qu'à une structure construite par l'homme.

– Quelle est l'épaisseur du barrage ?

– Neuf cent quatre-vingts mètres à la base.

Presque un kilomètre, se dit Joe. Il commençait à comprendre pourquoi le major faisait montre d'une telle assurance. Mais Joe avait quelques notions de génie hydraulique et il se rappelait ce qu'il avait vu dans le bassin de démonstration au Yémen.

Sur la maquette, la brèche s'était ouverte tout en haut, et c'était à cet endroit précis que l'effondrement avait commencé.

– Nous ne verrons rien d'en bas, dit-il. C'est le haut qui doit être inspecté. Il faut envoyer des équipes sur le barrage lui-même pour repérer des fuites.

Le major semblait exaspéré.

– J'avais pensé que cette visite vous convaincrait qu'il est ridicule de vous obstiner à nous faire perdre notre temps, dit-il. Je n'ai absolument pas l'intention de vous jeter en prison. Je voulais juste vous « faire marcher » comme on dit. Mais, si vous continuez à mettre ma patience à l'épreuve, je vais me mettre en colère et je n'aurai pas d'autre solution que de...

Le major s'interrompit. Il regardait derrière Joe, à une quinzaine de mètres plus loin.

Joe se retourna. Il distingua un filet phosphorescent à l'endroit où l'eau entrait en contact avec le barrage, une sorte de turbulence que rien ne justifiait. L'eau ruisselait le long de la paroi comme si quelqu'un avait laissé un robinet ouvert un peu plus haut.

– Oh ! non, murmura Joe.

– Allez plus près, ordonna le major en se dirigeant vers l'avant du bateau.

Le pilote tourna la manette des gaz et la vedette fonça. Quelques secondes plus tard, ils arrivaient juste en face de la paroi du barrage et braquaient deux projecteurs sur l'eau qui ruisselait.

— L'eau coule de plus en plus vite, observa Joe.

Il leva les yeux vers la paroi tandis que le major inclinait un des projecteurs : un filet d'eau serpentait au flanc de la paroi.

— Non, murmura le major Edo. C'est impossible !

— Je vous jure, insista Joe, que nous sommes tous en danger, la vallée comprise.

Pétrifié, le major scrutait l'eau.

— Heureusement ce n'est pas grand-chose, dit-il.

— Ça va s'aggraver, affirma Joe. Pouvez-vous voir d'où cela vient ?

Le major manœuvra le projecteur pour suivre le mystérieux filet d'eau qui disparaissait à l'endroit où la lumière devenait plus faible.

— C'est impossible, répéta le major qui avait perdu son ton supérieur.

— Il faut donner l'alerte, insista Joe. Que tout le monde s'éloigne du fleuve.

— Cela va déclencher une panique, dit le major. Et si vous vous trompiez ?

— Je ne me trompe pas.

Le major, paralysé, semblait incapable de prendre une décision.

— Détachez-moi, cria Joe. Je vais vous aider à examiner la paroi. Une fois que nous aurons trouvé l'origine de la fuite, nous pourrons peut-être faire quelque chose et, au moins, vous aurez une certitude.

Pendant ces atermoiements, le flux ne cessait de grossir. On aurait dit maintenant que deux robinets étaient grands ouverts.

— Je vous en prie, major.

Il finit par se secouer, arracha le trousseau des mains du garde, ouvrit les menottes de Joe et les entraves qu'il avait aux pieds.

— Suivez-moi, dit le major en s'emparant d'un talkie-walkie.

Joe enjamba le bastingage et se mit à grimper avec le major le long de la paroi inclinée du barrage, suivant la traînée d'eau qui ruisselait de plus belle.

La pente du barrage d'Assouan ne dépassait pas treize degrés, et se montrait donc relativement praticable si on ne courait pas à toute vitesse. Après avoir parcouru deux cents mètres à l'horizontale et une trentaine à la verticale, le major était essoufflé, tandis qu'aucune brèche n'avait été repérée.

— Le flux grossit, dit-il en regardant l'eau.

Joe aperçut des grains de sable et divers sédiments tourbillonnant dans le flot, signe que l'eau avait commencé à creuser la paroi.

— Il faut aller plus haut, dit-il.

Le major acquiesça et les deux hommes reprirent leur ascension. Le temps d'arriver à une quinzaine de mètres de la crête du barrage, le flot d'eau s'étalait maintenant sur presque deux mètres de large et charriait des éclats de roche ainsi que de l'écume. Tout à coup, une section de la paroi céda et la coulée doubla aussitôt de volume en dévalant vers eux.

— Attention ! hurla Joe en tirant le major de côté.

Tous deux s'écartèrent. Impossible désormais de nier la réalité.

Le major porta la radio à ses lèvres.

— Ici le major Edo, annonça-t-il. Je signale une alerte de niveau 1. Déclenchez les alarmes et procédez à une évacuation totale de la zone. Le barrage présente une avarie.

Quelque chose d'inintelligible grésilla dans le talkie-walkie et le major répondit aussitôt :

— Non, il ne s'agit ni d'un exercice ni d'une fausse alerte ! Le barrage est menacé ! Je répète : le barrage risque de s'effondrer très bientôt !

Une autre petite section du bord supérieur céda et une eau écumante dévala la pente avec fracas. Quiconque mettait en doute l'avertissement du major n'avait qu'à regarder par sa fenêtre et voir de lui-même.

Au loin, des hurlements de sirènes s'élevèrent dans le noir comme pour prévenir d'un raid aérien.

En bas, la vedette de patrouille filait vers le sud.

– Lâches ! s'indigna le major.

Joe ne pouvait honnêtement pas les blâmer, mais le major et lui étaient à l'évidence dans un beau pétrin. Le barrage commençait à trembler sous leurs pieds. La structure avait beau être massive et la brèche ne mesurer pour le moment que quatre mètres de large, ils se trouvaient tous les deux bien trop près pour être en sécurité.

– Courez, cria Joe en empoignant le major par l'épaule et en se précipitant vers la crête du barrage. Il faut arriver là-haut, c'est notre seule chance.

CHAPITRE 51

Les ténèbres s'étaient déjà abattues sur la mer d'Oman et l'océan Indien. En Égypte, le ciel s'était éclairci mais restait encombré de nuages sur l'océan. Au point que, deux heures avant l'aube, Kurt Austin ne voyait plus les étoiles.

Ce qui le contrariait vivement car, debout sur une embarcation de cinq mètres de long, il naviguait à l'aide d'un vieux sextant en se guidant sur des cartes jaunies datant de la Seconde Guerre mondiale.

Il s'agissait d'un canot à balancier, une sorte de croisement entre le célèbre radeau du Kon-Tiki et un canoë hawaiien. Il avait une proue relevée, une partie centrale élargie et une poupe carrée. Il avançait à la rame ou, de préférence, grâce à une étrange voile triangulaire appelée pince de crabe, qui se déployait sur un côté de l'embarcation.

La pince de crabe était une ancienne voile utilisée depuis plus de mille ans et qui se montrait très efficace sur les bateaux de petite taille sans en gâter la ligne. À l'avant, Kurt avait ajouté un spi qui permettait à l'embarcation de naviguer plus près du vent.

Suivait la flottille de Pickett Island comprenant quatre autres canots similaires.

Leur plan était de se glisser sans bruit à bord de l'île flottante et d'en prendre le contrôle. Avec dix-huit hommes, sans compter Leilani et Kurt, cinq Machines à Faire Mal et quarante carabines

– le surplus pour armer les prisonniers que Kurt espérait libérer –, le combat serait à peu près égal à condition qu'ils atteignent le champ de bataille.

Kurt reposa le sextant.

– Toujours rien ? demanda Leilani.

– Non. Nous naviguons à l'aveuglette.

Il revint vers Tautog.

– Gardons ce cap pour l'instant.

Tautog acquiesça. C'était lui qui pilotait, aidé par son neveu Varu.

Cela faisait cinq heures que la petite flottille avait pris la mer. Ils avaient bien avancé car les vents s'étaient inversés, phénomène assez fréquent lorsque la nuit tombe sur la côte. Cela les arrangeait mais n'aurait jamais dû se produire en plein océan. Kurt y vit un effet des manipulations de Jinn sur le temps.

– Vous êtes inquiet, interrogea Leilani en s'approchant.

– J'ai peur de ne vous conduire nulle part, répondit Kurt en se penchant une fois de plus sur les vieilles cartes du *John Bury*.

Pickett avait relevé la position exacte de l'île et l'avait indiquée sur la carte où ne figurait jusqu'alors que le bleu de l'océan. Il avait entouré d'un cercle deux autres îles avec l'inscription *Archipel Bury*, et avait certainement revendiqué le tout au nom des États-Unis.

Leilani regarda par-dessus son épaule.

– Où sommes-nous ?

– À peu près ici, indiqua Kurt en désignant un point sur la carte.

– Et où se trouve Aqua-Terra ?

– Très bonne question.

Après avoir découvert la Machine à Faire Mal, Kurt avait aussitôt consulté les cartes. À la suite d'une série de calculs, il avait estimé la position d'Aqua-Terra, en supposant, peut-être un peu légèrement, qu'elle était restée dans la même zone. En tenant compte du vent et de la distance par rapport à Pickett Island, il avait conclu qu'en partant tout de suite, ils pourraient rejoindre l'île flottante avant le lever du soleil.

Le moindre retard les aurait contraints à attendre la nuit suivante, car approcher Aqua-Terra de jour aurait été suicidaire. Et un retard de vingt-quatre heures c'était laisser Paul, Gamay et les autres entre les mains de Jinn. Autrement dit un jour de plus pour permettre à Jinn de mener à bien ses projets. Autant d'éventualités que Kurt refusait d'envisager. La flottille avait donc appareillé en toute hâte.

En fait, grâce aux vents favorables, les canots avaient filé plus vite que Kurt ne s'y attendait. Ils avaient donc pris de l'avance sur l'horaire prévu, mais il semblait aussi qu'ils étaient sur le point de se perdre.

– La dernière fois que nous avons vu Aqua-Terra, dit-il, elle se trouvait juste ici. Si elle n'a pas bougé, nous devrions être arrivés.

– J'aperçois de la lumière à bâbord, annonça Varu.

Tous les regards se tournèrent dans cette direction. Et effectivement, à environ trois milles, ils aperçurent quelque chose qui ressemblait à un vaisseau fantôme. Mais c'était bien l'île de Marchetti, plongée dans l'obscurité, éclairée seulement de quelques lumières ici ou là.

– Vous disiez ? fit Leilani en souriant.

Kurt sourit à son tour.

– Virons au nord-est, dit-il à Tautog en tendant le bras.

– Pourquoi ne pas continuer tout droit ? interrogea Leilani.

– Un demi-mille cap nord-est et nous pourrons virer et foncer avec un vent arrière sur l'île. Cela nous donnera plus de vitesse et nous facilitera la manœuvre.

– Et s'ils nous repèrent ? demanda-t-elle.

– L'île mesure six cents mètres de long, compte jusqu'à vingt étages par endroits, et nous avons failli la manquer. Nous sommes sur un radeau sans lumière par une nuit brumeuse. Une vigie ne pourra nous voir que lorsque nous serons sous son nez. D'après Ishmael, Jinn n'a pas plus de trente hommes à bord, dont au moins une moitié doit dormir. Il y a peu de risques qu'on nous repère.

Les estimations de Kurt n'étaient qu'aux trois quarts exactes. Vingt sur les trente hommes de Jinn dormaient, quelques-uns surveillaient la prison alors que d'autres travaillaient dans la salle des machines avec les hommes d'équipage de Marchetti qui s'étaient ralliés à Jinn. Seules deux vigies étaient à leur poste et faisaient leur ronde avec l'enthousiasme de gardes mal payés.

L'un d'eux, assis devant le radar de surveillance, avait même réussi à éviter ces patrouilles assommantes pour rester au poste de contrôle.

Jusqu'à maintenant, aucune image n'était apparue sur l'écran et cela durait depuis si longtemps que l'homme, trop occupé qu'il était à lutter contre le sommeil, ne vit même pas deux silhouettes se dessiner sur le moniteur.

Les images disparurent rapidement puis réapparurent quelques minutes plus tard avec des précisions sur la distance à laquelle se trouvaient les intrus, mais très vite elles furent remplacées par un carton annonçant CONTACT PERDU.

Inquiet maintenant, le garde se redressa sur son siège.

Venait-il d'apercevoir quelque chose. Si oui, où et comment cette présence s'était-elle volatilisée ?

Il scruta la nuit par la baie vitrée et, ne remarquant rien d'anormal, saisit de grosses jumelles puis sortit sur le pont d'observation. Avec le brouillard, il ne voyait toujours rien. En partie parce qu'il passait son temps à scruter le ciel pour repérer un avion ou un hélicoptère, mais aussi parce que, même en veilleuse pour la nuit, les lumières de l'île ne permettaient pas d'observer plus loin que la zone qu'elles éclairaient. Même s'il avait braqué son regard droit sur les radeaux de bambou, il n'aurait distingué que le voile blanc de la brume.

Déçu, il revint se poster devant l'écran du radar et resta là, immobile, tel un chat surveillant un trou de souris.

CHAPITRE 52

Avec sa petite flotte de canots en bois d'allumettes, Kurt approchait de l'île d'Aqua-Terra. Elle avait surgi de la brume et paraissait aussi grande que le rocher de Gibraltar. Il eut soudain l'impression d'attaquer un éléphant.

– C'est gigantesque ! s'écria Tautog.
– Mais presque vide, lui rappela Kurt.
– Et s'ils ont reçu des renforts depuis notre départ ? s'inquiéta Leilani.

Il se tourna vers elle, l'air contrarié : il n'avait vraiment pas besoin en ce moment d'entendre la voix de la raison.

– Décidément, il faut que vous rencontriez Joe, lança-t-il. On a dû vous séparer à la naissance.

Kurt décida de se diriger vers la prison de Marchetti, à l'arrière de l'île. Il avança sur la proue en contournant le bas de la voile et détacha la bâche qui protégeait l'enceinte de la « Machine à Faire Mal ».

– Leilani, dit-il, avec l'aide de Varu, commencez à charger cet engin.

Elle s'approcha du générateur. Ce n'était pas facile de l'actionner sur cette petite embarcation mais, une fois que le volant aurait atteint une vitesse de rotation convenable, le poids du disque fournirait la puissance nécessaire.

Kurt entendit la dynamo tourner et vit l'aiguille du compteur monter peu à peu. Il procéda alors aux réglages nécessaires.

Ils étaient maintenant assez près pour que la masse de l'île les cache des deux tours principales ainsi que du poste de contrôle, les éloignant de tout radar. Seule la présence des gardes posait un problème. Si Kurt en repérait, il devrait leur envoyer une décharge sonore et, si cela ne suffisait pas, il avait près de lui une carabine qu'il avait testée.

La visibilité étant meilleure, il commença à distinguer les hublots du pont inférieur. Les cinq derniers étaient ceux de la prison.

Kurt reprit les vieilles jumelles et ne perçut aucune activité derrière les cinq hublots vaguement éclairés.

Il songea d'abord à passer par l'échelle et la passerelle situées à l'arrière, puis changea d'avis car un garde pouvait y être posté en permanence. Il décida de tenter autre chose.

D'un geste de la main, il fit signe aux autres radeaux de le suivre et ils se dirigèrent tous vers la cinquième fenêtre. Kurt se trouvait maintenant à une trentaine de mètres de l'île – soit presque la distance qui était la sienne quand il avait reçu les ondes sonores sur la plage. Il abaissa la manette sur VEILLE et braqua l'enceinte vers le hublot.

Tandis que Leilani et Varu fournissaient toujours l'huile de bras pour activer le moteur, Kurt régla la machine sur trente-cinq mètres et poussa la commande sur MARCHE. Aussitôt, les sons commencèrent à sortir des enceintes et le verre épais du hublot se mit à trembler.

— Augmentez la puissance, dit-il.

Tautog vint remplacer Leilani et l'aiguille du cadran passa dans le rouge tandis que Kurt maintenait le rayon dirigé vers la cible.

Le verre du hublot était de plus en plus secoué par les ondes sonores. Un bruit étrange et lancinant, semblable au chant d'un bol tibétain, se mit à retentir au-dessus de l'eau. Kurt se demanda si cela n'allait pas trahir leur présence, mais il était trop tard pour arrêter l'opération.

— Plus fort, murmura-t-il encore puis, voyant Varu en nage et épuisé, il le remplaça. Le radeau dérivait un peu, mais heureusement Leilani gardait la machine braquée sur la vitre.

Leur tentative semblait sur le point d'échouer car le verre du hublot choisi pour affronter les ouragans résistait quand, tout à coup, il entendit les machines de deux autres radeaux se mettre en marche, leurs ondes dirigées sur le même hublot.

Sous la poussée de ces trois vagues sonores, la vitre du hublot vola aussitôt en éclats, mais elle explosa vers l'intérieur, ce que Kurt n'avait pas prévu. Il espérait que Marchetti et les Trout avaient eu le réflexe de s'en écarter.

Dans leur cellule, Gamay perçut une étrange vibration qui lui donna l'impression d'avoir des bourdonnements d'oreille.

– Qu'est-ce qui se passe ? demanda Paul.

Gamay comprit que ce n'était pas son imagination qui lui jouait des tours.

– Je n'en ai aucune idée, dit-elle.

Elle tendit la tête comme quelqu'un qui chercherait à repérer dans le silence de sa maison le cri-cri d'un grillon.

Le bruit devint peu à peu plus intense. Si un chien s'était trouvé dans la pièce, il se serait à coup sûr mis à hurler.

– Nous sommes peut-être enlevés par des extra-terrestres, suggéra Marchetti.

Gamay ne releva pas. Le bruit l'avait attirée vers la grande baie dominant l'océan. Elle colla son visage contre la paroi vitrée. Dans l'obscurité qu'éclairaient à peine les quelques feux allumés sur l'Aqua-Terra, elle aperçut un rassemblement de radeaux indigènes et reconnut la silhouette de celui posté en tête.

– C'est Kurt, annonça-t-elle.

Paul et Marchetti se précipitèrent.

– Que fabrique-t-il ? demanda Paul en considérant l'étrange spectacle. Et qui sont ces gens avec lui ?

– Je n'en ai pas la moindre idée, répondit Gamay de plus en plus intriguée.

Alors qu'ils observaient les deux autres embarcations qui venaient s'aligner sur celle de Kurt, l'étrange résonance monta d'une ou deux octaves. Un fracas de verre brisé se fit entendre sur leur gauche.

— Je crois qu'il essaie de nous sauver, dit Marchetti.

— Oui, acquiesça Gamay à la fois fière et navrée. Malheureusement, il ne s'attaque pas à la bonne cabine.

Dans le couloir, les hommes chargés de la garde des prisonniers entendirent aussi la vibration. Ils crurent d'abord que le fauteuil de massage se remettait en marche. Mais lorsque les carreaux volèrent en éclats, ils comprirent qu'il s'agissait d'autre chose.

Ils se levèrent d'un bond.

— Allez voir ce que font les prisonniers, ordonna leur chef.

Les deux hommes saisirent leurs armes et se précipitèrent dans le couloir tandis que leur chef appelait sur son portable le poste de contrôle. Au bout de quatre sonneries, personne n'avait encore répondu lorsque des bruits de verre brisé provenant de la cabine d'en face attirèrent son attention.

Il supposa que les prisonniers tentaient de s'échapper ou, plus invraisemblable encore, que quelqu'un s'était introduit par la baie vitrée. Il referma son téléphone, se leva de son bureau et prit son revolver.

Il éteignit l'éclairage du couloir, s'approcha prudemment de la porte d'où venait le bruit et la poussa grand tout en braquant son arme.

Il trouva la cabine plongée dans l'obscurité et sentit un souffle de brise balayer la pièce. Il inspecta les lieux sans rien remarquer d'anormal, en tout cas, aucun intrus. Quelque chose pourtant avait brisé la vitre.

Il s'avança, des éclats de verre crissant sous ses pieds. Il distingua dans le brouillard une forme qui flottait à côté de la coque. En s'approchant, il découvrit deux étranges bateaux à voile. Ni l'un ni l'autre ne ressemblaient à ceux que pouvaient utiliser les Forces Spéciales américaines. Il avança encore dans la cabine et entendit un bourdonnement bizarre avant de sentir tout son corps se contracter sous l'effet d'un courant à haute tension.

La douleur remonta le long de ses bras puis descendit sur son torse. Son cou se tendit et, parce que ses mâchoires se crispaient, il se mordit la langue. Il lâcha son revolver en tombant à genoux sur les débris de verre. La douleur diminua lorsqu'il heurta le sol, mais ne disparut pas complètement.

Une silhouette enjamba l'appui de la fenêtre brisée et atterrit près de lui.

Le garde chercha l'arme qu'il avait laissée tomber lorsqu'il sentit alors la semelle d'une lourde botte se poser sur sa main et lui écraser les doigts. Il recula en gémissant et fut aussitôt assommé d'un coup de crosse de carabine.

De leur prison, Gamay, Paul et Marchetti virent Kurt et deux autres hommes lancer des grappins et escalader la coque de l'île. De la pièce où ils étaient enfermés, ils ne pouvaient pas savoir dans quelle cabine le hublot avait été brisé, mais Marchetti était certain qu'elle se trouvait une ou deux portes plus loin.

– Ils vont sûrement venir jusqu'ici, déclara-t-il. Ils n'ont qu'à se débarrasser des deux gorilles postés dans le couloir et nous serons libres.

Une certaine agitation devant leur porte attira l'attention de Gamay.

– Est-ce que ça pourrait être eux ?
– C'est trop tôt, assura Paul.
– Alors, ce sont les gardes.

Gamay retourna se poster près de la porte. Elle entendit le garde tourner la clef dans la serrure. Elle plongea sur le sol, glissa jusqu'à la prise de courant fixée en bas de la cloison au moment où la porte s'ouvrait.

Le plan de Paul exigeait une parfaite synchronisation : il s'agissait d'utiliser le fauteuil de massage comme arme. Arrivée au pied du mur, Gamay saisit le cordon électrique et enfonça la fiche dans la prise de courant.

Une première gerbe d'étincelles fusa de la cloison, puis une autre de la porte métallique sur laquelle l'un des gardes avait la main. Il reçut une violente décharge et fit un bond en arrière. Des étincelles jaillirent des fils électriques qu'ils avaient arrachés du fauteuil et enroulés aux gonds de la porte en même temps qu'un fusible sautait quelque part.

Paul se jeta sur le garde pour lui arracher son arme. Après une brève lutte, il le calma en lui décochant un violent coup de genou dans l'aine. Avec l'aide de Marchetti, il le traîna à l'intérieur de la pièce et le ligota avec un drap pendant que Gamay débranchait le cordon électrique et bloquait la porte pour l'empêcher de se refermer. D'un bref coup d'œil, il constata que le couloir était désert.

– Allons-y, dit-elle.

Paul et Marchetti, laissant le garde gémir sur le sol, se glissèrent dans le couloir et se dirigèrent vers la droite.

Kurt avait atteint le poste de garde de la prison conçue par Marchetti. Il ressemblait plus à la réception d'une station thermale qu'à l'antichambre d'une geôle. Sur un comptoir d'un blanc immaculé, Kurt remarqua un ordinateur et un petit standard téléphonique tout aussi blancs.

Tautog et Varu arrivèrent. Kurt leur désigna certains endroits d'où ils pourraient se défendre contre toute approche.

– Restez en alerte, leur conseilla-t-il.

Il s'apprêtait à se précipiter dans le tournant du couloir quand il aperçut trois silhouettes qui se dirigeaient vers lui. À son grand soulagement, il reconnut Gamay, Paul et Marchetti.

– Mon vieux, s'exclama Gamay, on est contents de te voir. On te croyait mort.

Kurt les entraîna derrière le comptoir.

– Moi aussi, j'avais peur qu'ils vous aient liquidés. Qu'est-ce que vous faites en dehors de votre cachot ?

— Nous venons de nous échapper, dit Gamay.

— Dire que je me suis donné tout ce mal pour essayer de vous libérer ! s'exclama Kurt en souriant.

— Joe n'est pas avec toi ?

— Non, il y a deux jours, au Yémen, il a décidé de continuer le voyage sur un camion.

— Un camion qui allait où ?

— Bonne question, fit Kurt.

Que Paul, Gamay et Marchetti soient restés prisonniers au lieu d'avoir été libérés par une équipe des Forces Spéciales prouvait que Joe n'était pas encore tiré d'affaire... Bien que Kurt sache Joe capable de se sortir seul des situations les plus périlleuses, il se sentirait mieux quand il le saurait en sécurité.

— Où en sommes-nous ? demanda Kurt, revenant à la situation présente.

— Nous avons mis un garde k.o. Il est enfermé dans notre cellule.

— De notre côté, nous en avons fait autant du garde qui était dans le couloir, précisa Kurt.

— Qui sont tes amis ? demanda Gamay.

— Je suis Leilani Tanner, dit Leilani. La vraie.

Gamay sourit.

— Et le reste de la cavalerie ?

— Enchanté de faire votre connaissance, dit Tautog. Je suis le dix-huitième Roosevelt de...

— Gardez ça pour plus tard, l'interrompit Kurt. Quelqu'un arrive.

Un garde envoyé pour surveiller les autres prisonniers surgit nonchalamment du tournant du couloir et se trouva nez à nez avec plusieurs carabines : il resta pétrifié.

Kurt lui confisqua son passe et son revolver.

— Et maintenant ? demanda Paul. On s'en va ?

— Non, répondit Kurt. « Quand le moment de la victoire approche, il faut le saisir. »

Ils le dévisagèrent.

— C'est de Sun Tzu, précisa Leilani comme s'il s'agissait d'un vieil ami.

— Et ça veut dire quoi ? demanda Gamay.

— Que maintenant que nous sommes ici, nous n'irons nulle part avant d'avoir trouvé Jinn, Zarrina et Otero. Dès que nous les aurons, l'affaire sera terminée.

Kurt se tourna vers Marchetti :

— Vos hommes d'équipage sont en bas ?

— Pour la plupart.

— Vous et Paul, emmenez ce type, libérez votre équipage, puis bouclez-le dans leur cellule en partant.

Il se tourna ensuite vers Tautog.

— Amarrez vos bateaux et faites monter à bord le reste de vos hommes. Maintenant, nous avons besoin de tout le monde sur le pont.

Quelques instants plus tard, les gardes avaient pris la place des prisonniers dans leur cellule, et la petite flottille était amarrée à une conduite d'eau dans la cabine au hublot brisé. Kurt se trouvait à la tête d'une armée de trente-six hommes et femmes prêts au combat. L'équipage de Marchetti connaissait parfaitement l'île et les compagnons de Tautog savaient tirer à la carabine et utiliser leurs Machines à Faire Mal.

Kurt avait décidé d'en installer deux à bord : la première se trouvait dans le poste d'équipage avec le gros de la troupe, l'autre machine était poussée dans l'ascenseur par Kurt, Leilani et les Trout, aidés par Tautog et Varu.

— À quel étage se trouve la suite présidentielle ? demanda Kurt qui voulait retrouver Jinn al-Khalif.

— Vous voulez dire mes appartements ? marmonna Marchetti.

— Si ce sont les plus luxueux de l'île, oui, c'est exactement ce que je cherche.

— Au dernier étage, bien sûr, indiqua Marchetti en appuyant sur le bouton.

Au moment où les portes de l'ascenseur se refermaient, Kurt tapota les enceintes en souriant.

— C'est l'heure de réveiller les voisins.

CHAPITRE 53

JOE ZAVALA COURAIT À TOUTES JAMBES. Malgré sa cheville endolorie, il fonçait en diagonale sur la paroi humide du barrage d'Assouan à la recherche d'un accès plus sûr. Le major suivait tant bien que mal, apparemment terrifié devant l'ampleur du désastre qui s'annonçait.

– À votre place, je ne regarderais pas en arrière.

Le major comprit et, redoublant d'efforts, rejoignit Joe qui voulait arriver en haut du barrage, loin de la brèche, pour examiner les dégâts.

Une fois sur la crête, Joe s'arrêta au milieu de la route qui couronnait le barrage : une ouverture en V, profonde d'une dizaine de mètres, permettait à l'eau du lac Nasser de se déverser.

Sous la lumière crue des projecteurs, il vit l'eau entraîner sur son passage un mélange de roche et de sable, comme l'aurait fait une crue subite balayant un étroit canyon.

La route résista un moment, formant une sorte de digue, mais le flot rongeait le soubassement de la chaussée et le terrain ne tarda pas à être emporté. De gros morceaux de la chaussée s'effondraient.

– L'eau est bien haute, remarqua Joe en observant le lac.

– Elle ne l'a jamais été à ce point, reconnut le major. Nous avons subi deux ans d'orages records.

Joe ignorait tout du général Aziz et de ses tractations avec Jinn, cependant il devinait que ces pluies diluviennes l'avaient rendu suffisamment audacieux pour qu'il décide de rompre son contrat. Et ces mêmes pluies allaient maintenant dévaster son pays.

— Où se trouve le poste de contrôle ? cria Joe.

Le major désigna le côté est du barrage, là où un bâtiment tout neuf se dressait.

— Le nouveau poste se trouve près de la centrale électrique.

- Allons-y.

Ils repartirent en courant et, cette fois, le major n'était plus à la traîne. Derrière eux, la brèche au sommet du barrage continuait à s'élargir d'une trentaine de centimètres toutes les quinze secondes.

Arrivé au poste de contrôle, le major ouvrit violemment la porte. Ils se précipitèrent à l'intérieur du petit bâtiment où régnait le chaos le plus total. La moitié des bureaux étaient désertés. Les employés courageux qui étaient restés s'efforçaient de comprendre ce qui se passait.

Un contrôleur aperçut le major.

— Avons-nous été attaqués ? demanda-t-il. Il n'y a pas eu d'explosion.

— Il faut ouvrir toutes les vannes, hurla Joe sans attendre la réponse du major. Même les déversoirs d'urgence.

— Qui êtes-vous ? interrogea l'homme.

Il n'y avait dans son ton aucune malveillance, mais simplement la surprise de voir cet homme dépenaillé accompagner le major et lui donner des ordres.

— Je suis un ingénieur américain. J'ai travaillé une ou deux fois dans ma vie sur des digues et des ouvrages fluviaux et je vous conseille d'ouvrir tous vos déversoirs si vous voulez avoir une chance sur dix de survivre à ce qui est en train de se passer.

— Mais...

— Il y a une brèche de dix mètres en haut du barrage, continua Joe en lui coupant la parole. Elle se trouve sous la surface de l'eau, à mi-chemin entre ici et la berge ouest. Si vous parvenez à faire baisser le niveau de l'eau sous cette brèche, vous pourriez échapper au drame. Sinon, le barrage entier va être balayé.

Le contrôleur considéra un moment Joe puis le major qui acquiesçait de la tête en hurlant :

– Faites-lui confiance !

Complètement dépassé, le contrôleur se tourna vers la salle et cria :

– Ouvrez tous les déversoirs ! Et les vannes !

Les employés se mirent à abaisser frénétiquement des manettes et des leviers.

– Écluses ouvertes ! annonça l'un des employés. Bassins 1 et 2 en cours de remplissage. Bassins 3 et 4 également.

Sur un tableau accroché au mur, les indicateurs passaient du rouge au vert. Sur le plan, les douze canaux bleus représentaient les conduits du générateur situé sous l'ouvrage.

– Et les déversoirs d'urgence ? demanda Joe.

Tous les grands barrages ont des déversoirs d'urgence pour parer à ce genre d'événements, mais on les utilise rarement.

– Il sont en train de s'ouvrir, dit le contrôleur en les comptant un par un : « … vingt-huit, vingt-neuf… trente ». Toutes les écluses sont ouvertes, ainsi que le canal de Toshka. Dans dix secondes, nous déchargerons un volume d'eau maximum de douze mille mètres cubes par seconde.

Joe entendit et sentit dans le même temps une forte secousse ébranler le bâtiment. Il regarda en aval l'eau du fleuve tourbillonner comme si elle dévalait en formidables rapides.

Grands ouverts, les déversoirs laissaient passer une si grande quantité d'eau qu'il aurait suffi de quinze secondes pour remplir un superpétrolier, malheureusement il s'en écoulait peut-être deux fois plus par la brèche et Joe comprit que tous ces efforts ne suffiraient pas. Si le lac Nasser était plein à ras bords, il faudrait des heures, et même des jours, pour faire descendre le niveau de l'eau au-dessous de la faille. Et pendant ce temps, la trouée s'agrandirait.

Le torrent se déchaînait, le barrage tremblant comme une ville en proie à un séisme. Les secousses, au lieu de s'atténuer, restaient terriblement fortes et même s'intensifiaient.

Une nouvelle section du barrage céda, dévalant la pente comme une avalanche. En quelques minutes, l'eau qui déferlait l'emporta. La brèche mesurait maintenant soixante mètres de large, libérant un torrent d'eau plus important que celui de tous les déversoirs réunis. On aurait dit les chutes du Niagara.

En aval, le flot poursuivait sa course, entraînant avec lui bateaux, docks et tout ce qui se trouvait sur son passage. Des péniches et des bateaux de croisière étaient arrachés de leur mouillage et emportés par le courant comme des jouets d'enfants dans une baignoire.

L'eau débordait des berges, balayant dans sa fureur hôtels et bâtiments de toute sorte, provoquant glissements de terrain et éboulements qui rappelaient les pans de glaciers s'écroulant dans l'Arctique.

Le contrôleur restait silencieux, tout comme le major et Joe lui-même. Ils ne pouvaient que regarder le déluge, impuissants.

Quatre-vingt-dix pour cent de la population de l'Égypte vivaient à moins de vingt kilomètres des rives du Nil. Si le barrage cédait, Joe prévoyait une catastrophe susceptible de faire des millions de victimes. Même si l'eau n'envahissait que la vallée et épargnait une partie des habitants plus en aval, les conséquences risquaient d'être encore plus effroyables que l'inondation.

Il y aurait des centaines de milliers de sans-abri. La moitié des terres cultivables du pays seraient sous les eaux et provisoirement inutilisables. La dysenterie, le choléra, provoqués par des conditions de vie insalubres, ainsi que les maladies propagées par les moustiques et autres insectes décimeraient les survivants.

Il ne fallait pas oublier que ce barrage produisait quinze pour cent de l'électricité du pays. Et toutes ces catastrophes plus une situation politique précaire laissaient redouter le pire, pensa Joe.

Il allait peut-être voir une nation de quatre-vingts millions d'individus sombrer d'un coup dans l'anarchie.

— Combien de temps, à votre avis, avant que le barrage s'effondre complètement ? demanda-t-il.

— Difficile à dire, répondit le contrôleur. Tout dépend si le cœur de l'ouvrage tient ou non.

Joe remarqua que, si la brèche dans le haut de la paroi s'était sensiblement élargie, elle ne s'était guère creusée en profondeur. Elle n'avait plus la forme d'un V mais plutôt celle d'un U.

L'effritement s'était presque arrêté. Si Joe ne se trompait pas, le déferlement d'eau avait dû ronger l'agrégat et atteindre le cœur du barrage.

— En quoi est fait le cœur ? demanda-t-il, se rappelant comment, sur la coupe transversale de la maquette, le barrage lui avait paru composé de différents matériaux.

— D'argile imperméable et semi-souple, répondit le contrôleur. Avec du béton dessous.

— Et c'est pareil sur toute la largeur de l'ouvrage ?

Le contrôleur acquiesça.

— Le barrage a été creusé des deux côtés dans la roche.

— Capable donc de retenir l'eau du lac ?

Le contrôleur réfléchit un moment.

— Le cœur ne va pas s'effriter comme l'agrégat mais, à mesure que l'eau ronge le fond de la paroi, la quantité de roches et de pierres qui maintient le cœur en place va se réduire régulièrement. À un moment, la masse du lac Nasser poussera le cœur aussi facilement qu'un bus chassant devant lui une petite voiture.

Joe regarda au-delà de la brèche. L'eau cascadait par-dessus le barrage pour se répandre plus bas. La pente de la paroi paraissait assez douce – environ treize degrés – et la pierre qui la recouvrait semblait tenir, du moins pour le moment.

— Je crois que le revêtement de surface tient, dit-il. Si le niveau de l'eau baisse suffisamment, le cœur pourrait nous sauver.

Le contrôleur hocha la tête.

— C'est possible, dit-il d'un ton sceptique.

Le major Edo pointa alors du doigt un petit geyser qu'ils n'avaient pas encore remarqué. Situé un peu en contrebas, perdu dans le flot qui déferlait, il faisait penser à un jet d'eau décoratif dans un jardin bien entretenu.

– Qu'est-ce que c'est ? demanda le major.

Joe sentit son cœur se serrer. Il se souvint de la maquette qu'il avait vue au Yémen. L'inondation avait démarré en haut du barrage, mais c'était le tunnel percé en bas qui avait provoqué l'écroulement du cœur et entraîné la chute du barrage.

– Un nouveau problème, répondit Joe.

– Comment est-ce arrivé ? demanda le contrôleur.

Joe essaya d'expliquer comment des nanorobots pouvaient s'insinuer dans tout ce qu'ils rencontraient, y compris le béton et l'argile.

– Pourrait-il y en avoir ici ?

– C'est possible. Peut-être en train de s'enfouir dans l'argile pour creuser le tunnel avec une force sans comparaison avec celle de l'eau.

– Et s'ils l'élargissent davantage..., commença le contrôleur, trop ému pour continuer sa phrase.

– Avez-vous un moyen de l'empêcher ? interrogea Joe.

– Il y en a peut-être un, dit le contrôleur en se frottant le menton. Il existe un composé qu'on appelle l'Ultra Bloquant. C'est un polymère qui adhère à l'argile. Son volume augmente peu à peu. Il est utilisé pour combler de petits interstices et les bouche en quelques secondes. Si nous réussissions à en injecter dans le tunnel creusé par ces maudites choses dont vous nous parlez, ça pourrait le boucher. Si la partie supérieure tient et que le niveau de l'eau baisse suffisamment vite, la catastrophe pourrait être évitée.

Une nouvelle série de secousses ébranla le bâtiment.

– Et quel est le problème ? fit Joe.

– Il n'y a qu'une façon d'introduire l'Ultra Bloquant dans le tunnel. Il faut le pomper sous une forte pression. Quelqu'un doit identifier l'orifice du tunnel sur le versant du barrage, côté lac.

Joe le regarda ainsi que les rares employés restés à leur poste.

– Il vous faut donc un plongeur, murmura-t-il, devinant le triste sort qui l'attendait. C'est vraiment mon jour de chance, conclut-il en souriant malgré tout.

CHAPITRE 54

Les portes de l'ascenseur s'ouvrirent sur le dernier étage de la pyramide conçue par Marchetti. Trois hommes de Jinn en poste dans la somptueuse entrée entendirent le bruit de la cabine, et se retournèrent.

Ils n'avaient aucune raison d'imaginer qu'il pût y avoir un problème. En fait, Kurt eut l'impression qu'ils se mettaient au garde à vous. À l'instant même où la vague sonore émergeant de la Machine à Faire Mal déferlait sur eux, ils s'écroulèrent à genoux.

L'un poussa un gémissement, un autre trébucha en arrière, renversant un guéridon sur lequel était posé un vase qui se brisa en heurtant le parquet. Le troisième, lui, tomba comme une masse.

Kurt lâcha la poignée de l'appareil pendant que Paul Gamay, Tautog et Varu leur passaient les menottes qu'ils avaient récupérées dans leur prison. Les gardes avaient l'air sonnés.

– Je compatis, dit Kurt. J'ai ressenti la même chose il y a dix heures.

On les bâillonna avec du ruban adhésif avant de les enfermer dans un placard.

– Par ici, dit Marchetti en les entraînant vers un couloir.

Kurt passa la tête par la porte et constata qu'il était désert.

– Allons-y.

À la moitié du corridor, ils arrivèrent devant une rangée de doubles portes. Marchetti sortit un boîtier de sa poche. Au moment où il tapait son code, ils entendirent des coups de feu provenant de l'étage en dessous.

– Sans doute des hommes de Jinn qui résistent, commenta Gamay.

– Dépêchons-nous, s'impatienta Kurt.

Marchetti tapa son code pendant que Paul et Tautog chargeaient la Machine à Faire Mal.

Kurt ouvrit les portes à coups de pied et alluma le plafonnier. Personne.

– Ce n'est pas la bonne chambre ? demanda Gamay.

Kurt éteignit la machine et inspecta les lieux. Le lit était défait et sentait le jasmin : le parfum de Zarrina. Apparemment, elle était plus proche de Jinn qu'ils ne le croyaient.

– C'est la bonne chambre, dit-il. On vient juste de les manquer.

Comme Kurt ressortait dans le couloir, il entendit de nouveaux coups de feu.

– Cela explique pourquoi les hommes se sont mis au garde à vous, expliqua Paul. Ils croyaient que leur chef revenait.

– Alors, demanda Leilani, où sont-ils allés ?

– Je ne vois qu'un seul endroit, annonça Kurt.

Jinn siégeait dans le poste de contrôle, stupéfait par ce qui venait de se passer. Zarrina, Otero et Matson s'étaient rassemblés autour de lui, ainsi que l'opérateur radio et un garde. Les autres hommes de Jinn, une dizaine au plus, luttaient contre l'équipage de Marchetti et des hommes qui semblaient faire partie des Marines de l'armée américaine.

– Comment ? Comment est-ce possible ? demanda-t-il. Je n'aperçois aucun patrouilleur, pas le moindre hélicoptère ! D'où viennent-ils ?

– Nous avons une caméra de surveillance au niveau de la prison, dit Otero, penché sur un ordinateur portable. Je suis navré de vous le dire, mais c'est Austin.

– Impossible, déclara Jinn. Je l'ai tué de mes propres mains.

– Alors, dit Otero en tournant l'ordinateur vers lui, il est revenu d'entre les morts. Regardez.

Si incroyable que ce fût, c'était bien Austin.

La fusillade se rapprochait. On apercevait, filmés depuis le pont d'observation par une autre caméra, les gardes de Jinn qui s'enfuyaient pour se mettre à l'abri. Ils n'allèrent pas loin.

– Il faut sortir d'ici, déclara Zarrina. Sinon, nous sommes fichus.

Jinn évalua la situation. Ils n'atteindraient jamais la cale sèche où l'hydravion était amarré. Et même s'ils y parvenaient, quelques balles bien placées ou les missiles qu'il avait emportés les arrêteraient.

– Impossible, répliqua-t-il.

– Nous ne pourrons pas tenir longtemps, insista sèchement Zarrina. Nous ne sommes que six.

– Silence ! hurla Jinn qui essayait de réfléchir sur le moyen de renverser la situation.

Il se tourna vers Otero :

– Accédez à la horde et activez l'émetteur.

Otero pianota sur son clavier et poussa son ordinateur vers Jinn.

– Vous avez le contact.

– Qu'allez-vous faire ? demanda Matson.

Jinn, sans lui répondre, se pencha sur l'ordinateur et se mit à pianoter sur le clavier. D'abord d'une main hésitante pour s'assurer qu'il se trouvait bien dans la zone du système qu'il cherchait, puis plus vite.

La fusillade dans le couloir se rapprochait.

Il choisit une commande dans le menu et appuya sur ENREGISTRER.

La porte de la salle s'ouvrit à toute volée. Il y eut un échange de coups de feu, les balles ricochaient de tous côtés.

Jinn s'abrita mais une rafale vint faucher Matson et l'opérateur radar. Quelques secondes plus tard, l'autre garde de Jinn fut abattu à son tour.

– Rendez-vous, Jinn, lança Austin.

Jinn se cachait derrière un bloc de machines et de commandes, Otero et Zarrina blottis derrière lui.

– Et si nous le faisons ?

— Je vous ligoterai et vous remettrai aux autorités compétentes.
— Comme si je vous croyais! Vous allez nous abattre...
— Ce n'est pas l'envie qui m'en manque, répliqua Austin, mais ça ne dépend pas de moi. Ne vous imaginez pas en tout cas rentrer au Yémen. Je pense plutôt à la Cour internationale de Justice ou à une base militaire américaine.
— Je ne me laisserai pas faire! cria Jinn.
— Alors, montrez-vous et finissons-en d'homme à homme.

Jinn aperçut Austin dont la silhouette se reflétait sur un panneau de la baie vitrée. S'il se levait, Austin l'abattrait. S'il restait caché, un des hommes le prendrait à revers.

— J'ai une meilleure idée, répliqua-t-il. Je vais vous donner une leçon sur le pouvoir et sur la bonne façon de l'utiliser.

Il jeta un coup d'œil à l'ordinateur. Un carré vert clignotait dans un coin de l'écran, lui confirmant que ses instructions étaient enregistrées. Maintenant, il pouvait agir.

Il sortit avec précaution le revolver de son étui, et appuya sur le cran de sûreté.

— Vous n'avez plus beaucoup de temps, lui annonça Austin.

Jinn le savait.

Il appuya la crosse du revolver contre la nuque d'Otero et pressa la détente. La première balle déchiqueta la tête de l'informaticien. La seconde balle vint fracasser l'ordinateur, projetant dans toutes les directions des morceaux de plastique et des puces électroniques. Il tira une troisième balle qui détruisit l'écran de la machine et enfin lança son arme devant lui.

— Je me rends, dit-il en levant les mains.

Abrité derrière une cloison, Kurt regardait Jinn dont l'image se reflétait sur une autre partie de la baie vitrée. Quelque chose lui semblait bizarre. Il avait vu Jinn faire feu sur Otero et la rapidité avec laquelle il avait ensuite jeté le revolver par terre lui paraissait suspecte.

Zarrina, elle aussi, jeta son arme et leva les mains avant de rejoindre Jinn. Ils se relevèrent lentement et Kurt braqua sa carabine sur la poitrine de Jinn.

— Un geste et je tire, dit Kurt en s'avançant encadré de Paul et de Tautog.

Kurt flairait un piège. Son arme toujours pointée sur Jinn, il inspecta les corps : celui du garde, de Matson, ce qui restait d'Otero et de l'opérateur radio.

Il ne découvrit rien d'insolite, pourtant Jinn arborait toujours l'air suffisant de quelqu'un qui avait réussi son coup.

— Qu'avez-vous fait ? murmura Kurt, s'attendant à voir un piège se déclencher. Qu'avez-vous fait ?

Jinn restait muet. Kurt remarqua soudain l'ordinateur fracassé et se rappela que Jinn venait d'exécuter Otero, l'informaticien. Il devait y avoir un lien entre ces deux faits.

Il entendit soudain des cris monter du pont inférieur. C'étaient les hommes de Tautog qui s'affolaient.

— Il se passe quelque chose, la mer s'agite ! s'exclamait l'un d'eux.

Kurt sortit. Il s'aperçut, malgré l'obscurité, que l'eau bouillonnait.

— Marchetti, occupez-vous de l'éclairage !

Marchetti se précipita sur le tableau de commande et appuya sur une rangée de boutons. Tout autour de l'île, l'océan s'illuminait à mesure que Marchetti allumait l'un après l'autre les projecteurs.

Kurt comprit tout de suite ce qui se passait en voyant l'eau s'agiter de plus en plus. La horde qui les entourait était remontée à la surface et fonçait sur l'île.

— Il les a fait venir, murmura Marchetti, affolé. Il les a rappelés.

Jinn se mit à rire, un grand rire sinistre et sadique.

— Vous allez comprendre maintenant ce que j'entends par « pouvoir », dit-il. Si vous ne me libérez pas, la horde vous dévorera tous.

CHAPITRE 55

Dès qu'il avait entendu rire ce dément, Kurt avait compris qu'ils étaient dans une mauvaise passe. Il regagna en trombe le poste de contrôle et appuya le canon de sa carabine contre le visage de Jinn, juste entre les deux yeux.

– Rappelez-les !
– Laissez-nous partir, et je le ferai.
– Rappelez-les ou je tartine la cloison avec votre cerveau.
– Et ça vous avancera à quoi, monsieur Austin ?

Kurt recula.

– Marchetti, trouvez un ordinateur, il faut refaire votre numéro de décodage.

Marchetti se précipita vers une machine posée sur la console principale.

– Il n'y arrivera jamais, déclara Jinn. Il ne pourra même pas entrer dans le système.

Marchetti leva la tête.

– Il a raison. J'ai pu annuler le dernier message d'Otero parce que je pouvais accéder aux dossiers, mais maintenant tout est verrouillé.

– Vous ne pouvez pas pirater l'accès ?
– C'est un code digital à neuf chiffres protégé par un logiciel crypté. Un super ordinateur mettrait peut-être un mois à le déchiffrer.

– Il faut absolument faire quelque chose.

— Je n'arrive même pas à me connecter.

Kurt comprenait maintenant pourquoi Jinn avait abattu Otero et brisé l'ordinateur. C'était Otero qui avait conçu le code. Aucune chance qu'il ressuscite pour le leur livrer.

Leilani s'approcha de Kurt.

— Que se passe-t-il ? demanda-t-elle.

— Ces choses brillantes arrivent en masse autour de l'île, en bien plus grand nombre que précédemment. Jinn les a déchaînées. Elles vont fondre sur nous comme un essaim de sauterelles et tout dévorer sur leur passage, nous compris.

— Existe-t-il un moyen de les arrêter ? demanda Kurt en s'adressant à Marchetti.

— Ces nanorobots sont trop nombreux, se lamenta Marchetti en secouant la tête, ils sont massés sur une cinquantaine de milles autour de l'île.

— Alors, il faut partir. Où sont vos hydravions ?

— Dans un hangar près du pas d'atterrissage.

— Prenez cet ordinateur et dites à tout le monde de nous y rejoindre, décida Kurt. (Il regarda Tautog.) Faites venir vos hommes là-bas. Nous allons partir par la voie des airs.

— Et les bateaux ?

— Ils ne nous serviront à rien.

Tautog se dirigea vers le balcon pour rappeler ses hommes. Marchetti saisit un microphone et lança un appel diffusé sur toute l'île par une chaîne de haut-parleurs.

Kurt saisit deux petites radios posées sur la console de contrôle. Il les fourra dans sa poche et poussa Jinn vers l'ascenseur.

— Allons-y.

Quelques instants plus tard, Kurt et la petite troupe qu'il avait rassemblée se retrouvèrent sur le pas d'atterrissage de l'hélicoptère brillamment éclairé entre les deux bâtiments pyramidaux. Autour d'Aqua-Terra, la mer ressemblait à une vaste étendue de terre couverte de millions d'insectes que la lumière des projecteurs baignait de reflets charbonneux.

— Ils avancent en couche suffisamment épaisse pour qu'on puisse marcher dessus, observa Paul.

— À ta place, conseilla Kurt, je ne m'y risquerais pas.

Une porte de hangar s'ouvrit dans la pyramide de tribord et les hommes de Marchetti roulèrent un premier hydravion sur le pont. Deux autres appareils attendaient derrière.

— Combien peut-on embarquer de passagers dans chaque soute ? demanda Kurt.

— Huit. Neuf tout au plus, répondit Marchetti.

— Jetez tout ce dont vous n'avez pas besoin, recommanda Kurt. Tâchez d'alléger les charges au maximum.

Marchetti, suivi de Paul et Gamay, alla surveiller les opérations. Leilani se dirigea vers Zarrina restée debout près de Jinn sur le pas d'atterrissage.

— Alors, vous avez voulu vous faire passer pour moi ? dit-elle.

— À votre place, lui conseilla Kurt, je ne m'approcherais pas trop d'elle.

— Vous êtes une petite femme fragile, dit Zarrina d'un ton moqueur. C'est ce qui a été le plus difficile à imiter.

Kurt arrêta Leilani qui s'apprêtait à gifler Zarrina et l'entraîna un peu à l'écart. Elle fit la moue, mais n'insista pas.

— Dommage que vous n'ayez pas davantage essayé de me réconforter, déclara Zarrina. Ça aurait pu être agréable pour nous deux.

— Ne rêvez pas, répondit Kurt.

Auprès d'elle, Jinn avait l'air furieux.

Pendant ce temps, Tautog avait fini de conduire le dernier de ses hommes jusqu'au hangar.

— Que fait-on des prisonniers ? demanda l'un d'eux.

Kurt regarda Jinn.

— Qu'en pensez-vous ? lui demanda-t-il. Allez-vous laisser vos hommes se faire dévorer vivants ?

— Peu m'importe qu'ils vivent ou pas. Mais peut-être aimeriez-vous les emmener puisque vous vous intéressez tant à leur sort ?

— Pas question, dit Kurt. Je n'abandonnerai personne pour eux.
— Alors, vous êtes aussi impitoyable que moi.

Kurt lui lança un regard mauvais. Cet homme le dégoûtait. Kurt n'avait effectivement pas l'intention de faire courir le moindre risque à de braves gens pour sauver cette racaille.

— Voici comment nous allons procéder, déclara Kurt. Nous allons embarquer dans ces hydravions et partir en vous laissant affronter une mort que vous méritez bien. Jouer les puissants n'aboutit qu'à condamner des gens qui sont à vos ordres et à les entraîner avec vous dans un lent suicide.

Il prit l'ordinateur, le posa sur le sol puis, du pied, vers lui.

Jinn le contempla, mais ne fit pas un geste.

Zarrina semblait nerveuse. Elle se mordit la lèvre, hésita.

— Tape le code, supplia-t-elle.

Derrière eux, les deux premiers appareils étaient prêts à décoller : leurs nacelles gonflées, leurs hélices tournant pour chauffer les moteurs. Le troisième attendait juste derrière.

— Comment ça se présente ? demanda Kurt à Marchetti.
— Si nous déployons les ancres aériennes et que nous prenons de la vitesse avant de décoller, je pense que nous pouvons transporter onze passagers par appareil, dit Marchetti. Je crois…
— Mettez-en douze dans chacun.
— Mais je ne suis pas sûr…

D'un bref froncement de sourcils, Kurt le fit taire et le regarda droit dans les yeux.

— Je vais avoir besoin de votre aide, dit-il en lui tendant une des petites radios. Alors, combien ?
— Douze, dit Marchetti. Nous pouvons en embarquer douze… j'espère.
— Ça ne fait que trente-six, dit Gamay après un bref calcul. Nous sommes trente-sept.

Jinn sourit.

— Je suppose qu'on va abandonner quelqu'un derrière nous.
— Oui, dit Kurt sans sourciller, moi.

CHAPITRE 56

Joe enfila un équipement de plongée un peu démodé. Un casque d'acier inoxydable d'une quinzaine de kilos se fixait à sa combinaison étanche. Une ceinture de vingt kilos et une paire de grosses bottes lestées lui permettaient tout juste d'avancer. Un tuyau pour l'air, une conduite pour projeter à haute pression le béton liquide et un câble d'acier auquel il était attaché complétaient son équipement et lui donnaient l'impression d'être une marionnette. Une fois dans l'eau, Joe apprécia chaque kilo qu'il trimballait et la sécurité que lui donnait le câble d'acier.

Le poids lui permettait de garder son équilibre dans les tourbillons du courant. Le câble attaché à un canot au-dessus de lui était le seul moyen dont il disposait pour regagner l'embarcation avec une telle charge. S'il se rompait, Joe tomberait comme une pierre pour n'être repêché que dans quelques siècles et poser une énigme de plus aux archéologues du futur.

Joe n'avait aucune envie de jouer un rôle dans la Vallée des Morts. Tout ce qu'il voulait, c'était empêcher le barrage d'être emporté par les eaux.

Si le contrôleur avait raison, et si on réussissait à colmater le tunnel creusé dans la paroi du barrage, les effets seraient sans doute désastreux pour les populations les plus proches du barrage, mais le cataclysme serait évité. La faille s'élargirait peut-être en haut sur toute la largeur de l'ouvrage, mais le cœur d'argile serait épargné.

Comme l'eau débordant d'une baignoire trop pleine, le niveau descendrait au-dessous de la faille, ce qui permettrait au flux de se calmer puis de s'arrêter.

Mais si les nanorobots réussissaient à atteindre le cœur d'argile, l'incroyable pression de l'eau affaiblirait le barrage et rien ne pourrait l'empêcher de s'effondrer complètement.

À l'instant où les pieds de Joe touchaient la pente du barrage, le haut-parleur de son casque se mit à crépiter.

– *Plongeur, vous m'entendez ?*

C'était le contrôleur. Il était au-dessus de lui, risquant sa vie dans le canot, en compagnie du major et d'un autre technicien.

– À peine, dit Joe.

– *Nous sommes à une trentaine de mètres de la brèche*, dit le contrôleur. *Elle continue à s'agrandir au rythme d'un mètre par minute. Vous avez à peine trente minutes pour repérer le point d'entrée de l'eau, sinon nous serons entraînés dans le flot qui se déverse et nous passerons par-dessus le barrage.*

Joe voyait les choses différemment. Dans moins de vingt minutes selon lui, la brèche serait trop large pour que lui ou le canot puisse lutter contre les effets du courant.

– Je n'ai jamais eu envie de descendre une chute d'eau dans un tonneau, dit-il. Et je n'ai pas changé d'avis. Commencez à envoyer le colorant.

La pompe installée sur le canot se mit en marche, projetant un jet de teinture fluorescente conduit par lequel devait arriver l'Ultra Bloquant. Joe brancha un projecteur à lumière noire relié à son casque. Des particules colorées étincelaient comme des lucioles en tourbillonnant dans l'eau sombre.

Sur sa gauche, à la limite de son champ visuel, Joe les vit se précipiter en direction de la brèche. C'était la zone dangereuse : quand il atteindrait ce courant rapide, plus moyen de s'échapper.

Joe se déplaça le long de la paroi en sautillant comme un astronaute sur la lune. Avec son gant, il balaya la teinture fluorescente sur la zone où était censée se trouver l'entrée du tunnel.

Dix minutes plus tard, toujours rien.

— Il faut aller plus bas, dit Joe. Éloignez-moi du barrage.

— *Plus on s'éloigne, plus vous sentirez l'aspiration de la brèche*, dit le contrôleur.

— Ou bien c'est ça, dit Joe, ou bien on renonce.

— *Tenez bon.*

Une seconde plus tard, Joe sentit le câble le traîner sur dix ou douze mètres. Il tira sur le tuyau pour déclencher une nouvelle giclée de colorant. Cette tentative ne sembla d'abord pas donner plus de résultats que les précédentes, les particules fluorescentes partant toujours sur la gauche, mais bientôt il aperçut un tourbillon devant lui.

— Trois mètres à gauche, indiqua-t-il.

— *Plus près de la brèche ?*

— Oui.

Joe s'avança, suivi là-haut par le canot.

Il projeta un jet de liquide, visant le centre du tourbillon.

Les particules fluorescentes tournaient sur elles-mêmes et la majorité du liquide semblait aspirée dans un trou creusé entre deux barres de béton grosses comme des rails. Ce fut si rapide que Joe dut lâcher un nouveau jet de colorant pour s'assurer de ce qu'il avait vu.

— C'est là, dit-il. L'ouverture se trouve entre deux pylônes de béton dans le creux de la roche. Je sens d'ici la succion.

En approchant, il vit du sable et du gravier disparaître entre les pylônes et se sentit entraîné vers le cratère qui se creusait. Il distingua un orifice déjà large d'une cinquantaine de centimètres.

Il appuya un pied contre un pylône pour éviter d'être happé. Malgré son désir de colmater la brèche, il n'avait pas envie de servir de bouchon.

— Envoyez la boue.

— *La boue ?*

— L'Ultra Bloquant, précisa Joe en se cramponnant de son mieux.

Prenant soin de garder son équilibre, Joe parvint à coincer l'embout du tuyau dans l'ouverture. Puis il pressa la poignée.

Le béton liquide d'un rouge violacé s'échappa du tuyau aussi facilement que de la crème fouettée sortant d'un tube. La majeure partie du béton s'engouffrait dans la brèche, attirée par la succion.

— Dans quelles proportions ce produit se dilate-t-il ? demanda Joe.

— *Environ vingt fois son volume initial*, dit le contrôleur. *Ensuite il durcit.*

C'était tout ce qu'attendait Joe. Et s'il restait des nanorobots dans le cœur du barrage, il espérait qu'ils seraient pris dans cette boue et pétrifiés sur place comme des insectes dans de l'ambre.

Le courant le tirait toujours sur la gauche. Joe entendait au-dessus de lui le grondement de la cascade d'eau dominer les pétarades du canot et du moteur de la pompe.

— Ça donne quelque chose ? demanda-t-il au bout de trente secondes.

— *On nous signale une coloration orange de l'eau sur le geyser inférieur*, dit le contrôleur. *Mais le débit n'a pas diminué.*

— Quelle quantité avons-nous de ce produit ?

— *Le réservoir contient deux mille litres. Le débit est de deux cents litres à la minute.*

Joe espérait que ce serait suffisant.

Ce fut ensuite le major qu'il entendit sur sa radio.

— *M. Zavala, nous sommes très près de la brèche. Si vous pouviez accélérer un peu...*

Joe leva les yeux. Il distinguait par les hublots de son casque la coque du canot et le tourbillon de l'eau brassée par l'hélice.

— On ne peut pas vraiment dire que, pour moi, ce soit la pause déjeuner, dit-il.

Il ferma un moment l'embout du tuyau, et grimpa sur un amas de rochers. Il parvint à coincer le conduit dans l'orifice du tunnel, après quoi, il ouvrit le jet.

— Allons-y. Mettez toute la pression, dit-il. Qu'on bouche ce trou, bon sang.

Le béton liquide jaillit de nouveau.

– *Le contrôle signale que le flot diminue. On voit le béton liquide se répandre dans le trou.*

Joe sentit son pied gauche se dérober sous lui et se trouva soudain ballotté dans une écume rouge.

Le tunnel était maintenant comblé et le béton liquide bouchait totalement l'orifice.

Joe se redressa mais trébucha aussitôt. Il ferma la valve.

– Remontez-moi ! cria-t-il.

Le câble d'acier se tendit pour l'arracher à la pente, le souleva puis le laissa retomber. Il ne le hissait pas à la verticale mais le traînait de côté en lui faisant presque perdre l'équilibre. Joe se demanda un instant pourquoi on le remontait en le hissant de cette manière.

Un appel du canot le renseigna vite.

– *Nous sommes pris dans le courant!* cria le major. *Nous sommes emportés vers la brèche!*

CHAPITRE 57

Gamay jeta à Kurt un regard affolé. Elle n'en croyait pas ses oreilles.

— Tu ne vas pas rester ici ?

— Avec douze par canot, vous êtes déjà en surcharge. Alors un supplément de quatre-vingt-cinq kilos vous ferait tomber dans la flotte.

En bas, la horde commençait à atteindre les feux de bord et le pont inférieur était déjà plongé dans le noir. Un bruit étrange, semblable au crissement de blocs de béton traînés sur du métal, semblait venir de toutes les directions. Des trillions de nanorobots se chevauchaient pour envahir les moindres recoins de l'île flottante avant d'en escalader les parois.

— Mais tu vas mourir ! s'écria Gamay.

— Absolument pas.

Gamay remarqua qu'il ne quittait pas Jinn des yeux.

— Non, il va nous donner le code et arrêter ces bidules avant qu'ils nous dévorent vivants.

— À votre place, je ne compterais pas là-dessus, dit Jinn.

Sur leur gauche, le premier hydravion démarra, puis décolla et amorça un plongeon qui parut interminable avant de se redresser à peine une dizaine de mètres au-dessus de la mer.

— Vous deux, embarquez sur cet appareil et partez d'ici, dit Kurt.

Leilani, bouche bée, le regarda. Gamay avait deviné son plan : faire plier Jinn.

— Venez, dit-elle en attrapant Leilani par le bras.

Elles avancèrent au bord de la plate-forme tandis que le second hydravion démarrait.

— Que fait-il ? demanda Leilani.

— Il pense faire plier Jinn et le forcer à revenir sur sa décision.

— Mais c'est de la folie, dit Leilani.

— Peut-être, répondit Gamay. Mais si ce que Jinn nous a raconté hier est vrai, la réalisation de son projet provoquera une terrible hécatombe et causera une catastrophe mondiale. S'il meurt, le désastre ne pourra être évité, et l'emmener avec nous signifie que deux ou trois des nôtres devront rester ici et mourir. Kurt ne veut pas s'y résoudre et on ne peut pas le lui reprocher. La seule façon de l'aider, c'est de quitter l'île. Cela lui fera un souci de moins.

Marchetti les poussa à bord de l'hydravion dont les hélices tournaient à plein régime.

— Prêtes, dirent-elles.

On jeta dehors plusieurs paires de bottes, des blousons, des carabines, et tout ce qui pouvait alléger le chargement de quelques kilos.

Au moment du décollage, Paul lui étreignit la main. Elle retint son souffle pendant quelques secondes. L'estomac serré, elle sentit l'appareil s'élever puis piquer du nez et tomber de quelques mètres.

Le parc grouillait de nanorobots.

— Marchetti ?

— Tenez bon, dit-il.

L'hydravion continuait à descendre encore, il frôla les arbres du parc et, enfin, ils commencèrent à prendre de l'altitude et à s'élever puis s'élancer au-dessus de l'océan.

— Prenez les commandes, dit Marchetti à son ingénieur mécanicien. Restez assez près pour garder le contact avec le réseau Wi-Fi.

— Qu'allez-vous faire ? demanda Gamay.

— Il faut que j'aille régler l'ordinateur, répondit-il.

— L'ordinateur ?

— Oui, au cas où votre ami saurait vraiment ce qu'il fait.

CHAPITRE 58

JOE ZAVALA AVAIT L'HORRIBLE IMPRESSION que les événements échappaient à son contrôle. La vedette au-dessus de lui était entraînée vers la brèche où elle allait bientôt s'engouffrer irrémédiablement. Et puisqu'il était relié au canot par un câble d'acier et un conduit qui l'alimentait en air, Joe n'allait pas tarder à le suivre.

Couper le câble et le conduit ne servirait à rien car il n'arriverait pas à nager jusqu'à la surface. Même en se débarrassant de sa ceinture plombée, il garderait encore trente kilos d'équipement sur lui.

Ses pieds touchèrent la paroi sur laquelle il tenta de prendre appui, mais le tourbillon l'entraîna une nouvelle fois.

— Donnez davantage de mou au câble ! cria-t-il. Vite !

Il aperçut, très haut au-dessus de lui, la vedette qui tanguait d'un bord à l'autre tandis que le pilote s'efforçait de remonter le courant. Si le bateau chavirait, le courant leur serait fatal.

Comme le câble se détendait, il sauta sur la paroi du barrage et se mit à remonter la pente. Il aperçut un rocher aussi grand qu'une moitié d'automobile. Il le contourna et enroula un des câbles autour.

— Tendez le filin ! hurla-t-il.

Le câble se tendit autour du rocher et la vedette finit par s'immobiliser au-dessus de lui.

— *Nous tenons bon !* cria le major. *Que s'est-il passé ?*

— Je vous ai trouvé une ancre, répondit Joe. Maintenant, quelqu'un parmi vous a-t-il des notions sur la force centripète ?

Joe avait les mains crispées sur le câble enroulé autour du rocher : il menaçait de se rompre.

— *Oui*, dit le major. *Le contrôleur.*

— Pointez la vedette vers les rochers, puis accélérez en tendant le câble à quarante-cinq degrés, en priant pour qu'il tienne. Vous partirez en flèche et vous vous échouerez. Et surtout, n'oubliez pas de me remonter.

— *OK*, fit le major, *on va essayer.*

Joe se cramponna au filin, bloquant ses bottes métalliques contre le rocher.

Au-dessus de lui, le canot changea de cap et commença à glisser de côté. Obéissant comme la Terre aux lois de la gravité, le câble s'incurva. La vedette dériva un instant, puis elle fendit le courant et se trouva projetée en avant.

Un bruit sec fit vibrer l'eau. Le filin s'était rompu.

Joe culbuta en arrière, d'abord happé par le courant vers la brèche. Il fut ensuite entraîné dans une autre direction par le câble et le tuyau qui le reliaient à la vedette.

De même que le bateau avait été précipité vers un haut-fond, Joe fut poussé un peu plus bas vers un tas de rochers. Chaque choc lui donnait l'impression d'entrer en collision avec une voiture et il remercia le ciel d'avoir la tête protégée par son solide casque d'acier inoxydable.

Quand ce carrousel cessa, Joe se trouvait sous dix mètres d'eau. Sa combinaison s'emplissait d'eau et le conduit d'aération était soit coupé, soit entortillé car l'air ne passait plus. Joe savait qu'il n'arriverait pas à nager, mais il pouvait grimper. Ce qu'il fit. Pour s'alléger, il se débarrassa de sa ceinture de plongée et rampa au milieu des pylônes et des blocs de rochers comme un rat dans un dépôt d'ordures.

À mesure qu'il remontait, les feux de la vedette s'intensifièrent, et c'est hors d'haleine qu'il finit par se hisser à la surface, émergeant comme un monstre sorti d'un film d'horreur.

Il s'écroula entre deux rochers, incapable de supporter le poids de son casque et de son harnais maintenant qu'il était à l'air libre. Il s'efforçait en vain de s'en débarrasser lorsque deux mains secourables vinrent l'aider.

– On a réussi ? demanda Joe.

– *Vous* avez réussi, dit le major en le prenant dans ses bras et en le soulevant de terre.

CHAPITRE 59

Au-dessus du pas d'atterrissage, l'étrange crissement des nanorobots continuait à s'amplifier. Le bruit arrivait de tous côtés comme si des milliards de cigales devenues folles stridulaient en approchant.

Kurt Austin trouvait ces crissements agaçants mais ils semblaient affecter davantage encore Zarrina et Jinn.

Cette dernière se tourna vers le bastingage du pont pour contempler le flanc des bâtiments qui les entouraient. La horde approchait. Elle atteignait maintenant les trois quarts des pyramides, les couvrant peu à peu d'une épaisse couche sombre.

— Donne-lui le code, dit-elle.

— Jamais, répondit Jinn.

— Vous devriez l'écouter, Jinn, dit Kurt. Ce n'est pas une femme estimable, mais elle n'est pas idiote.

— Nous avons des gens à notre service, de l'argent, des avocats, lui rappela-t-elle. Nous ne sommes pas obligés de mourir.

— Tais-toi, insista Jinn.

Elle lui prit le bras.

— Je t'en prie, Jinn, supplia-t-elle.

Jinn la gifla et l'empoigna par le col de son corsage en la foudroyant du regard.

— Femme, tu cherches à m'affaiblir !

Sans lui laisser le temps de répondre, il la repoussa, la faisant basculer par-dessus le bastingage.

Dans un grand cri, elle s'écrasa dix étages plus bas sur une couche de nanorobots épaisse de quinze centimètres, les dispersant dans toutes les directions comme un nuage de poussière. Elle resta immobile quelques secondes, puis la horde s'abattit sur elle, la recouvrant rapidement et commençant à la dévorer.

Jinn contempla un moment le spectacle. Son visage exprimait la colère plutôt que la pitié, cependant Kurt crut y lire un soupçon de peur. La vitesse avec laquelle les nanorobots dévoraient leur proie était terrifiante : Jinn le savait mieux que personne.

— Regardez bien, Jinn. Voilà comment vous allez mourir, dit Kurt. Etes-vous prêt à finir comme ça ?

La masse sombre se faisait plus dense autour d'eux. Les nanorobots approchaient, et étaient arrivés à l'étage au-dessous, masquant peu à peu toutes les lumières.

Seules les éclairaient quelques ampoules halogènes sur le côté du hangar et les lumières rouges entourant le pas d'atterrissage.

Jinn avait l'air un peu moins sûr de lui.

— Vous allez mourir avec moi, rappela-t-il à Kurt.

— Pour mes amis. Pour mon pays. Pour tous ceux dans le monde qui souffriront si vous l'emportez. Pour moi, ce n'est pas un problème. Mais vous, quelles causes défendrez-vous en mourant ?

Jinn se tourna vers lui, rouge de colère. Il avait bluffé en vain : mourir ne lui apporterait rien. Ni richesse, ni pouvoir, rien. Quand il arriverait au terme de son existence, même l'ultime déchaînement des nanorobots ne lui donnerait aucune satisfaction.

À cet instant, il haïssait Kurt de tout son être. Il se jeta sur lui comme un lutteur déterminé à tuer.

Au lieu de l'abattre, Kurt tourna dans ses mains sa carabine pour l'utiliser comme point d'appui. Se renversant en arrière, il décocha à Jinn un coup de botte sur le plexus solaire qui l'envoya en l'air en vol plané avant de le voir retomber lourdement par terre.

Kurt se redressa tandis que Jinn se relevait lentement, plus sonné que blessé.

— Eh bien, on dirait que vous n'avez pas souvent l'habitude de vous battre, dit Kurt.

Jinn ramassa un bout de tuyau qui avait été abandonné avec une partie du chargement des hydravions. Il s'avança vers Kurt en le brandissant comme une épée.

Kurt bloqua le tuyau avec la carabine qu'il tenait toujours à deux mains : il frappa Jinn en pleine figure avec la crosse, lui faisant une entaille qui se mit à saigner abondamment.

Jinn trébucha sous le choc et lâcha son tuyau pour porter les mains à son visage ruisselant de sang. Kurt fit un pas en avant et d'un coup de pied envoya le tuyau valser au-dessus de la plate-forme.

Le bout de métal dégringola dans le noir en émettant un étrange sifflement.

La large masse de la horde atteignait maintenant le bord du pas d'atterrissage. Les premiers tentacules s'accrochaient au sol pour converger de tous côtés vers le centre de la plate-forme.

Kurt ne disposait pas de beaucoup de temps.

Les joues dégoulinant de sang, Jinn cria :

— Si vous n'aviez pas ce fusil, je vous tuerais de mes mains !

Kurt braqua l'arme sur Jinn avant de la lancer sur le pont.

— Vous ne pouvez pas me battre ! hurla-t-il. Je suis plus fort que vous. Je me bats pour quelque chose qui compte, mais vous, vous ne vous battez pour rien de valable. Simplement, vous n'avez pas envie de mourir. Vous avez même peur de la mort. Je le vois dans vos yeux.

Jinn chargea une nouvelle fois, le visage crispé par la rage. Cette fois, Kurt prit solidement appui sur ses pieds et fléchit les jambes pour donner un violent coup d'épaule dans le ventre de Jinn. Dans le même élan, il le saisit à bras-le-corps, le souleva de terre et le jeta sur le pont.

Jinn tira on ne sait d'où un poignard et érafla le bras de Kurt. Du sang se mit à couler, une douleur lancinante le traversa, mais Kurt était le plus fort. Il plaqua la main de Jinn sur le pont, la broyant à trois reprises avant que celui-ci ne lâche son poignard.

Kurt poussa l'arme du bout du pied, qui glissa jusqu'à la vague déferlante des nanorobots.

C'était maintenant ou jamais. Jinn tenta de se relever, mais Kurt lui donna un violent coup de coude en plein visage avant de lui cogner la tête contre le pont. Le saisissant alors par les cheveux, il le força à tourner la tête pour qu'il voie la horde avancer.

— Regardez-les ! cria Kurt en appuyant la joue de Jinn contre les tôles du pont. Regardez-les bien !

Maintenant, Jinn avait renoncé à se battre. Il fixait la horde qui progressait inexorablement.

Les nanorobots atteignirent une traînée de sang qu'ils recouvrirent en un instant. Ils miroitaient sous les lumières et leur progression bruyante avait quelque chose de terrifiant, entre le bourdonnement d'abeilles et les crissements d'ongles griffant un tableau noir.

— Donnez-moi le code ! lança Kurt.

L'ordinateur, à quelques mètres, avait déjà été encerclé par la horde et flottait littéralement sur une mer de nanorobots.

— À quoi vous servira-t-il maintenant ?

— Je vous demande de me le donner !

Kurt lui appuyait la tête contre le pont mais Jinn se débattait, essayant d'éloigner son visage des nanorobots qui approchaient. Il les sentit ramper sur lui, s'introduire dans la plaie qu'il avait à la joue et envahir sa bouche. Il voulut les recracher mais d'autres attaquaient ses yeux. Ils piquaient comme de l'acide.

— Allez, Jinn ! Avant qu'il soit trop tard !

— 221-798-615 ! cria Jinn.

Kurt le remit debout.

— Marchetti, vous avez entendu ?

Une voix métallique sortit de la poche de Kurt.

— *Je transmets tout de suite !*

Kurt tira Jinn en arrière. Le crissement s'intensifiait. La surface encore épargnée se réduisait aux dimensions d'une table de cuisine, puis d'une plaque d'égout.

– Marchetti ?

Soudain, la horde s'immobilisa. Les nanorobots dégringolèrent par pans entiers pour s'entasser en dunes grises et noires.

Tous les sons étranges disparurent d'un coup.

Le grincement de l'énorme île flottante recommença à se faire entendre et le vrombissement des hydravions qui tournaient devint assourdissant.

– Beau travail, Marchetti, dit Kurt. Maintenant, revenez donc m'aider à nettoyer tout ce fatras.

CHAPITRE 60

Kurt Austin attendit dans l'obscurité que les hydravions qui tournaient en rond finissent par approcher. Planté au bord du pas d'atterrissage, il regarda l'appareil de tête ralentir, descendre en douceur tout en balayant au passage les nanorobots comme des cendres autour d'un volcan.

Jinn, agenouillé à quelques mètres de là, les regardait tournoyer sans faire un geste. C'était un homme vaincu, brisé, se dit Kurt.

– Vous allez m'envoyer en prison ? murmura-t-il.

– Pour dix fois ce qui vous reste à vivre, répondit Kurt.

– Vous voyez un homme comme moi survivre en prison ? demanda Jinn en levant la tête.

– Juste assez longtemps pour devenir fou, précisa Kurt.

Jinn tourna son regard vers la mer. L'obscurité l'appelait.

– Laissez-moi partir.

Kurt devina ce qu'il avait en tête.

– Pourquoi le ferais-je ?

– Par bonté envers un ennemi vaincu, murmura Jinn.

Kurt regarda longuement Jinn. Puis, sans un mot, il fit quelques pas en arrière.

Jinn se redressa et jeta un coup d'œil à Kurt.

– Merci, dit-il, puis il tourna les talons.

Il fit trois pas et disparut.

CHAPITRE 61

EN ÉGYPTE, À MIDI, la situation à Assouan était redevenue plus calme. Le niveau du lac Nasser avait baissé de six mètres. Une vague de près de deux mètres continuait à se déverser par la brèche large de quelque cent vingt mètres, mais l'écoulement maintenant était plus régulier, plus contrôlé. Grâce aux déversoirs, aux volets des turbines et à celles du canal de dérivation, on espérait atteindre un point d'équilibre le lendemain à la mi-journée.

La tragédie n'avait pourtant pas totalement été évitée.

Joe regardait en aval : le paysage était bien différent de ce qu'il avait vu la veille au soir. Les grands bâtiments avaient disparu, non pas endommagés, ni inondés : ils n'étaient simplement plus là. Tout comme les docks, les bateaux et même quelques falaises. Les berges du fleuve restaient envahies par l'eau et, au lieu de ressembler à un étroit cours d'eau, le Nil avait l'air d'un immense lac.

Des hélicoptères tournaient par douzaines, comme des libellules au-dessus d'un étang. De petits bateaux circulaient çà et là. Le barrage continuait à produire de l'électricité, mais pour rien, car toutes les lignes à haute tension avaient été balayées par le flot.

Joe se retourna sur son fauteuil. Le major Edo avait insisté pour qu'une infirmière l'examine. Il aurait supporté une piqûre d'antibiotiques, mais il avait refusé : sans doute allait-on être vite à court de médicaments, se dit-il, et d'autres en auraient plus besoin que lui.

Une jeune femme lui tendit une bouteille d'eau, lui posa une couverture sur les épaules et repartit.

Le major Edo vint s'asseoir à côté de lui pour lui offrir une cigarette, mais Joe la refusa et le major remit le paquet dans sa poche.

— Une mauvaise habitude, dit-il en s'efforçant de sourire.
— Combien de victimes ? demanda Joe.
— Au moins dix mille, dit le major consterné. Sans doute le double quand nous aurons terminé les recherches. Mais vous avez pu éviter le pire, ajouta-t-il en posant une main sur l'épaule de Joe. Vous vous rendez compte ?

Joe leva la tête et acquiesça.

Ils entendirent un hélicoptère approcher et se poser non loin. Un soldat se précipita vers le major.

— Nous embarquons un chargement de blessés.
— Où les conduisez-vous ? demanda le major.
— À Louxor. C'est l'hôpital le plus proche à avoir du courant.
— Emmenez-le avec vous, dit le major en désignant Joe.
— Qui est-ce ? demanda le soldat.
— Il s'appelle Joseph Zavala. Pour le peuple égyptien, c'est un héros.

CHAPITRE 62

UNE SEMAINE PLUS TARD, Paul et Gamay Trout étaient assis autour d'une grande table ronde du somptueux restaurant La Citronnelle, à Washington. Ils furent bientôt rejoints par Rudi Gunn et Elwood Marchetti. Ils commandèrent des cocktails et échangèrent des anecdotes en attendant l'arrivée des autres convives.

– Que va devenir votre île ? demanda Paul à Marchetti.

Le génial inventeur haussa les épaules.

– Elle est irréparable. Et personne ne peut monter à bord avant que nous soyons sûrs d'être débarrassés de tous les nanorobots. Cela peut prendre des années. D'ici là, l'océan Indien aura fait d'Aqua-Terra une épave prête à couler.

– C'est terrible, dit Gamay. Toutes ces années d'efforts à jamais disparus.

Marchetti eut un sourire ironique.

– C'est ce que va dire la compagnie d'assurances quand je demanderai à être indemnisé pour pollution irréversible.

– Où sont donc nos honorables amis ? dit Paul en jetant un coup d'œil aux deux fauteuils vides.

– Sans oublier que ce sont eux qui nous invitent, ajouta Rudi Gunn.

On avait déclaré que le pari entre Kurt et Joe s'était soldé par un match nul. Ils avaient naturellement accepté avec plaisir de partager l'addition en remerciant le ciel d'être encore en vie pour organiser ce dîner. Mais personne ce soir-là n'avait encore eu de leurs nouvelles.

— En les attendant, demanda Gamay, qu'est-il advenu des Machines à Faire Mal de Pickett Island ?

— Notre service informatique a retrouvé leur trace dans de vieux dossiers, répondit Gunn. On décrivait cette machine comme un projet secret datant de la Seconde Guerre mondiale, conçu pour freiner les missions « banzaï » japonaises. À cette époque, les Japonais considéraient que c'était un honneur de mourir pour l'Empereur. Lorsqu'ils ne pouvaient pas recourir aux méthodes d'offensives classiques, ils lançaient des attaques suicides par vagues d'assaut ; les soldats criaient « Banzaï ! » ou « Tenno Heika Banzaï ! », ce qui signifie « Puisse l'Empereur régner dix mille ans ! ».

« La machine fut conçue pour mettre hors d'état de combattre la force ennemie et permettre aux Américains de faire des prisonniers intéressants tout en empêchant les massacres en masse que les Japonais espéraient causer.

— Pourquoi la machine n'a-t-elle pas été utilisée au cours de la guerre ? demanda Paul.

— Peu après le naufrage du *John Bury*, le ministère de la Guerre a décidé que la machine était trop facile à copier et que, si elle tombait aux mains de l'ennemi, elle risquait d'être utilisée contre nous.

— Et maintenant celles qui viennent de Pickett Island prennent la poussière dans quelque obscur entrepôt militaire, ajouta Gamay.

— C'est à peu près cela, conclut Gunn.

Puis leur attention fut attirée par un grand gaillard aux cheveux bruns et aux yeux verts qui fit son entrée dans le salon particulier.

— Je vous en prie, restez assis, dit Dirk Pitt avec un grand sourire en brandissant une petite carte en plastique. Une carte de crédit de l'Agence. Ce soir, c'est l'Oncle Sam qui régale.

— Kurt et Joe vont être bien contents, dit Gamay en riant.

— Mais où sont-ils donc ? demanda Paul.

— Juste derrière moi, fit Dirk en désignant l'entrée du salon.

Tous se retournèrent vers la porte au moment où Kirk arrivait, suivi de Joe et de Leilani. Il y eut des poignées de main, des embrassades.

— Nous avons de l'avance sur vous, dit Paul en faisant signe à un serveur. Qu'est-ce qui vous ferait plaisir ?

Dirk commanda une tequila. Joe, un Jack Daniels avec des glaçons. Leilani, une vodka, tandis que Kurt demandait un gin sec avec des oignons à la place d'olives.

— Bon, fit Dirk en s'adressant à Joe. Puisque tu es l'homme du jour, montre-nous ta médaille égyptienne.

Très gêné, Joe devint tout rouge.

— Qu'en as-tu fait ?

— Elle est dans mon tiroir à chaussettes.

Gamay éclata de rire.

— Voilà ce que j'appelle un homme modeste.

Paul brandit un journal. Sur papier rose. Le *Financial Times*.

Il lut une liste des tragédies qui auraient pu se produire : un million de morts, des famines, une totale anarchie et peut-être même une guerre au Moyen-Orient si on avait par erreur imputé le sabotage à Israël et non pas à Jinn et sa clique du Yémen.

Son visage s'assombrit.

— Maintenant Joe ne va pas aimer ce passage, annonça-t-il en poursuivant sa lecture. « *Tout cela*, et plus encore, a été évité grâce aux efforts héroïques de l'équipe de surveillance du barrage, des forces militaires sous le commandement du major Edo et d'un Américain anonyme salué aujourd'hui comme un héros et auquel va être décernée la prestigieuse médaille de l'Ordre du Nil. »

— Ce n'est pas juste, dit Gamay en secouant la tête.

— Du moins, dit Dirk avec un sourire, ça lui a valu une médaille.

— C'est le moins que pouvait faire le gouvernement pour Joe qui a sauvé un million de vies.

Leilani renchérit.

— Je le connais maintenant assez bien pour avoir découvert que Joe n'aime pas être au centre de l'attention à moins, naturellement, d'être entouré d'une cohorte de jolies femmes.

Joe éclata de rire.

— Vous venez de me donner une raison de retourner en Égypte.

— Toute plaisanterie mise à part, déclara Dirk, si Joe n'avait pas risqué sa vie pour arrêter le déferlement des eaux du barrage d'Assouan, un million de vies auraient été sacrifiées le long du fleuve.

— On a maintenant le compte des victimes ? demanda Rudi Gunn.

— Au moins dix mille, répondit Pitt.

Joe était confus.

— J'aimerais un autre Jack Daniels sec. Un double cette fois-ci.

Pendant quelques instants, ils sirotèrent leurs verres dans un silence que Paul finit par rompre.

— Où en sommes-nous avec l'usine souterraine de Jinn ?

Dirk consulta le cadran de sa montre de plongée.

— Elle a été réduite en miettes il y a juste quarante minutes, compte tenu du décalage horaire.

— Des bombes lancées du haut des airs peuvent-elles pénétrer assez profondément au cœur de la montagne pour détruire l'installation ? voulut savoir Gamay.

— Elles le peuvent et l'ont fait, confirma Pitt. Un drone lourd a largué deux missiles. Un émetteur d'impulsion invisible du sol les a accélérés à une vitesse de cinq cents kilomètres heure à la verticale. Les propulseurs principaux se sont déclenchés pour porter la vitesse à plus de trois mille kilomètres à l'heure. Les explosifs ont creusé un cratère de plusieurs mètres de large mais n'étaient pas assez puissants pour faire sauter l'immense usine souterraine de Jinn.

« Alors, cinq minutes plus tard, nous avons utilisé dans les cavernes les plus profondes un autre genre de matériel. Quatre bombardiers B-2 ont pénétré au Yémen chargés de bombes à forte pénétration, les GPU-57 de près de 15 tonnes, les plus puissantes armes non nucléaires qui existent. Elles transportent quelque deux mille cinq cents kilos d'explosifs dans une enveloppe blindée. Elles frappent avec une telle force qu'elles peuvent traverser plus de cent vingt mètres de terre et de roche. Une fois la poussière retombée, la montagne tout entière avait disparu : il ne restait qu'une pile de sable et de décombres. La totalité du matériel et de l'équipement pour fabriquer les nanorobots aussi.

— Et Sabah, le bras droit de Jinn, qu'est-il devenu ? demanda Kurt.

— Réduit en un grain de sable gros comme un nanorobot, répondit Pitt d'un ton caustique.

On finit par leur servir un dîner somptueux conçu personnellement par le chef cuisinier. Pour commencer : du saumon de la mer Noire, de l'esturgeon fumé, suivis de foie gras et d'un assortiment de pâtés de porc et de terrines de canard.

Comme plat principal, des côtes premières accompagnées de raviolis de homard et de poireaux braisés avec des œufs sur le plat. Pour finir, des crêpes fourrées aux goyaves et au mascarpone. Il burent en entrée un sauvignon blanc de la Napa Valley et finirent le repas avec un carménère chilien rouge.

Rassasiés par ce festin et cette ambiance chaleureuse, ils échangèrent des adieux et commencèrent à quitter le restaurant pour se retrouver dans une interminable limousine affrétée par Dirk qui tenait à ce que ses amis rentrent chez eux sans encombre.

Leilani était descendue à l'hôtel et Kurt proposa de la raccompagner.

Dirk l'examina longuement.

— Tu tiens peut-être bien l'alcool, mais si un flic t'arrête, tu auras sûrement droit à une contravention pour conduite en état d'ivresse. Je te conseille vivement de prendre un taxi.

— C'est ce que je vais faire, dit Kurt.

Les autres étaient à peine partis dans la limousine qu'un taxi s'arrêta devant le restaurant. Kurt et Leilani s'y installèrent pour aller jusqu'à l'hôtel.

— Avez-vous décidé de prendre le poste au département de biologie marine de la NUMA que Dirk vous a proposé ? demanda-t-il.

Elle avait un air un peu triste.

— Washington n'est pas pour moi. Je retourne à Hawaii, à l'Institut de biologie de Maui.

Kurt lui pressa la main.
- Vous allez me manquer.
- Vous me manquerez aussi, dit-elle. J'espère que vous comprenez.
- Comment s'appelle-t-il ? demanda Kurt en souriant.
Un instant, elle ouvrit de grands yeux, puis retrouva son sourire.
- Il s'appelle Kale Luka.
- Je suis heureux que vous ne soyez pas seule, conclut-il.
Le taxi arrivait à son hôtel. Elle ouvrit la portière et s'arrêta.
- Au revoir, Leilani, murmura Kurt. Je penserai souvent à vous.
- Et moi à vous.
Elle se pencha et lui donna un petit baiser sur les lèvres. Puis la portière se referma et elle disparut.

FIN

DU MÊME AUTEUR (aux éditions Grasset) (suite)

SÉRIE ORÉGON.
Avec Jack du Brul
QUART MORTEL, coll. « Grand Format », 2008.
CORSAIRE
CROISIÈRE FATALE, coll. « Grand Format », 2010.
LA MER SILENCIEUSE, coll. « Grand Format », 2013.

Avec Craig Dirgo
PIERRE SACRÉE, coll. « Grand Format », 2007.
BOUDDHA, coll. « Grand Format », 2005.
SÉRIE CHASSEURS D'ÉPAVES
CHASSEURS D'ÉPAVES, NOUVELLES AVENTURES, 2006.
CHASSEURS D'ÉPAVES, 1996.

Dans la collection Grand Format

Cussler (Clive)	*Atlantide* ■ *Odyssée* ■ *L'Or des Incas* ■ *La Poursuite* ■ *Raz de marée* ■ *Vent mortel* ■ *Walhalla*
Cussler (Clive), **Blackwood** (Grant)	*L'or de Sparte*
Cussler (Clive), **Cussler** (Dirk)	*Le Trésor du Khan* ■ *Dérive arctique*
Cussler (Clive), **Dirgo** (Craig)	*Bouddha* ■ *Pierre sacrée*
Cussler (Clive), **Du Brul** (Jack)	*Quart mortel* ■ *Rivage mortel* ■ *Croisière fatale* ■ *Corsaire*
Cussler (Clive), **Kemprecos** (Paul)	*A la recherche de la cité perdue* ■ *Glace de feu* ■ *Mort blanche* ■ *L'Or bleu* ■ *Serpent* ■ *Tempête polaire* ■ *Le Navigateur* ■ *Méduse bleue*
Cussler (Clive), **Scott** (Justin)	*Le Saboteur*
Cuthbert (Margaret)	*Extrêmes urgences*
Davies (Linda)	*Dans la fournaise* ■ *En ultime recours* ■ *Sauvage*
Dekker (Ted)	*Adam*
Evanovich (Janet)	*Deux fois n'est pas coutume*
Farrow (John)	*La Dague de Cartier* ■ *Le Lac de glace* ■ *La Ville de glace*
Genna (Giuseppe)	*La Peau du dragon*
Hartzmark (Gini)	*A l'article de la mort* ■ *Mauvaise passe*
Kemprecos (Paul)	*Blues à Cape Cod* ■ *Le Meurtre du Mayflower*
Larkin (Patrick), **Ludlum** (Robert)	*Le Vecteur Moscou* ■ *La Vendetta Lazare*
Ludlum (Robert)	*L'Alerte Ambler* ■ *Le Code Altman* ■ *La Directive Janson* ■ *Le Pacte Cassandre* ■ *Le Protocole Sigma* ■ *La Trahison Prométhée* ■ *La Trahison Tristan*
Ludlum (Robert), **Cobb** (James)	*Le Danger arctique*
Ludlum (Robert), **Lynds** (Gayle)	*Objectif Paris* ■ *Opération Hadès*
Ludlum (Robert), **Mills** (Kyle)	*Opération Arès*
Lustbader (Eric Van)	*Le Gardien du Testament* ■ *Le Danger dans la peau* ■ *La Peur dans la peau* ■ *La Trahison dans la peau* ■ *Le Mensonge dans la peau* ■ *La Poursuite dans la peau*
Lynds (Gayle)	*Le Dernier maître-espion* ■ *Mascarade* ■ *La Spirale*
Martini (Steve)	*L'Accusation* ■ *L'Avocat* ■ *Irréfutable* ■ *Le Jury* ■ *La Liste* ■ *Pas de pitié pour le juge* ■ *Réaction en chaîne* ■ *Trouble influence*

McCarry (Charles)	Old Boys
Moore Smith (Peter)	Les Écorchés ■ Los Angeles
Morrell (David)	Accès interdit ■ Le Contrat Sienna ■ Disparition fatale ■ Double image ■ Le Protecteur ■ Le Sépulcre des Désirs terrestres
O'Shaughnessy (Perri)	Entrave à la justice ■ Intentions de nuire ■ Intimes convictions ■ Le Prix de la rupture
Palmer (Michael)	Le Dernier échantillon ■ Fatal ■ Le Patient ■ Situation critique ■ Le Système ■ Traitement spécial ■ Un remède miracle
Ramsay Miller (John)	La Dernière famille
Scottoline (Lisa)	La Bluffeuse ■ Dans l'ombre de Mary ■ Dernier recours ■ Erreur sur la personne ■ Justice expéditive
Sheldon (Sidney)	Avez-vous peur du noir ? ■ Crimes en direct ■ Racontez-moi vos rêves
Sinnett (Mark)	La Frontière
Slaughter (Karin)	A froid ■ Au fil du rasoir ■ Hors d'atteinte ■ Genesis ■ Indélébile ■ Irréparable ■ Mort aveugle ■ Sans foi ni loi ■ Triptyque
Verdon (John)	658 ■ N'ouvre pas les yeux

Cet ouvrage a été imprimé par
CPI FIRMIN-DIDOT
pour le compte des éditions Grasset
en avril 2016

Ce volume a été composé
par BELLE-PAGE

 *Grasset* s'engage pour
l'environnement en réduisant
l'empreinte carbone de ses livres.
Celle de cet exemplaire est de :
850 g éq. CO$_2$
PAPIER À BASE DE Rendez-vous sur
FIBRES CERTIFIÉES www.grasset-durable.fr

Dépôt légal : mai 2016
N° d'édition : 19395 – N° d'impression : 134695
Imprimé en France